与你相遇

汤萍萍 著

中国出版集团
现代出版社

图书在版编目（CIP）数据

与你相遇 / 汤萍萍著. -- 北京 : 现代出版社,
2023.12
ISBN 978-7-5231-0543-6

Ⅰ. ①与… Ⅱ. ①汤… Ⅲ. ①散文集－中国－当代
Ⅳ. ①I267

中国国家版本馆CIP数据核字(2023)第244712号

著　　者　汤萍萍
责任编辑　田静华

出 版 人　乔先彪
出版发行　现代出版社
地　　址　北京市安定门外安华里504号
邮政编码　100011
电　　话　(010) 64267325
传　　真　(010) 64245264
网　　址　www.1980xd.com
印　　刷　北京飞帆印刷有限公司
开　　本　710mm × 1000mm　1/16
印　　张　25
字　　数　400千字
版　　次　2024年1月第1版　2024年1月第1次印刷
书　　号　ISBN 978-7-5231-0543-6
定　　价　67.00元

活出真我，应该是一种什么状态？

——序汤萍萍《与你相遇》

汤老师的散文集即将出版了，邀请我为之作序。对此，我当然无法谢绝。这不仅因为我们两家三十多年的情谊，还因为我是将本书推荐到现代出版社的牵线者。最重要的是，这还是一个先睹为快的学习良机。

说起来，我们两家还属于婚小。许多人都知道什么是发小，但不一定知道什么是婚小。其实，很好理解，顾名思义，肯定与结婚有关。用现在的网络语言说，就是几乎同时结婚的小伙伴就是婚小。我与汤老师的先生是大学同学，35 年前我们各自进入了婚姻生活。虽然我与汤老师的先生大学毕业时被分配到了不同的地方，但同学关系永远无法割断。结婚后第二次回家过春节，途经九江，我第一次见到了同学夫人汤萍萍。那时，她还是一位中专老师。所以，我有时候叫她萍萍，更多的时候还是称她为汤老师。

30 多年后的今天，我发现，汤老师的经历实在是丰富多彩。连我这个号称走遍了全国的记者，都自叹弗如。用汤老师自己的话说，阅读、旅行、讲课、培训、交友、跑步、麻将……在外人看来养尊处优的生活莫过如此。可以说，汤老师读了许多该读的好书，走了许多人没去过的地方，做了许多有用实用的培训，交了许多值得交往的朋友。最重要的是，写了许多该写会写能写的文字。

本书就是汤老师这些年来关于人生感悟与生活思考的文字汇总，值得重点关注与认真阅读。其中既有为人处世的心得体会，也有行走远足的趣闻轶事，还有手不释卷的深思熟虑，更有家长里短的相知相爱……

作为第一读者，翻阅本书的书稿时，我不仅仅是欣喜，更重要的是惊喜。对我来说：与其说是阅读，还不如说是悦读；与其说是拜读，还不如说是拜服；与其说是写序，还不如说是写志。

让我惊喜的是，汤老师的文字如此凝练干脆、文笔如此优美华丽、文采如此行云流水、文风如此优雅自然。当然，最让我受益匪浅的是，汤老师通过本书写出了一种人生最好的状态，那就是活出真我。

什么是活出真我?

在我看来，所谓活出真我，其实就是自由自在、优哉游哉，就是不以物喜、不以己悲，就是醉能同其乐、醒能述以文。用心理学专家的话说就是，在生活中，如果我们想要让自己内心变得更为强大，最重要的就是学会活出真我。如果你能活出真我，你的内心必然变得更为强大。

什么是真我?

所谓真我，指的就是从本质上强调了真正的我处于一种这样的状态：内心平静而自然，外表喜悦而悠然。当一个人活在真我的状态之时，内心自然强大，外表必然自信。因为活在真我，此后当然也会创造出一个更为美好和更为丰盛的内心世界。

汤老师在本书中通过文字展示的状态，正是这样一种美好而丰盛的真我状态。

本书一共分为八个部分，其实就是汤老师对活出真我的状态细分。为此，我比照本书八个部分的小标题，尝试着将汤老师所展示的活出真我状态，作了如下概括：活在当下、活出精彩、活中有爱、活得有趣、活在有道、活在阅读、活在发现、活得自然。

一是活在当下。每个人无论是年轻还是年老，都有一个时间上的判断。所谓当下，就是现在，就是此时，就是当前。每个人都无法确定自己生命的长度，但可以决定自己生命的宽度。这个宽度，就在于如何把握当下、珍惜当下。为此，汤老师在书中感叹：生而为人，即使现实呈现荒谬，也能相信人间值得。这与一位哲学家的研究结论可谓异曲同工：即使现实是荒谬的，人在宿命中也要学会享受幸福。所以，汤老师说，我们要敬畏“时间”这个魔法师，从当下开始千万次的修行。最精彩的时间就是当下，这是新起点，也是新亮点。抓住了当下，就是抓住了未来。

二是活出精彩。汤老师说，面对内卷和无常，我们要学习与自己、与他人、与世界自洽。自洽是什么？其实就是一种和谐与幸福，也就是人生的精彩。毫无疑问，所谓精彩，既是过程，更是结果，总而言之，就是一种感受。正如毕淑敏总结的幸福的感受：幸福就是意义和快乐的结合。所以，在汤老师的笔下，人生何时不两难，唯有学习与自己和解。“过上想要的生活，都离不开精进与自律”，所以，“行动着才会快乐着”。在生活中，不把他人追求的“理想自我”当作“现实自我”而幻灭，也不把自己真实的“现实自我”当作追求的“理想自我”而排斥，才能让理想和现实各就各位。只有脱离了此岸与彼岸的哲学式纠缠，让理想与现实各行其道，才会过上自己真正想要的生活。于是，精彩自然如期而至。

三是活中有爱。在本书的第三部分，从文字到内心都洋溢着满满的情怀。既有至高无上的爱情，更有至善至美的亲情；既有对父母的感恩与牵挂，更有对爱人的理解与支持；既有对自己孩子的认识与期待，更有对人家孩子的认知与理性；既有对过往生活的怀念与感悟，更有对未来人生的期望与设计。时代在变，情义不变；环境在变，情怀不变；世界在变，情趣不变。从标题就可以看出，母爱是一束光，女人是一种爱，婚姻是一道题，孩子是一堂课，总之，无论是父母还是配偶，不管是子女还是朋友，都是一条人生的摆渡船。因为有爱，才有未来；因为有爱，才有精彩。

四是活得有趣。人生不只有料，还要有效；生活不只有爱，还要有趣。在汤老师看来，各显其能的家庭春晚是一种有趣的生活，说来就来的投缘茶叙也是一种有趣的生活，该醉就醉的姐妹情深还是一种有趣的生活，欢快美味的清炒土豆又是一种有趣的生活，缓慢悠然的清晨一瞥仍是一种有趣的生活，舍不得删除的 QQ 歌单更是一种有趣的生活。可以说，生活中缺少的不是有趣，而是有趣的发现与感受。由此看来，只要彰显个性的生活，就是有趣的生活，就是活出真爱的生活。

五是活在有道。如果在我们中国的传统文化中只能用一个字来形容，应该是哪个字？在我看来，就是“道”字。所谓“道”，既有万事万物的运行轨迹之意，也有万事万物变化运动之理。具体来说，“道”可能是一个事理，也可能是一种方法，又可能是一种表达，还可能是一条途径，更可能是一种规律。总之，万事万物，不约而同，统一遵循某种东西，无一例外。在汤老师的笔下，所谓“道”，就是一种有效的沟通方法，就是一门有用的妙招，就是一种有情的觉察，就是一种有心的味道，就是一种有趣的相遇，就是一种有意的聚会，就是一种有幸的人生。为此，汤老师强调说，我们每个人要懂点心理学，找回澄澈的眼和湛蓝的天，让生活通透而自在。

六是活在阅读。汤老师说，我的书房，既是我的驿站，也是我的远方。于是，从当年的少女书屋到后来的中年书柜乃至现在的老年书栈，都让汤老师在生活与生存之间，找到了自己自由行走的模样。因为汤老师相信，不论在哪个年龄段，不论是生命的顺境还是逆境，书籍永远是不离不弃的挚友。因为阅读，不仅可以释疑解惑，而且可以分享世界各地不同的生活状态与姿态。因为山川是不掩卷的书，任读千遍也不厌倦。所以，汤老师期望房中书、枕上书、随身书，都能让自己越来越圆润。既不压抑自己，也不挤压别人，可以在敏感与钝感之间自由切换，自由行走。在我看来，这就是活出真我的生活状态与姿态。

七是活在发现。有一句耳熟能详的名言，那就是“生活中从不缺少美，而是缺少发现美的眼睛”。这既是活出真我的生活，也是汤老师在书中描述的生活状态。这种状态既在于说走就走的旅行，也在于在旅行中发现有趣的人，还在于别样的春游，又在于在美丽的大自然中放飞自我，更在于带着梦想去旅行。于是，慢慢地、静静地、柔柔不用力地，去看山，去看水。哪儿都可以栖息，哪儿都不是迁徙。因为无论身在何处，我心安处便是家。所以只要有发现，时时都有美景；只要能发现，处处都是美景。

八是活得自然。自然是什么？自然就是规律。《道德经》最后一句话是：“天之道，利而不害；圣人之道，为而不争。”简而言之：自然的规律是，让万事万物都得到好处，而不伤害它们；圣人的行为准则是，要努力作为，但在做事时不跟别人争夺。在汤老师看来，拿得起是一种自然，放得下是一种自然，想得开还是一种自然。所以，汤老师说，我们要与自然在一起，要与自己在一起。所以，入山谷静坐，去田园奔走，沿湖海骑行，嗅花海美拍，寻古迹问史，临木窗发呆，伴虫鸣夜读，迎朝阳品茗，乃至携第一缕暖阳书写文字，都得益于自然，都融入了自然。总之，都在于活得自然，都意味着在我们生活的时代里，人们在大自然的秩序中活得越来越舒展。

在弗洛伊德的理论中，人的意识分为三个部分，即本我、自我、超我，由此构成了人的完整人格。在人的一切心理活动中，本我是一种原始本能，超我是一种理想化目标，自我则是两者冲突时的调节者。活出真我，其实就是有效调节的自我。所以，每一个真正有智慧的人，都是活出真我、调节自我、超越本我、接近超我的人格。如此而来，才能活出属于自己的精彩和自由。

汤老师用真情以真心写出了属于自己的精彩和自由，写出了人生最美好最精彩最放松的状态。这种状态，就是活出真我的状态。这种状态，体现在本书的每一篇文章中，闪耀在本书的每一个段落中，洋溢在本书的字里行间。所以，本书既可以一篇一篇地阅读，也可以一段一段地阅读，更可以一句一句地阅读。

阅读之后，我们竟然发现，活出真我既是一种状态，又是一种姿态，还是一种仪态，更是一种心态。

感谢汤老师带给我们的精彩分享，祝福汤老师为我们分享的精彩人生！

是以为序。

刘桂明

2023 年 9 月 13 日于北京千鹤家园

序

2023年的一个仲夏夜，火烧云般的晚霞，依依挂在天际，将逝未逝。窗内的晚餐也接近尾声。

“儿子，我马上就要出书了，帮我写一篇序吧！”

“非得按部就班地搞个序和后记吗？”

“既然选择正规出书，当然要搞得正式一点啰。”

“数字时代流量为王，都看短视频去了，还有几个人读文字呀。”

“新媒体是很耀眼，可是缺乏创意的画面里，打动人心的依然是文字稿。”

我非常欣赏儿子洗练又极具故事性的文笔，很想他为我的新书增添一抹亮色，可我分明听到了一种怜惜：读者都迭代没了，要想清楚是运营产品还是出书自嗨。务实的“90后”善意地敲打着理想的“60后”。望着窗外渐渐消失的晚霞，一饮而尽杯中的酒，让纷杂的思绪沉醉到地平线之下。

阅读、旅行、讲课、培训、交友、跑步、打麻将……在外人看来养尊处优的生活莫过如此。只有我自己知道，这一切过后，孤独如影随形，挥之不去地从青年伴随到中年，再紧跟至老年？是的！可我依然需要不断地向外抓取，培养一个新的爱好，填补生活中我已感觉到却还不知道的“缺口”。越来越清楚工作、家务、唱歌、跳舞、太极拳、摄影、古筝、养花、养宠物等，都不是我的菜。众里寻他千百度，蓦然回首，写作，似乎能填平我生活中的一些丘壑。

当你无人与说的满腔话语，不再需要在冲口而出之际吞回胸膛，而是能在指尖下冉冉流淌，与自己水流缱绻，与他人叮咚相遇，该是一件多么美妙的事情啊！于是，2019 年 12 月 26 日，我重新捡起了搁置已久的笔，书写自己的所见所闻所思所悟，只为了给日常生活增加一个新的爱好，让写作充实生活，让生活提升写作。短短三年时间，在既不是工作上的需要，也一点儿不追逐所谓的粉丝互动的情况下，默默无闻地自玩自嗨，竟然写下了 30 多万字，自己给了自己一个惊喜：三年时间，可以把一件事情做好，就不会辜负自己想要更好地生活的初心。今天在昨天里，明天在今天里。未来，就在当下里！

只要身体许可，花甲之年也不会停止追求生活的充实和丰富。我有三个爱好：阅读、旅行、与他人在生命最深处相遇。

阅读，带我穿越古今横跨中外，看到不论是卓越的人还是普通的人，在不同地域、不同文化、不同时代、不同环境中的命运沉浮，让我领略到这个世界的多样性、深刻性、复杂性和奇妙性，能更宽容地理解这个世界。

旅行，见天见地，见不同的众生见别样的自己。在不同的空间读到同样的历史，在不同的时间过着人类相通的喜怒哀乐的生活，让我明白不论人在旅途还是身处家宅，当下的时间和空间，就是我们生命表达与创作的道场，都是苟且，也都是诗和远方。

心理学的爱好，像阅读和旅行一样，也让我得到了很好的滋养。它虽然不会给我答案，但能让我找回澄澈的眼和通透的心，教会我懂得生活最大，不必拿僵硬的普世价值观标尺，去丈量独特的个体和灵动的生活。面对内卷和无常，我并不孤单，父母、配偶、子女、朋友都是人生的摆渡船，学会了与自己、与他人、与世界自洽。即使现实呈现荒谬，也能相信人间值得。

心理学的训练，让我学会倾听，善于共情，敏于觉察，懂得边界，适度分享，滋养彼此之间的关系更深更宽更好，使得我有大量的机会，接触厌学的孩童、迷惘的少年、叛逆的青年、彷徨的中年、失措的老年，失恋的恐惧、背叛的痛苦、职场的焦虑、人际的困惑……经常能进入常人难以抵达的表象生活之下，与他们在生命的最深处相遇，不仅丰富着我的人生，也深刻了我的写作。

人似乎需要有几样爱好伴身，为既短也长的人生，或遮风挡雨，或增光添彩。真正能养身的爱好，都需要长期的呵护与潜心积累，沉淀结晶是需要时间这个魔法师的。每个作者只能以自己独特的生命质地，去感受和书写。自己丰沛，才能感知外界的富饶。自己匮乏，就只能承接外界的贫瘠。你作用于外在的手法，往往取决于你的内在。作为孤独的写作者，总是希冀自己的文字，能与不同时空中的人相遇相知相惜，甚至还能让素不相识的有缘人，在人生的至暗时刻突然之间豁然开朗。可是我也深深知道，所有的文字最终还是回向自己，唯有如此，文字的力量才能回向众生。

绝大部分人终其一生，都在追求一件事——被看见。只有学会了自己看见自己的时候，才可以放下被他人看见、被他人懂得、被他人肯定的执念。当生活被书写之后，其中的爱恨情仇和鸡毛蒜皮，像被长镜头拉伸了距离，可以观赏可以俯瞰可以把玩，被看见的生活，一切似乎都变得可爱了起来。如今，当5分钟就能看完的《红楼梦》短视频得到了百万点赞，文字真的就没有读者了吗？我不相信这种江湖传说。我只相信生活最大，被书写的生命故事，永远会在江湖上流传。

这本书与你相遇，可以是一种阅读，可以是一趟旅行，可以是一次喝茶聊天。让我们一起，看见别人，遇见自己。

感谢我的家人，感谢我的朋友，感谢我素不相识的读者，对我的文字一直以来的陪伴和鼓励。感谢素未谋面的编辑专业又敬业的工作。同时，感谢汤钢钢等亲朋好友，为我拍摄生活美照。

2023年8月3日

汤萍萍于南昌

目　录

辑一

生而为人，即使现实呈现荒谬，也能相信人间值得

时间，我想成为你的朋友

每个人每天都有24小时，假如8小时工作，8小时睡觉，8小时休闲，我好奇：你是怎么度过生命中的每个三分之一呢？

工作可以打发时光，睡觉可以打发时光，玩耍可以打发时光，发呆可以打发时光，做家务可以打发时光，阅读可以打发时光，旅行可以打发时光……看似人们在每天的24小时里实现了时间上的平等，可不同年龄段的人，不同职业的人，不同信念的人，跟时间相处的方式是不一样的。

最常听到的说法，就是“时间就是生命”“时间就是金钱”。但如作家沈从文所说：“没有一个人敢说生命的意义与价值，只是一堆时间。”更让人难以接受的是，生命和金钱似乎从来都没有跑赢过时间，而且还让人说不清道不明怎样去与时间赛跑。于是，人们索性就把“时间是宝贵的”挂在嘴边自慰，然后随心所欲。

有的人惜时如金，拿下一个又一个目标物。有的人特别是到了一定年纪或一定境界的人，“时间”却成了一个难以消遣的东西。无论哪种人，精神或情感或许能跨越时间而延续，特别是世界伟人、时代巨人或族里高人，其精神、情怀或财富是能超越时空而得到传承和弘扬的，但肉身都存在着怎么来度过这短短几个秋的“时间”问题。法国作家普鲁斯特在《追忆似水年华》中写道：“人们在时间中占有的地位，比他们在空间中占有的微不足道的位置重要得多。

就像空间有几何学一样，时间有心理学，人类毕生都在与时间抗争。”

随着中国进入老龄化社会，近几年国家很重视引进有关老年人的电影，以期引起全社会的共同关注。前不久观看的英国电影《困在时间里的父亲》，可以说是一部极其惨烈地探索亲情边界和道德边界的佳作。该片用影像再现了阿尔茨海默病是如何打破一个家庭的幸福与平静、是如何考验亲情的温馨与坚守。影片中彼此是唯一亲人的父亲和女儿，随着时间这把无形的刀，亲情的温度和尺度被一步步地打磨和雕琢，人类那些难以言说却最具通感的自私、无力的爱、道德的煎熬、人性的裸露、艰难的抉择，都在生活的最深处被一一凛冽地展现出来，仅有的些许温暖和依恋，被深埋在巨恸和无边的孤独之中。

影片中气度不凡、热爱音乐的父亲有很强的自尊，否认自己失去了自理能力，接二连三地逼走女护理；一面坚持自己可以照顾自己，一面又为女儿因自己的家庭生活要离开他而感到难以接受。孝顺的女儿同样也面临着两难境地：失去自理能力的父亲拒绝护工的照顾，使自己不能离开父亲生活的城市，日常计划也常常被打乱；与父亲共同生活，自己与男友的生活又不自由；患阿尔茨海默病的父亲，有时不能认出自己，也冲击着她的心灵，消磨着她的坚守；男

挪威松恩峡湾的寂静

友试图让她明白老人最好的去处是老人院，也让她压力叠加。内心的争斗愈演愈烈，影片中出现一幕用枕头闷死入睡中父亲的幻觉，正是她内心冲突中人性阴暗面的闪现。

最终，老人还是进了老人院，女儿与男友去了巴黎生活。老人在陌生的环境中充满恐惧，病情日益加重。阿尔茨海默病，不仅是一种记忆力的衰退，更是时间的错乱，这种病最致命的一击在于：时间的混乱，并给生活带来各种冲撞，由此而来的对自我认知的怀疑与消解。什么是真相？什么是臆想？哪里是过去？哪里又是现在？曾经引以为傲的头脑与智慧，此时完全失去了判断的力量。在没有家人的老人院里，老人常常在护工怀里哭得像个孩子一样："妈妈，带我回去！妈妈，我不想待在这里，我要回家……"成年人的崩溃让人肝肠寸断，绚丽的人生终将走向惨淡的落幕。影片最后，借护工之口告诉老人，也是告诉我们每一个人："阳光明媚的时刻总是那么短暂，我们要把握时机！"

时间，既是我们外在身体的险恶敌人，也是我们内在精神的良善朋友。它在逐渐关闭一扇扇门的时候，同时也在开启一扇扇窗。随着时间的流逝，眼鼻耳舌身的感官享乐确实大打折扣，但心灵的通透与自在却与日俱增。作家庆山曾说："如果不增加灵魂内在的密度与强度，无法抗衡时间的残酷、肉身与意志的衰败。"确实，精神的丰富和情感的依恋，可以抵御时间的风霜雪雨，抗衡时不时会被侵入的"虚无"。越来越进化的人类，原始的男欢女爱已难以满足人们打发时间的需要，好在如今的世界除了有精彩的政治和金钱逐鹿之外，还有丰富的精神和心灵围猎，前者教会人们生活的艺术，后者教会人们艺术地生活。

过去的教育强调德育、智育、体育，如今的人们越来越意识到美育在生活中的重要性。哲学、文学、历史、宗教、绘画、音乐、舞蹈、体育、阅读、棋牌、游戏、茶艺、烹饪、手工等，都能陪伴你打发时光，带给你精神和心灵的滋养，助力你好好"虚度"光阴。让时光中的生活升层而不是降维或原地打转，让生命在时间的河流里浩浩汤汤，肉身能自在地和空间安处，灵魂能安然地与时间自洽。

记得擅长园艺和烹饪的 19 世纪女诗人艾米莉·狄金森，25 岁就开始弃绝社交，孤独埋头写诗 30 年，生时显得不合时宜，死后却百世流芳。她曾说：“时间的巨轮向前推进，你信任的人也一个个离你而去，你越来越感到家的神圣和温暖。家是小了一些，或许也并不美好，但是比起整个世界来，家却更加温馨。”如今时过境迁的 21 世纪，不知还有多少人会认同这种说法。不过从她的人生中可以看到的是，当我们真正能寻找到一种最适合自己的法门，单纯而专注地前行，时间，会成为我们的朋友。

每个人都可以在不同的空间挥洒自己的绚丽，每个人也无一例外地会在不同的时间里梳理自己的苟且。祝福朋友们在新的一年，越来越能成为时间的朋友！

由一只小橘猫引发的胡思乱想

一直想养个宠物，一直下不了决心。

最大的障碍，就是我外出时没有人来陪它。我喜欢外出，不论是远足旅行还是就近玩耍。突然发现我养宠的前提是：走近一个生命，就要好好陪伴；不能付出时间就不要占为己有。

这几天总是想起小橘猫——黄黄，那是2021年冬天偶遇的一只无家可归的猫，我给它取名“黄黄”。至今我也不知是野猫还是与主人走散的流浪猫。黄黄眼睛明亮又妩媚，体态丰腴又摇曳，橘黄的毛发又亮又顺，浑身干干净净。第一次遇见，即使是在风雨交加的夜晚，它仍不失优雅安详的神态，遇见谁就跟谁搭上顺风电梯，一副嫁鸡随鸡嫁狗随狗潇洒走一回的模样。二楼有人下电梯，它不下；八楼有人下电梯它也不下；似乎瞅准了面善的我，跟着我出电梯，然后大大方方地登堂入室。

饿了，捕食充饥是生命最纯粹最本真最不虚头巴脑的追求。一小碗牛奶瞬间被黄黄吸溜光，没有猫粮，没有鱼腥，只好下碗面条，可黄黄不领情，滴食未沾。我生怕主人找不到它，放它出门到电梯口，黄黄竟然毫无留恋地晃一晃尾巴，转身就消失不见了。倒是被甩下的我，领受了些许失落。

第二天赶早去宠物店买了一袋猫食，还咨询了一下猫的习性，店主还送给我一个漂亮的猫食盘。我为可能再次的相逢，做好物质食粮的准备。果真又相见，果真又跟随，看来是只流浪猫。这次黄黄不喝牛奶了，只是大快朵颐地干掉猫食三大盘。真是暖你的胃温我的心，水足食饱之后，黄黄在地板上翻滚嬉戏，我走到哪儿它就紧跟到哪儿，四仰八叉地向我寻欢。难道猫咪觉得自己的肚皮，是最性感最讨喜的所在吗？哈哈。

屋外风雪交加，屋内夏日的冷光灯早已调成暖色的橘黄。这个夜晚我做了留宿黄黄的打算，黄黄似乎也不请自留想当然地在此过夜。我在中间的长沙发上躺着看书，黄黄非常乖巧地不打扰，在旁边的短沙发上梳理毛发，慢慢地打盹儿入睡。不知过了多久，当黄黄微睁双眼，看到我在沙发对面默默地注视它时，就迅速从旁边的沙发蹿下，跳入我的怀中。敏锐地知道，此时可以靠近，此时不会有拒绝。黄黄时不时地伸懒腰，四肢舒展地随意乱搭，直到在我的胸、肚、腿上找到最舒适的位置，又鼾然入眠。黄黄的体温犹如一件貂皮大衣，迅速地让我的胸腹部升温。我猜想这是黄黄流浪以来，最温饱的一个夜晚。

第二天早上，吃饱后的黄黄，总是跑向门口，我特意把大门打开，去留无意随天外云卷云舒吧。黄黄几次跑到电梯口，又几次跑回客厅，似乎呼唤我“出门遛弯儿啦”。可我已经决定上午不陪它外出，看黄黄会如何选择。渐渐地黄黄不再尝试邀我同行，也不等待我开启电梯门，滑溜地从人行安全楼梯下楼，似乎毫无眷恋，消失得无影无踪。

这让我想起电影《少年派的奇幻漂流》。派遭遇一次海难，家人全部丧生，他与一只孟加拉虎在救生小船上漂流了227天，最终生死与共地战胜绝境获得重生。影片的结尾，建立了一种奇特关系的人与虎，一起上岸后，派对渐行渐远的虎恋恋不舍，而虎闲庭漫步头也不回地遁入山林。人的失落和虚空，虎的潇洒和安然，那种滋味，让人、也只会让人，而不会让动物，说不清道不明。

胡思不等于乱想。200多天过去了，小橘猫黄黄今何在？它不会想起我，只会是我想起它吧。被黄黄“甩了”只是一点点失落，真要让我抛弃黄黄，会是一种难过，幸好黄黄帮我做了选择。

一年一季，一生四季

一年有四季，春生，夏长，秋收，冬藏；一生有四季，思春，燃夏，醉秋，寂冬。一年放在无尽时间的长河中就是一轮，来年又是一个春夏秋冬的轮回；一生放在每个人有限的生命里就只有四季，童年、少年、中年、老年。自然界的周期受人类影响极小，茫茫荒野自有自己的运行模式；人生的周期受影响的因素太多，当春天衰老成了秋天，会有怎样的运行模式呢？

飒飒的秋风，枯黄的树叶，在我的眼里，犹如电影中的慢镜头，从高空中飘呀飘呀，依依不舍地坠回到大地的怀里。从与天空的共舞到与土地的言说，那是怎样的一种巨变啊。金灿灿的秋叶仍然那么耀眼，像盛装的公主轻盈地在大地上旋转，翻飞，窸窸窣窣地与秋风、秋雨、秋霜、暖阳、泥土，呢喃着新的“人生故事”，直到零落成泥碾作尘。

闲来无事喜欢让思绪飞扬，古人对“秋”与对“春”的情调为什么那么不同呢？暗送秋波、一日不见如隔三秋，是一派明媚、浓烈、香艳的姿态；而粉面含春、春心荡漾，却是一副遮掩、羞涩、试探的模样。含蓄的春，有期待有动力有惊喜，也有忐忑有失落有悲伤；率直的秋，有果敢有游戏有韵味，也有无聊有落寞有空寂。秋，不像春只提供“只此青绿”的简单幸福，历经岁月的人会读出它无穷的斑斓。

想想现实生活中，有一些人一辈子顺风顺水居多，斗志昂扬一直是人生的主旋律。而另一些人则不管做什么，总是命途多舛事与愿违，再怎么努力也没能逆风翻盘；曾经愿意为之而死的事情，如今变得一钱不值；眼前一地鸡毛的生活，慢慢地连悲伤的力气都没有，只剩下麻木；半辈子过去了，似乎就是一个作为牺牲的社会存在，万事皆空了无意义；尽力了，比许多人都拼尽全力，不必死磕与世界与他人与自己，躺平可以不是弃选项。

躺平，又能怎么样呢？很多人会对身边这样的悲剧性人物喊话“越努力越幸运”。可是，神话多是英雄的传说，丑小鸭变白天鹅，至今都是一些人蒙蔽另一些人的毒鸡汤。希腊神话尤其擅长塑造悲剧英雄：足智多谋的西西弗触犯了众神，诸神便罚他将一块巨石推上山顶，每每即将到达山顶之时，巨石又会滚下山去。西西弗的生命就在这样一件不断重复、永无希望、永无止境的无效劳作中，慢慢消耗殆尽。诸神认为再也没有什么比这种惩罚更为严厉的了，妥妥的一个悲剧人物。

直到 1942 年，“荒诞哲学”的代表人物加缪，将西西弗诠释为人类生活荒谬性的人格化，可他得出的结论却是：即便现实是荒谬的，人在宿命中也要学会享受幸福。持续不断的看似徒劳的重复滚石上山，实际上是西西弗将被动的惩罚——审判结果，当作主动的救赎——审判执行。如果有人把石头拿走，他可能还会不高兴呢，因为“向着高处挣扎本身足以填满一个人的心灵”。西西弗神话揭示的不仅仅是人生的荒谬，更是直面荒谬后的洒脱。正如加缪所言：没有什么命运不可以用藐视来克服。

人类的许多思想瑰宝，不同的人会读出不同的况味。有些文字，时运不济人在囧途者审读，一帆风顺志得意满者慎入。人类是唯一有思想的动物，使得生活被赋予了各种各样的意义。之前不怎么喜欢大团圆的喜剧，比较偏好悲剧，总觉得前者肤浅自欺欺人，后者直面惨淡更真实有深度。如今，越来越觉得，悲剧、喜剧或是正剧，都是人间的戏剧，人人都可以让了无意义的虚无，在生活中玩出许多意思来。

一年四季，不论远行还是近游，总是感叹大自然的无穷魅力。每年 10 月，我都要亲临鄱阳湖，观赏退水后的绿色草原和粉红蓼子花。可 2022 年鄱阳湖涝旱突变，8 月份就遭遇了几十年不遇的干旱，是自 1951 年有记录以来最早进入枯水期的年份。裸露的河床，丰沛的水草，觅食的候鸟，绚丽的云霞，云雾缭绕的庐山峰峦，吸引着全国各地近百万人前来围观打卡。无数欢快的人们既领略了鄱阳湖之美，也纪实性地拍摄到了鄱阳湖之殇，无数呐喊的涸辙之鱼，合不拢的嘴巴永远地定格在了龟裂的河床。

大自然的美丽与变换，不是由外界赋予的，而是由自身的循环所致，亘古至今随着时节一年一季地轮回，从不张扬引人注目，却让一代又一代的人流连忘返。人有自身的循环吗？人的四季能在多大的时空里做自己？如果求职求生存的通道能另辟蹊径，如今所谓的教育大部分都会土崩瓦解，而谁都不会因此变得更蠢。长江有人类拯救，而人类呢？火星计划真的能把人类带往新的栖息地吗？

人生不满百，常怀千岁忧，收回思绪的长线，还是跟亲朋好友尽情醉金秋吧。慧开禅师道：春有百花秋有月，夏有凉风冬有雪，若无闲事挂心头，便是人间好时节。

人生的下半场

如果你经历了瓷婚，该是步入人生的下半场了。

通常把20年结婚纪念日定为瓷婚。乍听“瓷”给人一种易碎的感觉，而且也是一种难以呵护的珍贵。瓷婚与银婚、金婚、钻石婚一样，都是到了一定年份的婚姻状态（20年陈酿）。

人生几个秋，好东西都与时间有关，不论亲情、爱情还是友情。就像树木，年轮多的常密致而坚固，年轮少的常松散而泡空，值钱的木头无一不与时间的沉淀有关，婚姻亦然。舒适的婚姻需要几十年的磨合，新开张的纸婚、铜婚，双方都少了“时间”这个魔方，常常熬不过七年之痒。在婚姻的麻辣烫里，你喜欢的味道和不喜欢的味道，经过时间的蒸煮，都熬成了你的独家配方。

中年人的人生也如瓷，生理上的衰颓、心理上的微妙以及职业的瓶颈，都让他感到一种无声的瓷裂。世界卫生组织根据现代人的生理年龄、心理年龄和社会年龄的综合状况，将45～59岁界定为中年人。我国多数学者认为35～59岁为中年期较为符合中国国情，其中35～45岁为中年早期，46～59岁为中年晚期或老年前期。孔子曰：“吾十有五而志于学，三十而立，四十而不惑，五十而知天命，六十而耳顺，七十而从心所欲，不逾矩。”可见，一个人的身体生长有节点，而心智发展无尽头。

人到中年，心理能力的持续增长和身体功能的逐渐衰减，使他们在身体、情感认知、价值取向、生活理念、审美情趣、兴趣爱好等方面，都发生了微妙或巨大的变化。此时的他们，在社会和家庭中正处于一个承上启下的地带，职业的压力，婚姻的倦怠，孩子的叛逆，父母的多病，而自己又雄风不再美人迟暮，使他们成了负荷最大的人群。

糟糕的是，很多中年人对这种悄然发生的转型，迟钝甚至不自觉地加以抗拒，常常不为以往的信念而动摇，就像勇挡风车的堂吉诃德。少年有小学中学，青年有大学，老年有老年大学，唯独中年人完全靠自己摸爬滚打，没有哪所大学教他，在人生的后半场不宜按照青年时期的纲领来生活。因为在青年期是伟大的事情，到了中晚年可能会显得渺小；在青年期是真理，到了中晚年却成了谎言。青年期不能脱离童年的思维而融入社会，中年期也不容易与青年期握手言和而道别。大多数人的中年生活，不是继续上升和扩张，而懂得取舍学会放弃，是这个年纪必须面对的重要课题。

人一辈子都忙个不停，有一个比其他小伙伴奇特的玩具，考一个好大学，奔一个有前途的职位，找一个有魅力的伴侣，创造社会价值以给更多人提供机会……人生的目标一个又一个，从未停歇。现代管理学之父彼得·德鲁克提醒人们：在任何一个工作系统内部的升迁，到一定程度都会因为等级越高、人数越少的金字塔式人事结构而趋于停滞。职业上的升迁确实需要努力，但也不要过于较劲，不是你不够优秀，而是金字塔式的人事结构，会让大部分人失望大于期望。

人们总是带着未圆的梦想进入老年，这些遗憾让他们频频回首，而这种频频回首对于一个人来说是致命的。他必须构建一个新的目标或培养一个新的爱好，帮助他过上一种与前半生一样有目标的生活。目标不论大小，都是抵御衰老和死亡的良药，不是佛陀要求你去超度一个此岸，而是你自己需要有一个要去达到的彼岸。

美国心理学家埃里克森说，中年期是一个人“自我调整 PK 绝望感”的心理冲突期，如果一个人接受现实的自我调整大于绝望感，他将获得智慧的品质和自在的生活。反之，将陷入懊悔、恐惧、颓废和绝望。瑞士心理学家荣格也认为，宗教是专门为40岁以后的成年人设立的学校，一切含有超现世目标的宗教，从心理健康角度来看都是有益的，能让你渐入“胸有猛虎，细嗅蔷薇”的佳境。

人生犹如一场足球赛，上半场立下了许多美好的心愿，但一路打下来，视线开始模糊，方位开始动摇，病痛、大起大落、离婚、酗酒、没时间与孩子相处而内疚……使比赛得分不再带给你像过去那样的兴奋与荣耀。球赛的胜负取决于下半场，你的人生下半场准备怎样开启呢?

长大还是变老

今天是六一儿童节，到处洋溢着孩子们的欢快和勃勃生长。很惊讶自己在这样的时刻，却想起衰老的话题。

毕生从事“如何改善沟通”事业的卡尔·罗杰斯，曾被邀请去做一个关于老年生活的演讲，78岁的他在演讲中，主要是分享自己从65岁到75岁这十年间，日常生活以及在认知、情感和行为上的改变。

首先是正视身体上的衰退。比如：以前喜欢的扔飞碟，已经被长距离散步所取代；以前经常飞往世界各地开展工作坊，现在园艺和写作成了生活中很大一部分内容；比起一位赫赫有名的80岁联邦大法官，很庆幸自己还是一个性生活活跃的老人。总之，从身体层面，确实是上了年纪变老了。然而，从心理层面，觉得自己有一些是变老了，还有一些仍在不断地生长和长大。

晚年的罗杰斯，事业上越来越喜欢创新和冒险，可以赚钱、可以获得正向反馈的工作方式，已不想再重复。而具有创造性的新方式，都愿意去尝试。是什么吸引他去尝试未知，为新事物下赌注？除了他那天生的对“确定性”的厌倦，只有未来的不确定才更能让他前进的性格特质，还与他拥有一个松散而又亲密的朋友圈息息相关。他们彼此支持不怕失败，甚至希冀着从失败中能发现一些新的活法。而且，他生命中最满意的十年——在芝加哥大学咨询中心与年轻人一起奋斗的十年，让他终身受益。

年轻人的生活方式，能把冷冰冰的程序化工作和带温度的人性化生活区分开来，他们更不会乏味、更少自我防御、对批评更加开放、对创新更加包容，总是能点燃他的创造力。而渐入老境的创新冒险，与过去有所不同，学会了更加照顾自己，意识到自己并不能处理所有的事情。越来越善于寻求帮助，而不是像原来那样把所有的责任一肩扛，为此还能做到舒服的、没有负罪感的不负责任。这一点在照顾身患重病妻子的选择上，更是让人触目惊心。

对于罗杰斯来说，这十年间最大的压力是照顾生病的妻子海伦，这是一段身心俱疲的艰难时期。与病重的妻子近距离相处，变成了罗杰斯沉重的包袱，这份沉重不仅来自对妻子饮食起居的辛苦照顾，更来自情感上的彼此疏远和精神上的互相伤害。不堪重负的罗杰斯为了保障自己的生活，选择了把“过自己的生活”放在了首位，他的妻子被这个决定，也被他晚年价值观的改变所深深伤害。

罗杰斯自己从此也对长期痛苦的疾病怀有莫大的恐惧，只希望死得快速而不至于没有尊严。而且陪伴亲人死亡的过程，也让晚年的他宁愿相信，每个人的灵魂都是连续而永恒的，可以去天堂与亲人重聚，也可以回世间投胎为人，这种信念可以帮助濒死者释放一些为他人而活的挣扎。

长大，可以是成熟，也可以是变老；变老，可以是衰退，也可以是生长。时光如金梭银梭，每个人会织出自己的经纬，长大还是变老，只有合脚的鞋才算是真正上了路。

有感“活在当下”

“活在当下”是如今颇为流行的一种生活理念。

其实，我们大部分时间都是活在当下，很少系统地俯瞰自己的整个生命线在不同阶段高潮与低潮的跌宕起伏。为什么现在“活在当下”却成了人们的深情呼唤，变成了一种流行文化呢？

18 世纪后半期，号称“日不落帝国”的英国，率先完成工业革命，殖民地众多，成为头号资本主义强国。当时，在英格兰和威尔士，第一次出现了城市居民大量涌往乡村的历史潮流，他们的目的是恢复身体健康，确切地说是恢复心灵的和谐。

21 世纪初的中国，“活在当下”的理念与当时英国“回归田园”的潮流，有着异曲同工之妙，为什么这么说呢？都市的迅猛发展让人们前所未有的压力山大，人们要不然活在对过去的追悔抑郁中，要不然活在对未来的恐惧焦虑中，很难活在当下生活的正常状态。而长期处于非常态，就会让人不堪重负。也许，都市里的人们，被过去和未来撕扯和碾压得太频繁，导致全民崇尚“活在当下”的修行。

喜欢琢磨“形而上”的我，觉得“活在当下”是个伪命题，认为人应该是活在过去、当下、未来“三点一线”的时间轴上的。正常人都有体会：过去是无法忘怀的，未来也是无法不去绸缪的，活在当下只能是自欺欺人，这三者在生活中如影随形，对立或割裂它们都是徒劳的。或许，我们能做的就是在过去、现在和未来之间自由穿梭，不执着于任何时间和空间里发生的事和遇到的人。虽然很难，尚可修行。

曾有好友笑说：我日理万机忙得很，哪有时间修行那些虚头巴脑的东西，除非遭遇变故或身体不得动了，我才可能会需要这种形而上的东西吧。我笑答：修行，就在你的日理万机中啊。我理解的形而上学，是一门不同于自然科学的学科，它研究看不见的无形的东西，在“科学”和“伪科学”之间，它以一种“非科学”的方式看世间的一切存在。如果你的“形而上”还停留在中学的哲学课本里，那真有点遗憾，会少了一个看世界的工具。等你想玩“形而上”的时候，恐怕它不跟你玩儿了，你剩下的贴心保镖，很可能就只有抱怨、苛责、愤怒、仇恨、沮丧、颓废甚至绝望，而且还会殃及身边的至亲。

此生也许，贫富跨越不了阶级，但修炼自在的生命状态，是完全可以跨越阶层的。因为，生活的幸福度与财富，在初始阶段钱越多越容易幸福，但到达一定的阈值之后，二者就不呈正相关了。敬畏“时间”这个魔法师，从当下开始千万次的修行吧。

你需要一个能信任和爱的人

2019 年 12 月 26 日，我注册开通了微信公众号：琴心驿站。我的愿景是：用书写充实生活，用生活丰富书写，在生命深处与你分享和相遇。

圣诞节刚过，突然想起一个有关圣诞树的故事。挪威每年给英国送圣诞树，已经 70 多年了，以感谢英国对挪威哈康七世国王的救命之恩。

哈康七世作为挪威历史上第一位“民选”国王，在第二次世界大战中，既担负了反抗德国侵略的重任，又肩负了维护挪威王室尊严的职责，在国家荣誉、王室尊严、民主信念、年轻生命的牺牲、个人安危和家族传承之间，做着许多艰难的抉择。如果国王签署了投降，就不会有年轻生命的阵亡，可国家主权、民主信念、王室尊严、矿产资源等，都会灰飞烟灭。哈康七世国王说出了“二战”历史上非常著名的一句话：“一个民族屈服于外来侵略者，就不值得活下去。”

哈康七世国王给我印象最深的，却是我看过的挪威电影《国王的选择》里的一句话。当时，哈康七世国王做了一个艰难的决定：只身前往与德国外交官做最后的谈判。在与儿子做“壮士一去不复返”式的诀别时，语重心长地对儿子说：“你一定要把妻子接回来（妻子带着孩子暂时逃亡到美国），你需要一个能信任和爱的人。”

身处庙堂之高的国王，深知高处不胜寒。把妻子接回来，不是我们通常所理解的丈夫要对妻子好、糟糠之妻不下堂、善待身边人，而是在这个世界上，你自己需要一个能去信任、能去爱着的人。人需要一个这样的存在，如果没有这样的一个存在，即使当了国王，人生也如陷荒漠。

真是振聋发聩的一句忠言啊，我们每个人都需要这样的一个存在，需要一个能去信任、能去爱着的人，需要一个能在生命最深处相遇的人！

一个能信任和爱的人

你生活中的“假设”是什么

不做科研的人，可能对“研究假设”比较陌生。我在初始阅读一些理论书籍时，对作者总是先用大量的篇幅，来阐述一大堆的“研究假设”，感到莫名。后来才知道世界上所有对答案的真理性探索，都要经过“假设”这个过程。“研究假设”的本质，是一种对于某个问题的答案的未经证实的猜测，然后，对这个猜测可以“证实”也可以“证伪”。

这个高大上的“假设”，我感觉离我们的生活一点儿也不远。简单到日常聊天：“最近怎么睡眠特别不好？”“咖啡喝多啦？被上司狠批啦？订单取消啦？提拔没机会啦？恋人劈腿啦？孩子生病啦？”凡是能想到的影响睡眠的因素，都可以被用来假设。“假设”也可以复杂到生活的各个角落：

“凭什么嘚瑟呀，不就是有几个臭钱嘛。”

假设 1：有钱的人就必然会忘乎所以。

假设 2：有钱人必然瞧不起穷人，就像白人歧视黑人一样。

假设 3：内心深处认同价值创造者，是值得嘚瑟的。

“考试又倒数第五，你为什么就不能再努力一点呢？”

假设 1：只要努力，肯定会考得好。

假设 2：别人家的孩子都比自家的孩子更努力。

假设 3：父母该做的都做了，失败的责任不是父母的。

“总是这么晚回来，不要这个家啦？”

假设 1：泡妞去了。

假设 2：不爱我了，我不值得爱了。

假设 3：逃避家务。

“强者俯瞰人生通达无比，只有弱者才会循规蹈矩。”

假设 1：不按规矩出牌，才能出奇制胜。

假设 2：规则是死的，人是活的，不屑于做普通人。

假设 3：对无序的社会深感失望，因弱肉强食而陷入虚无。

每个人行走在这个世界上，都有一套自己从小到大慢慢形成的价值观导航系统。表面上看，大多数人是随大流走康庄大道，深处里却是自己剪不断理还乱的阡陌纵横，各种“假设”牵引着我们在这个世间兜兜转转，而我们却很难握住这只无形的手。因为，日常的生活不会像科研那样，需要我们去“证实”或者“证伪”，粗糙复杂又精微灵动的生活，似乎也无法求证。可现今的人们，偏偏又喜欢把自己都无法求证的生活假设，强加给别人，彼此无谓地增添了许多混乱和焦虑。

试想一下，你生活中的“假设”是什么？如果众生也能像严谨的学者那样，清晰地亮出自己的“人生假设”，像学者一样知道自己的“假设”并非真理，只不过是在前不见古人后不见来者的茫茫宇宙中，从又一个角度探索世界探索自己而已，那世间的生活会澄澈许多。

当清晰自己的人生假设时，才不会排斥他人的假设，也不会轻易全盘肯定、全盘否定或者虚无所有的假设，并能允许和尊重各种各样的生活选择，比如同性恋。生活中我们经常会听到性本善还是性本恶的争论，对于这种宏大的话题，其实我们老百姓无须过多地去假设和求证，但在自己所处的日常生活环境中，对于假恶丑和真善美的此消彼长，是可以做出自己些微努力的。性本善还是性本恶不重要，更重要的是日常生活中，什么情境下更能让人趋善避恶，让彼此内心深处真、善、美的种子不断长大，而不是枯萎，倒是更值得做也能做的事情。让我们能够跟彼此的“人生假设”快快乐乐地玩耍，同时，让自己日臻精进：我喜欢你，不是因为你和我是一样的人；我珍爱你，是因为你与我不同。

耳熟能详的“理论是灰色的，生活之树常青”，常在耳畔回响。灵动的生活不同于理论，再多的假设，都不如生活本身，生活永远是最大的。

让奋斗伴随宁静，还生活以祥和

不记得从何时起，我们生活的模式似乎只有“奋斗”的选项，除此之外都是“虚度”，而虚度就会被优胜劣汰，关乎生死存亡。

如果放在原始社会，剑拔弩张的狩猎事关生死，那在已经解决温饱的今天，还要死守战斗的模式不放吗？剑拔得不够快弩张得不够紧，顶多是影响你的房有多大、车有多豪、美味有多奇特、爱侣有多显摆、度假有多豪华、孩子的择校费有多牛……能影响生死吗？

或许你能过上外在光鲜的生活，但你已很难开心。物质匮乏之苦才下心头，精神空虚之苦又上眉头，明明知道睡就一张床住就一间房吃就一碗饭，但我们就是找不到幸福生活的阈值点。过去一块喜欢吃的芝麻糖会让我们心花怒放，现在满桌的山珍海味却不知自己身在何方。是什么裹挟着我们离真实、简单、快乐的生活越来越远？

前几天，又看了一遍意大利电影《海上钢琴师》，该片讲述了一个被抛弃在“弗吉尼亚”号头等舱钢琴上的弃婴 1900（他的名字），在蒸汽船上成长为一名以海为家的天才钢琴师，并最终殉船于海底的故事。男主 1900 一辈子都没有离开过生于斯、长于斯、死于斯的这艘海上邮轮。每当一批又一批寻求美国梦、第一眼看到自由女神像而欢呼雀跃的客人即将靠岸时，他从不期盼那个目的地的到来。他整个的生命状态就是用 88 个琴键与邮轮、大海共舞，能用音乐准确地诠释来来往往客人的表情、声音和内心，从没有踏上过陆地的他，却能感受陆地上人们的千山万水。

当出版商用利益诱惑他以钢琴惊艳世界的时候，当同行翘楚用名望邀约他进行钢琴决斗的时候，当从未开始的爱情让他花前月下转身难的时候，他已然迈出的脚步，还是宿命般地退回了，决然地留在船上，做自己喜欢的事情，过自己想过的生活。他不想下船的原因，几乎全部是从自己的音乐里悟出的，他对一生唯一的挚友托尼说："偌大的城市，绵延无尽，阻止我脚步的，并不是我所看见的东西，而是我所无法看见的那些东西。""键盘有始亦有终，你确切地知道 88 个键就在那儿，它们并不是无限的，而你，才是无限的，你能在键盘上表现的音乐才是无限的。我喜欢这样，我能轻松应付，而你现在让我走过跳板，进入城市，等着我的是一个没有尽头的键盘，我又怎能在这样的键盘上弹奏呢！那是上帝的键盘啊！"把握有限，创造无限，这跟中国的庄子"吾生也有涯，而知也无涯。以有涯随无涯，殆已"不是有异曲同工之妙嘛！

似乎只有当我们像海上钢琴师那样，清晰自己真正想要的生活是什么，我们才能放下剑拔弩张的姿态，靠近简单快乐的生活。

而我们一代又一代地被教育和驯化，要和别人一样，不管你是游鱼还是飞鸟，统统上岸，走同一条路，一条由他人定义的望不到尽头的路。我们早已麻木了什么是自己最想要的生活，大多变成了困于都市的托尼，1900 则是藏于每个人心灵深处的田园。好在时代不断地进步，老老少少都知道每个人对生活有不同的理解和选择，有人追求卓越渴望"挥斥方遒，指点江山"，有人乐于平凡喜欢"采菊东篱下，悠然见南山"，有人迷恋浪迹天涯的迁徙，有人渴望偏安一隅的栖息，有人执着于自己的天赋能邂逅社会的使命而共度一生，有人云水禅心地把游戏人生视为圭臬。

可"知道"并不等于"做到"，常常能做到的却是，既不允许自己，也不允许他人，过上自己想要的生活。人类原初的恐惧和都市生存的贪婪，让人们习惯将奋斗和虚度对立，有限和无限对立，世俗和高尚对立，现实和理想对立，完美和缺憾对立，欲望和理性对立，约束和自由对立。而不习惯假就在真的对面，恶就在善的隔壁，丑就在美的旁边。二元对立撕裂的人生永劫不复。

大自然总是给人类以馈赠，疫情以及后疫情时代，让人们越来越明白生活最大，慢慢学会不拿狭隘的价值观标尺，去丈量宽广又灵动的生活。恰如《海上钢琴师》的结尾所言：只要你还有个好故事，和一个能够倾诉的人，你就永远不会完蛋。

真与善的纠缠

2020 年的冬天，是个暖冬。

疫情宅家足不出户，每天的国内国际新闻风云变幻，不过，求真、扬善、向美的主旋律，依旧给人温暖。

喜欢看电影不怎么喜欢看电视剧的我，这几天开启了追剧模式。挑选了半天，还是选了一贯喜欢的人伦类片子——《精英律师》。在我看来，律师、法官、医生都是一个容易深陷内心冲突的职业，很喜欢看各种精英和普通人，在面对人生百态的各类事件和生活琐碎时，是如何处置的。

比如，《精英律师》中刘英美脑出血突然去世，其妻何璧（谐音“何必”吗？）在整理遗物时，发现了一个装有 600 万元欠条的盒子。一直高高在上被丈夫宠爱着的妻子，百思不得其解丈夫为什么要背着她，借这么个巨额债务，而且到底用到什么地方去了。于是，她找到当律师的弟弟何赛的老搭档罗槟调查此事。罗槟经多方查证和几分推理，得出这些没人索要的欠条，实际上是刘英美为了有朝一日离婚而准备的财产分割。罗槟问何赛，怎么去跟何璧了结此事。

精彩看点来了：人都死了，是告知残酷的真相，还是用善意的谎言，让活着的人依旧心怀美好的活着呢？罗槟和何赛其实各自心中早已有了处理办法的雏形，都带有各自核心价值观的烙印。但两个精英男人还是难以确定自己的内心，又分别找到各自信任的女人商量此事（准确说不是商量是确认）。然后，罗槟更加坚定了“真很重要，但善要优先于真”的处理办法，何赛也更加坚定了“不能直面真相的善是伪善，往后余生的生活也不配得到幸福”。结果如何，感兴趣的朋友可以先睹为快。

真、善、美的排序，一直是古今中外先哲们的永恒话题。这类伦理性的问题，不同于追求绝对精确性的自然科学问题，伦理性问题更多关涉的是具体生活中的践行，而非一种关涉知识性的定理。为什么人们喜欢体育竞技，因为体育竞赛标准的高度、速度、长度等，可以用真实的物理指标加以衡量，满足了人们在现实生活中难以满足的公平、公正和公开。也可以说是勇敢地在追求“真”中，完成了对“善”和“美”的达成。

生活中真与善的纠缠比比皆是。在一次20周年同学聚会中，几乎全体同学争先恐后地表达，对一位身患癌症同学的关心和善意。可这位同学私下里跟我说，她真不喜欢这种被另类善待的感觉，内心渴望的就是被当作一个正常人相待。是啊，人们经常会做一些自以为是的“善”举，其实根本不是他人想要的“真实”。如果不是出于对他人真实需要的“给予”，常常更可能是自我满足崇高感的“得到”。

这也让我想起英国电影《女王》，该片讲述了戴安娜王妃车祸身亡后的一周时间里，悲恸欲绝的民众和冷漠回避的英国王室之间，秒爆的信任危机。新上任的布莱尔首相与女王之间的交流沟通，以及上流社会与普通民众跟媒体之间共生又失常的微妙关系，纪实性又戏剧性地刻画了，在一个轰动全球的公共事件背景下的众生相。对民众而言，戴安娜是英王室的最佳平民代表，也是善良的天使。但对女王及王室而言，并非仅仅如此。当大批络绎不绝的民众，前往肯辛顿宫门前祭献鲜花和蜡烛的时候，当世界各地的唁电雪花般飞往白金汉宫的时候，导演细致入微地刻画了，在巴尔莫拉城堡度假的英国女王，是怎么度过这非常时期真与善哪个优先的心路历程。

身逢重大公共事件，鱼龙混杂的疫情资讯，像冬日铺天盖地的雪花，在人手一机的屏幕里翻飞。祈愿真与善少一些纠缠，让众人在 2020 年的寒冬里过上一个暖冬。

心有猛虎　细嗅蔷薇

哀悼我们的丧失

“嘀……嘀……嘀……”2020 年 4 月 4 日上午 10 时，我正行驶在八车道的高速公路上，神龙不见首尾的车流，不约而同地笛声四起，那份肃穆、那份凄然、那份热闹却寂静，弥漫了整个大地和天空！

这真是一个难忘的历史时刻，既是中华传统的节日清明节，又是对新冠疫情中牺牲烈士和逝世同胞的举国哀悼日。对死的敬畏，对生的珍爱，从来没有这样生死一线间的浓烈体验。

2020 年的春节之前，大多数人一直生活在不断“获取”的社会高速发展和个体努力拼搏之中；春节之后，因疫情各行各业突然按下暂停键，陷入在不断“丧失”的宅家隔离之中。恰似每年清明节对亡故亲人的祭扫一样，这种全球性的重大集体丧失，也是需要哀悼的。

这个清明节，我感受到了三种不同的哀悼：

1. 哀悼“生命有常”的丧失——直面死亡，更能珍爱生命

行驶在高速上体验到的全国哀悼，我感受的是人们对“生命有常”的丧失的集体哀悼。这次全球新冠疫情让很多人感受到，“生命无常”是如此真实地临在，视而不见的死亡其实会随时降临。春节之前，微信满屏的都是这个豪华大餐，那个盛大开业，不是岁末硕果总结，就是年初励志计划，不是大咖城市的马拉松，就是国际范儿的摄影大赛。而春节之后，所有人群聚集的活动全面

取缔，各种交易大单撤销，无法开张的店铺让人为业主揪心，停工、停学、停业、留学生返家的焦虑无处不在，突然的停摆让人猝不及防。

为“生”做了很多很多的准备，却从没有把“死”放进人生的备忘录。哀悼这种丧失，会让人直面死亡而思考存在的真相，鼓舞人们去过一种更简单、更充实、更恬静、更良善的生活。生活中也经常看见，走出丧亲阴影的人，会格外地善待一日三餐，把每一个平凡的日子过得像是最后一天。

2. 哀悼“重要他人”的丧失——准备了永远，却没有准备再见

这次疫情让武汉的很多家庭，遭遇到一个突如其来的惨烈境况，眼睁睁地看着自己的亲人，四处跑医院排队寻求医疗资源，有家不能回而风餐露宿，最后被夺去生命。这种突如其来又目睹了过程的丧亲之痛，是需要很多的哀悼仪式，才能慢慢走出阴影的。

亲人去世很常见的一个反应，就是内疚与自责，责怪自己没有能力，没有尽到责任，总想重新来过逆转糟糕的结局。这时，身边人不必简单地劝慰“这不是你的错，不能怪你”。而适宜陪着他去哀悼他的懊悔、哀悼他想再去努力的愿望，试着用这样的话语：“看起来你好像很责怪自己，你是不是很内疚、自责？”当这种强烈的、极端的情绪被充分地表达出来，被看到、被理解、被尊重、被恰当地哀悼，才能使得这个情绪不会转向自我攻击，才有可能对“永远”说“再见”。

3. 哀悼“客体”的丧失——客体已逝，但客体的爱永存

今年为防疫情聚集，我的家乡对公墓祭扫设置了时间段，市民不能现场聚集扫墓。由地方财政出资，民政部门组织实施，把陵园打扫得干干净净，并在每个墓碑前摆放了两朵清新的白菊，一眼望去很是壮观。

许多年来，每次在父亲的墓前祭扫，深深地感受到，作为肉体的客体虽已消亡，但作为“爱的客体”却永驻心间。甚至常常想象着是老爸的爱，让我们总是在春光明媚、桃红柳绿的时节，一起外出踏青沐春风晒暖阳，全然没有哀伤的感觉，更多的却是放飞大自然的喜悦，沐浴着永恒之爱的恩宠。惊奇地发现，青山共绿水一色，哀悼与喜悦齐飞。

2020 年，哀悼丧失，是为了更好地前行！

虚度，是一种能力

2020 年的下半年，七月份才刚刚开始了几天，朋友圈日渐沉寂的迹象越来越明显。

往日晒工作、晒签约、晒年度计划、晒商务旅行、晒培训、晒饭局、晒旅游、晒健身、晒广场舞、晒马拉松、晒球赛、晒摄影、晒旗袍秀、晒美食、晒校友会、晒酸甜苦辣的憋屈……而现在却几乎没人冒泡儿了。有的是因为疫情的影响而停滞，更多的是不论悲喜，已不想广而告之打扰他人，安静真实地活着就好："没有动态的日子，都是在好好生活。"感觉全民的心劲儿，犹如命运交响曲的某个乐章，由高亢转为静谧，生活中的柴米油盐，由至味转为清欢。

跑完马拉松回来的人，通常充满了热忱，几天前令他厌恶至极的囧事，像云烟般飘散；喜欢钓鱼的人，在鱼儿没有咬钩的时候，可以尽情地任思绪飞扬，梳理乱麻似的日常与过往。生活中有太多这样看似虚度其实充实，看似充实其实虚度的状态。

自以为能更好更快钓到鱼而不断变换地方的人，看起来行动力极强又充实，一点儿也没有虚度光阴，可钓鱼的真正意义和魅力却体会不到。因为，业余渔人的目标往往非鱼；旅游的人匆忙赶路，排队拍照，收获了一大堆到此一游的照片。或者走到哪儿都喜欢听导游讲解，囤积一大堆转身就忘的二手知识，仿佛这样才不虚此行。却从不习惯使用自己的观察力和感受力，麻木不仁地错失了在旅途中与不同景致、不同事物以及不同人相遇的机会；上各种课程喜欢记下厚厚的笔记，仿佛这样才证明自己学到了很多东西，学费没白交。而一心记笔记往往会阻挡知识的内化于心，留在纸上的知识，终究是被灌输的知识和用来考试的知识，只有进入你内心感应，带来行动改变力量的知识才真正属于你。

许多人似乎有一种享受上的先天无能，虚度，是一种需要培养的能力。我们一直习惯未雨绸缪，哪怕风平浪静也跳不出这种危机思维模式，前瞻性地不停向外抓取，决不允许自己停下来虚度。常常用铿锵的脚步掩盖匮乏的内心，似乎只有忙碌，才能让自己暂时看不到恐惧。而内心充盈的人，允许工作可以是享受，虚度可以不是煎熬，让拼搏与虚度轮番为生活把航。

疫情期间，大把的宅家时光，如何虚度“杀”时间，还真是一个问题。

好想好想，回到1978

有时候，会望着无边的天际发呆，好想好想时光倒转，回到从前，让所有的心境和梦想生活都定格在1978年！

我的花季少女时代，单纯美妙无边，每天的日子充实而满怀梦想。学业的激烈竞争让我心无旁骛，白天，总跟我的一个闺中密友同进同出，她既是我的邻居，又是我学业上的顶尖竞争对手。代表学校参加数学竞赛的辅导小组里，就只有我们两个女生，既是队友又是对手，彼此暗中较劲，又好得分不开。我俩相邀参加学校的晨跑队，每天天不亮就起床，一起跑步到学校，再绕校园操场跑步15圈。一起早餐，一起晨读。没完没了的学业竞赛考试，虽然让我们身心俱疲，却也让人感到无比的充实和兴奋。突然发现，我从年轻时就是享受过程不看重结果的性格类型，生活中的关键词仍然是：充实和梦想。

到了晚上，各回各家独自学习，我就怎么都收不回信马由缰的思绪，痴想着班上一个心仪的小男生。他有着一双非常漂亮迷人的眼睛，直挺的尖鼻子，独特的嘴唇，高挑的个子，快活讨巧的性格，总让独自一人的我魂不守舍。他是班长，我是学习委员，都是让人艳羡的才貌双全，我们心心相印彼此暗恋着对方，体验着人生美好而又青涩的初恋。我们活泼的英语老师，竟然在上课借提问的幌子，公开地打趣我们，既让同学们开心，也让我俩暗爽。现在看来不论男女，相互恋慕都是从美貌相吸开始的，当然还搭配一点成绩不差。后来虽然我俩有缘无分，但善良而青涩的他，在恋爱无果后考研远走京城。没想到20多年后，他竟以厅官的身份交流回来。虽然我已为人妻母，他也妻儿绕身，但我们曾经的美好，就像他赠送给我的明信片：“从来不需要想起，永远也不会忘记。”

时光如白驹过隙，转瞬之间人到中年。心理学家荣格在《人生的各阶段》中写道：“如果长寿对人类毫无意义，人们当然不会活到七八十岁，人的后半生一定有着自己的意义，不可能仅仅是前半生的可怜附属物……在繁衍后代、养育孩子、物质谋生、个人发展等自然目标达成后，中年之后的你，可能只有在文化中找到后半生的意义和目的。文化是背离本性的，但它让人类从动物的本能进化为有意识的社会人，不断突破狭隘的意识范围，在对立物的压力下，重建一个更博大更高级的自我。”日新月异的变革年代，外扰内困时时炙烤着我们脆弱的身心，总有一个疑问在内心深处空旷地回荡：每个人都会有一个心魔吗？

我猜想，在人的内心深处，有一个很硬很硬的壳，在壳里藏着很软很软的神秘之物，连自己都很难触碰到它，但却实实在在地存在着。像一条驻扎在心里的毒蛇，冬眠时看不出任何痕迹，一旦苏醒就会蹲视着你，在你意想不到的时候，撕扯着已经结痂的心灵，再次地鲜血淋漓，又再一次地结痂，永无痊愈之日。就像吃水果山竹一样，每个人都想砸破这个硬硬的壳，触摸到深处甜软的内核。水滴可以石穿，而抽刀水却更流。那就是传说中的“心魔”吗？总记得儿子跟我说过的一句话：一个人，对自己对他人对世界，如果没有信任，说的和做的，有那么回事与没那么回事，都是一样的。因为，一切都已失去了意义。

孤独的时候，无助的时候，寒冷的时候，好想好想回到从前，回到那个既有目标又有梦想的时光。心有魔说明魂仍在，只要相信！

家宴，是一个激荡心声的方寸之地

金灿灿的豆豉烧排骨，白嫩嫩的清蒸鲈鱼，红黄绿白相间的杂酱丁，绿油油的油淋莜麦菜，清爽爽的紫菜蛋汤……每当无须独自用餐的时候，就会喜滋滋地坐等家人下班，共进晚餐吃吃喝喝聊聊，享受秀色可餐的家宴。

嘀嘀，嘀嘀，微信里临时蹦出来了一个晚餐邀约。从社交礼仪上感觉有些凑数之嫌，那又何妨，不是故友就是新交，心无罅隙一切皆可欣然。既然大多是家人的家宴，无须盛装，一身休闲疾速前往。老友新朋寒暄落座，满眼的“90后”“00后”尤其养眼。大圆桌中间的精致盆景，一棵苍劲的松柏，虽然袖珍，但是遒劲有力。在它底部布满青苔的泥土上，四处散落的多肉植物，犹如年轻的生命鲜嫩饱满，像早晨八九点钟的太阳。

酒过三巡，“遒劲有力”的主人极富创意地提议，每个人把酒巡礼做一个自我介绍，并轻松幽默地提醒大家，讲话首先要有条理，开头、主题和结尾可以自由发挥。当然是从“早晨八九点钟的太阳”开始，让年轻人优先分享和展示，退休银发族也积极用心参与。真是精彩纷呈，财富管理、子承父业、裁员焦虑、职业规划、运营目标、同窗情谊、感恩胞兄、贵人相助、川渝美食、怀念姥姥心中的自己、文字布施、亲情友情等，五花八门不一而足。

我不失时机地利用如此轻松有趣的饭局氛围挑战自己，即使不好听也要尝试一次，那就是第一次用主人独创的“同音字串烧”法，作现场发言。我即席做了“嘚瑟”“德行”“得到”三个“De”字的分享。

第一杯酒“嘚”：嘚瑟被认可。作为校友家属代表被邀参加隆重晚宴，又作为家人被邀参加家宴，餐前空隙向权威请教新闻有关的紧急难题，立马得到引导性答案。这一切小确幸都让我嘚瑟。好，自饮一杯。

第二杯酒“德”：一直过着持守“德行”的生活。首先感谢我的先生，为我遮风挡雨远离世道险恶，过上比较单纯而纯粹的生活，仍葆有童心般的好奇心、想象力和创造力。其次也感谢自己，从来没有停止过努力，一直保持精进和自律。虽然没有获得什么值得夸耀的事业和财富，但一直智慧不油滑地善待身边人。秉持付出是福，尽自己所能帮助和影响身边人，与我一起更积极更自信更豁达更通透地把生活过好。活到这个年纪，觉得此生最大的幸运，是在每个年龄段都能很好地投入和享受了生活，没有辜负岁月。也一直想把自己的幸运和福报，回馈给身边人以及社会。

我始终相信文字的力量，文字也是物质布施、身体布施之外的一种文字布施。也许一个故事或一句话，能让一个千里之外素不相识的有缘人，在人生至暗时刻，突然一下豁然开朗。作为写作者，我不需要你认同我的观念，也没有那么在意你我他价值观的优劣对错，只在乎你能不能把日子过好。如果你的三观能成为你生活的垫脚石而不是绊脚石，我还巴不得你“走自己的路让别人说去”呢。好，自饮第二杯。

第三杯酒“得”：感恩得到。比如，刚刚听到一位从业八年的年轻人分享的财富管理，不管之后彼此能否相互幸会，但获得一手资讯的本身就是一种得到。还有一位中年精英，颇有节制地分享新闻行业内的某些约定俗成，让我手头上的事情少费了很多心思和交涉，于我圆梦了愿也是一种宝贵的得到。这次家宴的巡酒分享环节，带给了我一种新的体验，亲眼看到和亲耳听到如今稀缺的家族凝聚力和传承，在这里依然这么饱满而生动地流淌着，也启发我在今后的生活中做一些新的努力，这也是一种意料之外的得到。第三杯，感恩今日，感谢大家，敬请干了这杯酒！

一桌美酒佳肴的方寸之间，往往是舌绽莲花的心声之地。吃吃喝喝聊聊之中，平日里的酸甜苦辣会咀嚼出万千滋味。如此家宴，如此有料有趣，有时真感不是家人胜似家人，陪你吃、陪你喝、陪你聊，你也陪别人吃、陪别人喝、陪别人聊，真是好大一个家呀！不搞一言堂，让每个人有机会，絮叨平日里不宜启齿的话语，既表达自己，又倾听他人。让不同年龄、不同性别、不同城市、不同职业、不同阶层、不同理念、不同角度、不同性情的人，也让父子之间、夫妻之间、婆媳之间、兄弟妯娌之间、同学之间、上下级之间、师生之间、新朋老友之间，在一起如此激荡碰撞。我会好奇，在座的每一个人心里，会泛起怎样的涟漪呢?

酒，可以口齿留香。菜，可以舌尖回味。涟漪，可以心底扩散，妙笔生花。于我，一圈圈传递，激荡无声，涟漪永在。

最好的告别

我一直喜欢参加婚礼，让人重拾美好而检视当下；我一直愿意参加葬礼，让人直面死亡而更加好好地活着。它们都是一场很好的对生命的洗礼。

生命的年轮很奇特，在某个年龄段会频繁地参加喜庆的婚礼，在某个年龄段又会频繁地参加庄严的葬礼。就像树的年轮一样，其纹理和色彩带给人的视觉和心理冲击是不一样的。

昨天参加一位 94 岁南下老干部的葬礼，就像当年参加自己父亲的葬礼一样，内心平静有余而祥和不足，我渴望生命的最后一程也像最初一程一样，虽伴随啼哭但充满祥和。在倾听家属叙说当年战场上的铮铮铁汉，在临终前遭遇的身体和精神磨难，我心里充满了难过、震撼、惋惜和祈祷。常言道高寿者的驾鹤西去是白喜事，但愿天堂祥云缭绕！

国人很注重葬礼的热闹和气派，似乎这样可以彰显逝者的尊严或生者的关爱。而在生命最后一程的日常陪伴和护理中，却心力憔悴地不堪重负，最后，还是承受着绵绵无尽的无奈和歉疚。我想终归还是临终关怀的薄弱，让彼此的生命不能承受之重吧。记得 N 多年前，我的一个闺密邀我一起开一家老人颐养中心，虽然我没有加入，但我非常敬佩她的初心和愿景，并把白宫健康政策顾问阿图 · 葛文德医生写的《最好的告别》一书推荐给她。

阿图 · 葛文德医生认为，在人生的最后阶段，每个人都可能会面临非常沉重的挑战：子女的善意安全保护需求和老人对自己生活自主自控需求的矛盾，常常到了白热化的程度。日常生活中，我们非常注重保护自己的自主权，而对我们身边的亲人，我们常常要的是安全感，不准他做这，不准他干那。很少有子女会想："这是老妈想要的、喜欢的、需要的生活吗？"而更多的是从自己心安的角度想问题："把妈妈放在这个地方，我心里舒服吗？"

又比如癌症晚期患者，是选择标准医疗还是善终护理，并不是尽力治疗和放弃治疗的区别，而是前者的目标是延长生命，但要牺牲你的生存质量甚至尊严，后者的目标是尽量使你享有最充分的生活，而不是去致力关注患者生命的长短。这种"临终讨论"至关重要，它意味着患者的尊严和身边人心理感受舒适度的平衡和排序。他呼吁："我们一直犹犹豫豫，不肯诚实地面对衰老和垂死的窘境，本应获得的安宁缓和医疗与许多人擦肩而过，而过度医疗反而增加了对逝者和亲属的伤害，剥夺了他们最需要的临终关怀。"

我观看过里根和老布什的葬礼视频，不仅庄严肃穆，更充满祥和，甚至悼念致辞幽默地引人哄堂大笑。西方葬礼仪式细节的安排，是由总统夫人的意愿而定，而不是政府做主，因为他是总统更是一个妻子的丈夫。不论国葬还是家葬，都不是政治性的追悼会，而是宗教仪式，主持仪式的是神职人员而不是政府官员。认为世俗的人是没有能力为灵魂送行的，亡灵需要的不是世俗的盖棺论定，而是请求上帝接纳自己净化了的灵魂。所以，死后场面上的事情并不重要，重要的是祥和地安放灵魂。西方的文化习俗认为，人是由肉体和灵魂两个部分组成，肉体归入泥土，灵魂回到上帝。他们相信人不是完美的，但通过对良善的坚守，对灵魂救赎的重视，可使灵魂净化升华。所以，让亲人有尊严地、祥和地走完生命的最后一程，至关重要。

憧憬光明是为了更好地摆渡黑暗，思考死亡也是为了更好地面对活着，或者说少有遗憾的生活是为了更好地迎接死亡。生是偶然死是必然，大限将至时，保持有尊严的生命和有意义的生活，是每个人的渴望。祈愿我们的身边，"临终关怀"的理念越来越受到重视，更有自己身边的人以及更多的社会机构来践行，让越来越多的人能安享一个"最好的告别"。

辑二

面对内卷和无常，学习与自己、与他人、与世界自洽

女人，别忘了打开隐形的翅膀

女人有翅膀吗？有，我相信。

从弃妇到总裁的张幼仪，也许知道的人不多，但提起徐志摩、林徽因、陆小曼，许多人都耳熟能详。

徐大公子家境殷实，有真金有颜值有才华有思想有激情。林徽因是他在英国留学时的青春偶像，相互欣赏相互愉悦相互理性，在合适的拐角处“轻轻的我走了，正如我轻轻的来；我挥一挥衣袖，不带走一片云彩”。陆小曼是他的朋友之妻，他们的婚姻是冲破封建束缚的自由结合，其间深深相爱也彼此伤害。虽然被亲朋好友唾弃，被证婚人梁启超咄咄警示，但在徐公子短短 34 岁烟花般的生命中，演绎了一场流传至今毁誉参半的才子佳人神话。张幼仪是他父母之命媒妁之言的原配妻子，知书达理孝顺公婆的温良恭俭让，在那个张扬自我追求自由独立的巨变时代，都成了徐公子嘴中的“乡下土包子”。在饱读诗书留洋欧美的丈夫眼里，简直就是缺乏见识、丧失自我和呆板乏味。

15 岁嫁入徐家，22 岁在德国柏林生下次子的张幼仪，在孩子未满周岁的时候，被热恋林徽因的徐志摩逼迫签字离婚，这是中国历史上依据《民法》的第一桩西式文明离婚案。一辈子追求自由的徐志摩，对传统女性张幼仪的漠视和厌弃，对知性女性林徽因的欣赏和倾慕，对才女陆小曼的迷恋和征服，或许都含有对封建礼教的厌恶和叛逆。绝情抛弃发妻或大胆迎娶友妻，似乎就是为了颠覆传统。可对大家闺秀张幼仪的人生来说，就一直被贴上了一个不受丈夫待见的“弃妇”标签。

幸好有哥哥的资助，独在异乡的她从悲痛中振作起来，雇请保姆，养育孩子，学习德文，进入大学专攻幼儿教育。刚露出一缕微光的生活又遭不测风云，三年后次子患病夭折，离婚又丧子的张幼仪，陷入了人生至暗时刻。旦夕祸福的人生，将她淬炼成铿锵玫瑰。张幼仪将自己的一生分为“去德国前”和“去德国后”：去德国之前，凡事都怕；到德国之后，变得一无所惧。

26 岁回到中国，在大学教授德文。28 岁在身居政要哥哥的帮助下，出任上海女子商业储蓄银行副总裁，云裳服装公司总经理。赡养公婆，资助贫病交加的陆小曼。一个被桎梏尘封的传统弱女子，终于慢慢打开了隐形的翅膀，匍匐的人生缓缓舒展开来。

53 岁的张幼仪在香港与邻居中医苏先生结婚。婚前，她写信到美国征求大儿子的意见，儿子的回信让母亲泪眼婆娑：“母孀居守节，逾三十年，生我抚我，鞠我育我……综母生平，殊少欢愉，母职已尽，母心宜慰，谁慰母氏？谁伴母氏？母如得人，儿请父事。”张幼仪与苏先生相依相伴近 20 年，享年 88 岁。

此时，我似乎听到同一个声音从四面八方传来：从弃妇到总裁，她能打开翅膀飞翔，是因为她有一个好哥哥呀。如果弱女子一个，既没有爹拼，也没有哥拼，更没有夫拼，翅膀就像被打湿被铁捆，怎么也飞不动。没错，逆袭，对绝大多数缺乏优质资源的人来说，几乎就是一个画饼充饥的励志故事。可人生不如意十之八九，如何从困境中走出，不只是别人的故事，而是每一个人都必须亲自书写的人生故事。

我陪伴过许多折翼的天使，看到她们历尽千辛越过万苦，坚韧而美丽地重新打开隐形的翅膀，真想为她们讴歌：

16 岁的她，父亲打工客死他乡，母亲改嫁，遭受重创的奶奶瞬间失明，为了照顾最亲的奶奶，或者说奶奶为了陪伴孤苦的她，彼此相依为命。面壁苦读，金榜题名，返乡支教，结婚生子，平实生活。生活中的重要他人——奶奶，成了她打开翅膀的资源。

22 岁的她，开始沪漂十年，初恋失而复得又得而复失，恋爱 N 次阅人无数，备胎他人又被他人备胎，竭尽全力哪怕遍体鳞伤，也去争取和珍惜自己所爱。可痛苦伴随的成长似乎永无尽头，打算独身的前夜，却勇敢地华丽转身走进婚姻，开启生活的新篇章。之前惧所有，如今无所惧。自我的成长蜕变，成了她打开翅膀的资源。

36 岁的她，之前公务员职场打拼 15 年，成绩斐然提拔无缘。聪慧果敢的性情，能力、见识和人脉的积累，让她勇敢地重新抉择。生下二胎，就跳槽到企业从零做起，仅仅两年的时间，就被提拔到下级公司当副总，收入几何级增长。“是金子总会发光”是对她的生动写照。付出的汗水和承受的委屈，成了她打开翅膀的资源。

44 岁的她，从 35 岁开始就深陷冷战的婚姻，无法沟通，互相鄙视，各玩暧昧，分床而睡。孩子的高考季也常常是父母的离婚季。离，永远都有不离的理由；不离，永远都有离的理由。一直都是一个无解的天问，彼此痛苦纠缠，一晃就是一个黄金十年。某一天好朋友对她说：“要么拿出勇气，摧毁婚姻，建立新生活；要么拿出能力，重新构建围城，解构旧生活。你今天无论做什么决定，都会有得有失，但不会有错，我都会力挺你。”一年后，她读大一的孩子也从父母的旋涡中明朗地走了出来。长期维护一位良师益友，成了她打开翅膀的资源。

53 岁的她，癌症夺走了她青梅竹马的夫君，巨大的打击让她头发掉了，牙齿松了，肠胃失调了，失眠了，白天黑夜颠倒了，一日三餐紊乱了。疫情封控让寡居的人更加孤寂，出门的旅行和闺密的欢聚也归零，一天甚至都难说一句话，身体和生活几乎陷入了恶性循环。孩子的宽慰，姐妹的关怀，同事老友的陪伴，邻居的帮助，朋友的开导，落井下石损友的刺激，自己的聪慧和顽强，让她终于走出家门，培养起一个旱地冰壶的新爱好，天天挥汗操练。起居作息时间正常了，一日三餐恢复了，睡眠也香喷喷，外出比赛球友也越来越多，笑声成了家常便饭，身体也越来越好，好友们还祝福她尽快遇到一个愿意一起生活的伴侣。培养一个爱好，成了她打开翅膀的资源。

……

每个女人与生俱来，都有一双灵动的翅膀。经年累月的生活琐碎，或许不经意间打湿了翅膀。当被自我或者他人束缚，请相信，打开翅膀的资源永远都在，只是别忘了《隐形的翅膀》会随着你的歌声一起翱翔：

每一次都在徘徊孤单中坚强

每一次就算很受伤也不闪泪光

我知道我一直有双隐形的翅膀

带我飞，飞过绝望

给我希望……

所有的淋湿都是一场曼妙的雨

过上想要的生活，都离不开精进与自律

三日不阅读，就觉得脑袋空空；一月放任自流，好习惯会像被爆破的弃楼瞬间坍塌；一年不精进，你想要的生活会一泻千里，最后，就是彻底的失去。

晚上不熬夜，早上不赖床。每天清晨醒来的第一件事，就是用手机备忘录快速记录那一刻的灵光闪现或只言片语，那是我最安静的时刻。如果没有泉涌的思绪，就直接洗漱，再把茶泡上，然后安静地开启晨读。随着天光人影攒动，人间烟火喷香，营养又简单的早餐之后，仍旧是书香盈怀。

精力涣散的时候，就溜一下微信朋友圈或做做家务。浏览几个置顶的公众号，大部分都是看看标题。如果碰上吸睛的长文，会让我一头扎进去，一个小时出不来。因为除了泛读，还想精读和做笔记。所有的阅读碰上喜欢的东西，我都要分门别类地把它们放入我的 62 个文件夹。越来越多的大类和细分，常让我找不到那些记忆犹新却又硬核恍惚的资料，慢慢地文件夹也形同虚设，成了一个只是安放自己心心爱爱的东西的地方。

想过上自己想要的生活，每个人都离不开精进与自律。在我看来，油腻生活并不是中老年人的专属，没有目标的人生，都容易滑入油腻的人生。不论对于年轻人还是中老年人，目标不在于大小，而在于有还是没有。

构建想要的生活，每个人的愿景和路径都不一样。大多数人的日常生活步调，跟电影的“三幕式结构”很相像：童年时光相对短暂，介绍我们认识人生；

中间漫长的拼搏阶段让我们感受人生；然后进入人生的下半场，怎么慢慢地将人生收尾。只有少数人的人生类似于《星球大战》中的“英雄旅程式结构”：梦想召唤或意外事件打乱了英雄的日常，英雄不得不进入凶险世界遭遇暗黑力量，在可能出现的一位精神导师引导下，克服内心黑暗的心魔，在一样护身符的协助下，最后一战开打。最终，英雄凯旋回到了自己最初的家园。就像四川很多人靠开火锅店谋生一样，听说好莱坞人很多靠写电影剧本谋生。一方水土养一方人，慢慢地这个地方的人们，很是享受这种人生如戏戏如人生的生活。

透过浑浑噩噩的大千世界，想清晰地知道自己真正想要的生活是什么，这是一个极其漫长的修行过程，“路漫漫其修远兮，吾将上下而求索”真是所言不虚。大部分人会不堪其扰，慢慢选择避开深刻而简单地过活，随大流又能坏到哪儿去呢。简单地活着没有什么不好，可是，这是一个极好的时代，也是一个极坏的时代，财富暴增却哀鸿遍野：拼尽全力仍然过不好这一生。只有少数人能在琐屑的日常中，仍能强韧不息地自我探索、自我成长、自我救赎和自我滋养，真正在靠近想要的生活。增进内心力量，在这个时代有其凸显的价值，只有内心澄明而有力的人，才能在这个内卷又无常的年代，过上面朝大海春暖花开的极简生活。

当我们很清楚自己想坚守什么，想断舍离什么，生活中几乎不会受外在迷乱的牵引。只有在不清晰自己到底想要什么的时候，也常常就是什么都想要的阶段，才很容易被外力影响和牵着鼻子走。

热播的《流浪地球 2》，有的人看得津津有味，而我却呼呼大睡。我看电影像看书一样，习惯性地关注怎么开头和怎么结尾。《流浪地球 2》的片头，霸屏的数百个经典科学公式，立马把人们带入硬核科幻空间：

没有质能方程，人类造不出核武器来炸掉月球；

没有贝叶斯定理，MOSS 难以完成 550 系列的迭代；

没有薛定谔方程，不会有量子计算机 550A 协助建造行星发动机；

没有麦克斯韦方程组，领航员空间站与地球的无线通信无从谈起……

可这些科学公式是在我看完电影之后，通过阅读才知道的，在影院观看的那一刻，我只是视觉上感受到了冲击，而并没能领略到这些具象之下，人类智慧精华的完美呈现。倒是其中蕴含的人文思考和永恒亲情比较触动我，片中科幻地展示，如果地球出现灾难，数字生命和流浪地球是人类的两大去向。当面对“启动丫丫你会死，什么都不做你会活”时，作为父亲的图恒宇，也就是我们眼熟的刘德华，没有一丝犹豫就选择了启动数字生命计划，我真为导演把这种永恒的亲情嵌入科幻内核而拍案叫绝。

极其的孤陋寡闻，以及学科知识的盲点，虽然阻碍了我去感受和欣赏更多的美好与美妙，但也让我越来越清楚自己，只偏好深入角色内心探索的文艺片，即使想拓宽鉴赏领域，也很难喜欢上偏重动作场景而缺乏内涵深度的商业片，估计《满江红》更不是我的“菜”。这与作品优劣无关，只与个人偏好甚至偏执有关。

就像在拉斯维加斯观看大名鼎鼎的太阳马戏团的卡秀，我很舍得地花费了两百美元的自费项目，结果在那么世界一流的高科技 360 度旋转剧场，竟然也是睡得东倒西歪。听到不少中国游客抱怨真不好看太亏钱了。开始我也觉得亏，可转而一想，那么经久不衰上演的“招牌菜”，应该不是剧目不好，而是自己的欣赏视野狭窄和鉴赏水平跟不上，才疏识浅的领域太多太多，学无止境的感慨又重复了一番。由此可见，到底是对方不好，还是自己的段位跟不上，这是每个人都需要厘清的边界。

放眼望去，有的人那么有钱那么有闲，却建立不起来自己想要的生活；有的人那么拮据那么奔波，即使明白想要的生活离自己很远很远，依然脚踏实地地把眼前的生活过得充实而从容。我想，真正清晰了自己想要也够得着的生活，并且用行动去过自己想要的生活，精进和自律是自然而然的伴生物，丝毫无须外界的激励。

俗话说，林子大了什么样的鸟儿都有，林子越大生态越丰富多样。人世间也一样，并不存在所谓的理想生活，只有每个人自己发自内心想要的生活。当不能精进与自律地靠近自己想要的生活，那过着被他人定义的生活，也就没有什么好抱怨的了，心平气和是起码的生活美德。

人生何时不两难

人人都会遇到的两难选择，通常不是简单的对与错或利与弊的取舍，而是两利之间取其重，或是两弊之间取其轻，甚至是对与错、利与弊千丝万缕的纠缠。

经常听到人们诉说饱受选择之苦，最常见的就是离婚还是不离婚，恋爱分手还是将就，孩子教育是高价择校还是就近入学，求职离职是收入优先，还是发展空间或自由时间优先。临终亲人的最后治疗，是选择患者安详还是生者安心优先。孕妇产检指标异常，是选择生还是不生。养老是选择熟悉的家乡还是靠近孩子生活的城市……鱼与熊掌不可兼得，其中的痛苦撕扯只有当事人最刻骨铭心。

她与他相恋八年，婚纱照也拍了，结婚请柬都发出去了，可随着大婚之日的临近，她却极想逃婚。她遇到了一位长相、沟通和经济条件更好的追求者，觉得这才是自己在合适的时间遇上合适的人。如果喜新厌旧选择跟男友分手，她心里会极其愧疚。他是她的初恋，在她青涩任性的岁月中，他能轻轻不用力地包容她；在她坎坷痛苦的时光里，他能默默不慌张地陪伴她；在她彷徨纠结的逃婚摇摆中，他能静静不絮聒地面对她。她明白他的珍贵独一无二。

面对两难选择，她问她的妈妈，习惯对错优先的妈妈劝说她：他对你这么好，不要轻易辜负他。再找一个仍会有你不满意或不满足的地方，慎重考虑，不要留下一辈子歉疚的阴影。她问她的爸爸，习惯利弊优先的爸爸引导她：水往低处流人往高处走，你不辜负他，不见得他以后就不辜负你。贫贱夫妻百事哀，物质条件好能让你少受苦，将来也能更好地保障孩子的教育。

她问爱好心理学的朋友，知道给不了答案的朋友，与她分享了一些感悟：你跟我聊了这么多，但我知道你八年恋爱，经过的沟沟坎坎，品尝的酸甜苦辣，比你倾诉出来的还要多得多。虽然，我了解了一些你们之间发生的事情，但最了解这个故事的人还是你自己。你已经发出了千万次的问，质疑了各种的对与错，权衡了所有的利与弊，最后还是剪不断理还乱，永远做不了决断。哪怕我告诉你，所有的两难选择没有对与错，只有利与弊和得与失。哪怕你认同我的说法，从我这儿离开回到家中，你还是做不了选择。似乎向外求得的答案，自己就不用负责了，如果选择错了，可以由别人兜底，也就没有那么可怕了。只想满足“更好伴侣”的贪婪，不想承受“得不偿失”的恐惧。

这种情形和炒股差不多，都是背后看不见的贪婪和恐惧在作怪。贪婪和恐惧都是深不可测的人性，可想而知与人性较量，是一场多么艰难的旷日持久战，也是一场多么了不起的战役啊。好了还想更好，谁不想！失败了是自己而不是外部的原因，谁不怕！明明知道选择的后果只有自己负责，今后的生活也得自己过，任何人包括父母也代替不了。父母或朋友的建议，不论是对错优先兼顾利弊，还是利弊优先兼顾对错，你还是面临着不可兼得的选项。那为什么还要一直向外索求答案呢?

安慰和说教的嘴巴很多，谦卑和包容的耳朵很少。作为朋友，我能给予的就是生活中难得一遇的奢侈——倾听。给你一个见证：如果哪天你的选择错了，或得不偿失了，你可以拿我作证。因为，我见证了你当年不是轻率，也不是无脑，更不是道德败坏，而是经过了深思熟虑的。这样，你的贪婪可以虚化，你的恐惧得以减缓，你的人设不至崩塌，依旧可以在这个世界，苟延残喘或好好地活着。

心理学家阿德勒在《自卑与超越》中写道：婚姻里要面对真实的生活任务，

爱情本身不会解决这些任务，需要依靠工作、对伴侣的兴趣以及人际合作来解决婚姻问题。约翰·加纳在小说《格兰岱尔》中，借神父之口，总结了自己对生命的沉思："万物皆会消亡；选项不可兼得。"万物皆会消亡，直指死亡焦虑无所不在；选项不可兼得，直面选择困境无可消除。乔治·奥威尔也曾说：对你遇到的困难采取任何直接的理性态度，或者说任何像解决一项方程式那样，尝试解决生活中的问题，都不会有什么结果，而且肯定是不安全的。

出生、求学、职业、恋爱、婚姻、养老、死亡等，诸如此类的两难选择，看似是生活问题，实则是生命的课题。每个人都会踏上一条追寻欲望的求索之路，最终结局，也许能也许不能达成欲望，这是亘古不变的人生故事要义吗？！

花 35 年时间学习与自己和解

最近看了一部传记电影《西部明星》，是美国摇滚歌星、作词作曲家布鲁斯·斯普林斯汀的最新专辑的同名电影。影片用内心独白和 13 首歌曲交织相串，演绎了他在个人自由与公共生活之间的挣扎。影片聚焦 70 岁的他，如今的生活和心态，以及如何回头看和向前看。

个人自由与群体生活，是美国性格的两个侧面。一个是易变、焦躁和孤独的，另一个则是群体寻找心灵可以安居的家。这两个侧面在美国社会中，也在中国的日常生活里，彼此冲突。始终如此，永远如此。

《图森火车》讲述了一个人试着跟随内心的良知，在阳光下努力工作，寻求改变。他花了一万小时，甚至更多的时间，学习音乐技艺，但却花了远超过一万小时、约 35 年的时间，学习如何放下个性中的破坏性一面。

他说，这并不是一件容易的事，那些部分根深蒂固，江山易改本性难移。在很长的时间里，如果我爱一个人，如果我对一个人有着深深的依恋，如果我可以，我就会伤害那个人。而现在有些时候，我依然跟它苦苦挣扎，但我已经进步了，得益于我的家人的爱，我的好朋友的爱。我学会了如何去爱人，以及与我亲近的人有同理心，并试图带着些许的荣誉感活着。

《极速狂奔》里，开快车是一个隐喻，是关于特技演员的故事。特技演员永远象征着风险，象征着我们所有人都有冒险的一面，残缺破碎的一面。

让我们惊恐、兴奋以及觉悟的事物，通常都十分相近，是驱动我们冒险的本质。从某方面来说，所有人在身体、情感及精神上都是破碎的，在这场生命中，无人能毫发无损地离开。这首歌一直在寻找某个人，他受伤的部分能补足我们受伤的部分，他们的碎片与我们的碎片吻合，并拼出某种整体。

人很容易迷失自我，也从没有了解过自己，当你年纪渐长，你尚未整理的过去就会越发沉重，就得为之付出代价。过去在职场上冒险，在感情上冒险，押上自己的一切，结果只带来痛苦与失败。所以，会选择逃避，那种逃避会反复做很多次。你无法掌控自己的欲望、嗜好与脾气，你选择逃避不去面对，抛下你爱的人和爱你的人，最后只能自食其果。

《日落镇》讲述了这样一个故事：在新泽西州的小镇，他曾有个女友，她伤透了他的心，把他的心撕碎了并践踏，然后，用个纸袋把它装起来，快递到付寄给他。

所以，他离开了那里，第一次开车往西部狂奔，不打算回头。打算离开五千公里远的伤心地，开始新生活。但很快，四处碰壁，钱也用光了，新生活并没有像预期的那样发生。

这首歌尝试描述不同个性与不同地方的伟大歌曲创作者，讴歌他们对音乐百折不回的精神，也是作者对自己的一种致敬。在离家千万里的地方，一个伤心的男人，在一个漫长而孤独的夏天，在一个遥远的小镇，努力通过工作和汗水，摆脱心痛的感觉。

《音乐之都》是作者某天早上，坐在厨房的桌子旁一蹴而就的，是关于在人生高速公路上迷失的一首歌。

他擅长书写关于“迷失”的题材，有时候，人会心力交瘁或处于惊恐之中，没有完全恢复过来，当他们遇到宝贵事物时，会有眼无珠。有时候，人会不由自主地趋向痛苦，痛苦的感觉很熟悉，比爱更能给人以掌控感，导致人习惯了通过痛苦来认识自己。人常常不懂得把握爱，却懂得紧紧握住伤害。

《谎言》诉说的是，谎言将吞噬你现在以及将来所拥有的一切。

信心、希望、信任，所有这些难以找到又来之不易的东西，能滋养你爱的花园。可是谎言则让这一切变得可笑至极。但没有了它们呢？你就只剩下坚硬的石头。

《奇迹》是一首带有南加州风格的流行音乐，讲述的是弄丢了自己拥有的最好的东西。

爱是我们在世上每天见证的唯一奇迹，尽管我们竭力反对这个想法，但是，爱却让我们日臻完善。爱与它所产生的具有创造力的生命，是存在于我们心中微小而温柔的神圣，必须通过努力才能得到。他知道这个规则，并努力遵守规则，但有时由于恐惧、恶习以及不安全感，会打败我们最纯真的内心，随之奇迹就消失了。

影片中的男主角，从桀骜不羁的少年走到白发苍苍的老年，超越生存，成就梦想，完成性格的痛苦整合，终于花 35 年的时间学会了与自己和解。觉悟到“爱上孤独，只会落得孤身一人”，唯有爱才能走上救赎之路。

芬兰由 600 根钢管组成的西贝柳斯纪念碑

一次又一次，靠近自己

2022 年的冬天来得很迟，11 月的最后一天还暖和得只穿长袖绒衫，12 月的第一天却突然降温近 20℃，洋洋洒洒飘起了雪花。秋冬之间如此缠绵又如此决绝，从热恋坠入失恋，不给对方任何喘息之机。也好，纠缠得已经太久了，能找到各自的边界，彼此不再虚妄，也是一种福报。

12 月 1 日，因为新冠疫情很多人仍然是“非必要不外出”，人声鼎沸的火车站变得冷冷清清。坐在温暖安静的高铁车厢里，痴痴地看着窗外，青黛连绵的群山，深黄浅绿的原野，规整有型的田垄，干涸萎缩的河溪，蜿蜒寂寥的小路，薄薄积雪的屋顶……一派冬天的景象。怎么我内心涌动的却是一片春天的气息，只想向人们呼喊：“春天来了，春天来了！”是我魔怔了吗？

人与环境的关系，贤哲或老百姓谈论得已经够多了，心随境转或境由心生，都各行其道，谁也说服不了谁。我知道自己和大部分人一样，大多数时候都是心随境转，被环境裹挟着向前走。而此时此刻的“春天来了”，我能清晰地感受到是自己的“境由心生”。因为，从南方传来的防疫新政，让人们又一次相信冬天来了春天不会远，这种相信的能力——信念——弥足珍贵。

观察大自然一花一叶，走进小社会遇人遇事，去觉察无数的心随境转，去洞见无尽的境由心生，一次又一次，放下喧嚣，靠近自己。

自然界可以用一天的时间从沸点跌入冰点，社会生活中也可以如过山车般由爱的巅峰坠入恨的低谷。

我的一个闺密，某天傍晚出差归来，老公去机场接她，回到家里热饭热菜，洗碗泡茶切水果，尽情享受周末的惬意。可接下来不到两个小时的时间里，突然为一件应收未收账款之事，爆发超级大战。钱已不是核心，全是陈芝麻烂谷子的日常。重视和藐视、热诚和冷漠、权利和义务、倾情尽力付出和理所当然得到、你家和我家、骂爹娘咒生死……爱意瞬间变恨意。第二天太阳升起，月亮也依然挂在天上，成年人的争战早已披上厚厚的盔甲。她依旧做早餐买菜洗碗切水果，老公依然泡茶做中餐，互相有一搭没一搭地聊着国事家事友事天下事，硝烟隔天变茶雾。并非茶香袅袅相安无事，而是冰川暗涌之下只想相忘于江湖。

爱情里的卑微不是你不够好，而是你总想在另一个人的身上，找回那个你想要成为的自己，而杀死那个你不想要的自己。你自己没明白，你的配偶也不懂，"想要的自己"和"不想要的自己"，才是一个真实完整的你。正如硬币的正反两面，割裂它们就不是一个完整的自己，也是一个永远都找不到的自己。有人说，完整的生命才有完整的关系；我想说，完整的生命不见得有完整的关系，但可以涵容不完整的关系。

柴米油盐酱醋茶中的生活，悲伤能怎样，绝望又如何。取代海明威在美国文坛霸主地位的黑塞，曾这样写道："每一种感受都是极好的，包括怨恨、羡慕、嫉妒、残酷。我们为体验这些可怜的、美妙的、灿烂的感觉而活。每一种被我们排斥的感情，都是一颗被我们熄灭的星星。"我们生生灭灭的心绪，让这些星星亮起又熄灭。我，是一个小宇宙；你，也是一个小宇宙，我们擦肩而过。不论是夫妻之间还是朋友彼此，我不能保证让你一直开心，但会让你和我一起，变得越来越自信、通透和自在。

追求神性而不失人性，从嗔恚走向慈悲，从孤独走向寂静，一次又一次，放下执念，靠近自己。

撕心裂肺的时候，流不出一滴眼泪；靠近自己的时候，永葆热泪盈眶！

光阴的故事改变着一个人

文婷，是一个秀气文静又有灵性的女人，面相和身材都显得比实际年龄年轻，衣着装扮也一直不改少女风格，像是一个不想长大的女孩儿。单纯与成熟，和蔼可亲和难以靠近，这些看似矛盾的东西，似乎在她身上并行不悖地呈现着，不会感觉突兀。

文婷从小生活在一个小官宦家庭，在那匮乏的年代，并没有感受到物质的窘迫，导致她对钱的概念有点另类，既视金钱如粪土，又视金钱是最有力量的珍宝。从小学到中学成绩一直名列前茅，不论是课外的踢毽子和跳橡皮筋，还是作为学生代表在全县大礼堂大会上发言，都是聚光灯的宠儿。慢慢地自信、自爱、自恋、自我就渗入她的骨子里。

童年的记忆总是深刻而隽永，像一条璀璨的项链挂在文婷的脖子上，最耀眼的三颗珍珠从来没有失色：

一是父亲N次的宦海浮沉，让文婷见识了覆手的繁华。尊贵与卑微犹如大自然的潮涨与潮落，可以弄潮也可以观潮。父亲的坚强、乐观、落寞、能屈能伸，最后，练就的不以物喜不以己悲的豁达与大气，也镌刻在她生命的年轮里。

二是父亲与母亲性格迥异的中国式婚姻，让文婷一直有一种悲悯之感。婚后聪明、能干、勤奋的父亲，在社会上不断地调动和升迁。贤惠、老实、勤劳的母亲，工作之余在家庭中承担了多个孩子的全部家务。久而久之，父母在思维认知、情感交流、生活方式与时空陪伴上渐行渐远，不能相濡以沫也不能相忘于江湖，好像一直延续到父亲去世的日子。

好在母亲对逝去父亲的回忆和念叨，大多都是温馨和肯定的岁月画面，这让母亲一生的良善，成就了文婷的生命底色。耳濡目染让聪慧敏感的她，一直为母亲也为父亲唏嘘不已，对父母给予孩子们一个完整的家，深怀感恩。同时，也使文婷对家庭生活的追求，烙上了原生家庭的印记，所有的荣耀都可以舍弃，唯有日常生活不可辜负。

三是有一个比文婷更品学兼优的弟弟，纽约大学的高才生。在她初中的时候，作为参加全市数学竞赛的两名女生选手之一，文婷没有拿到名次。父亲曾说过的一句话“你没有弟弟聪明”，一直在她耳边回响，让她一直都喜欢证明自己“我很聪明”。本来就聪明具足却非得去证明，那就让人嫉妒又生厌了，聪明反被聪明误。好在岁月静好没有误入歧途，文婷的智慧终于战胜了她的聪明，她对自己的优势和劣势了然于心，早已悦纳了一个完整的自己。别人对她喜欢也好讨厌也罢，都已与她无关。

流水带走光阴的故事，改变着一个人。在生活或工作中，过分依赖过去的人，生命的状态是枯竭的。文婷认同走过的路和经历的事都是财富，是个体智慧的源头，但绝不是生活的尽头。在温饱已不是问题的时候，只有内心不辍生长，才能保持生命的丰盈状态。文婷不再执念般地对待生活中的许多“空洞”，像过去那样总是试图往里面填充原本就不存在的东西，一直在修行着“看破—放下—自在”。

看破了还要放得下，放下还要自在地放下，而不是咬牙切齿地放下。这个年代，聪明谁都不缺，善良似乎也不少，但真诚很多人已经找不回来。因为，真诚需要勇气，勇气需要修行无明的贪婪和恐惧，而生存的艰辛会让很多人选择抄近路而避开深刻。幸运的文婷慢慢地终于找回了澄澈的眼和湛蓝的天，有了自己对真善美的独有悟道：善，不见得会让你和身边的人活得好；真，你的生活不会差到哪儿去；美，自在是美的最高境界。一个人过得好不好，只要“观自在”就略知一二了。

窗外射进来的阳光，在桌面上缓缓游移。掠过沁香袅袅的茶具，掠过浅吟低唱的音箱，掠过笑容可掬的木质小弥勒，掠过清脆嘀嗒的键盘指尖，流淌出来的文字，走过的路过的，可否闻到阳光的明朗味道……

闲时花开

成人培训为啥火爆

为期 10 天的培训，一晃或者说终于结束了，为什么刹那与漫长的感受，都集于一身呢?

于我而言，“一晃”是觉得时间过得快，课程的内容没有接触过，新东西轻易就能吸引我；两位老师的职业精神和风格迥异的授课实力，能让我的眼耳舌鼻身一直跟着转；来自各行各业的学员，性情、能力、爱好、年龄各异，亮点或暗点纷呈，真实的人际交往都会带给我滋养；自己被吸引进入了专注的状态，感觉非常好。所以，觉得时间一晃而过。

“终于”是身体觉得超级累，每天白加黑的高强度学习，必须完成的作业，每个人单独登台的试讲，单人单桌的结业考试。待到一切尘埃落定，登上返程火车坐下来的那一刻，才体会到打了鸡血之后的极度疲劳，岁月不饶人啊。

古话说，知行合一，所有的学都是为了做，哪怕你只学会 20%，但能践行 80%，你就会超越很多人。可是，时代在变迁，所有的学，都是为了做吗？不以结婚为目的的恋爱就是耍流氓吗？很多人恋而不婚的生活方式也不错嘛。其实很多的成人培训，是学和玩相结合。学烹饪学烘焙并不是为了当厨师，学钢琴学摄影并不是为了搞艺术。在我看来成年人的学习与名利有关，但都不是名利，更多的是做自己想做的事，填补年轻时未了的心愿，成为更满意的自己，终归是为了生活更美好。

团体治疗大师欧文·亚隆认为，每个人都将面临四个终极问题：不可避免的死亡，内心深处的孤独，人人渴望的自由，以及生活的无意义。生活中的所有痛苦，基本上都源于这四个问题。而对于这四个终极问题的缓解，成人培训有其独特的疗愈作用。

首先，与学员伙伴们的敞开交流，这种不同于日常的人际关系深度相处，会减弱孤独感。其次，参与性的授课方式，放下防御面具的体验式教学，能让你暂时穿越到远离职场与家庭的自由时空。再次，学员之间的互动分享和碰撞，在倾听他人和表达自己时，学员之间无条件地接纳和支持，能让你感受到金钱名望带不来的真实生命力。这种源源不断的能量注入，让你回到现实生活中又满血复活。最后，许多人一起谈论死亡话题，似乎死亡没那么可怕。死亡的来临会毁灭我们，但对于死亡的各种各样的想法，可能会拯救我们。

成人培训，不管你是主动还是被动地来到这个课堂，不管你是为了本职工作、职场转型还是生活减压，只要能全身心地进入“此时此地”，都会馈赠给你生活中最好的礼物：成为更好的自己。

无处不在的白与黑

灰云冷雨的冬日午后，泡一杯热茶，嗑着瓜子，看一部喜欢的大片，真是岁月静好。

看了一部美国电影《黑天鹅》，该片讲述的是女芭蕾舞演员尼娜，为了争取梦寐以求的《天鹅湖》领舞角色，经历了一个震撼人心的人格蜕变过程，让观众惊悚地领略了什么是“完美”：不完美才是完美，完整比完美更重要。

尼娜的母亲在28岁时，为了生下她被迫放弃了舞蹈生涯，单身抚养尼娜成为一流的芭蕾舞演员，是她人生的唯一支柱。她控制着尼娜的饮食、外出时间、指甲长度、人际交往等，从没有意识到女儿是一个需要不断与她分离的独立个体。

尼娜在漫长的时光里，已习惯了怎样取悦母亲，怎样避免让母亲生气，把自己的需求和感受打入冰山底层，把寄居在自己身上的母亲心愿，当作自己的唯一梦想。在这样的一种强势控制和极度依附的抚养关系中长大，尼娜演绎纯洁、温顺、善良的白天鹅实在是游刃有余，深得艺术总监的赏识。

可随着剧团运营举步维艰，偏执于完美的艺术总监试图改革，准备遴选新版《天鹅湖》的领舞者。他需要女演员既能完美地演绎纯洁、善良的白天鹅，又能完美地演绎邪恶、魅惑的黑天鹅。而长久在母亲掌控和管教下的尼娜，一直习惯压抑内心的种种欲望，甚至没有真正谈过恋爱，完全释放不出人性中特有的魅惑、不羁、攻击和邪恶。对黑天鹅的角色体验完全找不到感觉，她需要激活、需要引导、需要蜕变。

转折点来自同样具有竞争力的演员莉莉，以及鼎盛一时而黯然坠落的贝丝。如果说尼娜天生具有白天鹅的柔顺和善良，那莉莉天生具有黑天鹅的桀骜和魅惑。其实，每个人的身边都会有如期而至的修行场，就看你有没有这个磁性。妈妈、莉莉、贝丝、艺术总监等，从不同的方向挤压着尼娜，她不得不走上了涅槃般的人格蜕变之旅。弑母幻觉、自残、嗑药、欢媾、自杀……哈哈，结局留个悬念，有兴趣的朋友可以亲临《天鹅湖》经典的 32 个“挥鞭转”，看看白天鹅是怎么华丽转身为黑天鹅，而成就为“完美”的天鹅。

我们从小听到的童话故事，都是纯良战胜邪恶，王子战胜了黑天鹅的魅惑而娶了善良的白天鹅，然后皆大欢喜。其实，白天鹅和黑天鹅就像一枚硬币的两面，是不能割裂开来的，执着“非白即黑”就失去了完整。我们从小习惯把“自我”的概念割裂开来，把社会不认可的、可能会引起父母爱的撤销的那部分“黑天鹅”，从自我概念中剔除出去。只把生命中重要人物认可的、社会赞赏的那部分“白天鹅”自我保留下来，从没有自由地体验过全部的自我。

久而久之，我们就失去了与真实自己的联系，而且还会艰难地跟这个不完整的分裂的自我，相爱相杀纠缠一辈子。生活中的这种割裂太多了：明明知道自己的孩子，是突破千军万马决胜而来的上天恩赐，却总是想让 Ta 成为“隔壁家的孩子”；明明爱上的是一个自己幻象中的“Ta”，结婚后却呼天抢地地说自己瞎了眼，被迷惑上当受骗了；明明是个弱女子，却偏偏要扮个女强人；明明是个偏内向气质者，却偏偏不悦纳自己，执拗地要在这个崇尚外向的世界里做个假面人；明明玩游戏就像玩麻将玩足球一样，只是不同时代的一个不同爱好而已，却偏偏把成千上万的孩子，置于“网络成瘾”的“被治疗”状态；明明我喜欢修理摩托车，却偏偏要我去考公务员；作为主审的法官，明明这件案子的判决事实更倾向于人伦，可铺天盖地的媒体却裹挟着 Ta 倾向于道德……割裂的人生无处不在，不强大自己何以存活。

其实，每个人的“自我”，常常是由“真实的我”“理想中的我”“他人眼中的我”组成，“三个我”和谐统一才是一个完整的我。如果在“理想中的我”和“他人眼中的我”消耗的心理资源太多，距离“真实的我”就会越远，滑向亚健康的境况就会越快。

无处不在的白与黑，有没有中间过渡地带的灰呢？完美的人与完整的人，你更倾向于哪一种呢？

在路上

不论是外出旅行还是培训，一直喜欢这种在路上的感觉：奔向未知，奔向不同，奔向变化，奔向惊喜。

疫情以来出门参加的第一个培训——SYB 师资培训，SYB 于我而言并不是太重要，重要的是我又开始去接触新的领域，新的知识，新的理念，新的教学方式，新的学员朋友，还有久未谋面的老友。

全天满负荷的开放式教学，晚上还有需要提交的练习和思维导图。和学友趴在床上一起讨论和做作业，忙得不亦乐乎。一老友打电话：做什么鬼作业，出来玩吧。我笑侃：天生一个读书匠，人生的很多时光只会啃书，啥时也换个活法，穿越你的乐活世界。

其实，每个人还是习惯待在自己喜欢的世界里，自得其趣。比如今天的课堂上，导师在阐述作为一个商业讲师，在课堂上怎么呈现“培训内容”。他简要又个性化地宣称自己只有一个原则：适度够用。并现场提问哪位学员家里有半岁的孩子，然后问这位学员：“你会给你半岁的孩子吃红烧肉吗？”哈哈，红烧肉确实很营养，但半岁的孩子消化吸收不了啊。反思自己在教学或讲座中，总习惯把自己认为的好东西，一股脑儿地传授给听众，却缺乏深入调研听众最想听的是什么。因为，成人培训毕竟不同于校园里的升学教育。

每次参加亲子教育、两性关系、个人成长、授课技能、仪容仪表等培训，内容各不相同，但教学中所有道与术的精彩呈现，最终还是要回归到老师个人生命状态的修通和人格魅力的绽放。有道无术，术可学；有术无道，止于术；有道有术，知行合一。怎么把学员最需要的东西，以他们喜闻乐见的方式呈现给他们，而不是把自己想给予的东西，以自己熟悉的方式呈现给他们，使我从中也体悟到自己是一个“善走脑不善走心”的人。一直认为要少做取长补短的事，多做扬长避短的事，而每次的“走脑”与“走心”的碰撞，总是提醒着待在习惯思维模式中的我，再次以空杯的心和开放的心去拥抱所有。

在路上，无所谓远，无所谓近。开阔的心，从不奢望抵达，只是一直在路上！

让你浑身通泰的西双版纳泼水节，记得一定要下水湿身哦

生而为人

常常想起一个流传已久的古老故事，那只名叫“蒙提”的狗：

“如果我弯腰捡起一根小棍，它马上就跑到我前面。于是一件有重大意义的事情发生了：它有了一个使命，它从来不会对这个使命做出评估，它只是让自己投身于执行这个使命。不管我把棍子扔得多远，它都会跑过去或游水过去，穿越任何障碍，去得到那根棍子。得到棍子之后，它把棍子叼回来，因为它的使命不只是得到棍子，而是要把棍子带回来给我。当它在靠近我的时候，它会慢下来，以便把棍子交给我，就算是完成了使命。然而，它并不喜欢完成了使命之后，让自己处于等待的状态。

“于我于它都是一样，我们都需要服务于某种高于自身的东西。在我准备好之前，它必须等待。它很幸运有我为它投掷那根棍子，而我正在等待上帝为我投掷棍子，并且给我提供机会满足我完成使命的心情，就像我给蒙提提供的机会一样，我已经等了很久很久。”

生而为人，做不到像其他生物那样，只需“活着”而不问“意义”。虽然知道个体在宏大的存在之链中，所处的地位微不足道，但是，有谁没有怀抱过这样的期望呢：要是有谁为我投掷那根棍子就好了。生活的目的，存在的意义，既是人类独特的烦恼，也是人类独享的丰富和奇妙。

当处于人生的初级阶段，票子、位子、房子、车子、恋人、孩子等生活目标，具体而清晰，不需要听从父母也不需要跟风从众，就知道自己想要的“棍子”在哪里。慢慢地不断追寻一种“目标物”就成了我们基本的生活模式。如果能够一直这样安心地当个不断抓取“棍子”的小狗，何尝不是一种幸福呢。

无奈生而为人，还要知道拿到“棍子”之后，该赶往哪里。金字塔式的“需求层次论”早已送给了人类一顶皇冠：人的需求层次依次是生理需求、安全需求、爱的需求、尊重的需求和自我实现的需求。低一个层级的需求满足之后，自然会上升到更高一个层级的需求；低层级需求得到的满足越多，高层级的需求就越清晰而强有力，随之生命的体验也就越深刻而丰富，也就是我们常说的人总是有没完没了的想法。

“想法”本没有过错，可我们的社会文化价值取向，常常把反动物性的高级需求，与动物性的低级需求对立和割裂开来，使得许多人在责任和享乐之间，存在着非常强烈的对立感，既不知道自己的责任，也不知道自己的享乐。不清楚在生命的不同阶段，自己的“棍子”在哪里，该赶往哪里，只会人云亦云盲目从众，让自己和身边的人不断“内卷”。

生而为人，生活的目的和存在的意义，没有哪一种是绝对的，我们对自己创建的“意义”，独负其责。罹患晚期不治之症的人，常常描述这样的生活改变：变更生活价值的优先顺序；对生活中不重要的事说“不”；全身心地去关爱身边的人；关注地球的节律及其四季的更替。由此看来，死亡焦虑与每个人“生活中未曾生活的部分”成正比。

我喜欢尼采的观点：欢庆生活，投身生活，热爱你的命运，或者说，创造你可以热爱的命运。

行动着才会快乐着

不冷不热的春末夏初，我与“90后”的R漫步在河畔绿荫小道，说不完的话聊不完的天，两个小时一晃而过。又一次感受着她灵性的火花扑闪着我的心灵。虽然她很懒散，但她的知识、智慧、胸怀、思维、语言表达，尤其是她的灵性，让时光曼妙无比！

R说自己的人生理想，就是自己的快乐占70%，对家人、朋友、社会等的价值贡献占30%就OK了，这就是她想要的生活。我知道她的“三七开”是痛定思痛后的择取和放弃。

R的这番话，让我想起毕淑敏曾说过的幸福：幸福就是意义和快乐的结合。具体而言就是把快乐定性为短期的欢愉，把意义定性为长期的有意识的追求，任何一头轻了或重了，生活的跷跷板都难以平衡。R看似衣食无忧自在逍遥，过着自己想干什么就干什么的日子，但幸福指数和生活的满意度并不高。这实在是跟她的“三七开”有关，因为，她那30%还没找到一丁点儿方向，一种无形的压力一直如影随形地笼罩着她，挥之不去。

对于“60后”来说，在物质匮乏、思想禁锢的年代，从小渗入骨髓的理想主义教育，让他们相信苦尽甘来，未雨绸缪就有回报，总是把当下的日子过得十分清苦，不敢丝毫懈怠；把未来的享受看得十分执着，没有丝毫怀疑。很多人实际上一直是在预约幸福，却没有真正享受幸福。

而“90 后”不一样，生活在物质充裕、个性自由、信息爆炸的年代，工作、住所、医疗保障、婚姻、财富等极不稳定，这种“不确定”的感觉，让人不过多地去期许未来。正是“不确定”所赐的无限可能性，让现代人无论做何种选择，患得患失的焦虑都无处安放。过去的年代崇尚公平优先兼顾效率，现代的社会崇尚效率优先兼顾公平；个人崇尚享受优先，兼顾奋斗。对此不必说教评判，或习惯性地去做优劣之分，只需尊重不同的选择。弄清楚自己真正想要的是什么，明白自己的“三七开”在哪里，患得患失的心才能安定，脚踏实地的行动才会开始。

尽情享受，已经拥有的；用行动靠近，还想拥有的，在这个过程中慢慢靠近自己想要的生活状态。想，都是问题，做，才有结果。不行动只会陷在焦虑抑郁的情绪里，而且还慢慢会沉迷于一种防御方法：思考。以思考代替行动，似乎我一直在思考怎么行动，就是一直没停止行动一样。R 的思考力可能异常出众，但那也只代表了她所有能力的一小部分，而天赋能力——行动，才是每个人自我生存和自我保护与生俱来的能力。试想一想，当你走在丛林中，突然遇到毒蛇的攻击，你本能的反应是挥动手中的棍棒击打，还是停留片刻思考应对毒蛇的方案呢？显而易见，好好运用天赋能力——行动，而不是没完没了地玩味——思考，才是更有力量的生存之道。

很多人喜欢说“我要追求快乐”，其实“快乐是什么”迄今为止也没有一个公认的标准答案。我倒是比较认同心理学家弗洛姆说的“快乐”定义：快乐并不是一个目标物，它只是一种在追求某种目标物的行动过程中的派生物。由此看来，行动着才有可能快乐着。

选择与行动，哪个更重要

一个朋友说要去云南雨崩徒步，我也跃跃欲试。这么好的季节，既不想宅家，也不想串户，只想亲近大自然。

但转而一想，高原五天的徒步不是我的“菜”，“挑战”于我从来只是远亲而不是近邻。朋友说，因疫情之故下了跑马拉松的贼船，又上了徒步这条船。我说，下船，上船，都是自己选择的。就像电影《海上钢琴师》的主人公，也曾在“下船”还是“上船”之间纠结，在“泊”和“航”之间清晰地做出了专属于自己的抉择。

记得曾经读过一个小故事《忙碌的狐狸》：有一只狐狸想溜进一座葡萄园大吃一顿，但栅栏的空隙太小过不去，在狠狠地节食瘦身三天之后，总算可以溜进园子里去了。当它痛痛快快地吃完之后，圆滚滚的身体却又钻不出来，只好又在里面饿了三天才钻出来。这只狐狸感慨地说“忙来忙去还是一场空”。这个故事的寓意，有点像鸡汤文里说的“选择比行动更重要”。

在我看来，行动还是最重要的。狐狸经此折腾，才能举一反三，更好地避免重蹈覆辙，在之后面临抉择时，才能少一些纠结，多一些清晰和果敢。纠结，在生活中太常见了，于是好奇地查了一下百科全书：“纠结，是思维被卡在两种相互矛盾的立场中，无法认同其中任何一种主张。”人不一定要摆脱欲望，但要努力摆脱纠结。对于自己的欲望，选择“行动”还是“不行动”，都是一种行动。而纠结只会让人彻底失去行动的能力，在原地打转。你不能摆脱纠结做出选择去解决问题，你本身就成了问题。

当被问及："这件衣服好看还是那件衣服好看？"我会反问："这件衣服你打算在哪些场合穿呢？对价位和品质有要求吗？"因为"好看"的潜台词太丰富了。

问："听说学古筝是悦人，学古琴是悦己，我是学古筝还是学古琴呢？"答："每个人的核心价值观不一样，有的人觉得悦己之后才能悦人，有的人觉得让别人高兴了自己才有可能高兴。年纪大的人也许更倾向于悦己之后，才有能力悦人吧。忠于自己此时此地的内心就行。"

村上春树曾说："等你穿过暴风雨，你就不再是原来的你。"尽管去行动去探索吧，今天的弯路也许是明天的直路，今天的直路也许是明天的弯路。清晰的选择不是源于周密的思考，而是源于有力的行动，勇敢的行动者才会慢慢历练成一个优秀的选择者。

认识这个世界独一无二的工具

一个画展，让我们六年之后终于相见了。

在她的带领下，我们一起参观了一个漆伯麟书画艺术研究展。对我这个门外汉来说，印象最深的是漆伯麟先生和他的恩师黄秋园一样，专攻古画山水，不参展拿奖，不紧跟时代主题，不苛求创新，不求闻达，不追求美术协会会员身份，最后的艺术成果却自成气象，价值连城。一代宗师李可染先生对黄秋园先生曾发出这样的慨叹："国有颜回而不知，深以为耻。"

我完全不懂绘画语言，但从漆伯麟先生笔下的重峦叠嶂、丘壑纵横、云水吞吐、丰茂植被、画面密实的精微墨法中，能感受到他是一个极其专注、一丝不苟、小中能见大、"心无车马喧"的人，一般人无法具有这样的耐心。常言道，文如其人，画如其人，牌如其人。漆伯麟先生确实历经了一个艺术求索过程：先"师人"，再"师物"，最后"师心"。隔行如隔山，但隔行不隔"道"，观展之后又一次加深了这种感受：不管深耕哪一行，细微处都蕴含着博大精深，枯燥中都会有乐趣无穷。真正能够心有所属沉入其中，不仅能成全你干的事，更能成就你这个人。

疫情之后，似乎越来越习惯宅家，对外界越来越疏离，只有感兴趣的事或人，才能让我走出家门。游览古镇，漫步山水之间，不论是在气势磅礴的人造古镇中穿越，还是在匠心独运的山间民宿小憩，都很难有"在场"的感觉。倒是和好友彼此之间，零距离坦诚无矫情的表达、分享和交流，才有真我“在场”的感觉。我喜欢这种彼此“成为我之所是”的人际交往，珍重感恩之情会油然而生。

古镇似乎是想让现代人，从一部机器上的零件转换为市井中带烟火味的人，山间民宿似乎是想让都市人，从一个组织中的功能符号回归到有自我“在场”的自然人。祈望全国各地方兴未艾的古镇新用，以及旧雨新知的山间雅宿，能成为都市人的心灵憩息地。切忌过度雕琢，否则都市里的田园又变成了田园里的都市，带给人们的也不过是片刻的欢娱或发呆而已。

不论是从绘画的方寸之中见天地，还是从知己的碰撞之间显性情，真正能让人认识这个世界，并在这个世界里感受欢愉或摆脱孤独的，并不是他人，也不是外物，亦不是自然。而是作为独一无二的个体自己，与他人、与外物、与自然之间建立的一种真实的联结。

我相信，个体自我，是认识这个世界的最好工具。

此岸，彼岸

周末一大早，就收到小机灵莹莹发来的一道单项选择题：

俄罗斯作家克雷洛夫说："现实是此岸，理想是彼岸。中间隔着湍急的河流，行动则是架在川上的桥梁。"其意是说（　　）。

A. 理想是不能超越现实的

B. 此岸和彼岸是河流两侧，理想和现实各行其道

C. 理想总是能够实现的，过了河就实现了

D. 理想是对现实生活的超越，通过行动的实践才能实现理想

我：我感觉有点难哦。你能跟我分享你的答案吗？

莹莹：真的难吗？

我：是的，在你我之间是一个可以探讨的难题。我很想用你年轻的脑袋，激活一下我这个老朽。

莹莹：我觉得A不正确，不是有句广告词"人类没有梦想，世界将会怎样"嘛，理想应该是高于现实的梦想；B混淆了概念，此岸和彼岸只是个比喻而已；C肯定不对，不可能每个理想都能实现，比如我想成为班里最漂亮的女生，就实现不了；D的选项应该是正确的，我选D。你呢？

我：你的选择挺好，应该可以得分。嗯，我会偏向选B。

莹莹：什么？选B？不可能！

是啊，如果在莹莹那个年纪，我也会毫不犹豫地选 D。可经过生活的磨砺和岁月的修行，才知道社会大学教给的选择，和校园书本教给的选择是不一样的。年轻时理想很丰满，长大后才知道现实很骨感。进入社会后，随着个体的勤奋和智慧，理想一个接着一个地实现，一个此岸跨越后，立刻又有一个新的彼岸出现，彼岸花总是狐媚地招手，让你欲罢不能。慢慢地如果哪一天没有一个彼岸的话，竟然都不知道怎么好好地待在这个此岸。

在不断从此岸到彼岸的过桥过程中，你会发现得到很多东西的同时，必然会伴随着很多失去。而且生活中还会遇到，拼尽全力目标在即的时刻，竟然会因为一个“蝴蝶效应”而功亏一篑。这时，会开始感到“无常”如影随形，最后，随着体力的透支和心力的交瘁，也许会祈求佛陀超度自己，不要再过桥了，就安心待在此岸吧。正是所谓的越要越多，最后要解脱。

2020 年疫情隔离宅家，如果你问身边的朋友，什么最重要？可能很多人会说：“健康最重要！”如果复工复学恢复常态，你会发现很多人还是常常提问：“事业奋斗、家庭生活、身体健康的比例怎么拿捏才合适？”虽然，人们在不同的人生阶段，或者经历了重大事件后，对奋斗、家庭、健康的比例拿捏，会有不同的取舍和变化倾向，但大多数人还是在健康、家庭、奋斗之间难以呼吸自如。

在我看来“拿捏”是个伪命题，“拿捏适度”实际上就是一个永远的“彼岸”。与其把这个“理想”当作一个非要实现的“现实”，不如就把它当作一朵彼岸花，插在此岸而“心有猛虎，细嗅蔷薇”。大家熟悉的电影《大鱼》，还有自己身边活生生的人和事，都在告诉我们，追求单调而绝对的真理，又有多少意义呢？！追求“适度”本身，

意大利威尼斯水城，一座只有步行与水运的无汽车城市

也许永远就只是一个彼岸理想，在“人生不满百，常怀千岁忧”的修行中，也许永远无法成为一个此岸现实。

在生活中，不把他人追求的“理想自我”当作他的“现实自我”而幻灭，也不把自己真实的“现实自我”当作追求的“理想自我”而排斥，才能让理想和现实各就各位，不会总是迷迷瞪瞪地把理想当现实，或把现实当理想。脱离此岸与彼岸的哲学式纠缠，让理想和现实各行其道，或许真正想要的生活才会如期而至。正如陀思妥耶夫斯基所说：“要爱生活，不要爱生活的意义。”

陪伴

我们常常忙着陪伴孩子，陪伴情侣，陪伴老人，陪伴朋友，陪伴领导，陪伴客户，陪伴重要他人，陪伴工作业绩，陪伴学习成绩……却常常忘了陪伴自己。

在这个不同寻常的疫情隔离日子里，我们是怎样陪伴自己的呢?

随着孩子长大远行读大学，父母特别是妈妈们才知道，不是孩子离不开自己，而是自己离不开孩子。天天给读大学的孩子打电话，是许多妈妈执拗的举动。此时才恍然大悟，结婚生娃以后，是孩子陪伴了自己，而不是自己唠叨的那样，天天辛苦地陪伴孩子。

很多母亲知道怎么给予孩子“乳汁”——对生命的肯定，确保吃饱穿暖活下来。但很少母亲知道怎么给予“蜂蜜”——保持对生活的热爱。不知道怎么用蜂蜜喂养自己的人，也很难知道怎么温暖陪伴他人，也不会懂得怎么与孩子分离。

男人和女人的会合，是最高级别的人际关系，彼此都将深度学会与人相处的方式。遗憾的普遍国情是，随着如胶似漆的浅层面热恋期过后，夫妻各自忙着工作、应酬、孩子和家务，好像齐心协力地朝着一个共同的小康之家目标狂奔，而彼此之间的交流，大多停留在如何解决问题和如何享受生活的层面。能够分享跨界交流，或坦露困惑脆弱，几乎被屏蔽，看上去千千万万个时间和空间在一起，但在最重要的“生命深处”却很难有真实的交集。

不能分享脆弱的关系，不能算是亲密关系；身在而心不在的陪伴，不能算是真正的陪伴。亲子关系起始的孕育是完整地在一起，最后，为了成就彼此的独立性而分离。夫妻关系起始于各自的独立性，最后，为了成就彼此的完整性而阴阳融合。现代人在亲密关系里，早已慢慢放下了在对方身上，索要爱、尊重、理解和懂得的执拗需求。快节奏的都市生活让人们学会，这些东西在很大层面上是要靠自己给予自己的。就像宗教传递“爱出者爱返，福往者福来”的信念，所有的事情都靠自己搞定，剩下的仅仅就是深情地呼唤：陪伴，是最长情的告白。

高质量的陪伴，会让两个独立的个体舞出优美的双人舞，彼此滋养和愉悦。形在神散的陪伴，只会让日复一日的生活味同嚼蜡，让两个鲜活的生命渐行渐远，甚至形同陌路；还有刚刚退休在家，精力不老不少的男女，突然离开了几十年的工作责任和人际关系，大把的时光怎么打发？含饴弄孙，唱歌跳舞，摄影旅游，誓与平凡为敌开始第二次创业……各种“杀时间”的花样琳琅满目层出不穷。彼此你陪我伴，把庸常的日子过得风生水起延年益寿。

常说时间是公平的，每个人每天都有 24 小时，8 小时睡觉，8 小时工作，8 小时休闲。如今各大城市的大型商业综合体，人流鼎沸吃喝玩乐要啥有啥，极力打造“T16”生活新潮流：除了你睡觉的 8 小时之外，剩下的 16 小时全都交给我。

可是，在春节这个疫情隔离的特别日子里，餐馆、影院、茶馆、商场、图书馆、球场、歌厅、舞厅、棋牌室、旅游景点，甚至原生态的公园，都被关闭阻隔禁止入内。还有更烧脑的延长春节假期推迟上班日。我的个妈呀，怎么让一路狂奔的都市人，在工作和人际交往都按下暂停键的时刻，依然能编织 16 个小时的金梭银梭时光呢？天天刷着毫无营养，也没有几毛钱关系的网络资讯，成为很多人生活的主流和常态。NO，太无聊了。

这让我想起 20 多年前的一个忘年之交，对我的谆谆教诲：你一定要培养两个爱好，不要求多，一个“动”的爱好，一个“静”的爱好，你会终身受益的。我至今都感激他，特别在这个漫无边际的隔离时间和狭小的隔离空间里：静，可以阅读和书写，它们成了我永远不离不弃的伴侣，让我随时徜徉在无穷无尽的另一个时间和空间；动，可以旅游、瑜伽、登山、散步、游泳、打乒乓球、打壁球、打羽毛球、跑步，都曾一一陪伴我度过鲜活的时光。愿接下来的日子里，依然能让蜗居的生活，由阴云密布变为丽日晴空。

叔本华在《人生智慧》一书中说道：“人生归纳起来只有两大苦，一是物质短缺的匮乏之苦，一是精神空虚的无聊之苦，无人能幸免其中。”是啊，渺如蝼蚁的个体，在百年不遇的疫情特殊时空里，既能互相陪伴，也能安然独处，也许对每一个人都很重要。

没有母亲的母亲节

没有母亲的母亲节，格外想念母亲，也格外怜惜自己。

妈妈离开我已经两年多了，很想做梦，在梦中与妈妈相见。可是我几乎不做梦，一年也做不了几次梦。听二姐说，她梦见妈妈卡士酸奶喝完了，于是年三十给妈妈送上她喜欢的卡士酸奶调节肠胃。听三姐说，她梦见妈妈好冷，于是“七月半”中元节焚烧纸衣为妈妈御寒保暖。妈妈，妈妈，你为什么就不对我说些什么呢？让我为你做些什么呢！生者为逝者，永远都没有做够了的时候。

昨天母亲节，热闹的客人散去，我像母亲当年那样收拾着锅碗瓢盆，让我想起母亲 60 多岁的时候。爸爸喜欢热闹，一到周末就张罗着把女儿女婿孙辈邀回家团聚。妈妈喜欢安静，尤其是岁月让她的腰腿已心有余而力不足。每次收拾全家人欢聚一堂后杯盘狼藉的残局，她需要靠胳膊肘撑在水池边，才能把所有的清洁家务收拾妥当。喝酒打牌热闹是他们的，她听得懂每个人所说的话，可没有人听得懂她说的话，或者说没有人愿意拿出时间和耐心，去理解她的世界。

掌控话语权的人，似乎从来都不屑于去理解和尊重与他不一样的人，也从来不好奇去了解在他固有认知之外的新世界；缺乏话语权的人，似乎也习惯了只是聆听所谓的权威而忘了聆听自己；只有了悟实相、清醒、坚定和勇敢的人，才既能聆听他人，又能表达自己。

92 岁的团体心理治疗大师欧文·亚隆曾说：“虽然我佯装接受每一个人对生命意义的解答，不去做评判，但其实却偷偷地把它们分为铜、银和金三层。有些人一生都执着于报复式的胜利；有些人则在绝望的束缚下，只能梦想和平、超越和免于苦痛的自由；有些人为了成功、富足、力量和真理而奉献生命；也有些人追求自我超越，为某种信念或其他生命，比如所爱或神祇倾其所有；另外也有人在奉献、自我实践或创意表达中，找到生命的意义。”

我就是一个佯装尊重每一个生命的心理学爱好者，从没有去关心我的妈妈内心深处在想些什么，她追求的人生意义又是什么。反而一直不认可妈妈那种丧失自我式的默默奉献，总是积极主张女性在经济上和精神上的自我成长和独立强大。可是 20 世纪 60 年代婴儿潮一代的父母，当男人女人稀里糊涂地男大当婚女大当嫁，一连串地生下五个孩子的时候，在外环境男主外女主内和内环境女子无才便是德的时代背景下，女人还能剩下些什么选择呢！相夫教子，似乎就这样莫名其妙地成了她们的天命；夫旺子孝，就成了她们以为的毕生奋斗事业；然后到了天命之年，谁也不认可母亲的事业，甚至包括母亲自己；直至一代又一代人的老去，最终，哪怕母亲再怎么卑微、无知、无趣、琐碎、丢脸、斤斤计较、固执、狭隘、虚荣、衰丑……不论男女老少，一辈子最爱最温暖的所在还是——母亲。

古今中外，对人生意义的定义，至今也没有被普世认可的标准答案。如果说被大多数人认可的鸿鹄之志，应该当作人生意义的主流，那“50 后”“60 后”的宏大理想，会让如今的“90 后”“00 后”没有勇气活下去。在这个只相信面包不相信眼泪的年代，房价高企，让人很难成婚；混乱的孩子教育，让人不轻易生育。男婚女育的天赋人权，正在被一天天地蚕食。《身为女性的选择》一书中写道：“结婚并不能让人生重启，不结婚也不代表前途一片黑暗。家人固然可以提供一定的安全保障，但有时也会化作最大的风险。对男性来说，婚姻不过是人生的一部分。现在对女性来说，婚姻的意义也在逐渐向男性的婚姻观靠拢，这是一件好事。婚姻并不会让人生彻头彻尾地改变，有时丈夫和子女能带来好处，有时反倒是没有更好，不过如此而已。”几十年前日本的“结婚难民”正是今天国人的写照：往前一步怕失身，退后一步苦孤身，站在原地熬单身。

活着已是不易，还要杠杠地活着，不仅被许多人质疑，也被许多人躺平。以金钱价值衡量一切的少数人的价值观标尺，为什么就应该成为财富平平的多数人的标准价值观？价值观不等于人生观，在20%的人主宰80%的人的价值观的时候，为什么个体就不可以主宰自己的人生观！你坐拥连城的价值却睡不了安稳觉，那是你选择的生活方式，我吃就一日三餐睡就一间房，简单生活为什么要被你搅得寝食难安。那些白富美和高富帅，物质价值不缺，缺的只是精神价值，缺的只是自己构建不起来的日常生活。而精神价值可以不由哲学家定义，不由文化定义，更不由他人定义。三观中的世界观、人生观和价值观，都可以是由渺小的个体自己去发现、定义和构建。

“多数人”通常都是被“少数人”定义的失败者，而了悟实相的极少数人，知道这个世界人与人差别并不大，成功者在很大程度上是时代成就的神话，面临着怎么找回精神世界的迷失。失败者在很大程度上是时代的一撮灰落成了头上的一座山，面临着怎么在自己构建的美学世界里自洽。所有这些既是人面临的问题，也是时代面临的问题。渺小的个体如何去构建自己的人生，关键要找到自己擅长的领域，有勇气允许自己不从众，不随波逐流，坚定地以自己的天赋，心无旁骛地去达成某件事情，也就是你此生能做且擅做的所谓使命，同时把生活过好。特别是在温饱已不成问题的时候，更应如此。把每个人本自具足的创造力发掘出来，服务于社会，于此不枉此生。这也是作为母亲的亲子教育的核心所在。

伟大的母亲不就是从卑微的生活中诞生的吗？！人人讴歌母亲的伟大，难道是母亲甘愿或有勇气选择平凡的生活，让人们醍醐灌顶吗？！正如获得诺贝尔和平奖的特蕾莎修女所说：“我们当中极少数人能做伟大的事情，但是每个人都可以用崇高的爱去做平凡的事。”

没有母亲的母亲节，孤寂总是一阵阵袭来，让我想念母亲的思绪如滔滔江水奔涌不息。一天几次都感到鼻子发酸，喉头如哽，眼眶湿润，可就是流不出一滴眼泪。夕阳西下，儿子陪伴身边，请我吃喜欢又适合肠胃的晚餐，云南米线再加虾滑和肥牛。把他最真的心意送给母亲节的我，如同我把我的最好都给他。这样的相遇，也是每个生命来到世界一趟的意义所在。

每个女人，自成为母亲的那一刻，便有了自己的使命以及梦想。在没有违和感的日子，推送母亲节的思绪，祝福天下母亲！

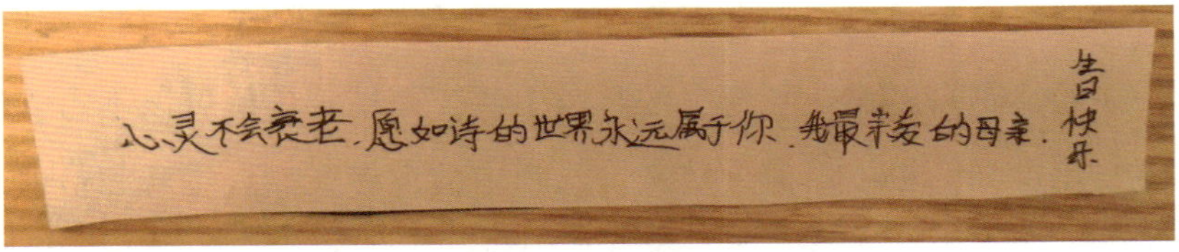

儿子送给我的生日祝福

辑三

时代巨变，父母、配偶、子女、朋友，都是你人生的摆渡船

女人，一辈子都难以看清自己的硝烟

那边，他的追悼会在铺天盖地的鲜花和花圈中如期举行。这边，她在自家熟悉又陌生的小卧室里，默默地守在空无一人的床边，恍如隔世。

她与他最后的时刻，是 2 月 7 日。

那天傍晚，昼夜交替暮色苍茫，窗外鹅毛大雪在昏黄的光影下，犹如一片片枯黄的落叶，落地无声零落成泥。窗内小卧室里灯光明亮，80 岁的他油尽灯枯，弥留之际不停地哼着“妈吔，妈吔”。守在床边的女儿对母亲说“父亲在喊你”，79 岁的她知道，那不是喊她，那是 80 岁老人对自己母亲的呼唤，知道亲爱的妈妈永远在天堂的某个地方等着他。

声声呼唤仿佛还在这个房间里回荡，让她沉沉浮浮地陷落在如潮的往事中。

· 梦想 ·

她的母亲在她 10 岁的时候，就因痢疾永远地离开了她。父亲又娶了一个后母，照顾着她和姐姐、弟弟以及这个家。尽管她总是因为要照顾新出生的弟弟妹妹而辍学，但在当地同文中学教书的父亲，再苦再难也坚持让她读完中学，考取银行学校，有了参加工作的机会。

生母的早逝，常常会导致幼小的孩子过度的察言观色，在行为上或乖巧或倔强。所幸的是她的后母生性良善，虔诚信仰基督，对所有的孩子都护爱有加。

她对后母的记忆，除了耿耿于怀对亲生儿女的偏心眼儿，似乎更多的是美好的回忆。特别是后母的洁癖，让她也与水结下了不解之缘，不停地洗呀洗呀，好像永远都洗不净身上的纤尘。这种生活场景犹如一幅雕塑，印刻在她自己的孩子们心中。

银行学校毕业后，她就分配到了某县人民银行工作。虽然那个时代女孩子是不被家族寄予厚望的，但她暗暗下决心，要好好成家立业，把自己的生活过好，即使不能为父亲减轻负担，至少也不能再为他增添麻烦。她怀揣着少女梦想，满怀期待地从家走向世界。

·挣扎·

像很多人一样，在不懂爱的年纪，并不是为了爱而结婚，往往是为了某种逃离而结婚。为了不让父亲担心，也为了有一个真正属于自己的家，21 岁的她，两条长凳架起的简易木板床，两个喝水兼刷牙的洋瓷缸，一盘请同事们见证的炒花生，在嘻嘻闹闹的贺喜声中嫁为人妻。然后，一个接着一个地生孩子，工作之余所有的时间和精力，就是相夫教子操持家务。

那时，没有天然气和自来水，全靠她自己整板车地把生火做饭的煤球拉回家。瘦小的身躯每天都要用两个大铁桶，到街上集中供水的水龙头，来回担水回家洗菜做饭。工作单位几乎天天晚上都要开会，学习《毛主席语录》和《毛泽东选集》。散会回家，带着有四个脚的洗衣板和一大提篮衣服，一个人披星戴月，没有任何路灯摸黑到河边，搓洗全家大大小小七个人的衣服。碰到下雨或数九寒天鹅毛大雪，才会带上一个大点的孩子在河边帮她撑伞。

身体上的苦，对于从小苦惯了的她不算苦，心里的苦，对于敏感又倔强的她才是真的苦。最让她刻骨铭心的记忆，就是生完第四个孩子出院回家的那天，等待她的竟是冷锅冷灶，三个年幼的孩子手忙脚乱地生着怎么也生不着的煤球炉。得知丈夫临时来了远方亲戚，把买给她补身体的猪肚子，拿到外面去请客吃饭了，早已饥肠辘辘的她，强忍住委屈自己又心疼孩子的泪水，依然只能是靠自己撸起袖子加油干。妻子的苦不只是来自繁重而琐碎的家务，更多的是因为丈夫的不理解和不认可而生发出来的委屈和孤独。那种不被看见的冷暴力所带来的杀伤力，会波及每个家庭成员，无一幸免。

年复一年 365 天的连轴转，早已忘了生活的本来模样。从小喜欢的绘画和阅读，就像古老遥远的往事，离她越来越远。唯一一次听到她唱歌，就是那首边做家务边欢唱的《红星照我去战斗》，至今都是孩子们最喜欢回忆的生活片段。婚后的现实，你以为是恒久的爱情，其实不过是庸常的日子。丈夫虽然不能为她分担一点点的肩挑手提，但聪明勤奋擢升很快，为小家庭带来的未来可期，让本就心不大的她，因了这份期许，又为生活注入了一剂强心针。

· 幻灭 ·

岁月的磨盘一圈又一圈。慢慢地，家，成了她的整个世界，他成了她的唯一；事业，成了他的整个世界，她再也不是他的唯一。他是她的一切，但那时她不懂，与此同时他也就成了她的囚牢；事业成了他的唯一，但那时他不明白，与此同时他再也没有靠岸的港湾。她的半径小了，爱恨情仇很确幸；他的半径大了，尔虞我诈很虚无。她想要的温暖陪伴，从孩子出生盼到花甲之年，头发都等白了，也遥无可期；他征战世界王者归来，才发现自己成了家中多余的人。因为，心灰意冷的她早已习惯了一个人的世界。正如梭罗所描述的："芸芸众生都过着一种默默绝望的生活。"

她像那个时代的大多数女性一样，母亲的价值有赖于牺牲自我来体现，而人本身的价值却被忽视和漠视。女人为琐碎的家事承担得太多，但所创造的软价值，却不被家人更不被社会所认可。如今可以明码标价的育儿、保洁、烹饪、家教、保健等，在过去都是由她们在工作之余，理所当然地奉献。她们在职场和家庭的夹缝中苦苦挣扎的生存状态，至今仍在她们女儿们的人生中重演。导致现代很多女性不认同自身的女性角色：宁可"日租男友"，闺密之间把租友代金券当作生日礼物互相赠送，也不愿过早地结婚生娃；宁可当女汉子累成狗，也拼命地不想重蹈母亲那样的人生轨迹。更有甚者连女性的妊娠、生产、哺乳都想省略，直接找“代孕”。

如今的社会并没有进步多少，许多帮子女带孙辈的女性，安慰自己享受含饴弄孙之乐，把“奶奶”“婆婆”这个身份变成了不拿工资的“菲佣”职业，不仅提供星级服务，还零收入甚至负收入。在教养幼孩的方法上，不得不上岗搭手，却常常被明责暗怪方式方法老旧落伍。每家都有难念的经，除了各种各样的情非得已，谁愿这么做？谁敢这么做？

诗人拜伦曾说：“爱情在男人的生活中只是一种消遣，而它却是女人的生活本身。”19 世纪初英国社会的男女地位，也是她那个年代的真实写照。特别是在孩子离家读大学之后的空巢期，那种付出所有却被不屑一顾的委屈和孤独，那种被孩子们称为“没有爱心还有良心、没有良心还有善心”维持的婚姻，那种丧失自我不被任何人甚至包括自己所接纳的失落怅然，恰如李宗盛的歌曲《山丘》所吟唱的：“虽然已白了头，喋喋不休。时不我予的哀愁，还未如愿见着不朽，就把自己先搞丢。越过山丘，才发现无人等候。喋喋不休，再也唤不回温柔。”

是的，越过山丘，才发现无人等候，念天地之悠悠，独怆然而涕下！

· 回归 ·

行将就木的她，最感恩的两件事就是：感谢父亲让她读书，有了工作养活自己；感谢共产党退休了还给她工资，让她老有所养。她深知厮守到老的婚姻，其实比任何一段在年轻时就戛然而止的恋情还要残酷，虽然同在一个屋檐下，却一直形单影只。她重拾旧好，绘画、读报、养花、养生、信仰基督天天做祷告，把弄丢的自己慢慢找回来，紧紧地与自己在一起。

再也没有无法较量的对手，再也没有不能言说的心魔。她知道，每一代人都逃离不了自己所处的时代，每一个人都无法脱离自己所生活地域的习俗文化，不能永远停留在非黑即白的孩童世界里，不然会累死你的爱。她特别能理解一位科学家说的话，觉得对生活有同样的诠释："所有的事情到后来，段位越高，其实越没有黑白，都是灰的，只是你怎么去讲这个灰度，然后试图自洽。"

人去床空，她再也不想睡在这间房。她终其一生犹如出泥之荷，叩问心莲。洗呀洗呀，终于洗去了满身的尘埃，终于看清了自己与自己一辈子的硝烟。硝烟散后，只有澄澈的眼和湛蓝的天。她倏地潸然泪下，不是因为悲伤，而是由于这种关系状态的终结，一种解脱感使她的情感堤坝突然坍塌。

当爱情故事淡化，婚姻故事收场

当可歌可泣、皆大欢喜的爱情故事，离人们的日常生活越来越远，相爱相杀、各自安好的婚姻故事，就逐渐占据了人们的视野，坦然走进人们的生活。

电影《婚姻故事》开篇的旁白很是温情：

“我之所以爱妮可，即便是令人尴尬的事，她也能让大家感到自在；当遇到棘手的家庭琐事时，她总能知道该如何处理；当别人诉说时，她总能认真倾听；当我犹豫不决时，她知道何时该推我一把，何时该让我一个人静静；她很会送礼物，让你意外地惊喜；她习惯乱放物品，但为了我总是努力物归原位；她是个很会陪孩子玩的母亲；她争强好胜；她很勇敢，为了我放弃事业；她舞技超群很有感染力；如果她不知道哪本书哪部戏剧，总会直言不讳地坦白，不像我瞎编搪塞，谎称最近没关注；她总能把我模糊的想法清晰地表达出来；第一次见面我就爱上了她……”

“我之所以爱查理，他非常清楚自己想要什么，毫不畏惧，从来不会因为别人的看法或任何挫折，而放弃自己想要做的事；他才华横溢，经常有奇妙的想法；他喜欢我；他吃东西速战速决，好像没有足够的食物给别人吃；他非常整洁，我非要靠他才能把事情弄得井井有条；他节能意识很强；他看电影时很容易哭；他很自立，会补袜子，还会自己做晚饭和熨衬衣；他很少有挫败感，而我经常有这种感觉；他冷静地接受我所有的情绪，他不会向这些情绪屈服，也不会让我因为它们而感到难过；他很会穿衣打扮，他的外表从来不会让人觉得尴尬，这对男人来说很难得；他争强好胜，跟儿子下棋输了都会沮丧；他喜欢当爸爸；他酷爱你理应讨厌的一切事物，比如发脾气、半夜醒来；我见到他两秒钟就爱上他了，我永远无法停止爱他，但我知道现在说这些都没有意义。”

以上这些双方眼中对方的优点，以及温情的家庭生活画面，不过是婚姻调解师布置给男主查理和女主妮可的作业。也就是当男女双方闹离婚时，婚姻调解师要求男女双方互相给对方写一封信，至少要罗列 15 条以上对方的优点，然后当面念给对方听。但当两人回到调解室面对面时，念信的欲望却都没有了。妮可抱怨在婚姻中没有发言权没有自我，查理攻击妮可不是真想要发言权，只是喜欢抱怨没有发言权而已。身心俱疲的他们关闭了所有的沟通之门，妮可甚至摔门而出，不接受调解，决意要离婚。

从坐在婚姻调解室，两人互相写出对方的优点，到剑拔弩张各自重金聘请律师，再到法庭上唇枪舌剑，曾经的美好破碎一地。常言道：刑事律师看到的是坏人最好的一面，而离婚律师看到的却是好人最坏的一面。妮可不断强调查理不是坏人，查理也不想与妮可为敌，特意选择一个“充满人情味的”资深律师。可随着官司的进展，两人不得不因为孩子的抚养权问题而赤膊相见。加之掺和进来的父母、律师等各个角度的利益，最终，演变成让律师尽可能去寻找对方生活中的污点，并将其无限放大，以赢得官司。两人原本心存的善意和情感，被搅拌得分崩离析。婚姻故事从来不只是他和她的抗争，而是在与支撑着现代婚姻体系的整个社会抗争。

导演没有让妮可变成歇斯底里的怨妇，也没有让查理变成抛妻弃子的渣男。他们谁都没错，只是他们的自我无法与另一个人的自我相处。查理和妮可的爱情，并非终结于情感的破裂，而是因为不断清晰而强烈的自我，在婚姻关系里的难以妥协。这部电影让人们清晰地看到爱情和婚姻的不同：爱情是欣赏，是心动，是“我可以”；婚姻是聆听，是妥协，是“我是谁”。

曾经沧海难为水，再好的“我们”，也终将退回到“我和你”。

过去的爱情故事人们愿意言说，如今的婚姻故事人们却无以言说。回想1999年，腾讯推出了中国第一款聊天软件QQ，那时上QQ找人聊天是一种时尚潮流，也是我们最容易信任别人、最愿意敞开自己的时候。20年过去了，如今的微信，不说明“来处”根本就不愿加对方为好友。给人点赞、留表情，似乎也只是一种礼仪。更有佛系者说：“别碍着别人在朋友圈装×。”与其发些阴阳怪气的吐槽，不如随手给个爱心点赞。人与人的连接从一件让人期待的事，变成一件让人无聊的事。QQ见证了我们从无话不说到无话可说的20年，恰如过去如数家珍的爱情故事，到如今无以言说的婚姻故事。回望历史惊惧地发现，人类的情感与生活，一直都是在不断进步的科技引领之下，浑然不觉地甘心为奴亦步亦趋。

当“爱情故事”淡化，“婚姻故事”收场，还有什么好玩的呢？怪不得马斯克被问及人生的意义时，给出了他独有的答案：成就一个航天文明，让人类走出星际，不再困在地球。聆听“量子学派”公众号创始人罗金海老师的授课，印象深刻的不是课程内容，而是他的两点分享：一是自然科学与社会科学是两个维度，两个逆向的维度应该在每个人的生活中融为一体。二是数学是哲学的基础，从哲学发展的历史可知，与没有数学基础的人谈哲学很难。重温五十多年前的梁漱溟，在《人生的意义》一文中曾说：人生的意义在于创造。他说至今还能代表宇宙大生命，不断创造和花样翻新的只有人类。他还说“文化是人工的、人造的，不是自然的、本来的”。确实，自然科学无边际，像爱情让你一次爱个够；人文科学无底洞，像婚姻想说爱你不容易。

越来越好奇，人生的每个阶段会有什么新玩法。婚恋本来是人类发明的最有创造性的玩法，可如今说不清道不明地竟然玩厌了。一套房子，使人们恐婚；孩子教育，让人们“丁克”。人类确实该到太空去玩玩了，常人能玩玩的“创造”，还有哪些新花样呢？

婚姻中的永久性问题

老婆：搬迁到新办公楼了，要买辆车上班才方便。

老公：行啊，想买多少价位的呢？

老婆：30 万左右吧，我在网上搜了几辆。

老公：30 万？ 20 万的车就很好了。

老婆：我就知道你舍不得。

老公：孩子补习、房贷、父母看病，哪一样不要花钱啊，车不就是个代步工具嘛。

老婆：我同事跟我们条件差不多，她还买了 40 多万的车呢，她老公多舍得呀。

老公：你们女人就是虚荣爱攀比，永远都不满意老公。

……

哈哈，是不是很熟悉的一场家庭大战即将开打呀。

生活总是这么一地鸡毛，钱、孩子养育、性、家务活、姻亲关系、失业、生病、外遇、赌博、酗酒……让人疲惫不堪。更让人不容乐观的是，婚姻专家戈特曼告诉人们：婚姻冲突主要有两种类型，可解决性问题和永久性问题，而且大部分冲突都是永久性的。比如：她想要个孩子，可他说还没有准备好，也不知道何时能准备好；他干活儿很马虎，而且不吩咐就不干，她一唠叨，他就很烦；他认为1岁的儿子没必要参加价格昂贵的早教，而她认为不能输在起跑线上；他喜欢宅在家里，而她喜欢交际；她信奉活在当下，不要因为钱而错过生活中的乐趣，一直为将来存钱是不明智的。他希望有限地享受生活，以确保遭遇意外时拥有保障和尊严。

好在戈特曼先生在指出悲观现状的同时，又给婚姻中的永久性问题，送了一个乐观的秘籍：学会与问题一起生活。永久性问题不是让你去解决的，而是让你去展开对话，与它交朋友，不让它的鳞爪动辄成为你婚姻生活中的导火索。

婚姻中永久性问题的根源，通常来自你有你的人生梦想，他有他的人生梦想，配偶之间互相不重视或不尊重这些梦想，甚至和配偶的人生梦想背道而驰。这里所说的梦想，是指让你的人生充满意义的志向和愿望，它是你身份的一部分，常常是隐秘的。例如，渴求安全感的梦想，就深埋在挣很多钱的梦想之下。幸福的婚姻不是没有永久性的问题，而是他们会帮助彼此，认识各自深层的人生梦想。夫妻俩都不会坚持自己的梦想，也都不会试图让对方放弃梦想，他们会像一个团队一样，充分考虑彼此的需要和愿景，一起成就既不是他的也不是她的，而是他们共同的梦想。唯有如此，婚姻才对围城里的二人赋有意义，婚姻才对生育之外的人生给予滋养和喜悦。

她总觉得丈夫太吝啬，不喜欢花钱享受生活，获得更多的人生乐趣。而且，认为自己在家庭开支中没有自由和掌控。而他总觉得妻子花钱大手大脚，不能体谅自己赚钱的辛苦，太率性自私。如何花钱，成了他们家庭生活中经常一触即发的“地雷”。

在朋友的帮助下，他们俩平心静气地坐下来，展开了一次深入的交谈。原来，她从小生活在经济非常拮据的家庭，全家总是省吃俭用，她非常羡慕别人家孩子想买什么就买什么。所以，结婚经济条件改善后，她再也不想过那种窘迫的生活，只想尽情地享受生活，才不枉此生。他深深地记得，他的父亲由于贫穷没有保障，晚年在养老院贫病孤苦而死，很没有尊严。所以，他渴望在金钱上有保障，不能重蹈父亲的覆辙。觉得妻子像孩子般的总想得到即刻的满足，威胁了这个家庭的幸福保障。

钱，钱，钱，其实象征着许多情感性的需求，它的深层梦想往往是对安全感、尊严、权力、价值、控制感的拥有。通过这次开诚布公的交流，夫妻俩明白了金钱对于他们各自的深层意义。尽管这个永久性的问题不会消失，但他们学会了在婚姻冲突中展开对话，不让这种金钱分歧陷入僵局，耗干他们的情感。

人是一种复杂的动物，充满了观念、想法、感受、回忆等。换句话说，世界与其说是你眼中看到的世界，不如说是你心中构建的世界。在婚姻的冲突中，没有绝对的真实，只有主观的对错。就像对这个世界的感知一样，每个人在婚姻中感知到的丰富性、深刻性和奇妙性也是不一样的。幸福也好，痛苦也罢，都可以当作在生命的长河中，对这个世界的感知。可以去歌唱它，弹奏它，舞蹈它，绘画它，书写它……它会成为生命中最华彩的乐章。

让我们带着婚姻中的永久性问题，扬帆出海远航去！

有缘人皆是渡舟

中秋的月，能否为她开启另一个缺

仲秋的夜，凉风习习；中秋的月，皎洁盈盈。

把两岁的儿子哄睡，转身望着分床近半年的丈夫，正全神贯注地在电脑游戏里。疲惫的她独自来到三十三层的楼顶，执拗地祈盼着“千里共婵娟”的时刻，能看到渐入老境的爸爸妈妈的脸。

17 岁的她自从考入上海戏剧学院，就成了父母、家族、学校、市区的骄傲。大学毕业后，再也不愿回到父母那一眼就能望到头的小城生活。一直在沪漂泊着，求职、恋爱、失业、失恋，再求职、再恋爱、再失业、再失恋，就像她的居无定所一样，一切的一切都在漂着。

工作漂的恐惧，恋爱漂的剧痛，让她日渐麻木，那种空寂无依的心漂，才是最啮心噬骨的。365 天中连续 286 天，独自一人吃饭的日子里，突然某一天中学的班主任来沪寻医看病，才发现终于有一个人陪自己吃饭了。其实，极度想家的时候，可以让爸妈来陪自己，可爸妈的唠叨与控制，比自己挥之不去的焦虑还长；极度孤独的时候，可以找个男朋友陪自己，可人与人之间的算计与隔膜，比自己的长夜独处还孤独寂寞冷。

在近 20 年求学拜艺的校园生活中，几乎没有一个老师包括父母，让她的视野拓宽到学业以外的领域。除了不停地学习和永无止境的考级，她的爱好、特长、苦乐、感受、见解、理想、见识等，几乎被所有的人忽视，包括她自己。

大学毕业都没谈过恋爱的她，就这样被抛入了滚滚红尘的最中央——魔都。

凭着自己扎实的舞蹈童子功和坚韧的毅力，吃饭是没有问题的，但买房于她却是个天文数字。找个有房有上海户口的夫君，是她一直“咬住青山不放松”的沪漂目标。在美女如云、“白骨精”扎堆的魔都，这真不是一件容易事。她既熏染了十里洋场的精明与势利，又洗脱不了小家碧玉般的拘谨与良善，更不想彻底放弃舞者内心深处白天鹅般的理想情怀。导致单纯青涩的小鲜肉入不了她的法眼，一见钟情的富二代相爱容易相处难，又不愿为中年丧偶的多金大叔的幼孩当后妈，更不甘为有房有户口的大爷当无微不至的“保姆”。一晃十年，热恋、失恋、被骗、骗他、备胎、插足、背叛、玩消失、同病相怜……电影中看过的情感戏码，都在她的身上一一上演。如果你看过电视剧《北京人在纽约》，就知道这句话的分量：“如果你爱他，就送他去纽约，因为那里是天堂；如果你恨他，就送他去纽约，因为那里是地狱。”天使和魔鬼只是一指之遥。

从“三十而立”到“三十而已”，已经懒得恋爱的她，拼命地工作赚钱，试着允许自己在婚恋市场中躺平。然而，有心栽花花不发，无心插柳柳成荫，34 岁那年，上天终于眷顾了在情海中受尽磨难的她，天降一个身高、长相、年龄、职业、家境样样正合她意的如意郎君，快闪般地结婚生子，住进了 200 多平的高档小区，开始了“终于有家”的生活。

谁曾料孩子未满半岁，就遭遇了全球性的新冠疫情，一直坚持舞蹈教学赚钱的她，因封控突然没有了分文进账。在旅行社做金牌导游的丈夫更是彻底地失业，导致职业前景遥遥无期的暗淡。而孩子的进口奶粉、纯棉童装、定期疫苗接种、雇佣保姆样样不能少，日子过得日益捉襟见肘，寅粮卯吃入不敷出。贫贱夫妻百事哀，争吵、甩手逃离、背叛愈演愈烈。她试着劝说老公寻求公公婆婆的资助，不料却点燃了老公郁闷已久的导火索：我爸妈给了大房子，负担了保姆费，还好意思开口榨干他们？！我爸容易吗？从年轻时开始创业，就把身家性命绑在了他的企业和员工身上，稍有懈怠就会被生产、管理、竞争、创新的任何环节所淘汰。我妈的生活被搭进去了，我的童年也被搭进去了。所以，我爸再也不想让我走上经商这条不归路……说着说着呜呜大哭。

她准备向大学最好的闺密求助，还没开口说借钱的事，就被闺密“有一百次想离婚的念头”的控诉，咽回了话头。原来，闺密的老公在疫情之下爆发得如火如荼的教辅机构工作，让半失业的闺密稍有喘息之机，谁料到在“双减”政策之下，教辅机构大量裁员，闺密丈夫所在的小学语文教辅部门被一窝端，全部被辞退回家。萎靡不振的丈夫天天借酒浇愁，不知道自己还能干什么赚钱养家。家庭生活也是一地鸡毛，“面包”的压力竟然让30岁出头的夫妻四个月没有性生活。失业飘着，现在连租房都不敢一年一租，开始留心半年或一个季度一租的房屋。她又想着向体制内在大学教书的闺密求助，昔日的上下铺竟然说：你们自由职业者收入那么高，时间又自由，向我这种穷教书匠借钱，不至于吧？

在赶回家照顾嗷嗷待哺的儿子的地铁上，她心灰意冷，借不到钱还没怎么让她伤心，她的自尊被践踏得早已足够强大，倒是体制内的人不能理解体制外的人谋生的艰辛，让她冷彻心扉：从离开校园到进入社会，一直以来她每月的收入，都得盘算着必须撑得起每月的开支，每天开门活命的起码支出——“面包”、房租、水电、交通、通信一个都不能少。记得有一个冬天格外寒冷，外面雨雪交加。那天，交往了三年的男友，拿走他所有的行李，从她的生活中彻底消失。虽然彼此都懂得以最小的伤害分手，可失恋的当天，她还是突发高烧39℃，悲恸欲绝得几乎发不出声音，连哭都哭不出来。只是坐在窗前纠结着今天去不去给学生上舞蹈课，想着竞争激烈随时被取代的位置，最终还是没敢请假，撑着俱疲的身心挣着按小时计算的工资。

她很羡慕那些体制内的人，想请假就请假，想趴下就趴下的自由。而她不允许自己有任何虚头巴脑的梦想，随时掐断不能创造价值只是抚慰情绪的内耗和外耗，时间精力都必须用在赚钱的刀刃上或恢复体力上。反反复复的新冠疫情，体制内人的用力防控，与体制外人的拼力谋生，那种互难理解却共生共灭的鸿沟，触目惊心。

记得2020年11月，某大学的一名研究生跳楼身亡，他的同学在微博上写道：他来自大山，父亲早逝，被母亲抛弃，跟着奶奶长大。勤奋友善，从不侵犯别人，外面的世界他确实很多不知道，但渴望融入集体，可总被同学们讥诮为“乡巴佬”。有一次在食堂大庭广众之下被羞辱，他忍无可忍跟对方撕打起来，最后被校保卫科带走。两相争执，输的永远都是他！

我接触过不少这样的孩子，他们是一个群体，总被风吹雨打却身不由己，开始还疑问“为什么总是我的错”，最后坚信“都是我的错”。像一片树叶，与其挂在树上不得不随风飘摇，还不如归入泥土，何尝不是一种解脱。倾听和陪伴过很多这样的“她”，突然觉得她们与他们的命运何其相似，身处北上广，也像一个身处校园的学生一样，她们那么拼尽全力，为什么被群体“凌迟”的却总是她们，她们何错之有！每当至暗时刻，我都想陪着她们观看纪录片《三十二》：再苦，红红火火的世间都值得过。

站在三十三楼的楼顶，静静地赏月，她知道不是她的错，也不是他的错，离婚还是将就，一直在撕扯着她。她深有体会鲁迅在《娜拉走后怎样》中说的话：“梦是好的，否则，钱是要紧的。”现在的年轻人，不会轻易地结婚，也不会轻易地离婚。在既没有离婚的勇气，又没有改善婚姻的能力的时候，把相爱放在身后，把相处推到眼前，允许自己待在原地，让生活继续。在不打算开启另一段婚姻之前，不会放弃为当下有问题的婚姻尽力，特别是有了幼小的孩子。

这一点与“70后”“60后”的人有很大的不同，许多四五十岁的人在遭遇离婚还是将就的纠缠，永远停留在找一个人“倾诉”要答案的状态：“你告诉我，离还是不离？”如果你说离，她会说出好多不离的理由；如果你说不离，她又会说出好多离的理由。如果你告诉她，其实她心里早有答案，根本不是想解决问题，只是想找个人诉说缓解痛苦而已，那她绝不承认，反复强调“我真的不知怎么办，你告诉我答案吧”。在我看来，谁是想真正解决问题，谁只是想倾诉缓解情绪，会一目了然。见过太多在糟糕的婚姻里，既没有重建关系的能力，也没有决裂关系的勇气，而她在“勇气”和“能力”之间，令人佩服，一直在培养和践行能力。

生活总是微妙而复杂，很少是简单的是非对错，不会像算术题那样有个标准答案。真正的选择绝不是疑惑而是两难，不是在善与恶或是与非之间，而是在两善之间舍其一，两恶之间取其轻。走过最黑的暗，她们会比大多数人更强大和完整。

今日秋分，祈盼中秋的圆月，能为她们开启另一个缺，让一束光透过封闭她们的圈，让她们能够站在月球看地球：人有悲欢离合，仍然人间值得！

出轨，爱还是不爱

打开“头条”，跳出一个自愿参与的热门话题：一个出轨的男人，在自己老婆面前不承认自己出轨，是因为还爱着自己的老婆吗？

这个问题既是老生常谈，又是常说常新的话题。我先浏览了一下各种各样的“神”回答：

1. 男人不承认出轨，不能简单确认是否还爱，只能说他暂时还不想放弃这段婚姻。男人是很理性的动物，对于婚姻有着很多现实的考量，在婚姻中对感情成分的考量比女人少得多。

2. 小偷偷东西，如果不是被人赃俱获，会承认自己偷了东西吗？毕竟欺骗和背叛是主流文化所不齿的，道德感早已是“社会人”而不仅仅是“动物人”的基本属性。

3. 女人别傻了，出轨的那一刻，爱情已不复存在。文章在离婚公告的第一句话是“吾爱伊琍”，“且行且珍惜”的伊琍会离爱而去吗？

4. 出轨男人既不爱老婆，也不爱情人，他只爱自己，只爱自己无处安放的灵肉。

5. 歇斯底里骂禽兽的……

我在“头条”回答的第一个问题，被系统通知“恭喜你的回答被推荐进头条首页”，是奖给新朋友的小糖果吗？分果果啦：

1. 不论男人还是女人，首先最爱的还是自己，这是真实的人性。被出轨的一方哪怕撕心裂肺地痛，也抵不过出轨的一方在维护面子尊严和个人利益得失上的考量。所以，拒不承认，绝不道歉。

2. 与跟自己人生底线不是同一个准则的人，还奢谈纯粹的爱，你的痛苦已经输在了一个此爱非彼爱的假设前提中。一如既往的你和已经变化的他，谁对谁错不由你说了算，这就是恋爱和婚姻的不同。

3. 被出轨首先伤的是自尊，而不是所谓的爱。“你不值得爱”才是痛苦的根源，当你找回“值得被爱”的自尊，就会发现原来的彼此，并没有你想象的那么恩爱。

4. 爱是无条件的宠、是厮守、是理解、是尊重、是付出、是支持、是陪伴、是温暖……每个人，以及每个人在不同的生命阶段，对爱的定义是不同的，是不断变化着的。违背你此时此地的核心价值观，才是你爱的痛点。

5. 一个出轨的男人死活不承认出轨，只说明目前还不想结束这段亲密关系。至于爱还是不爱，跟出轨事件本身，以及你对这个事件的看法有关，与承认不承认关系并不大。

出轨，永远都是一个沉重的话题。在我看来，出轨承认还是不承认，每个家庭极其复杂，原因因人因环境而异，跟是否爱没有很大的关系。所以，我从不会做那个残忍的告密者“你老公（老婆）出轨了”。一般来说，男人如果在出轨之后想离婚，或已明确想和第三者结合，那么，他是会直接承认并摊牌的。女人更是如此。

大部分的婚外情通常与性无关，表面上是由于新鲜刺激的性吸引，但背后更多的是在寻求懂得、理解、欣赏、支持、尊重、陪伴、温暖等，而这些原本是婚姻应该提供的东西。外遇通常不是导致离婚的因，但常常是有问题婚姻的果。很多离异的男女认为，他们婚姻的破裂，是因为他们彼此渐行渐远，充满疏离感而丧失了亲密感。在婚姻中感受不到爱与欣赏，婚姻危机中有很多这样的“无症状感染者”。

闯入婚外情的人，开始总是把“知音”幻想成众里寻他千百度的“另一半”，可一旦真实地进入婚姻关系中，又是重蹈覆辙“我瞎了眼”的一地鸡毛。其实，夫妻间的很多冲突，不是“他与她的冲突”，而是“自己与自己的冲突”，所以，个人成长是每个人一辈子的功课。

大千世界，爱还是不爱，愿他和她，都能被温柔以待！

七夕，为了忘却的爱

如今，牛郎织女般的纯真爱情难觅踪影，但是我们仍然为了爱与被爱，孜孜不倦地活着。

今天又是一个七夕节，在西方情人节的余温之下，渐成燎原之势的七夕节，是中国传统节日中最具浪漫色彩的一个。虽然与爱情有关，但在中国民间习俗中，更多的是女子们的“乞巧节”。每年的这个夜晚，天上的织女和牛郎在鹊桥相会，凡间的女子欢天喜地地相邀而伴，摆上时令瓜果对着朗天明月，向美丽聪明、心灵手巧的织女，乞求琴瑟和鸣的智慧和相夫教子的巧艺，祈祷有个美满的姻缘托举一生的幸福。

如今的女子比起古代的女子，简直是幸福得没边儿了，吃美食，穿华衣，上大学，做白领，喷渣男，大有半边天逆袭之势。可如今的女子，也承载着时代变迁带来的巨大责任和压力，工作、婚姻、生活的常态，就是“不确定”成了最大的“确定”。于是各路神仙姐姐们，不断全方位地磨砺着自己的优秀，为了在这个“爱稀缺”的年代，能有掌控感地去爱和被爱。所有的进化都意味着退化，所有的得到都意味着失去。现代的女子，虽然无须低声下气地依附于男子，但也难以昂首阔步地独步人生。毕竟，爱既是生活中的奢侈品，也是生命中的必需品。

过去的女子无才便是德，如今的女子无财便是劫。在适逢一个物质决定一切的年代，女人们再也不想因为某个男子的爱与不爱，而左右自己的幸福与不幸。于是，义无反顾地推开如履薄冰的社会大宅门，决然地关闭两个人之间如临深渊的信任之门，随之而来的怪而不怪就是：爱而不恋，恋而不婚，婚而不育，毕竟泛爱没有至爱之殇那么痛。

爱之殇，其实是在爱人还是爱己之间的挣扎。在我们的传统观念中，普遍认为爱别人是一种美德，而爱自己却是一种自私。所以，很多人从小到大都没有学会如何爱自己。大多数人认为爱情首先是自己能否被人爱，如果遭遇不幸就觉得是自己不值得被爱。而从不会去思考爱不仅是一个被动的行为，更是一个主动的行为，不是等待被爱而是追求去爱，也就是自己爱的“能力”问题。这样的观念导致通常采取的方法就是，男子在社会中尽可能地获取财富和权力，女子则通过保持身段和服饰打扮使自己光彩照人，即所谓的“我负责赚钱养家，你负责貌美如花”。

但情感不断进化的人们，越来越清楚财富权力和貌美如花，与情爱有关也无关。当情窦初开爱上一个人，往往爱上的是一个残缺的自己，或者说是一个虚构的对方。当对方没有“如你所虚构”地爱你，你就有被伤害被欺骗的感觉，而这个世界上“如你所是”的人永远不会诞生，因为，每个人都是独一无二的存在。所以，你会在亲密关系中，永远都是一个受害者的角色。

我觉得《圣经》中“爱他人如同爱自己”是顺应人性的，强调爱自己先于爱他人。爱自己理解自己接纳自己，其实与爱别人理解别人宽容别人是密不可分的。只有真正爱自己懂自己，才更有能力爱他人懂他人。如今，很多人不是物质匮乏之痛，而是心灵匮乏之殇，恰逢繁华盛世却遭遇了一个“爱无能”的时代。物质填补不了的“黑洞”，或许让物质之外的一些东西可以充盈你的生活。比如，提高自己爱的能力，会让你不中意的人越来越少，顺眼的人越来越多。

七夕之夜的此刻，也许有 80 万人在接吻，20 万人在拥抱。此刻看手机的你，是否挪开眼睛，温情地拥吻一下身边的爱人呢？或者，仰望星空鹊桥，向仙女“乞巧”：“不要制造剑拔弩张的险情，考验我们饱经磨难的灵魂。”放下犀利，让我们找回爱的能力吧。

520，想说爱你不容易

520 这个数字并没有什么特别，倒是 520 的创意人见人爱。

人人都想被他人所爱，被他人所需要，被他人所认同，亘古至今从未改变。尤其在这个年代，能主动去爱的人越来越少，被人爱也越来越稀缺。

过去，男大当婚女大当嫁，结婚很容易，离婚很难。现在，恐婚男，恨嫁女，结婚很难，离婚很容易。由于教育程度的提升和经济实力的允许，男人和女人无论在人格上还是在经济上，都越来越独立。越来越多的选择性，使得越来越少的人愿意过早地进入婚姻，担心丢失自主性，或者担心付出的爱被伤害。要么就不婚，要婚就不折腾。

工作、财富积累、恋爱、婚姻、房子、票子、育儿、享乐、自由，等等，都压力山大，使得现代人一再推迟婚育。但作为一种社会动物，没有亲密关系，没有深度陪伴，看似 365 天饭局不断，可竟然没有一次真正意义上的有人与你共进晚餐，这种孤独寂寞冷，日复一日对人有一种看不见的摧残。

如今，个性主义和享乐主义新文化，使得亲密关系讲究“边界”，人们只想从亲密关系中，得到越来越多的轻松和快乐，规避不必要的消耗和牺牲。现代的女性选择伴侣要比男性谨慎得多，要求男子赚钱生存能力强，情绪成熟稳定，幽默乐观开朗；而男性选择伴侣更趋简单明朗，对女子的个性很看重，倾向选择善解人意、独立、可爱不做作的女子。

古今中外人们最初的相遇，往往吸引于美丽的外貌和健硕的身材。当一个人将注意力、兴趣和赞许都倾注给另一个人的时候，激情阶段“施”与“受”的彼此，都很享受这种婴孩般的王国世界。接着会去了解他们是否喜欢同样的麻辣烫、电影或休闲方式，再往后“角色”的兼容性变得越来越重要。伴侣们最终会发现，在为人夫妻、为人父母、事业、居家等各项生活任务的基本方面，他们是否和谐同频至关重要。

真诚善良、性格好、感情能得到回应，始终是男人和女人对恋人的三个最重要的品质要求。短时间内我们往往喜欢那些喜欢我们的人，但是，在长期的可持续性关系中，人们更偏好对自身有清晰认知和认同的个体，少一些爱恨情仇的纠缠不休。短短几十年，谁不想活得快乐轻松又自在呢。

年轻的时候，会觉得被人追求、被人爱，是多么的幸福。到后来才明白，能主动地去追、去爱，是一件多么幸福的事情。我们生而怯懦，不敢直面自己的内心，勇敢只属于少数人。记得在完全不懂爱的年纪，被人赠予一本弗洛姆的《爱的艺术》一书，30 年之后再读，感慨万千。作者认为，成熟的爱情，是在保留自己完整性和独立性的前提下，与他人的合二为一。爱情的第一要素是“给”，而不是“得”。一个人把他内心有生命力的东西给予别人，同别人分享他的欢乐、财富、兴趣、知识、理解力、创造力、乐趣、幽默、困惑或悲伤，等等，一切在他身上有生命力的东西。通过他的给，在提高他自己生命感的同时，也提高了对方的生命感。

他的给并不是为了得，而是不可避免地会唤起对方身上某种有生命力的东西，使接受者也成为一个能“给”的人，双方因唤醒了彼此的生命力而让人生充满欢愉。这才是融入柴米油盐生活的可触摸的爱，也是可以融入所有人际关系的温暖而有力的爱，而不仅仅是游离于生活之外的荷尔蒙激情。

美好的亲密关系中，男人女人彼此既能真诚地“给予”，也能坦然地“得到”。520，想说爱你不容易，愿天下有情人，勇敢爱，真诚爱，得真爱，得暖爱！

有趣的婚姻太少，痛苦的灵魂太多

“哇，肚子又长大了耶。”

“呵呵，男人怕肚子大，女人怕屁股大。”

“是吗？我屁股大吗？”

“不大，合适。”

“啧啧，这么会说话，我是不是也应该说，肚子不大，正合适。”

“大了大了，要多动少吃。”

“嗯嗯，属于疫情宅家滞后性反弹，正常正常。”

哈哈，幽默轻松的一天就这么开启了。

真想把沉重的话题能够轻松说，只因心性和文字的功力不到火候，实难泡制出一捧温润的清茗。经常接触各种各样的老、中、青婚恋困境，倾听他们苦难的心声，深感芸芸众生在自身和时代的局限里，没有尽头地痛苦沉沦。

快节奏的时代，人们像喜欢“轻食”般地喜欢“轻文”。每天浏览N多的网络资讯，似乎获取了N多的知识和智慧，这个讲得有道理，那个说得也不错，疲于奔波在永远都搞不懂的流行文化中。而现在的各种自媒体，大多是怎么吸引眼球怎么来。各种婚恋秘籍你方唱罢我登场，竭尽所能地投读者所好，你想“要”什么就“喂”给你什么，至于会不会更加搅糊婚恋这锅粥，事不关己。真正的良心文化不多，因为，真正的阅读者也很少。

市面上的婚恋秘籍很多，让许多人乐此不疲地追逐效仿：学会有效沟通是幸福持久的秘诀；积极倾听是解决冲突的最有效方法；人格问题会毁灭婚姻；共同的兴趣爱好将拉近彼此的距离；回避冲突会毁掉你的婚姻；外遇是离婚的根本原因；男人不是为婚姻而生的；男人女人来自不同的星球……但是再好的理论，在灵动的现实生活中实操性都很难。

比如，陷入大吵大闹或冷战中的双方，很难做到积极倾听和有效沟通。男女有别，性格各异，通常女人喜欢积极沟通，碰到啥冲突都要提溜个一清二楚，不整个你非我是的尘埃落定决不罢休。而男人通常不喜欢主动叙说心事，遇到冲突常常简单粗暴地回避，不是动手就是沉默或逃避（据说这也是男人没有女人长寿的重要原因之一），不沟通的冷暴力让他的女人更加抓狂。

有一则笑话说的是，一对夫妻吵架，女的吧啦吧啦地不停，三日不了四日不休还如鲠在喉。而男的出了家门逃之夭夭，连一个哥们儿都不找，独饮啤酒垂钓江边，日落西山回到家中，像没事人一样，该干嘛干嘛。夫妻间的沟通方式，没有统一的标准答案。人们常常碰到，争争吵吵一辈子的夫妻最后你欢我喜，理智冷静积极沟通的夫妻最后却形同陌路。每对夫妻都有其专属的模式，关键是找到自己的独家配方。

他和她只要有分歧，他就会迅速提高嗓门，当他冲她吼叫的时候，她会心怦怦跳，要求他停止喊叫。而他感到冲突来临的时候，声音和肢体都会秒变如狮。他们最终发现，是在为他的声音而争吵，而不是就某个有分歧的问题而争吵。

亲朋好友再怎么劝解都收效甚微。因为，他和她有着不同的情感风格，他往往情绪不稳定，遇到冲突就发泄他的情绪。而她喜欢安静、理性地讨论问题，当被人大喊大叫时，会迅速地被消极情绪淹没，身体和心理都会紧绷消耗。情感风格是一个人性格的一部分，他们中的任何一个都不可能改变。但是，通过意识到彼此情感风格的不同，理解并互相尊重，是可以找到解决冲突的办法的。

每当面对痛苦的婚恋，倾听他们内心的呐喊，那种渴望解决婚恋冲突，保持长久幸福的执着，让我心有戚戚然。因为，时至今日，甚至永远，没有任何数据或研究，可以解释为什么有些婚姻成功而幸福，而有些婚姻失败而痛苦。倒是有数据显示，夫妻间的绝大部分争吵都是无法解决的，属于永久性问题。

我们可以努力地去解决可解决的问题，对于永久性问题可以束之高阁地“比邻若天涯”。就如同身体健康并不是治好了所有的病，而是疾病仍然存在，但能够去调整去控制去平衡。婚姻没有所谓的秘籍，没有哪两桩婚姻的幸福或不幸，原因是一模一样的。如果非得找秘籍，就应该在你另一半的身上找，而不是向外求。因为，此老公非彼老公，此老婆非彼老婆，每个人都是独一无二的，每个家庭更是各有各的经脉。婚姻从来都是时代变迁的产物，这个时代似乎不适宜用幸福来定义婚姻，追求两情相悦、适度支持和温暖有趣，或许更对得起彼此短短几十年的人生。

任何一个与你结婚的人，都会缺失某些你期待的品质。是习惯关注他已经具备的好品质，忽视他所缺乏的品质，还是相反，盯住他所缺乏的东西死死不放，而把他已有的好东西当成理所当然。此习惯，彼习惯，你的婚姻你做主。而且，婚姻只是生活中的一个重要部分而已，但不是生命的全部，何必让部分中的一个瑕疵一叶障目呢。

每个人都渴望幸福，而每个人都会在婚恋中被“心魔”偷走很多幸福。有趣的婚姻太少，痛苦的灵魂太多，且行且珍惜。

老婆，我的好兄弟

23道菜，4瓶白酒，3个老同学，2个好朋友，5对中年半老夫妻，酒足饭饱之后，重演约定俗成的仪式感：主人领喊一句“干杯”，宾客呼应三声“那是，那是，那是”，终于落下了一年一聚“山中一日”的帷幕。

余兴未尽的老男人们，哦不对，不满60岁不能称为老人的帅哥们，用略显苍老的声音，亢奋地唱着《往日时光》的歌谣，勾肩搭背摇摇晃晃地走出屋外，来到凉风习习惬意无比的山野。

山里的夜格外宁静，没有喧嚣的车流和闪烁的霓虹，只有皎洁的圆月与晶亮的星星。洁白的月光倾洒在黑黢黢的田园和灯火通明的祖屋，看上去仿佛是一座披着节日盛装的方舟，那摇曳的红灯笼犹如缆绳，将方舟系于停泊的码头，俨然一座可以永久安然栖居的世外桃源。

男主：“老婆，我的好兄弟，上车。”

男宾：“想老婆开车自己痛快醉酒，就称兄道弟了。”

女宾：“能把老婆当兄弟，那可是最高境界哟！”

女主：“T老师说的是，就是。”

古谚说：“兄弟如手足，老婆如衣服。”手足不能砍掉，衣服可以换掉。可如今的社会让人感叹：朋友如手足，亲人如衣服。

在古老的中华民族传统文化中，更多的是讲究亲情，而不像西方社会那样注重友情，这与社会经济发达的程度是相匹配的。过去的国人遇到困难时，首先想到求助的对象是亲人。随着社会市场经济越来越发达，分工越来越细，资源越来越多，遇到困难时亲人往往是爱莫能助，而各类朋友却各显神通互惠互助。所以，如今的国人常常把友情挂在嘴边，亲情悄然退后靠边。这正应了基辛格曾说过的一句话：没有永远的朋友，只有永恒的利益。这也符合人的本性，谁最能帮助自己对自己最有用处，谁就是不可或缺的“手足”，否则就只能沦落为随时可以替换的“衣服”。尽管我们都喜欢自欺欺人地活在传统的血缘亲情里，但真正遇到关键的法律或医疗签字画押时，都是利益相关的配偶和子女，而不是血亲的兄弟姐妹。

如今的我们，从重亲情走向重友情，跟西方人一样喜欢交友胜过其他一切。现实中与身边的人形同虚设，一天说不了几句话，而在虚拟世界与屏幕里的人，晨问好夜请安，一小时不见如隔三秋，导致现代人深深地领受了“孤独是一个人的狂欢，狂欢是一群人的孤独”。撸猫，自己跟自己玩，似乎成了一种理想的生活状态。

西方自古就把友谊分为三种：血缘的、社交的和男女情爱的。法国思想家蒙田认为，兄弟，是一个美好而充满爱意的字眼，由于财产的混合和分配，以及兄弟们在同一条小道或同一个行业中谋利益，自然会发生抵触冲撞甚至你死我活的情况，这会极大地削弱这种兄弟情谊。

爱情，是一种疯狂的欲望，到手之后就兴味索然，忽热忽冷极不稳定，更像是一种变化无常的情绪而已。至于婚姻，通常是为了繁衍或者利益而进行的一场合作，而且掺杂着各种不相干的家长里短，足以扰乱脆弱的情感而导致交易终止。

友谊，是一种普遍和通用的感情，通常只是由心灵相通或志趣相投而连接起来的频繁交往，平和稳健冷静沉着，一般不会让人痛苦。婚恋一旦进入友谊阶段，以身体快感为目的的吸引就会衰弱和消逝，因意愿相投而来的愉悦，就会更加被人想念和享有。这种不仅仅是身体上和情感上，更是精神心灵上的共鸣、净化和升华，所带来的愉悦和滋养是绵远久长的。

柏拉图认为爱情的结局存在于友谊之中，通常被国人浅显地解读为精神恋爱。其实，西方人对于爱情的理解与柏拉图哲学一脉相承：爱情是一种获得友谊的尝试，当某人美丽的外貌吸引我们时，我们就想得到他的友谊。蒙田认为："只有等到年龄变得成熟和性格趋向稳定时，才能对友谊作出完整的判断。"由此可见，英国查尔斯和卡米拉之恋也就不难理解了，对于网上的各种八卦我是嗤之以鼻的。

在中国的亲情关系里，当一方视另一方为自己的附属品或寄托物时，就已注定了彼此的悲剧。子女对父亲，更多的是敬畏，而友谊则需要平等交流，父子之间的不平等导致这种交流的阻隔。不少父亲常常用自己生活年代的价值观和人生经验去灌输，当孩子从叛逆反驳拒绝对话，到转变为献给父亲一双洗耳恭听的耳朵时，许多父亲并未意识到，这是孩子对父母的一种无声的包容和爱，是晚辈对长辈的某种终极付出。长辈总以为是自己在语重心长地"给予"，却浑然不知这是一种珍贵的"得到"，是父母在其他的成人关系里无法拥有的东西。实际上许多孩子在内心深处无数次呐喊：父母，你能成为我的好兄弟吗？！

过去的父母是粗放型地养育几个孩子，顾此失彼的生活日常，使得孩子领略了失宠、竞争与合作，成年后有动力也有能力在两性关系里，寻求没有竞争的一对一专属的爱。可如今绝大多数是独生子女，无论是从小的被呵护，还是长大成家后的被帮衬，都深知父母恩比天大，哪怕与父母再怎么相怼相杀，都知道这个世界上最亲的人只有父母。这种从小到大专属的爱的满足和滋养，在两性关系里是不可能复制的。所以，如今的婚恋关系里，你不要指望他爱你胜过爱他的父母，就如同你自己也不要给对方以幻象：你爱他胜过爱自己的父母。两性之爱替代不了父母之爱，就如同父母之爱代替不了两性之爱。

不论是现实生活还是文化层面上，女性常常被男权的世界排斥在友谊之外，女人自己也禁锢了自己，把男人当成整个世界，不懂得珍惜友情，重色轻友是通病。但男人和女人永远是：同一个星球的生物，不同世界的人物。从友人变成恋人，从恋人变成爱人，从爱人变成亲人，这个旅程还远远不够。从友情—恋情—爱情—亲情—胜似亲情的友情—胜似友情的亲情，才是一个完满的闭环。

或许，直到有一天，幸福来敲门，脱口而出又心领神会：老婆，我的好兄弟！

给老婆一个温暖的陪伴，健康的是一辈子的自己

人到中年，短短四个字，却分量十足。

它蕴含的内容太多太多，肥胖、白发、老花眼、牙病、绝经、性功能减退；上赡父母下育儿女；既是经验丰富的“前浪”，又是认知思维急需迭代的“后浪”；夫妻关系既熟识依赖又疏远陌生；朋友人脉既广泛热闹得车水马龙，却又精明浅薄得门可罗雀；机会多多却再也无法信心满满……

心理学上把成年期分为成年初期（18～35 岁）、成年中期（36～50 岁）和成年晚期（51～65 岁）。成年中期开始也就是所说的人到中年，无论在身体上、心理上还是社会功能上，都会发生巨大而微妙的变化。心理学家荣格曾说：人在中年前期，生活取向为适应和顺应外部世界，为生计而奔波，不知道自己所走的路是否真喜欢；中年后期，人的生活取向为适应和顺从内在世界，寻找真正的自己，也就是将注意力由外部世界转移到内在世界，重新认识自己，善待自己。这个过程如果过渡和转换得不好，很容易产生焦虑、抑郁、孤僻、缺乏安全感、无价值感、疑病症等不良症状。特别是有些女人因绝经丧失女性魅力的打击，可致其情绪降到冰点。男人性功能减退，更是男人谈虎色变的末日骑士。医学上称这些现象为更年期综合征，它是形成中年危机的主要原因之一。

在我国，女人的更年期明显早于男人，根深蒂固的“男主外女主内”的人文导向，使绝大多数女人从结婚的那一刻起，就把家庭当作了自己的整个天空，

把丈夫和孩子当作了自己的整个世界，早早地把自己枯萎成井底之蛙，根本就没有完成一个生命个体的社会化进程。早在 1946 年，世界卫生组织对健康的定义就是：健康是一种在身体上、心理上和社会功能上的完满，而不仅仅是没有疾病和虚弱的状态。由于社会功能的缺失，导致我国目前 50 岁左右的女性，大部分已经淡化甚至丧失了社会角色，而此时儿女的长大离家读书或工作，以及丈夫如日中天的工作繁忙，使得女人赖以为天的家庭，顷刻成了"空巢"，没有缓冲的瞬间让人难以招架。男人总说女人比男人的生命力更强韧，其实那也是"扛"出来的。男性退休综合征，社会大力呼吁女性要多理解多包容多陪伴，而早男性 10 年的女性更年期综合征，中年男人又给予了多少理解、包容和陪伴呢？大部分中国丈夫忙得足以忽略给妻子一个关注的眼神，一个真实的牵手，一个温暖的拥抱。

古话说"水满则溢"一点不假，当你拥有很多东西的时候，就一定会有其他的东西离你而去，这个世界永远得不到两全之计。若要自由，就得牺牲安定；若要闲散，就不能获得别人评价中的成就；若要愉悦，就无法计较身边人给予的态度；若要前行，就得离开目前停留的舒适区。中年人较之年轻人已经拥有得够多了，也明白财富和名望的增加，并不能持续带来生活满意度的增长。避免幸福内卷，一个真正的爱好，一个亲密的伴侣，一个稳定的人际圈，比金钱更能提升烟火生活的幸福度。

"婚姻教皇"戈特曼有一句经典："如果健身爱好者每周从健身的时间里，匀出 10% 的时间，来锻炼他们的婚姻而不是身体，他们在健康方面获得的好处，将是在跑步机上的 N 倍。"客观意义上的身体健康与幸福相关度并没有想象的那么大，相关度更大的是我们主观上对自己健康状态的认知。保持健康并不意味着治好了所有的病，它还意味着疾病依然存在，但你学会了调整和平衡。这种调整和平衡也包括使家庭关系变得更亲密，使日常生活变得更充满乐趣，从而对疾病和死亡的畏惧也会减轻，才有可能达到一种整体的健康状态。

曾记得 2010 年 5 月 12 日晨，英国首相布朗发表辞职讲话，演讲末尾说道：

“在我将离任我生命中第二最重要的工作时，我更加珍视我的第一重要性的工作，那就是作为一名丈夫和父亲。”乘风破浪的中年男人，可曾记起自己生命中第一重要性的工作是什么呢？不会像很多日本男人那样，到了退休的时候才发现自己是家庭中多余的人吧。时光不老岁月正好，给老婆一个温暖的陪伴，健康的是一辈子的自己。

与丹麦美人鱼试比高

向奋战在一线的家人致敬

2020年的冬末春初，全国人民都深深体会到了谁是最可爱的人：救死扶伤的一线医务人员，坚守岗位的社区工作者和环卫工人，生产和抢运医用救援物资的人，捐款捐物的公众人物，还有我们宅在家中不出门添乱的百姓……

胸怀世界和祖国的你，此时此刻可否想过，你的家人——谁，最可爱？

我远在异地的兄弟姐妹，在微信家群里发了一条视频，全家不亦乐乎地在客厅里看电视的、看手机的、陪孩子玩耍的、做瑜伽的、跳舞唱歌的，其乐融融的景象让我很是舒心。可是一瞬间、真的仅仅是一瞬间，我脑中的画面，比我眼睛看到的视频画面，更加清晰和放大：视频里看不到人影的姐夫，又奋战在家里的第一线——厨房。

在这疫情隔离的宅家日子里，外出采买的风险、菜品的单调和抢购、家政的不能到岗、外卖不能进小区，等等，都让“民以食为天”的问题凸现出来。西装革履不用穿了，蛾眉朱唇不用描了，书包不用背了，剩下的就是最真实的吃喝拉撒睡，重中之重就是“吃吃吃”，怪不得生活的“活”跟舌头有关呢。

你家的大厨是最可爱的人吗？也许TA不是赚钱最多的人，不是社会地位最高的人，不是最讨喜的人，甚至是一个琐碎爱抱怨的人，可是TA一辈子的时光奉献给你的“民以食为天”，都比给你精神滋养和愿景激励的“成功者”还重要，他们才是你烟火生活中的“重要他人”。

《圣经》中《约拿书》里的约拿，是一个有强烈秩序感和法律感却缺乏爱的人。他被大鱼吞进肚子，象征着他由于缺乏爱，不能把自己的命运与他人的命运联系在一起，而陷入孤立和监禁的鱼腹境地。神救出了约拿，并告诉他爱和理性是两种完全不同的理解世界的方式，不要把二者对立起来。爱的本质是为某物"劳作"，爱与劳作是分不开的。

一个家庭的厨房，从迎接新生命的诞生，到迟暮之年的送终，是最能体现人间原初劳作的地方，也是最能体现爱的地方。如果对掌勺人没有敬畏和爱意，你会永远抱怨这世上爱你的人太少。这又让我想起电视剧《精英律师》里的何赛，他是一个非常自律、几近教条式的坚持原则的人，当他得知罗槟为了签单一个大客户，而一反律师事务所常规，许诺一个新人一进事务所就直接成为高级合伙人的做法，直批挚友罗槟此举有失公平，违背自己一贯坚守的做人做事底线，还以业界法律泰斗自己已逝父亲的教诲——"让谁失望都不要让自己失望"打动了罗槟。

可转身第二天他又到罗槟的办公室表白："我对于你也许没那么重要，但你对于我这个择友严苛又朋友极少的人来说，友情至为珍贵。"他宁愿放弃自己在破格任命高级合伙人这件公事上有失公平的底线，也不愿因此损害他至为看重的与罗槟之间的私人友情。在他看来职场之争是一时的，友情才是一世的。真让我为男人间的友谊感动涕零，更为何塞如此清晰爱和理性在自己生命中的排序和取舍而击节赞叹。扪心自问，爱与理性的平衡，在我们的生活中又会以怎样的状态存在呢？

我们可以爱科学家，爱文学家，爱艺术家，爱英雄，爱政治家，爱企业家，爱救死扶伤的天使，爱体育文艺明星……可我们不必活在别人创造的神话中，也不需要用惊天动地的伟业来耗干自己。作为平凡的个体，我们一生中并没有几个"重要他人"，更要学会去珍惜奋战在一线的身边人。

当 TA 吹着口哨，把大葱切成段，把大蒜切成片，把生姜切成丝，把土豆胡萝卜滚刀切，把香喷喷的胡萝卜土豆烧牛肉，喜滋滋地端到家里的饭桌上，你能油然而生温暖的爱意和敬意吗？那应该是你最幸运的时刻，也是一个家庭最祥和的时刻。

母爱是一束光

凉风习习的初夏之晨，用爽歪歪的 5 千米环湖跑，开启美妙的一天。在准备做运动后拉伸之前，先用 5 分钟的时间浏览了一下微信朋友圈，发现满屏的母亲节祝福。哇，今天是母亲节！我边做拉伸边想着母亲这个话题，心中涌动的东西实在太多太多。

记得 2009 年，在北京参加个人职业成长的培训中，老师让学员们做了一个“为父母画像”的练习，就是找出自己父母身上最大的三个优点和最大的三个缺点。记得当时我写下父亲最大的优点是精明能干、责任担当、豁达乐观，最大的缺点是自私、不及格的丈夫、耍手腕。母亲最大的优点是默默奉献、本分低调、勇于揣着明白装糊涂地成全别人，最大的缺点是不善于爱自己、不懂得享受生活、不求成长。他们身上都带着自己时代的烙印，以及鲜明的家庭成长背景。

接下来，梳理自己个性中与父母之间的传承、摈弃与蜕变。学员们互相分享和交流，充分地表达与倾听。慢慢地到了最后，通过这个练习发现，父母的优点往往同时又是他们的缺点，他们的缺点也同时包含着他们的优点。就如同我们自己身上最明显优势的一面，往往又是我们最软肋的东西深藏其中。所以，抱持一颗海纳百川的心，对父母，对自己，对孩子，对配偶，对朋友，努力全然地去接纳他们的优点和缺点，而不是习惯性地只享受别人的优点而诋毁别人的缺点。爱出者爱返，福往者福来，你怎样对待别人，别人就怎样对待你，努力让彼此都成为完整的人，而不是完美的人。

父爱是有条件的爱，让你懂得在这个不是刀就是砧板的社会丛林里，生存下去的法则和责任。在皇帝继位或富豪家业的传承中，都可见一斑；母爱是无条件的无原则的，你迎合她还是忤逆她，她都不会收回对你不求任何回报的爱，让你相信活着是美好的，人间值得。

当我被人指责宠溺孩子时，我会辩解说，母爱如果也像父爱那般讲原则和讲道理，那这个世界太可怕了。君不见古往今来，再铁血的汉子再成功的精英，在灵魂最疲惫的时刻，在生命最暗黑的时光，在生命最后的弥留之际，都是因为心中有一座不灭的灯塔，像一束光一样引领着他，浮出深不可测的海面，那就是——与生俱来的母爱！

不论父爱还是母爱，对孩子的成长都不可或缺，特别是从小在时间上和空间上陪伴孩子日常生活更多的人，对孩子的影响更深刻久远。主要养育者通常都是母亲，自身的知性、从容、美好，是一个家庭乃至一个家族的“风水”。快速发展的社会，亲子关系问题非常普遍，古今中外一代又一代的繁衍生息，都不存在完美的父母，将来也不存在完美的父母，但是，可以期待不断学习不断成长变得越来越好的父母。

这个时代，母亲，想说爱你不容易。母亲不仅是乳汁，让孩子能温饱生存，更应该是蜂蜜，让孩子感受到生活是甜蜜的，活着是美好的。能给予乳汁的母亲常有，而能给予蜂蜜的母亲，不仅有赖于自身的成长，也有赖于拥有良好的两性关系。当母亲心中有爱眼中有光的时候，她才能给予身边人更多的温暖和美好，如果自身匮乏的话，也许对外更多的是伤害性的索取。

母亲节，祝福天下所有母亲，温暖有爱，澄澈美好！

教育的私人订制

今天，是二十四节气中的第六个节气——谷雨，不仅喜欢“雨生百谷”的时节，还喜欢每年的这一天与“重要他人”的生日巧合。更喜欢在特别的日子里，制造一点专属于自己的印记，既鲜活当下的生活，又滋养未来的光阴。所以，昨天就向儿子“申请”了一个生日晚餐，他能给我们带来一个怎样的“私人订制”呢？

古时候有“走谷雨”的风俗，每逢谷雨这一天，女人们呼朋唤友野外踏青，走村串户，图个生机盎然的吉利。可如今待在城市的格子间，天空又下着小雨，只好在微信朋友圈“走谷雨”了：没有过去的“播种移苗、埯瓜点豆”，满屏的不是这个微课即将上线，就是那个培训平台打卡，着实让人顿生“厌学”之情，如今的教育到底怎么了？

无论是家长、孩子还是教育工作者，都感受到了这个时代的教育无所适从。各种教育理念层出不穷，教育机构遍地开花，教学技巧眼花缭乱，教育书籍五花八门，育儿亲子文章翻来覆去，一种尝试迅速地会被另一种尝试所取代。西式教育注重个性化的多元化散漫式教学，或中式教育注重共性化的标准化模式教学，都让中国的家庭不堪重负。

最先发出呐喊的是青少年，他们以各种各样的方式与现代教育抗争，与父母家长叫板。他们所处的时代，知识唾手可得，使得他们只想学习在生活中切实可用的东西，能使生活变得更为方便和舒适的东西；他们想要追求的个性，也是实用和无拘无束；他们对理想、目标之类的说教颇为反感，只喜欢能在一起和平共处的个人，而非说教评判的权威。因为，他们知道谁也不能为他们负责，他们也不能为任何其他人负责，所以，他们不会干涉他人，也不允许他人对自己指手画脚。

一个又一个的时代，一代又一代的教育工作者，前赴后继地探索着十年树木百年树人的大计，希望关乎每个生命和每个家庭的教育，既能让人学到融入社会的生存本领，又能让人拥有自由独立的人格。精彩纷呈的教育越来越需要化繁为简：通过教学掌握知识原理，通过教养整合人格个性。前者拜师学艺不难，后者更多地需要依靠灵动的日常生活而获得。

比如，解决冲突的能力，更多的是来自小伙伴之间的互动磨合，而非父母耳提面命的说教。还有一个重要的途径，就是通过阅读亲近古今中外的圣者，以及与身边的贤者和趣者交朋友，把他们身上那些通过长期修炼而获得的无形修为，潜移默化地内化给自己。这是标配的教育很难做到的，只能是教育的“私人订制”。

呵呵，谷雨这一天，好期待即将开始的晚餐！

孩子，但愿你的人生不是一个又一个的高考

喧闹了两天的高考校园门口，此刻似乎什么都没有发生。

“高考！加油！”的大幅红幔了无痕迹，沉默无声的孩子和叽叽喳喳的家长，犹如坐上了同一辆过山车呼啸而去，再也不回头。从幼儿园到高考，整整15年的超长程马拉松，最后的冲刺仅仅浓缩在两天的时间里。千家万户15年的奔跑画卷，可以成就一部英勇悲壮的史诗。

莘莘学子每年6月的高考，两天可以结束，可每个人一生的“高考”何时又能了结？刚进大学自由放飞的女儿，还没从高考中喘息过来，春节回家就被追问着，毕业后是去国外留学，还是去北上广找工作，或是考公务员或创业。孩子长远的梦想扛不住父母眼前的焦虑，一个追一个逃的游戏永远在上演。

从小喜欢魔术的儿子，大四毕业想师从全球最厉害的魔术师大卫·科波菲尔学艺，却被父母软硬兼施拽回家乡子承父业，日日醉酒夜夜笙歌，且把赚钱当魔术；明明是喜欢文学的码字高手，偏偏被裹挟到魔都历练“杜拉拉升职记”，让感性的灵魂去格格不入理性的大脑，无论在职场还是婚姻，都找不到自己的栖息地；选择权一直拱手上交的孩子，人到中年，更为艰难的抉择轮番登场，职场的转型、婚姻的危机、上有老下有小、人生下半场的开启……举目四望才发现，30年弹指一挥间，剩下的都是自己一个人的“高考”。

曾看过2002年央视《半边天》主持人张越录制的一档节目《我叫刘小

样》，那是观众第一次在国家电视台听到一位普通农村妇女内心的悸动和呐喊："人人都认为农民，特别是女人不需要有思想，她就做饭，洗衣服，看孩子，做家务，干地里活。但我不接受这个。我宁可痛苦，不要麻木，我不要我什么都不知道，然后我就很满足。"她不断地往外面的世界折腾，又不断地折回原地，她的故事都进入了试卷的阅读理解部分，出题者设问："宁要痛苦，不要麻木"说明了刘小样怎样的思想状态？结合刘小样的处境和中国农村的实际情况，请借助所学过的知识提出建议：中国农民怎样才能获得良好的"心灵去处"？

正如《女性的奥秘》一书中所言："她铺床，购物，挑选沙发套布料，和孩子一起吃花生酱三明治，晚上与丈夫同床共眠，在做着这一切的时候，她甚至不敢默默地自问一声：'难道这就是生活的全部？'"一直跟踪报道她的张越，最后像朋友一样地嘱咐她："你不要企图离开你的环境，到北京这样的地方来生存。大城市不是你想象的那个样子，以你思想的细腻和敏感程度，即使在大城市里也算是一个异类，这个城市会严重地伤害你，你根本就承受不起。"这也让我想起《天才球员董方卓的残酷答案》中的一句话："他们把一个什么都不懂的小孩儿，扔进了最为凶险的成人世界，这个城市正是全世界的金钱、欲望、背叛、欺骗浓度最高的地方。"

听说过网络流行的鸡娃、内卷、躺平吗？鸡娃，就是给孩子打鸡血，望子成龙、望女成凤的"虎妈""狼爸"们，为了孩子一直能赢不输，不断地给孩子安排学习和课外活动，不停地让孩子去拼搏，这种行为称作"鸡娃"。内卷，简单说就是非理性的内部竞争，在资源总和不变的情况之下，内部竞争变得越来越激烈，而效率并没有提高，普遍利益却受到减损。躺平，通俗讲就是人通过减少欲望来降低消费。某个人天天奋斗的人生终点，可能不过是另一个人出生的起点，那么，躺平就会成为合理的选择。有人抨击这是一种不负责任的颓废，其实这也是一种生活姿态的选择。对年轻人而言都是有梦想的，都愿意选择奋斗的人生，选择躺平其实可以理解为通往财富自由的另一种模式。你可以减少生活的欲望，但不代表你对人生没有追求，清晰自己的取与舍，躺平青年或许是更加热爱生活的一族。

高考终章，亦是人生序章。见过太多花样年华的序章，演奏成白首蹉跎的终章。高考的孩子们，祝愿你的人生不是一个又一个的“高考”，而是一段接着一段的平实生活的华章。

孩子，写作对你意味着什么

好为人师，既是我的缺点，也是我的优点。

前几天，好朋友在读大二的女儿，让我帮她写一篇读后感，文章是《万家灯火为谁熄灭》。我说，你是新闻专业科班学生，好为人师的事我就不干了，陪你聊聊天可以，写，还是你自己来。

这篇文章主要写的是一个外乡女人，因与丈夫吵架，便撇下两个孩子来到广州打工。工作一周之后，不知遭遇了什么刺激，投河未果之后，又爬上了广州市花都区一座高压电塔。故事的焦点就在于值不值得为营救这个女人而大面积停电？

停电对一座城市意味着一系列大面积的经济和民生问题：工厂的生产线将停止运转，医院可能无法施行手术，居民区的电梯将无法升降，红绿灯失灵交通会发生混乱，路灯也将大片熄灭，如果正好有大规模的集会，还容易发生挤压踩踏……而广州市的国际大型航空港白云机场建在花都区，那些起落的飞机也有可能受到波及。

消防队的意见："塔上有几条22万伏高压电线，只要人越过3米的安全距离，便会触电瞬间碳化，如果不停电绝对不能上，我们要为战士的生命负责。"供电局的意见："停电可不是拉一下闸那么简单，需要切断花都区三条大动脉中的两条，这意味着将停止花都区一半以上的电力供应。停与不停，必须由政府来决定。”最后，政府决定停电施救，生命高于一切。

这让我想起美国大片《拯救大兵瑞恩》，该片讲述的是 1944 年诺曼底登陆后，瑞恩家 3 名参战的儿子陆续战死，只剩下生死未卜的小儿子詹姆斯·瑞恩。美国陆军参谋长马歇尔得知此事后，出于人道主义考虑，为了不让这位不幸的母亲再次承受丧子之痛，决定力保二等兵詹姆斯·瑞恩的性命，派出由米勒上尉领队的八个人，在茫茫战海和枪林弹雨中去寻找瑞恩的下落，并将他平安护送回国。

这八个人中有上尉、医疗兵、狙击手、翻译等，他们为了在战乱中找到瑞恩，历经艰险甚至赔上自己的性命。他们有过疑惑有过抱怨，发过“八个人去救一个人是军事资源浪费”的牢骚。但是军令如山，作为军人的唯一生存法则就是服从命令。这条拯救瑞恩的生死之旅，既考验每一个人的生理意志，也考验心理意志，是一条充斥着鲜血的人性救赎之路。影片最后的画面，是老去的瑞恩面对着米勒上尉的墓碑，发出“我尽力活好我的人生，希望没有辜负你们为我做的一切”的感慨。有句名言大家可能并不陌生：“一百万人死亡只是数据，一个人死亡却是悲剧。”《拯救大兵瑞恩》不仅是一部宏大的战争叙事，也是一部深刻的人性叙事。

大到庞大的公共利益与微小的个体生命之间的冲突，小到孩子与父母之间依赖与独立的冲突，以及生与死、爱与伤害、活力与衰老、自由与约束、竞争与淘汰、成功与失败等，一直以来都是人类探讨的永恒主题。在这些事件、人物的冲突深处，会让我们发现一个不曾了解的世界，在这个奇异的世界里，我们会重新找到自己丰富、复杂而又奇妙的人性。

我建议朋友的女儿在写作之前，完整地去看看哈佛大学公开课里，迈克尔·桑德尔教授的《公正》一课，领略公平与公正、公共利益与个体利益的深刻解读。这门课不会带给你答案，只是让你学会建立起一种全新的思维方式，对社会生活中永远充斥着的对与错、利与弊、正与邪的冲突，构建多维的视角和多元的思维，在重对错与重利弊的对峙中，形成自己独立的价值判断和价值选择，成为一个更负责任的公民；完整地去了解一下橄榄球明星辛普森杀妻案的“世纪之判”，看看程序正义与实体正义是怎么在维护个体权利与大多数人权益之间做出艰难的抉择；通过观看电影《女王》，完整地去了解一下戴安娜王妃和查尔斯王子的“世纪之恋”，透过表面的浮华和民众对平民王妃美好情感的向往，去深刻解读人类永恒存在的两难选择：两性之间爱与懂的取舍，个人的价值选择与社会的责任担当，个人的独立判断与被民众的信任危机绑架……当你反复被历史风云中的艰难抉择洗礼，也会带给你生活中越来越多的果敢。

比如，观看电影《黑天鹅》，你会发现亲子冲突中，为孩子而改变自己的父母极少，倒是为父母而改变自己的孩子很多。许多年轻的生命为了从亲子冲突的痛苦中解脱，付出了很多的代价和改变，最后，也倒逼了父母的改变和家族的改变。女主角从“追求完美”到“杀死完美”，最后，终于涅槃重生地达到一个升华了的“我完美了”，准确地说是“我完整了”，历练了一个生命“完整比完美更重要”的蜕变。

在我们身边的生活中，表面看好像到处都是不懂事的孩子，到处都是“我为了你好”的父母，可实际上许多都是成年人不自知的强加给孩子的伤害。不少父母故步自封和拒绝自我成长，把对孩子在幼小时候的支配和控制习惯，一直延续到已经长大了的孩子的世界，以自己生活的时代根深蒂固的价值观，去规划着孩子所处时代的人生，以爱的名义捆绑孩子，让孩子窒息得无处可逃。我在很多亲密关系的培训场所里亲眼看到，许多良善的孩子，甚至是已经走进婚姻里的年轻父母，哭得稀里哗啦地讲述着自己与父母相爱相杀的故事。

当能厘清别人的故事，清晰讲述自己的故事，你就能慢慢地打开一个新的世界。这些累积的哲学、政治、历史、法律、经济、心理、艺术、宗教等人文素养，聚沙成塔地慢慢渗入你的骨骼血脉，强你的筋健你的骨。不仅能丰富和深刻你的写作，更能让你获得爱和力量，在这个变幻万千的世界，栉风沐雨，风雨彩虹。

欧洲顶尖的艺术和音乐学院遍布各地，而写作课程始终难以进入大学的课程表，多作为选修课。我们城市的老年大学，课目丰富多彩的教学里也见不到写作课程的设置。为什么一种艺术可教，而另一种却不可教呢？在我看来写作的理论和技巧是可以学习的，而写作中需要的观察力、感受力、想象力、思考力、判断力、表达力、创造力和动笔力等，是他人教授不来的，只能是躬身日积月累的水到渠成，外加一些天赋异禀，没有任何捷径可走。

对普通人而言写作意味着什么？可以是为了交一篇作业，可以是为了在新媒体平台上更好地工作，可以是为了获得收入谋生，更可以是成就自己一个视野开阔、思维多元、智慧又艺术的人生。于我而言在写每篇文章的时候，写作的目的和写作的方法，始终是处在一个动态的不断递进的过程中，写作的标题虽然有一个事先模糊的题目，但随着写作的慢慢展开，最后凝练出来的核心，好似海底中慢慢露出的冰山一角，可就是这小小的一角，会如曼陀罗一般幻化出无穷的洞察，自己也在这个梳理盘旋的过程中越来越澄澈。形成的文字力量，既能愉悦自己，又能滋养身边的有缘人，这样的生活方式足矣！

热爱写作的孩子，你还如此年轻，岁月可待，在这个遍布“秘籍”和“捷径”的年代，抵住诱惑，远离虚浮，定力深耕，一定会炫出自己的生花妙笔。同时，让生活也因此由没完没了的选择，变成了从容淡定的热爱。

高考作文，是循规保险还是标新冒险

2022年高考，还剩69天。新冠疫情之下能否如期举行，这让很多孩子和家长又派生出另一种焦虑。当然，天灾人祸也让人们处变不惊的能力日益增强。

前些日子，奇奇的妈妈跟我聊天：

“我儿子昨天问我：存在不带偏见的作文吗？”

“几个意思？”

“我儿子写作文总喜欢标新立异，高考很难拿到好分数的。”

“哦，怎么标新立异呢？”

“比如，老师出了一个作文题《桥》，你知道他写了啥吗？”

“物理桥梁？彩虹桥？鹊桥？联想到的意念桥？”

“他写了人际关系，把人际关系比喻为桥。”

“挺好的呀。”

“老师批评他带有偏见，还有同学嘲笑他标新立异。”

“老师指出的偏见是什么？”

“老师说，人际关系桥可以有很多角度去写，不要总是盯着指鹿为马、阿谀逢迎、不走正道的阴暗面。”

“哦，可爱的儿子，还挺有想法的。”

“唉，风险太大，高考难拿高分啊！”

“呵呵，不按常规写法难拿高分，是不是偏见呢？”

“反正高考作文我不想标新立异。”

“好吧，与其回答你的问题，不如跟你儿子聊聊天。”

我很喜欢跟年轻人聊天，他们好奇、开放、包容，很少像中老年人那样故步自封（呵呵，是偏见吗）。

对于爱好文学的人来说，控制自己表达的欲望，磨平自己见解的棱角，或者照顾每个人的感受，是没有必要的，除非你“投笔从俗”。文学不是一个适合墨守成规者的场域，高分作文也不见得适合墨守成规的写法。

生活中的“偏见”遍地都是：潇洒漂亮的人常被认为聪明，其貌不扬的人常被认为愚笨；名人或权威的金句常被奉为金科玉律，普通人、边缘人的真知灼见却被嗤之以鼻；男人是理性的主宰，女人是感性的奴隶；飞机是最不安全的交通工具；陌生人是最靠不住的；小学课堂上两个人交头接耳开小差，被点名批评的通常都是成绩差的那一个……偏见如此的常态化，而写作离不开生活，不带偏见的作文很难。

文字也是作者与读者之间的一座“桥”，带不带偏见，是作者和读者两个人之间的事，一个巴掌拍不响。也许作者带有偏见，但读者却没感觉到偏见；或者作者没带偏见，但读者却带上了偏见。比如，我写中国游客喜欢咋咋呼呼地“到此一游”，如果不认识我的人读了，也许觉得写得蛮中肯。但认识我的人读了，就可能会产生被攻击和贬低的感觉，进而否认或蔑视这种说法。这种情形有点像嫉妒的“杀熟”特性，嫉妒不容易发生在陌生人之间，通常只发生在同学、同事、同行、兄弟姐妹之间。这种心理是一种普遍的人性，无须消灭只须修通。嫉妒羡慕而不恨，偏见就会少很多。

“作文”犹如“做人”，这种“杀熟”也会影响阅读。我们阅读网络上陌生人特别是名人的作品时，不会感到被攻击、被贬低或被碾压，阅读时会客观得多、包容得多。而阅读熟人写的东西，那种代入感，很容易让我们产生被贬低或被侵犯的感觉。再加之写作者的文字语气功力欠缺，这种令人不快的情形很容易发生。所以，既让作者发出自己的声音，又不让读者觉得被侵犯，是一件有点冲突的事情。作者与读者之间的桥，彼此怎么抵达，不是一件简单容易的事。其实写作者很想避免这种冒犯，但是，当写作功力达不到的时候，也就是通常所说的做人功夫达不到火候的时候，就会是那种“知道”但“做不到”的状态，尤其是对于性格上特立独行的人，更是如此。

作为写作者，不能要求读者在阅读时，像看电视剧一样，既要入得进去，又能跳得出来。更应该做的是，永远对自己、对读者保持好奇、保持忠实，尽量避免自以为是。自吹自擂或妄自菲薄，都难以令人满意。我们的做人功夫，不必活成别人期待的样子，但是写作的技巧，却像游泳、打球的技能一样，是一种需要不断训练的“拳不离手曲不离口”的手艺，偷不得一点懒。

到了一定的年纪就会知道，写作，也是一种修行。老师的批评，同学的嘲笑，妈妈的焦虑，你都可以试着慢慢地放下。小说《傲慢与偏见》里说得真好：“傲慢让别人无法来爱我，偏见让我无法去爱别人。”如何处理个人偏见，对于写作者来说，都是需要面临的一个选择。个人偏见是否应该表达？很多人选择不表达，尽量避免引起诟病，比如新闻稿或高考作文之类的文章；也有人意识不到自己的偏见；只有少部分人明白自己持有偏见，并且表达出来。很多获得诺贝尔奖的作者，都是有勇气带有个人偏见的，而且到了最后，作者与这个抛出来的“偏见”，反倒能握手言和了。写作如此，生活亦如此。很多人习惯诟病别人的“有偏之见”，却从没有勇气亮出自己的“无偏之见”。可见，获得诺贝尔奖，不仅是作品，也是人品。

不论是看电视剧还是读文字，很多人喜欢喜剧而不喜欢悲剧。悲剧太犀利，“把美撕破给人看”，让人性的丑陋无处遁形；喜剧够温情，更贴近人们追求快乐的本能，满足人们向往美好生活的愿望。我想这也是幽默显得如此可贵、如此高规格的原因吧，当你想直面而不想逃避，想犀利而不想中庸，想独立而不想附庸……如果不具备幽默的品质，又缺乏娴熟的写作技能，就很容易伤人又伤己。

英国教育家赫斯宾塞说：“人人反对偏见，可人人都有偏见。”那如何让写作中的个人偏见不带侵略性呢？我把哈佛写作课里的方法，分享给你：第一，利用“观察者”的视角发表议论。“我”作为故事里的观察者，是一个不重要但经常在场的人物，可适时地跳出来发表一番评论，帮助读者拓展理解，读者往往不会感觉唐突和被冒犯。第二，不要用某些观点框定整体写作。学会让某个场景、情节、人物等本身的变化，来呈现结论和意义。特别是小说这类体裁，作者的首要任务是展示，把评判的权利留给读者。

马斯洛在《人性能达到的境界》里，曾经建议他的学生：当有人递给你一杯酒，并询问你味道如何时，试着以一种不同的方式作答。首先，不是先看酒瓶上的商标，想从中得到些许暗示。其次，闭上眼睛，定一定神，用自己的舌头去品一品，让自己内心的“最高法庭”做出论断：“我喜欢它”或是“我不喜欢它”。

不“从众”有那么可怕吗？那些从众的人或许跟你一样，只是不想标新立异而已。完美，只适合当作一个去追求的“理想”，而不是执念地幻觉为一个“现实”。当你允许自己有偏见的时候，你就能允许他人有偏见。很神奇：亮出彼此的偏见，偏见就会不见了！如果你有文学才华的优势，为什么不允许自己不从众，冒险地去冲刺作文高分呢。

年年岁岁，岁岁年年，祝福 2022 年千千万万的考生们！

谁是无冕之王：运动员还是媒体

2022 年的春节长假真好，恰逢北京冬奥，精彩刺激的冰上运动丰富了人们的闲暇，缓解了疫情封控中生活的无聊。

体育运动是一种群体运动，通过观看受意志控制的肉体活动，导致了一场全民对生命力的集体狂欢。目睹与自己命运无关的人经历挑战或毁灭，所带来的活力与快感，不亚于古罗马竞技场的血腥所带来的惊悚和刺激。体育不仅是游戏，是竞技，是表演，是创造纪录，是挑战人类极限，也是一种挣脱命运束缚的精神释放。

满世界都在说谷 ××，精彩的一滑、阳光的笑靥、高大上的学历家世、丰富的爱好、老到的答记者问、被艳羡的 20 多家品牌代言……对媒体的操纵性引导我是忍无可忍，不得不说。不评判，对于还没有被磨平棱角的我来说，实在是件很难的事。别的不说，虎妈虎妞被满屏的转发和私下的闲聊，就知道新的偶像对中国父母产生多大的虚妄冲击力。值得安慰的是，朋友圈里终于看到两个朋友转发羽生结弦。在北京冬奥这样的高光时刻，选择分享谷 ×× 还是羽生结弦，我能感知到其背后的阅历和认知。认知的高低并不必然与年龄的大小和阅历的多少成正比，但与其对经历的事和经历的人的感知和悟道是相关联的。所以，遇到 60 岁的幼稚和 30 岁的成熟，一点儿也不奇怪。

一位资深的复旦附中老师写道：“谷 ×× 是上帝给人类的另一种诱惑。上帝给了人类很多诱惑，每一种都诱惑着人类走向欲望的深渊。当今社会是成功学控制的社会，成功学最大的误区是完全以社会性成绩来评价人，而忽视人的自我发现与自我完善。这对和谐人生与和谐社会的构建都有着极大伤害。我是做老师的，我真的害怕家长随便就将谷 ×× 当作自己孩子的榜样。这些年我们见到了太多父母用红极一时的人物来激励自己的孩子。其实，家长最应该做的是帮助孩子认识自我，在发现自我中长大成人而完成自我实现，从而构建自我和谐人生。”

我不懂冰上运动，只知道谷 ×× 的 1620 与羽生结弦的 4A，都是在挑战人类身体的极限。作为运动员敢于在奥运赛场挑战自己的极限，这是最令人痴迷的人性光辉，最令人敬畏的“更高、更快、更强”的跨越国界的奥运精神。只不过一个成功了，一个失败了，然后就有了很多的然后……谷 ×× 的然后精彩纷呈有目共睹，羽生结弦的然后静默无声。俄罗斯花滑教父阿列克谢·米申这样评价他喜爱的羽生结弦：“他在只属于自己的世界里滑冰，总有一些善于推销自己的选手，总喊着选我吧，他只专注于自己的世界，他为自己而滑。”中国解说员陈滢这样描述羽生结弦的自我挑战：“守一座守不住的城，打一场打不赢的仗，把自己所有的荣耀、所有的辉煌放在历史的车轮之下，旗帜凛然。”

芝加哥地标建筑“云门”惊奇、惊喜、惊叹

我从没排斥奋斗，从未藐视成功，只是在过度强调“社会成功”、过度远离“真实生活”的年代，经常接触到痛不欲生的亲子关系和婚恋关系，当直面被成功学扭曲的生命和灵魂时，才忍无可忍，不得不说点什么。现在人们生活状态的好坏，更多的不是来自外部的威胁，而是来自内部的无明。不论是富豪公子，还是中产碧玉，财富成功与否，已然与生存无关；社会价值实现与否，已然与多元价值观的现实无违和感，那为什么还有那么多痛苦的灵魂呢？200年前的康德就不厌其烦地告诉人们，要把人当作“目的”而不是“工具”。奋斗，如果不是为了人类和自己更美好地生活，那奋斗又有什么意义。古今中外违背“人是目的”的年代，都制造了大量的人间悲剧。

“无冕之王”常用来形容一个实力超群，具有夺冠潜力却没有夺冠的运动员，也用来形容不是权威却影响力极大的新闻媒体。谁是无冕之王：运动员还是媒体抑或是资本？我只想从一个角度说，催眠的媒体和不愿醒的脑袋一拍即合，联姻生出一个又一个无法舒展的灵魂。我知道一个现象，或者说是这个年代的一个道理：这年头，所有热点事件背后的真相，永远都不是老百姓从媒体资讯中所看到和听到的展现。18岁女孩儿如此老到地答记者问，这现象本身已是一种扭曲。特别是自媒体时代，资讯更是鱼龙混杂、群魔乱舞，政治、商业、世态人心，哪一样离得开媒体，哪一样不被媒体推波助澜。

极力倡导媒体自由的杰弗逊曾在1787年说：“如果让我在没有报业的政府和没有政府的报业之间选择，我将毫不犹豫地选择后者。”但是到了1807年，已经做了6年总统的他却说：“报纸上现在登的消息，没有一样可以相信。置身于这摊浑水中，连真相本身都值得怀疑。”中国媒体的发展和繁荣，较美国差不多晚了300年，媒体受众的成熟度更是相差甚远。不满足于获取资讯，而对阅读有思考或成熟的读者，会慢慢明白，媒体时代没有真相，只有不断接近的真实。谁控制了无冕之王——媒体，谁就犹如掌握了制空权。稍有常识的人都能关注到这样的现实：财大气粗的财团，利用媒体制造舆情压力，用拖沓冗长的诉讼程序，令人咋舌的索赔金额，将拒绝妥协的被告逼入破产境地。也经常看到虎妈虎爸，用自己都不明就里的媒体偶像，来严苛自己的孩子，似乎不让孩子生病抑郁誓不罢休。

如鲠在喉，不得不说，多说也无益。最后想说的是，不要因为“别人家的孩子”而憋屈了自己家的孩子，不要让扭曲的世相窒息了自己家庭的生命力。在媒体的饕餮盛宴中，留一分陶醉留一分清醒。

萧萧秋意浓，竟无语凝噎

常言道“愤怒出诗人”，而强大的资本和技术时代，诗人几近消亡，愤怒让位于随遇而安。“60后”的淡定不懂“00后”的从容，在这瑟瑟秋风无边落叶的时节，深感萧萧秋意浓！

前段时间在大学生创业培训课堂上，我让学生做一个“我的生命线”练习。一位21岁的理工男交上来的练习，让我的背脊一阵阵发寒：

出生（0～6岁）：上完幼儿园和学前班，10万元。

小学（6～12岁）：12万元。资料费＋早餐＋校车＋托管＋参加兴趣班＋生活费（义务教育学费不用花钱）=2万元 ×6年。

初中（12～15岁）：三年学杂费＋补课费＋兴趣班＋生活费=4万元。

高中（15～18岁）：三年学杂费＋补课费＋兴趣班＋生活费=5万元。

大学（18～22岁）：四年学杂费＋住宿费＋生活费=11万元。

刚出社会进厂包吃包住（22～25岁）：月工资3500元，三年收入126000元；月零星消费1300元，三年消费46800元；三年可积蓄79200元。

继续驻厂包吃包住（25～30岁）：月工资5000元，五年收入30万元；月零星消费1500元，五年消费9万元；五年可积蓄21万元；买车20万元。

升职（30～35岁）：月工资7000元，五年收入42万元；月零星消费1300元，五年消费78000元；五年可积蓄＋年终奖=40万元。

开便利店（35～55 岁）：一年店租 5 万元，装修 30 万元；二十年店租 100 万元，翻新店面 40 万元，开支共计 170 万元。

做保安包吃包住（55～70 岁）：一年消费 1 万元，十五年消费 15 万元。

旅游（70～72 岁）：一年 10 万元，两年 20 万元。

养老院（72～80 岁）：一年 2 万元，八年 16 万元。

死亡火化：3 万元。

买车：小车 20 万元，货车 30 万元，大车 35 万元。

一辈子收入不确定，但比较确定的支出共计 370 万元。孤独终老，不娶妻不买房，自己浪。

小心翼翼地保存着不止一份这样的生命清单，“四有新人”之类的说教真要靠边站一站了。只有面包，难有诗和远方的魂灵，不让自己随遇而安又能怎样呢！读着他们清醒的灵魂，看着他们小确幸的喜乐，感受着他们无奈而淡然的嬉笑，让我不想再多一句话的说教，不想再多一个字的评判，只想让他们彼此有更多言说和抒发的机会，给予他们更多的理解和倾听。

盛夏之后的凋秋，繁荣之后的萧条，学子们深知后疫情时代，就业难，创业更难。给年轻人再多一点点理解，多一点点包容，多一点点天佑吧。2020 年萧萧秋意浓，秋寒更重晴（情）！

让你的孩子认识徐霞客

秋季是出行最舒服的季节，每每入秋便蠢蠢欲动。

按物候学的标准，炎热过后，五天平均气温稳定在 22℃以下，才算进入了秋季。如此说来，带着“秋老虎”余威的初秋还不算秋，但早晚的飒飒秋风，让从酷暑走过来的人们煞是清凉，直呼天凉好个秋。

2020 年的初秋，不期然而然地来到了宁波市的一个小县城——宁海县。它虽然处在长三角核心区的边缘位置，但有湖、有海、有江、有山，旅游资源十分丰富，是宁波市唯一入选的首批国家全域旅游示范县。更让我惊喜的是，此地竟然是《徐霞客游记》的开篇地。书中第一篇日记《游天台山日记》中写道：“癸丑之三月晦，自宁海出西门。云散日朗，人意山光，俱有喜态。”宁海人窥见商机顺势而上，将得天独厚的人文和景观资源大做文章，2011 年国务院正式确立把《徐霞客游记》开篇之日的 5 月 19 日，定为“中国旅游日”，宁海县是《徐霞客游记》的开篇地也声名远播。

大名鼎鼎的徐霞客如雷贯耳，但《徐霞客游记》却鲜有人拜读，中小学生要求背诵的经典古文数不胜数，但徐霞客的《游天台山日记》仅于今年才被通过，编入人民教育出版社正式出版的普通高中教科书必修《语文读本》上册。从 2020 年开始，全国每年将有近千万高一年级的学生，都会在《语文读本》中读到这篇游记，了解“游圣”徐霞客。

“千古奇人”徐霞客，受耕读世家的文化熏陶，自幼好学博览，尤其钟情于地经图志，少年即立下了“大丈夫当朝碧海而暮苍梧”的旅行大志。科举考试的屡次失利，不但没有消磨他的意志，反而成全了他的志趣爱好。据记载，徐霞客的科研成就，得益于母亲的促成：“弘祖之奇，孺人成之。”徐霞客的母亲心胸豁达，积极鼓励儿子放心远游，与父亲的“志行纯洁”比起来，母亲的“勤勉达观”对徐霞客的影响更直接。

徐霞客从 22 岁开始到 54 岁逝世，绝大部分时间都是在旅行考察中度过，足迹遍及当今的江苏、浙江、山东、山西、陕西、河北、河南、安徽、江西、福建、广东、湖南、湖北、广西、贵州、云南和北京、天津、上海等 21 个省、市、自治区。历经的名山大川更是不计其数，长江、西湖、太湖、鄱阳湖、湘江、漓江、金沙江、澜沧江、黄山、泰山、五台山、齐云山、衡山、天台山、雁荡山、武夷山、庐山、龙虎山、武功山、华山、嵩山、恒山、象鼻山、武当山、峨眉山、罗浮山、丹霞山、鸡足山、苍山洱海、腾冲、龙门石窟、黄果树瀑布，不胜枚举。而且主要靠徒步跋涉，很少骑马乘舟，出生入死历尽艰辛。

“达人所之未达，探人所之未知。”并坚持把观察到的各种地理、人文、动植物等状况，都写入日记。特别是长江的发源地在哪儿，很长时间都是个谜，徐霞客对长期以来的“岷江导江”说法深表怀疑，带着这个疑问他“北历三秦，南极五岭，西出石门金沙”，查出金沙江发源于昆仑山南麓，比岷江长一千多里，于是断定金沙江才是长江源头。在他以后很长时间内，也没有人考证拿出结果。直到 1978 年，国家派出考察队，才确认长江的正源是唐古拉山的主峰格拉丹冬的沱沱河。

30 年的考察撰成 60 万字的地理名著《徐霞客游记》，成就了徐霞客中国明代地理学家、旅行家和文学家的美誉，作品也被翻译成几十国语言流传世界，被誉为 17 世纪最伟大的地理学著作。特别是徐霞客这种真正意义上的旅行生活方式，濡染了中国知识分子的思想意识和文化生活，启迪士大夫从济世人生的附庸生活中独立出来。1959 年 4 月 5 日，毛泽东在上海召开的中共八届七中全会上的讲话中说："如有可能，我就游历黄河、长江，从黄河口子沿河而上……我很想学徐霞客，那个人没有官气，《徐霞客游记》可以看。"

记得2012年在江西奉新县，参观明朝科学家、《天工开物》的作者宋应星纪念馆的时候，也是崇敬之情油然而生。深感科举制度之下，大量优秀人才怀才不遇施展无门，或寄情山水或放浪形骸，少有人从科学考察中去探寻生命的乐趣。像徐霞客、宋应星这种崇尚自然崇尚科学，不畏艰险不为名利的少数特立独行之士，实属国之瑰宝。

每次在家乡参观庐山地质博物馆，总是看到不论成人还是孩子，在人文展馆听得津津有味流连忘返，而在地质展馆常常兴味索然一晃而过，便心有戚戚焉，重人文轻科技自古久矣。虽然展馆想方设法运用多种高科技手段布展引领，激发人们对自然和科学的兴趣与探索，但国人骨子里重人文轻自然、重文学轻科学的偏好，始终没有真正意义上的扭转和平衡，真的需要一代又一代人的意识转变和践行。

让你的孩子认识徐霞客吧，在人文深厚的中国文化里，在信息爆炸的科技时代中，培养孩子从小爱自然爱科学，少点盲从少点人云亦云，多些探索多些独立判断，让生活更美好，人生更多姿。

全年无休无薪的家庭老师，你好吗

一年一度的教师节又如期而至，一直想聊的一个话题、也是今天最想聊的话题，就是每个人一生中的第一任老师——家庭老师。

大部分人呱呱坠地时的主要养育者，是父母尤其是母亲，也有少数是爷爷奶奶辈或保姆。每个人的第一位启蒙者，也常常是终生的言传身教者，不是由自己选的，而是天生注定的父母。

过去家庭分工明确，通常父亲负责谋食母亲负责烹食，母亲的大部分时间和精力可以放在孩子身上；如今家庭已经半社会化，不仅“家政”甚至“两性关系”都可以通过购买来解决，孩子的家庭作业也可“托管”，看似主要养育者——母亲，从家庭琐碎中彻底解放了出来，可以全方位地当好孩子的第一任“启蒙老师”，可事实上大批的育龄妈妈，身心俱疲地在夹缝中求生存。

从“三寸金莲”的小脚女人，到“半边天”的职场白领，使中国女人更是举步维艰。传统的主妇角色卸不掉，现代的独立身份又须坚守，脱离了附庸地位的妻子，不能也不敢依赖丈夫的“狩猎品”。因为，这个时代两性关系的不确定性，让加入丛林法则的她们，坚信“世上没有救世主”，只能自己靠自己。无数个时刻家庭和职场分身乏术，无数个日日夜夜辗转难眠，无数个两难抉择撕心裂肺，就这样日月星辰地人到中年。

在这个以金钱价值衡量一切的年代，谁还愿意把自己的青春年华、聪明才智，投身到全年无休无薪的家庭老师行列呢？一个企业的固定资产易见，无形资产难见，一个家庭亦如此。你从事一辈子的家庭事业，价值不但从未被社会文化所认可，而且也常被身边最珍爱的人视而不见，甚至连自己也从未接纳过自己长期以来默默付出的选择。导致一辈子都在纠缠自己的付出和委屈，索求被看见被肯定被珍惜。其实，这种看似外求的“被看见”，最终要回到“内求”——接纳自己。如果自己不能肯定和珍惜自己对生活的选择和付出，外界再怎么肯定又有什么助益呢。

女人们越来越婚而不育，母亲们越来越育而难教。面对生命的恩赐、祖国的花朵、人类的希望，孩子的第一任老师——奶妈奶爸们，就没有第三条路可走吗？“地上本没有路，走的人多了也便成了路。”看到身边日渐增多的全职妈妈、兼职奶爸、赚钱妻子、陪读丈夫，深感价值多元化的社会，家庭生态也随之多元化了。我不好奇每个家庭的选择，只关心他们过得好不好。因为每个人遇事不论做何种选择，都伴随着两个基本的人性动机：一是维护良好的自我感觉的需要，一是尽可能准确的需求。

“自尊”需求和“准确性”需求会经常打架，你想让哪一个打赢呢？小到选哪一种奶茶或业余爱好，大到选哪个爱人或哪种生活方式。奶妈奶爸们，选择进入职场，让你更具社会价值感和存在感，还是选择回归家庭，由此而来的生存不确定性和生活无掌控感所产生的恐惧和焦虑呢？于你而言，是逃避“恐惧”的原始动力更大，还是追求“价值”的原始动力更大呢？如何选，你的地盘你做主。

遇到两难抉择时，遵从你的核心价值观，是保持持续幸福的不二法门。选择和认知很相关，很多纠结不是来自事情本身，而是来自你对它的认知。对于如何调节社会认知的失调，社会心理学家研究出了两种方法：上行的社会比较和下行的社会比较。前者就是将自己与比自己强的人相比，后者就是将自己与不如自己的人相比。选择哪一种方法没有孰优孰劣，取决于你的目标：当你想追求完美、期待达到某个领域的最高水平，可选择上行的社会比较，尽管由此也经常会让人感到自卑和自虐。比如一个跑龄只有一年的马拉松业余爱好者，力争赶超马拉松冠军；当我们想自我提升，可选择下行的社会比较，会让人感觉良好和信心满满。比如，让癌症患者将自己与那些更严重的病人相比，可以让治疗过程更乐观，生活质量也随之提升；当然，当我们对自己的能力有一个准确的评估，将自己与相似的人做比较，会比较接近真实，既不好高骛远也不妄自菲薄。

由此可见，“自尊”这玩意儿是个跷跷板游戏，当你以为在孜孜不倦地追求社会尊严时，你的生活自尊指数却在下降；当你在降低社会尊严追求时，你的生活自尊指数却在上升。厘清自己的纠结，减少社会认知的失调，做一个适度快乐、适度自尊的人，是为人父母当好孩子第一任老师的基本功。

假如你是一名小学老师，打算让你的学生培养爱好阅读的习惯，你会怎样完成这项任务呢？通常都会运用激励手段，奖小红花、糖果、练习簿、玩具等。但人类毕竟不是小白鼠，奖励的结果并不都会导致正向行为的发生。一个很有趣的故事讲的就是这个道理：一位老奶奶天天被楼下踢足球的孩子吵得寝食难安，怎么恐吓或劝说都没用。一天老奶奶灵机一动想了一个办法，跟孩子们说只要他们每天来楼下踢足球，就奖励他们糖果，孩子们欢天喜地。老奶奶从开始每人奖励一小袋糖果，逐渐减少至 10 粒、6 粒、3 粒。最后，孩子们对日益减少的糖果非常不满意，不来老奶奶的楼下踢足球了，老奶奶心想事成终得安宁。

玩耍本来就是孩子们的天性，当玩耍变成了赚糖果，糖果没了，玩耍的乐趣也就没了，这就是典型的“外部动机”损害“内部动机”的模板。当奖励用在一个对阅读没有一点儿兴趣的孩子身上，倒不失为一个好方法，因为他没有最初的内在兴趣可破坏；但当奖励发生在那些原本就喜欢阅读的孩子身上，会使这些孩子因为外部奖励和压力而加入读书活动，一旦奖励结束，这些孩子的最初兴趣可能会遭到可怕的破坏。

生活中这种“外部动机”损害“内部动机”的事情比比皆是。女人天生的母性都想当个好妈妈，可如今初为人母的喜悦，常常被各种“鸡娃”和“内卷”挤压得所剩无几，许多母性的天然养育能力都被扭曲。特别是在东方的集体主义文化中，工作的失败和生活的挫折，多不被允许从环境中找原因，更习惯从自身不足找原因。导致自己永远都不够好，永远都在变得更好的路上，永远都无法享受岁月静好。

我很庆幸自己生逢其时，生活的年代没有那么压力山大。也很幸运，生活比较顺遂波澜不惊。记得N年前的生日，儿子对我说：“老妈，你好成功啊，祝福你！”我当时一愣没反应过来，他解释说，这个年纪实现了财富自由和时间自由，还有什么比这更成功的呢。哈哈，儿子真是很懂老妈，我也非常受用儿子送给我的“成功人生”，一直珍藏，一直享用！这个时代，既给予了女性千载难逢的机会，也给予了女性百年不遇的挑战。有好福气还需要有一个好性情，才驮得住。同理，一个家庭特别是一个家庭老师，也需要养一个“好性情”。

比富士山更难忘的是日本的雪

教师节之际，轻轻地问一声：全年无休无薪的家庭老师，你好吗？记得给自己一个温暖的问候哦！

睿儿

此生唯一的宝贝，就是睿儿。

新婚蜜月的时候，虽然没有打算立即要个孩子，但也顺其自然不加任何干预，于是欢喜地迎来了一生的宝贝。

我早就想好了，如果是女儿就取名“婷婷”。因为在我还是四年级小女孩儿的时候，就想把自己的名字改为“婷婷”，因为我特别期盼自己生得亭亭玉立，而且那时很多人一般都不会念这个不常见的“婷”字，也让我有些得意之感。我出生的时候，正是中苏关系紧张的时候，《人民日报》连续刊登了九篇评论苏联的文章，于是我的爸妈肯定是希望我长大了，成为能说会写的“舌战群儒”的才女，就给我取名为“评评”，为适合用于人名，就谐音改为“萍萍”。所以小时候自己的名字没改成，长大育人了，就想着延续的生命中有个“婷婷”。

在怀孕5个月的时候，知道了宝贝是个儿子，虽然自诩没有重男轻女的偏见，可为夫家添上第一个长孙，心中还是极为窃喜的。于是我就开始绞尽脑汁地想着，给儿子取个什么名字。几乎查遍了《现代汉语词典》，翻烂了唐诗宋词元曲，我的老爸也戴着老花镜帮我在《词源》《辞海》里翻找，挑花眼了也没想出心仪的名字。看似是在狂热的取名，实则更是对新生命的期盼和喜悦！

算了算了，吃好喝好睡好玩好心情好，有意栽花花不发，无心插柳柳成荫，等他出生了，自然会有一个中意的名字蹦出来。日子在从未经历的新奇中慢慢地流淌，就在他的小胳膊小腿，越来越猛烈地踢打我肚皮的时候，取名的高涨情绪，反倒随着新生命的即将降临而平和起来。有一天，我的老爸说就取名“锐”吧，锐意进取挺好的。我立马赞同“锐”字响亮，而且觉得“锐达”是不是更有力？但一贯喜欢“悠然见南山”的我，觉得“锐”还是太张扬犀利，我不喜欢看上去的聪明，只喜欢内在透出的智慧，于是脑子里立马就蹦出了一个“睿”字。对，就是它，内在通达的智慧。我马上把词典翻出来查“睿”的基本字义：深明，通达。常见词组有：睿见（学识的明智运用；高明的见解），睿哲（圣明；明智），睿智（见识卓越，富有远见）。孩子爸也很满意这个“睿”字，于是，睿儿诞生了！

睿儿，真是名副其实。

他小时候活泼开朗机灵，特擅长与人沟通。4 岁带他在张家界旅游，总是缠着要买这买那，看中了一对小石头狮子又想买，我们就说不能再花钱了。不知怎么一转身，他竟然软磨硬泡地让卖家欢喜地送了他一对小石头狮子。当我们发现的时候，还以为是他偷摸来的呢，卖家老板说是他们送的，这孩子太可爱了；5 岁带他在北京过年，一路上跟出租车司机聊个没完，京城老侃爷遇上浔城小侃爷，一车轱辘话没完没了；吃喜宴每桌敬饮料，还要配上不同的祝酒词，会临时离桌跑到门口，看一下玻璃门上的“吉祥如意”，问“土”字（把“士”当作“土”）下面一个“口”字怎么念；在医院陪我做 B 超，看到两个和尚也在等候看病，就热情主动地跟他们讲“三个和尚没水吃”的故事，把所有的病号都逗乐了，真是人见人爱。4 岁的时候，舅舅送他一盒磁带故事书《三国演义》，他天天乐此不疲地反复听，倒背如流地讲“三国”成了他的拿手好戏，走到哪讲到哪，哪里有他哪里就有欢乐。

随着年龄一天天长大，小小少年有了烦恼。学业一天天加重，竞争压力一天天增大，自己的课外爱好一天天远离，心事一天天加重。从小喜欢阅读和讲故事的睿儿，内心世界越来越丰富，笔下的文字越来越洗练，可外在的话语却越来越少。中学的时候学业那么紧那么重，他仍然保持大量的课外阅读，零花钱都用来买书，甚至从校园伙食费里省出钱来买书，而且还自娱自乐写了好几个日记本的小说。虽然热衷于WOW游戏，但是自己该完成的或不想完成的目标，了然于胸。清晰自己可以放弃什么，难以坚持什么，可能达成什么。感觉他最大的特点，就是思辨能力和表达能力极强，而且对生命的哲思洞见极具悟性，是一个很有灵性的人。小时候是口头表达能力强，长大了是文字表达能力强。

睿儿性情极其纯粹善良，从不伤人。你交代的事情，如果他不认可，语言上他不会反驳你（嗯嗯，表示他听见了），但行动上也绝不会委屈自己（坚决就是不去做），这就是大人们喜欢贴的标签“阳奉阴违”吧。当然也有犟的时候，那就是认准了自己没错，常人是很难理解他所理解的对错的，一番交锋和交流之后，常常是我不得不服“三人行必有我师焉”。睿儿生活极简，尚朴实鄙浮华。从小学、初中、高中、大学到研究生，我跟他所有的班主任、辅导员都有过交流接触，对他的评价关键词，竟众口一词的就一个字：纯！睿儿最大的缺点，也许如他自己总结的那样：懒。他研读过但丁《神曲》达两年之久，也了解西方的“七宗罪”中，“懒惰”是最不可救药的一种罪。深刻剖析自己的懒惰之后，还不忘自我安慰：上帝派我来到这个世界，就是享福的。

睿儿，从诞生开始就是顺其自然，迎接出生也是满怀欣然，祝福一生睿达福然。还记得你小时候跟爸妈说的话吗：长大了带你们周游世界！我们可是一直喜滋滋地收藏于心哦。

辑四

生活最大，不必拿普世价值观的标尺，去丈量独特的个体

那一夜，我们醉了

秋日的午后，冲刺国家级绘画比赛培训班的大部分学员，都在享受暖阳下的慵懒。略有期待的玉，静静地坐在三十六层的落地玻璃窗前，眺望着尽收眼底的八里湖，不可抑制地想把眼前的美景描绘下来，送给晚上即将见面的好友琴。把琴的美丽故乡，以玉独有的表达，留存在彼此生命中的美好时光里。

四年未见，玉的面容给我的第一眼感觉就两个字：明朗。而之前经常在一起的日子，反倒变得模糊了。当她把中午创作的潮湿未干的水彩画送给我的时候，我们彼此都满眼欢喜。虽然我对绘画一窍不通，但对灰黑冷色基调中的那一抹压制不住的橘黄暖色，尤其喜欢，那一刻在我眼里似乎呈现的是一抹耀眼的金色。艺术不论是庙堂之雅还是江湖之俗，只要在某个点产生了共鸣，就是活的，否则于个体而言是死的，就只剩下附庸风雅或人云亦云。

十多年前，玉邀我一起学画画，可我觉得绘画于我是“天书”，就像三岁孩子对于横竖撇捺写汉字那么难。再者我只想新增一个不怎么需要极度用眼睛的爱好，就像朋友相邀学摄影一样，不敢轻易开始。暑往寒来，每每看到她独自一路颠簸，只身前往杭州中国美术学院学习，便心生敬佩。一直在画界不辍耕耘，就像这幅水彩画中的那抹金色——执着地投入一件事中，是她生活中的一抹金色。

玉说在杭州美院的第一节课，就是人体速写课，虽说具备一些绘画基础，但首次面对人体模特，对于每一个美术生来说，都是一个独特的挑战。当老师站在她的身后说“没带脑子来吗”，她真想找个地缝钻进去。如今的她，谈起这些都云淡风轻了，更多的是分享绘画，让她找回质朴、享受愉悦和奔向更开阔的生活。

曾经当过银行行长的玉，见识过金库里铺排成墙的纸币，那已不是欲望中的钱。就像见识过布达拉宫的僧侣，里面富可敌国的金银珠宝，在他们眼里就是个阿堵物。推杯换盏微醺之际，玉直呼做艺术投资的生意人充满铜臭，满屋子里的字画都是俗不可耐的“吆喝”。我惊诧之余突然发现，从中规中矩的行长到口无遮掩的画者，艺术爱好真是一个不断让人释放的过程。

其实，艺术创作者与艺术投资人，一般都是酷爱艺术的人，但看待艺术的角度大有不同。他们之间互相欣赏、互相鄙夷又互相勾搭，就像一盘永远下不完的棋——各自修行的心棋。

在艺术创作者看来，对于精神产品，你可以不认可观念和逻辑，但对其中的表达、沉淀和创造，应该保持尊重。就如同碗里不剩一粒米，表达的是对“锄禾日当午，汗滴禾下土”的尊重。通常不亲自下田种地的人，对“谁知盘中餐，粒粒皆辛苦”缺乏体验。不亲自种茶、采茶和制茶的人，对那么一小撮茶叶，经历了怎样的前世今生而来到了你的面前，缺乏感性认识，会轻易地把还未完成使命的茶叶倒进垃圾篓。不亲自绘画、亲自写作、亲自作曲的人，对付费的精神产品嗤之以鼻，因为体会不到“台上一分钟台下十年功”的产出过程，觉得是一蹴而就的简单劳动。绘画可以拼凑，文字可以剽窃，但创作者的“十年功”却永远无法体验和获得。

而某些艺术投资人，能跳出艺术看艺术，从鲜为人知的另一个角度体味艺术的真谛。他能嗅出文化是一种控制思想的工具。绘画控、舞蹈控、音乐控、文学控、书法控、摄影控等，都像手机控一样，只习惯在自己的嗜好里表达对世界的理解，偏向率性而为，甚至排斥理性和规则。而如今几乎所有的东西，只要跟商业运作挂钩，跟媒体话语权联姻，就会玩得风生水起，各种各样的名与利以及影响力，也会呈几何级增长。投资艺术的人，常常是把从其他领域赚来的钱，再投到艺术领域，除了用艺术继续赚钱，也希望艺术不要沦为禁锢思想的杂耍，真正成为丰沛生命、找回自我的载体。正如博尔赫斯所言：“有一个人立意要描绘世界，随着岁月流转，他画出了省区、王国、山川、港湾、船舶、岛屿、鱼虾、房舍、器具、星辰、马匹和男女。临终之前，他发现自己耐心勾勒出来的纵横线条，竟然汇合成了自己的模样。”

爱好艺术的人，一般都喜欢表达，敞开分享，敢于亮剑。有时为了让别人真正理解到某个特别强调的点，甚至不惜用易遭攻击的树敌口吻来言说。与艺术的相遇，不论是安放自我型、追名逐利型还是享逸生活型，圈子里总是能碰撞出灵性的火花。感性地聊艺术，理性地聊生活，似乎理性解决不了生活中两性关系的纠缠，感性也解决不了艺术的市场化问题。从亢奋偏激到平和圆融，多看人的正向资源以愉悦温润自己，多包容人的负向资源以修炼砥砺自己。最后总能殊途同归，读懂别人，找回自己。

我是六分阅读三分生活一分写作，玉是几分写生几分作画几分生活呢？性情上她属于挑战型，我属于享逸型。但终归来说，每个人挑战和享逸都是集于一身的，只是分割的比例不同而已。我说，如果我们在同一个城市里多好，可以经常见面分享和交流。她说，也许有距离更美好吧，绘画讲求留白，生活也如此。

对于非艺术从业者，艺术不能当饭吃，但切切实实又是生活中不可或缺的精神食粮。一句老旧的广告词总会在我耳边回响：人类没有联想，世界将会怎样！如果没有绘画、音乐、舞蹈、文学、历史、宗教、体育、电影、翻译、游戏、棋牌、旅行，等等，难以想象只有实物没有虚物的世界将会怎样。

我喜欢对生命保持探索的灵魂，我喜欢灰黑色的水墨下，那一抹欲隐欲现永远都在的金色。生活最大，不必拿普世价值观的标尺，去丈量独特的个体和灵动的生活。把生活过好，才是这趟生命旅程赐予的最好礼物。

这一夜，7 个画者，1 个艺术投资人，1 个码字者，相遇在一起，醉了！

舍不得删除的QQ歌单

空山新雨后，除了几声清脆的鸟鸣，就只听见一句反复叨叨的自言自语：“以后就埋在这儿了，以后就住在这儿了。”

九年前的那一幕，就像一尊坚固的雕塑，嵌在我的脑海。“带我去看墓地，带我去看墓地。”父亲已经请求子女很多次了，由于肺部功能几乎丧失，他在家里坐着都嫌累，躺着才舒服。外出连走路的气力都没有，上楼梯就更别提了，那会要了他的命。尽管如此，日渐羸弱去日无多的父亲，仍是执意要我们这些子女，带他去看墓地——自己即将归去的地方，还想看看前后左右有怎样的“邻居”。

那一天，蒙蒙的细雨，缭绕的云雾，远处翠绿的庐山若隐若现，近处金黄色的东林寺，辉煌而肃穆。一行人沿着洁净湿漉的石阶，静默地拾级而上。没走五六级台阶，父亲就喘得不行，趴在了犹如儿子般的坚实背膀上，被背上了山。

除了满园草木溢出的清香，头顶飞鸟掠过的啼叫，我们都大气不出，沉重而压抑。只听见老爸沉闷颤抖的呼吸声，以及反复叨叨的自言自语：“以后就埋在这儿了，以后就住在这儿了……”坐下来后还用他那家乡的黄梅戏腔哼唱着：“南北山头多墓田，清明祭扫各纷然。纸灰飞作白蝴蝶，泪血染成红杜鹃。日落狐狸眠冢上，夜归儿女笑灯前。人生有酒须当醉，一滴何曾到九泉。”

这声音挥之不去，就像老妈 ICU 病房里，多功能心电监护仪的嘀嘀声，永远在耳畔回响。遇到电梯里的嘀嘀声，或者某个电器的嘀嘀警示音，都会让我想起母亲那张永远欲说还休的脸！

衰亡的声音和画面，是这个年纪的人，生活中常有的基调。一位医生曾写道："从 30 岁开始，心脏的泵血峰值逐年下降，人们跑步的长度和速度都赶不上过去；40 岁左右，肌肉的质量和力量开始走下坡路；50 岁开始，骨头以每年 1% 的速度丢失骨密度；70 岁的时候，大脑灰质丢失使头颅空出差不多 2.5 厘米空间，所以老年人在头部受到撞击之后，会很容易发生颅内出血；80 岁时，我们会丢失 25%～50% 的肌肉；大脑的处理速度在 40 岁之前就开始降低，到 85 岁，40% 的人都患有教科书所定义的阿尔茨海默病。皮肤细胞内部清洁废物的机制，会随着年纪增长而慢慢失效，残渣聚集，成为黄棕色的老年斑；眼睛的晶状体随着时间的推移弹性会逐渐降低。一个 60 岁的健康人视网膜接收到的光线，仅为一个二十岁年轻人的三分之一。人之衰老如同入冬，漫长持久，徐缓渐近，每日变化细微，疏难觉察，日日累叠，终成严冬。"

衰亡，犹如天气晚来秋般地渐入寒冬。极其压抑的时候，会很想去儿童乐园，感受鲜活的生命；也很想儿子早日结婚生子，孙儿绕膝；更想去远方看未曾见过的世界……但我知道所有的这一切，都不是情绪的解药。内求的东西，外求已是偏航摆错了方向。

我很能理解父亲晚年的一些细节。聘请的阿姨每天上午推着轮椅带他去遛弯儿，老妈和姐姐总是提醒阿姨，要去空气新鲜和安静漂亮的公园。可老爸不想去老人居多的公园，喜欢到热闹有人气的街市。老爸豁达如虹，拒绝将循规蹈矩的生活，带入行将就木的日子。热闹、好奇、求知是他生命的原浆，没有它不成活。生活虽然不能过得像原先那样随心所欲，但也不会像很多老年人那样，追求过度的精致养生。作为几十年的老革命，更不会接受他那虔诚信佛、面色红润的弟弟的劝告，在宗教里寻求安乐衰亡。那都不是他的风格，生命的尽头怎么去完成，自有他的想法和办法。

有时我起得早，就一门心思地步行 12 分钟赶到爸妈家，推着轮椅把老爸带到他喜欢的热闹街市。看变化的楼群，听孩童的哭闹，闻熟悉的烧饼香味，品尝久违的烤红薯，触摸恍如昨日的单位门口的石狮，感受鼎沸的人间烟火。那时，早晨陪老爸遛弯儿，回来还经常要赶着去上班打卡，如果像现在这样有大把的时间，我会给予更多的陪伴和倾听吗？没有如果！

老爸最喜欢我们陪他打麻将。革命工作一辈子的他，退休之后才学会了打麻将。他的诗词学社的诗友们总是“三缺一”，好奇又好学的老爸，自然而然就成了他们发展麻友的极好对象。而每当他“三缺一”的时候，我们这些孩子又成了他极便利的启蒙学生。每当他“潇洒七对”听和“边七饼”的时候，别人打八饼，他就会狡黠地犹犹豫豫说“碰”，然后还是果断地说“不碰”。打牌的人都知道，碰，反而“听和”打成“破和”了。通常温和如水的姐姐，会拆七九饼，如此这般地成全老爸心心爱爱的“潇洒七对”，让老爸享受孩子般的开心。而识破他惯用伎俩的我，会倔强地反其道而行之，就是夹住七九饼不拆，最后竟然还有摸到三张七饼的意外之喜。老爸虽然嘴上遗憾地啧啧称奇：早就“听和”了，却“和”到别人的死胡同里去了。但心里对喜欢跟他调皮斗智斗勇的孩子，却满怀欣喜，犹如津津乐道他那斗智斗勇起起伏伏的一生。

《寻梦环游记》里说，人会经历三次死亡：第一次是你的心脏停止跳动，宣告生物学的死亡。第二次是你的葬礼，宣告你和这个社会的告别。第三次，是世界上最后一个记得你的人，也把你忘记，你将真正地死去。

明天，清明节气又如期而至，古人祭扫、踏青、兰汤沐浴、蹴鞠、斗鸡等不一而足。今人不论是在墓前祭扫还是云祭奠，有人哭，有人笑，有人喜，有人悲，有人长歌当哭，有人静默不语……与其说是在表达对故去亲人的怀念和感恩，不如说更多的是在与远逝的亲人绵绵诉说：年年岁岁的、远远近近的、或深或浅的、无声无息的、无人与说的悲苦、哀痛、忧愁、恐惧、焦虑、孤寂和生生不灭的祈愿。就像幼儿园的目的，不是为孩子上学做准备，而是为孩子的生活做准备；清明祭扫不是为了哀思过往，而是为了更好地笑傲江湖。

与父母这一世的缘分，圆满而无遗憾，是不可能的，酸甜苦辣咸才是生活的本来模样。相爱相怼，依赖又独立，是更有力量前行的情绪动力。我们这些子女在为出售父母房产的大清理中，那么多的书籍，那么多的瓷器，那么多的衣服，那么多的相片，那么多的笔记本，那么多的书信，那么多的家具……不得不忍痛割爱地留下、丢弃或烧毁。真切地感到爸妈还活着，仍在默默无声地告诉我们：一切都带不走，学会断舍离，生活可以极简！

2022 年的清明节，由于新冠疫情反弹，响应号召“非必要不外出”，没有返乡祭扫。我身边唯一剩下的、舍不得删除的、永远可随身携带的，就只有 N 多年前建立的 QQ 歌单——《爸妈喜欢的歌》，那是为了减缓爸妈无力外出整天宅家的孤寂，而精心收集整理的。

“那一世，转山转水转佛塔，不为来世，只为途中与你相见。”熟悉的旋律如空谷回响，绵绵不绝，渐行渐远……

我的爸爸妈妈

父爱无声

父亲离开已有 7 个年头，每年清明和除夕的祭扫习俗，于我比较淡薄。每次站在父亲的墓前，从没有悲伤，只有绵绵无绝的怀想！

老爸生前总爱戏说“日落狐狸眠冢上，夜归儿女笑灯前”，对我的印象太深了。老妈的“在生不孝，死了哭鬼魂”也让我铭记在心。活着的时候好好孝敬，不仅是物质上的，更是情感和精神上的，死后的祭扫都是对活人的安慰。

老爸家境贫寒，兄弟姊妹八个，家里穷得揭不开锅，被我的爷爷送去当学徒学打铁，没出三天他就逃跑了。我奶奶说“辣椒总有个把辣的”，咬咬牙东拼西借，还是把聪明的老爸继续送到学堂读书。家里只有他读到高中毕业，考上银行学校，娶了书香门第出生的校友我妈，开始了漫长的“王贵与安娜”式的金婚岁月。

老爸极其聪明，又勤奋好学。他吃苦耐劳，恪尽职守，除了工作还是工作。不论在哪个职位上，都把工作做得有声有色，宦海沉浮的老爸，遭遇挫折总能东山再起，使我们这些子女，既尽享了他带给我们的荣华和优越，也遍尝了因他而来的屈辱与炎凉。使我们从小就明白，不以物喜不以己悲的覆手繁华。

老爸对不断变化的世界，总是充满了好奇和探索，而且始终不失乐观的性格，年届 78 岁的他，还在学习诗歌、《易经》和股票，对央视四套播出的《海峡两岸》也是如数家珍。每天翻《词源》《辞海》吟诗作诵，诗集出了一本又一本。在探望儿子儿媳，小住美国的三个月时间里，对美国风俗人情的观察，更是让我们大开眼界。这种充满好奇活到老学到老的精神，令我们这些子女都自愧不如。

老爸虽然贫穷出身，但总是“穷骨头发烧”（老妈语）。在物质和精神双重匮乏的20世纪60年代，别人家有一本《新华字典》就不错了，而我家的孩子是人手一册。老爸从小就要求我们，遇到不认识的字要勤查字典，弄清词意，还要学会灵活运用，这个习惯为我们打下扎实的语言功底功不可没；全国首次实行职工子女可以招干参加工作，很多人家的子女都趋之若鹜，放弃高考奔向工作。而老爸却放权由我们自己选择，是参加高考还是招干参加工作，并引导我们多读书总没有坏处。那时，子女多负担重，能做到不急功近利早参加工作早减轻负担，是很难能可贵的。

那个年代医疗落后，遇到大病难病，很多孩子就在父母的愚昧下夭折了，而我老爸总能镇定自若，神奇地化险为夷。我6岁的小命就是在老爸的化腐朽为神奇中，绝处逢生。女儿出嫁了，家里的门从此不反锁。一向粗糙的老爸变得比老妈还细心，担心女儿和女婿吵架了，可随时回家不用敲门。老爸在家排行老二，他总说是他的兄弟姊妹，成就了他这个唯一的高中生（当然也没有少吹牛，就只他聪明会读书），所以，滴水之恩涌泉相报，家里其他七个兄弟姐妹及其子女，都是他从农村里带了出来，再也不用面朝黄土背朝天了。

晚年接受腮腺瘤手术和放疗的老爸，免疫力备受摧残，加上肺功能衰竭加重，整个生命力极其羸弱，基本不能出门。唯一的乐趣，就是子女们周末回来陪他打麻将。子女回来的日子，老爸整个人的精气神儿，就像经霜的萎叶迎来春天的暖阳，霎时挺拔舒展开来。但连这点儿要求，子女们却因这忙那忙而被忽视。老爸总是体谅我们所谓的忙，再也不像以前那样强求我们，而是坚强地熬着孤独的日夜，明白生命的最后只有自己陪伴自己，豁达地面对只有他自己感知到的日益临近的死亡。

看到一辈子强大、乐观的老爸，这么无助，心好痛好痛！值得欣慰的是，

12 年前老爸在世的时候，我写过一篇《父爱如山》的文章，发表在当地的日报上。当我拿着报纸给他看的时候，他读了一遍又一遍，那开心欣慰的面容，一直在我的脑海里回放。我很庆幸自己在爸爸还活着的时候，把爱大声说出来！把对他的爱、景仰、误解和理解，统统都表达了出来，这种福报到现在也还一直滋养着我。

剪不断，理还乱，只知道人世间有大爱。父爱无言，但其声震耳，其音撼心！

对“永远”说“再见”

电影《狮子王》有这样一幕：小辛巴在叔叔刀疤的诱骗下，误闯入狂奔的角马群，随时都会惨死在角马群的铁蹄之下。在这千钧一发之际，木法沙救下儿子，自己却被刀疤推落山崖，被角马群活活踩死。害死木法沙的真凶是刀疤，但小辛巴不知内情，他为父亲的死内疚不已，最后，怀着深深的负罪感离开草原去远方流浪。

小辛巴的经历，引发了许多人的共鸣，如何面对与至亲的生离死别，是我们每个人生命中的永恒主题，心理学称之为“哀悼丧失”。生活中有大量的丧失：剪断脐带的诞生、与父母分离、与子女分离、与爱人分离、与爱犬分离、与抚慰巾的分离……每一次的分离，都是丧失，而丧失的极致则是生离死别。在这个过程中，我们会产生焦虑、恐惧、抑郁、怨恨、愤怒、绝望、悲伤、孤独、内疚等复杂情绪。如果这些“黑色情结”得不到哀悼和处理，会影响我们的一生。怪不得中国人对逝者有一个“做七”的习俗，七七四十九天，确实是对生者的一个“哀悼丧失”的疗愈过程。

近期一直陪伴着 ICU 中的 88 岁老母亲，每天看着进进出出的生生死死，对 ICU 里的每个工作人员都心怀敬意和感恩。深切感受到，一个人或一个家庭面对难治之症，必须面对两个不同的存在：第一个存在是“身病”。即必须面对疾病本身，不论是感冒、骨折，还是心脏病突发、恶性肿瘤等，它只是一种与医药和科学相关的疾病罢了，与是非、对错无关。就像抽烟并不一定是肺癌的元凶，痛风并非生活方式不良，艾滋病或妇科病并非性格或道德上的弱点，“临终骨折”也不是生活习惯不好。生老病死就像一座山的存在一样岿然不动。第二个存在是“心病”。不论是患者本人还是患者家属，必须面对他所处的社会或文化，赋予疾病治疗过程的评判、选择、恐惧、希望、价值观等。特别是罹患不治之症，是选择无节制的治疗还是临终关怀式的治疗，仁者见仁智者见智，一直是一个未解的难题。

比如，为了1%的希望是否上有创呼吸机？害怕千疮百孔而放弃生命值不值得？已经无望还去承受创伤和苦痛值不值得？爱，从两个不同的面向去表达，没有对错，谁也无须说服谁。倒是让人深思：遗嘱，每个家庭宜在患者清醒之时，做一个深刻的交流，达成一个最后的治疗心愿。当然理论上可行，但操作上很难。每个疾病本身、患者个体差异、家族成员意见的磨合、经济状况、沟通的有效性、医患之间的信任程度、医学伦理、价值观等纠缠交织，真是一个庞大的系统工程。局部的考量与整体的把握，死者的安详与生者的安心，使得疾病以及治疗过程，不仅仅是一种科学和医学现象，更是充斥着文化和心理意义。

《恩宠与勇气》一书，对于疾病，居然总结了那么多丰富的文化内涵：

基督教的观点：疾病是上帝对某种罪恶的惩罚。疾病越严重，那个罪恶就越令人难以启齿。

新时代的观点：疾病是一门功课。你为自己制造了这个疾病，因此你需要学习重要的功课，以达到精神上的成长和演化。

医学的观点：疾病基本上是由生物物理上的因素造成的失序，就是秩序紊乱。因此，大部分的疾病都不需要心理和精神上的治疗，及时接受医疗方案就好。

心理学的观点：压抑的情绪会形成疾病。最极端的一种说法：疾病，就是想死的愿望。如同一位名人所说：“我不生气，但我以生肿瘤来代替生气。”

身心灵整体治疗观认为：疾病是肉体、情绪、心智和灵性的产物，它与每一个环节都是息息相关的。因此，治疗必须涉及所有的层面。

佛家的观点：疾病是这个世界上最不可避免的现象之一。询问为什么会得病，就像在询问为什么会有空气一样。生、老、病、死是这趟生命旅程的标配，只有解脱无常，才能彻底转化疾病。

理论毕竟苍白，每天走在医院与回家的路上，脑子似乎失去了往日的清爽，会突发奇想：上天给了人们生命就行了嘛，为什么还要给老、给病、给死呢?人世一回，难道就是一场如何更好地生、如何更好地死的修行吗？何谓恩宠?它是一种庄严的生命认知。何谓勇气？它是一种自我成长的豁达。人的理性和感性如何握手言和，最终靠的还是勇气。

准备了永远，却没有准备再见！抚摸着生命渐渐远逝的紫绀色的双手，回想着这双手倾其一生洗衣浆裳地相夫教子，亲历眼睁睁的无能为力的治疗之痛，悲伤无以言说！作为肉体的客体终将消亡，但作为“爱的客体”将永驻心间。

愿每个孩子都能坦然地对“永远”说“再见”！

（2021–01–05 写于妈妈去世 2 小时之前）

逝者安详与生者安心，你会选择哪个优先

如果你是快速地回答了这个问题，我只能送你一个小拇指，而不是大拇指。

面对重大疾病，总是伴随着两难抉择，每次的抉择都是在一种“希望”的引领下，一步步往前走，一直走到尽头！

6 年前，老妈眼睛视网膜脱落，在当地医院治疗，专家建议这么大年纪了，不宜手术保守治疗吧，老妈同意了，子女们也接受了这个方案。但我的儿子对我说“怎么能放弃治疗呢”？我也劝老妈再到外地去看看，她还是嫌麻烦，也不抱什么希望。

随着视力越来越弱，即将从一个光明的世界逐步走向黑暗的世界，恐惧，让她再生希望。虽然嘴上说“死马当活马医”，但 82 岁的老妈其实内心充盈着希望。我们立即踏上广州中山眼科医院治疗的旅途，检查结果专家告知，错过了最佳治疗期，但是现在科技很发达，仍可以用手术治疗，有改善的希望。第一步做了白内障手术，视力得到极大的改善，世界由模糊又变得清晰了。几个月后复查，被医生告知，虽然治疗风险概率大，但仍可以做第二步视网膜脱落手术。

当时远在美国的弟弟就说，不要追求完美，这么大年纪了，“差不多”是更合适的治疗。但老妈还是选择要做第二步视网膜脱落手术，奇葩的是老妈进入手术室，术前所有程序都走完了，却被告知主刀医生突发身体不适，当天不

能做手术。我和老妈又回到病房，等候重新落实主刀医生。当专家再次会诊后，提议我们慎重考虑第二次手术。

那时，无助的我，躺在床上看着天花板，两难抉择的纠结时刻，才深知平时阳光灿烂的日子，是多么值得珍惜和享受。翻看手机里往昔的笑靥如花，是多么地能疗愈当下的焦虑和寂寥。又带着老妈再咨询了另一位专家，也是建议我们不要轻易做第二次手术，经得老妈的同意，我们决定放弃第二次手术，并买好了返程的火车票，准备第二天回家。

可第二天早餐时，老妈又弱弱地跟我说："还是想进一步治疗，做第二次手术。虽然做手术有风险，成功概率小，但是不做手术也会慢慢失明，那就选择做吧，不然怎么生活啊！"当我耐心地跟老妈反复确定，真的打算再做第二次手术吗？她肯定地说："是的，最坏的结果不也就是瞎吗。"老妈的生命力一直很顽强，遇到两难的时候从来都不是选择容易的。我果断地退了火车票，再次踏上治疗之路。虽然手术过程都正常，但视力改善不明显。后来老妈视力越来越弱，但一直能看到一点微弱的光，正是这一点"微弱之光"，让 88 岁的老妈在全天住家保姆的陪护下，个人生活上一直是能自理的。

6 年后的今天，老妈在卧室里摔了一跤，髋关节骨折，对于如此高龄的"临终骨折"是否手术，又面临一次抉择。好在老妈除了眼睛几乎失明，其他脏器都非常给力，医生建议可以进行积极的手术治疗，我们子女也权衡再三，最后决定还是实施手术治疗。骨折手术很成功，恢复也良好，但不幸中招"术后并发症"——肺部感染。2020 年的岁末，经历着一个从未遇到过的艰难抉择，几天几夜的左思右想，每天亲临现场的耳闻目睹，亲人炼狱般的病痛和家属眼睁睁无能为力的心痛，生离死别的治疗让人难以承受其重。

是无节制地治疗还是善终治疗，让我们像过山车似的上上下下，在既理性又感性之间煎熬。理智上我们已经做了一种选择，知道不论哪一种选择都没有对错，但实际在情感上仍停留在另一种选择里。初始感性战胜理性，继而理性战胜感性，转而感性又反转理性。最终，让家庭的每一个核心成员一个都不能少，在逝者安详与生者安心哪个优先之间，做出了最后的了断，剩下的就是慢慢往前走。

抉择真的不是一个顿悟，而是一个过程；选择没有标准答案，只有每个家庭每个人独一无二的回答。之前总是盯着监测仪上的数字，似乎如此才能缓解焦虑。现在接受尽人力顺人意而不是顺天意，慢慢地往前走。

希望和爱，一直引领着生命的方向！

莫斯科红场的圣瓦西里升天大教堂

养老，是养未来的自己

2019 年 12 月 28 日，是我老妈 87 岁生日。几天前就征求她的意见，怎么过生日，老妈说只要平平淡淡过。今天，完全按照她的意思，而不是我想要的热闹方式，给她过生日。

我们一家三口为了这个特别的时刻，就按老妈的作息时间，等到下午 2：36 才开始午餐。准备了她喜欢吃的、偶尔想吃的、能够吃得动的菜肴，并劝说她一起喝点红酒，为了庆祝生日，也为了迎接新年。老妈喜滋滋地喝着红酒，喝着甲鱼汤，吃着她信奉的养生食品，甲鱼皮唇，鳊鱼，南瓜，包菜，红薯……老妈好开心，又说自己好有福气，我们全家一起都很开心！

中国古话说："家养一老，家有一宝。"我猜想这是旧时代掌控话语权的男人，常挂在嘴边的金口玉言。常年在外捕猎生存和追求社会地位的男人，一辈子都会愧疚很少在家中侍奉父母和陪伴妻儿。所以，他们需要用大量的"言语"来表达对家人的爱。如果真的要求他们日复一日年复一年地面对生活琐碎，在相隔三四十个年头的代沟生活里磕磕碰碰，他们能有女人那样的耐心和韧性，牺牲自己的时间和空间吗？还会常常把"家养一老，家有一宝"挂在嘴边吗？我对此是十分怀疑的。

弱女子的声音是经常不被听见的，更不会被流传。女人只有学会去倾听自己的内心，梳理自己呵护自己，才有可能抵御他人粗暴的侵扰，不让辛劳的日常生活雪上加霜。所以我对于没有真正在柴米油盐的烟火生活中，侍奉过老人的人，说任何高大上的话，我都嗤之以鼻，知道这不是真而是伪。

87 岁老妈每天早上在卫生间蹲厕、水洗时间超级长，这种习惯几乎成了顽疾，甚或是一种强迫症。比如，今天从上午 8：40 进卫生间，到下午 1：50 才出来，这个习惯让我们每个子女都感到难以忍受。开始我也总为这件事情跟老妈唠叨劝她改变，后来发现“死不悔改”。我就反观自己：老妈水洗时间超长这件事，到底是什么让我这样受不了呢？

我把能想到的因素进行罗列排序：第一，完全不必要的浪费水钱。第二，站久了腰疼腿疼老毛病犯了咋办？又增加我的护理麻烦，占用我的时间和空间。第三，是否是生活中其他疲惫焦虑的情绪，让我找到一个厌烦的发泄口？

然后，我又寻找应对上述因素的认知：

第一，这么点水钱对我们来说算啥，何况对快 90 岁的她更如尘埃，而且每月她还非要给我们子女几千元生活费，她是花她自己的钱，我有权利为此焦虑和看不惯吗？好，过关。

第二，腰疼腿疼老毛病，水洗时间站立长可能会被诱发，但这么多年了反复劝说她也不改，她还是选择水洗更重要。腰痛腿痛复发而来的生活质量降低，需要她自己去承担，也只能是她自己身体去承担。我们承担不了的部分何必去焦虑，还把这种焦虑转嫁给她。我们只需也只能承担自己能尽力的部分。

她现在的选择，一定总有她的理由和困境，不能非要她按照我们所谓的正确，来过她自己适合的日常生活。这一点静静地想想，你与已经长大的孩子怎么相处，就应该由此及彼地知道，怎么与并不是孩子的老小孩相处。尽孝，最重要的就是顺老人的意，让她做自己，让她得到自己所剩无几的人生乐趣，才能顺心开心。好，过关。

第三，我们日常生活中，会有很多这样那样的烦心事，焦虑、厌烦、疲惫、愤怒、悲伤、孤独、无奈等消极情绪，经常找不到发泄口。对孩子对配偶也许不能随意发泄，是不是无意识地把发泄口转移到最无助最羸弱最包容最不可能伤害到我们的人——老妈的身上呢？此刻，我看到了 87 岁的我自己，看到了孤独无助博大至善的老母亲！如果是这样，真是罪孽呀，后悔都来不及。好，过关。

我们一辈子生活在各种关系中，父母、配偶、孩子、朋友、同事，都是我们最好的修行场。修行不需要去远方，学千学万，最应该学的就是向身边的人学。一种关系疏通了，所有的关系都会通；一种关系修不通，所有的关系都难改善。在与老妈相处的日日夜夜，琐琐碎碎，我深切地感受到：养老，其实是养未来的自己。

亲爱的老妈，祝您生日快乐，天天顺气开心！

家庭春晚，燃续生生不息的情缘

2023 年瑞兔呈祥，这个春节，是三年疫情之后中国家庭团聚的第一个高峰年，也是我的双亲离开之后第一个大家庭团聚年。自创的家庭春节联欢会，在长辈、小辈和孙辈的各显神通和互展才艺中，拉开了“家庭春晚”的欢乐序章。

亲人们欢聚一堂，唱唱跳跳吃吃喝喝开心抽奖，不仅是为了放下往日的重担，享受过年的喜庆，也是为了每个人的心中有彼此，在新的一年里，一起扬眉“兔”气有滋有味！

四世同堂难再，各过各家渐多。一年一度的春节，祖辈在养老院，父母辈在老家，子女孙辈在千里之外，小夫妻各回各家陪父母过年。这在古老的中国是不可想象的，可如今却越来越成为许多家庭的常态。随着长辈们的渐渐老去，小辈们的奋力拼搏，很多人选择为家里的长辈安装智能监控。这种数字化陪伴，或许能化解一些年轻人的分身乏术和老年人的安土重迁。但是，可触摸的有温度的亲情渐行渐远，隔着屏幕寄托惦念的孤单越来越多。

年轻人生命蓬勃，不枉此生而勇往直前地奔走在人世间；而擅长频频回首的老年人，跟上这个时代的节奏，需要一双蹒跚在牵的手。被强化的松散性家庭，在艰难的接受中却被排斥着；被弱化的凝聚性家庭，在依依的丢弃中却被呼唤着。空间的阻隔，时间的挤压，轻重的权衡，金钱的盘算，使得团聚的硬成本越来越高，软效用越来越弱。不知在未来的某个时候，中国年是不是也会成了“非物质文化遗产”。

中国人的家国情怀太悠久，而冷峻的现实却让人唏嘘不已。路遥在小说《平凡的世界》里写道：“小时候，我们常常把亲戚看得多么美好和重要。一旦长大成人开始独立生活，我们便很快知道，亲戚关系常常是庸俗的；互相设法沾光，沾不上光就翻白眼；甚至你生活中最大的困难也常常是亲戚们造成的；生活同样会告诉你，亲戚往往不如朋友对你真诚。”尽管如此，早在19世纪的西方仍有人说：“时间的巨轮向前推进，你信任的人也一个个离你而去，你越来越感到家的神圣和温暖。家是小了一些，或许也并不美好，但是比起整个世界来，家却更加温馨。”所有的团体中隔阂与偏见在所难免，血亲之间也会反目成仇。尽管如此又有什么可悲观呢，仰望星空不忘祖辈的初心，拿出包容、豁达与友爱，让天生的缘分一直温暖在人生的路途。

经济越发达，家庭越弱化。在物质飞速发展的今天，拼搏得再成功，赚的钱再多，或许可以办成很多事，帮到很多人，可不见得撑得起一个祥和欢乐的家。家，虽在每个人的生活中渐行渐远；情，却在每个人的心里越捂越暖。每一个远走他乡的孩子，都幻想着充分的自由可以消弭束缚，精彩的世界可以对抗孤单。可随着年龄的增长，才慢慢知道，每个人终其一生只在做一件事——找到一个能够安全做自己和安心浪费光阴的地方——家。

欢欢喜喜过大年，对于孩童，既是开心满足的眼前，也是长大后弥久恒馨的追忆；对于成人，节日就像旅游一样，暂别程式化的庸常，给自己一段放飞的时光。家庭春晚时间虽然短暂，但再续的情缘生生不息。

永远祝福！我的家人越来越好！

总以为生活是为了更好，原来只是一场场相逢

30 年后，她竟然在养老院遇见他。

晓琴为了写一篇关于养老的特稿，来到一家养老机构体验生活。她在一群灰白的脑袋里，被一个满头银发的老头儿惊呆了。在一个 60 多平方米的房间里，围着 6 个约莫 70 岁的老人，4 女 2 男。只见他忙碌地进进出出，把一盆盆热气腾腾的菜肴端上圆桌：

“这都是我的拿手菜，趁热尝尝，趁热尝尝。”

“哎哟，老林你真好，又做了我爱吃的活豆腐。”

“哦，今天的松子鱼金黄金黄的，看着就好吃。”

“好吃就多吃点，多吃点。”

老林擦擦他那双大手，解下油腻腻的围裙，落座就餐。为了不打扰他们用餐，晓琴退回到院子里，打算待会儿再过来找他。

坡度和弧度都优美的绿色草坪，像身姿婀娜的少女摇曳扑面而来。姹紫嫣红的紫藤和杜鹃，宛如少妇妩媚的明眸，顾盼生辉摄人心魄。这真是一个养老的好地方。晓琴独自漫步在养老院幽雅的小径，陈年往事涌上心头。

1993 年 11 月 8 日，“大地酒楼”开张，从那一天开始，她和他开启了全新的人生旅程。

那时，年轻貌美的晓琴 30 岁；中年油腻的老林 42 岁。心高气傲的晓琴停

薪留职，下海经商开了一家酒楼；养家糊口的老林别妻抛子，从县城到省城，经人介绍来到了晓琴的酒楼掌大厨。那时的晓琴，从养尊处优的大小姐，变成了居无定所的新媳妇，一心只想赚钱改善生活，从那个幽暗窄小的阁楼里搬走，一个没有卫生间、须爬上瓦片屋顶晾晒衣被、地板缝隙可以掉得下去一本书的地方；彼时的老林，身怀一绝好手艺，不想埋没在小县城的蝇头小利里，人到中年的最后一搏，如弦上之箭风中之帆，乘着20世纪80年代末90年代初改革开放的强劲东风势在必发。像千千万万背井离乡的淘金者一样，远离自己的父老乡亲和老婆儿子热炕头。

晓琴是个读书人，骨子里却奔涌着桀骜不驯的气质，思想的勤奋程度超过绝大多数人。她是单位里下海经商自谋出路的第一个吃螃蟹的人，也是一个似乎从来就没有进入体制内的人。那时大学毕业都是包分配当公务员，大学生跑去开酒楼，真可谓少之又少的新鲜事，她算是赶上了时代的弄潮儿，尽管没有发财。停薪留职时的决绝，只知道要改善生活，决不能靠坐办公室，必须去赚更多的钱，可到底干什么并不清楚，就是一股初生之犊不畏虎的冲劲。

晓琴在父亲的陪同下，在街上四处寻找门面，一个离家很近贴着“门面转让”招牌的酒楼，就这样在她的生命中不期而遇。那时的酒楼不像现在遍地开花，那时的人们一日三餐都是自己在家弄，全家下馆子的画面几乎没见过。打算投资盘下酒楼的时候，她闭门造车在家测算：每天得有多少桌、每桌平均的消费金额、进货的成本、低值易耗、水电煤气通信费、门前三包服务费、税务等，以及最大头的人员工资和门面租金，收入减去支出后怎样才有盈利。等到实际开张运营时，才知道有N多你想都想不到的五花八门，评估测算跟真枪实干完全两码事。

春节的时候，晓琴的父亲为酒楼撰写了一副对联：“大学生开小酒楼小中有大，低利润创高质量低里见高。”横批“大地回春”。这副对联为晓琴带来了不少的客源，附近招待所、汽车站、行政事业单位、银行、学校等很多客人，就是奔着如今称为热搜词“大学生开酒楼”而来的。短短的自谋出路的岁月，晓琴最难忘的是两次意外的相逢，一个是帅总，一个是老林。

开张半年内，晓琴随身斜挎的小包里几乎没有多余的现金。虽然帮儿子买的奶粉和零食，都是当时最好的，但她自己的衣食住行一向俭朴。起初所有的素菜荤菜、烟酒饮料、干货的采买，全都需要她到江州菜场和江边批发市场事必躬亲，而且必须现金结算。待到生意红火和稳定之后，才知道那些墨鱼木耳粉丝腐竹调味品等，以及香烟白酒红酒啤酒生啤饮料供货商，都会主动送货上门，而且不需现金结账，货款多是月结、季结甚至半年结。

那时的帅总50岁挨边，胖胖的身躯挺着个圆滚滚的肚子，总是笑眯眯的。每当他在酒楼里推杯换盏，一瓶接着一瓶开启五粮液和啤酒的时候，一包接着一包撕开香烟的时候，一盘接着一盘添加菜品的时候，那两片薄薄嘴唇里搅动的舌头，在晓琴看来犹如舌绽莲花般的光彩夺目。他是她的地租老总，也是她的最大客户，之前她从不认识帅总，他也是在“大学生开小酒楼”的对联吆喝下，才开始定点在她这儿吃饭的。在晓琴最艰难的时候，他像父亲般默默地照顾着她。当酒楼生意稳定之后，他又回到了原来习惯的酒楼，那里的老板娘八面玲珑，有着阿庆嫂般风生水起的能耐，让书生气十足又不擅聊天套近乎的晓琴，很是失落。

生意不好，愁；生意好，也愁。生意好时，愁的倒不是累，而是客人散后的盘点、轧账以及跟厨师沟通开列第二天的采买清单，使得晓琴成了一个风雨夜归人，不能赶在儿子入睡之前，给他讲爱听的睡前故事。生意不好时更愁，偌大的店里大眼瞪小眼，全是干瞪眼。收支平衡结余正数，晓琴的压力指数会比较稳定，如果生意持续低迷，她的焦虑指数就会逆向飙升。更让她悲催的是，这时家里的人常生责备，生意下滑似乎都是因为她的管理不善，好像天天高朋满座才是酒楼的常态。每当这个阴云密布的时候，就开启了晓琴与老林的相逢。

晓琴第一次见到老林，很是满意，厚实的肩背，大大的双眼皮眼睛，坚挺的鼻子，饱满的脸庞一点儿都不尖嘴猴腮，唯一缺憾的是那两片薄薄的嘴唇，似乎没有一点儿男人的坚毅感。倒是那双大大的厚厚的手，让常坐办公室的晓琴印象深刻，因为她见过的男人，大多都是细皮嫩肉的比女人还女人的手。

老林从不像其他人那样，喊晓琴“老板娘”，他一直称呼她为“老板”，他天天看到里里外外大大小小的事，都是她在操持。采买、进货、催账、故障维修、检查卫生和餐具摆放、督促前台服务员和后台厨房的菜品衔接和推介、及时处理员工之间互不配合的矛盾情绪、应对野生动物保护部门的禁用青蛙、周旋附近居民对油烟排放污染的投诉……老林看到晓琴柔弱书生的外表下，极具天下所有母亲的那种坚韧，而且对选择的事坚定前行，很少纠结于患得患失。

晓琴很不擅长拉家常套近乎，也很讨厌那些世俗的家长里短，跟厨师和服务员的相处多是公事公办。直到有一天，老林跟她聊起“厨师的手抖三抖，老板的黄金遍地流”，她才慢慢地发现，跟大厨聊天很重要。生意不好的时候，老林也话不多，默默地不添乱。生意好的时候，他会跟她海吹，而且处处为她着想般地传授管理经验。他说，食客提意见说菜不好吃，有很多原因：油多了或油少了，菜都不好吃，只有厨师高兴了，手抖三抖，油才会放得恰到好处不多也不少；应季的酱爆牛蛙是点击率最高的菜，既要销量大又要利润高，完全取决于厨师手下主料和辅料的搭配。生姜、大蒜、辣椒等辅料多了，客人不满意说牛蛙不好吃。主料牛蛙多了，客人说好吃，但老板的成本高了利润低了。虽然不至于“越生产越亏本”，但一年到头难得的应季爆款会错失良机呀。因为刚上市的牛蛙原材料特别贵，买回来后因时间长短或温度高低，总会有极个别地死去，损耗较大。而真正的食客嘴巴非常地刁，吃的是牛蛙活体还是尸体一“口”了然；清炒苋菜，根茎过多地掐掉，只留嫩绿的顶部，客人当然说好吃，但老板的低值易耗品损耗率会升高……

每当生意持续火爆，老林说厨师干得也更有劲，累也值得。然后从他那两片薄薄的嘴唇里，会试探性地嗫嚅着加薪或参股的事儿。其实，晓琴很能理解他，觉得跟自己是同路人，都是为了生活更好而背水一战。她也愿意看到他露出月牙般的微笑，大大的手能漂亮地“抖三抖”。

随着生意的红火和稳定，晓琴那只随身斜挎的小包，犹如产妇挤涨的奶房，被现金撑得快爆了。她再也不亲力亲为去江边采买了，哪怕被委托采买的人从中揩油，她也当作为自己的少辛苦买单，何况管理漏洞是无法杜绝的，就像病毒与人类的共存一样。当身边的亲朋好友，在孩子三岁上幼儿园后，大都辞去了保姆，可她一直都雇着保姆，宁愿把空闲的时间留给阅读、旅行和与朋友吃喝玩乐。

整块的时间多是用来做自己喜欢的事，边角料的时间才会用来做家务；不依靠体制内的工资，辛苦赚钱之后的人，哪怕不是赚得盆满钵满，也深知享受生活是一件多么值得的事；原来的理想、提拔、职称、加薪那么崇高和强烈，后来才明白金钱是最有力量的东西。尽管如此，晓琴也不允许自己的生活中没有梦想，她爱好心理学，爱好写作，把那些难以言说的情绪，借由文字表达出来，温润那些需要疏解的人们。她相信被表达出来的内心，已然让自己有了一种被净化的质地。她已不是当年的她，当时那么想逃离那个窄小幽暗的阁楼，如今才明白房宽车宽都不如自己的心宽。

饭后散步的老林和晓琴不期而遇，两人像久别的亲人一样拥抱了一番。老林坦诚地告诉她，钱赚了房盖了，可家却没有了往日的温度。生活在同一个屋檐下，却嫌彼此都是一个多余的人。说起养老院，老林又露出月牙般的微笑，洁白的牙齿在两片薄薄的嘴唇之间，犹如钢琴的琴键般快活地跳跃。他说来养老院已经大半年了，很喜欢这里的热闹、友善和简单，真的当上了自己说了算的老板。不像待在家里，那么嘈杂却又那么冷清。如今天天做自己喜欢的美食，跟身边的人分享，收获他们的赞美和开心。剩下的时光，再也不想与有缘相遇的人失散了，心安处才是家啊。昨天他的老伴儿和孩子们跟他通视频，嘱咐他不要被那些老妖婆恭维得五迷六道，把养老的钱都掏光了。他说钱散人聚，钱聚人散，心里明白着呢。

晓琴能体会到老林的失落，像许多漂泊的打工者一样，长久的夫妻分居和父子分离，导致缺乏陪伴的时间，支撑不起亲密相处的空间，身体的距离最能体现心理的距离。她接触过很多类似老林的家庭困境：在最好的年华与老婆孩子相遇，兜兜转转之后，却与他们走散了。原以为赚更多的钱就能让生活更好，万万没想到钱让屋子变大了，却让屋子里的人心变远了，生活完全变了味道。

道别时，晓琴不知是安慰老林还是警醒自己：是啊，总以为生活是为了更好，原来只是一场场相逢。善待身边人吧！

日常生活之外

喜欢旅行的人，太过规律的日常，于他是一种磨蚀。

按部就班的工作和家庭生活背后，往往是大量的精力和时间的榨取，人们在珍惜的同时也有许多无奈。如果不能从中自得其乐，会不由自主地抗拒由此而来的粗糙和枯萎。

因此，需要远行，置换时间和空间以打破日常。观不同的景，见新奇的事，遇相异的人，度别样的时间。这常常会被人诟病为不安分的人，可又有几人能在如如不动的冰山之下没有暗潮汹涌呢？砥砺庸常葆有灵动，这种活儿得自己来，有人引领或同行是幸运，但不可寄希望于人。

二月的海南正是养生的好时节，20℃左右的气候，可凉可热，可厚可薄。三两好友，走走沙滩吹吹海风，喝喝茶聊聊天，锻炼筋骨唱唱歌，逛逛集市做做美食。朝夕相处无须应酬做世间表面之事，只管絮叨或深或浅的心里话。各有经历和脾性，互交信仰和爱好，既有心通灵犀的欢喜，也有固执己见的表达。日常居家生活之外，这种看似虚度的时光，最是养人。

女人不像男人侃谈国事天下事，而喜欢聊聊各种各样的小情绪。憋屈和抱怨似乎是永远的主题。当感觉被身边的人所伤害，可以委屈和愤怒，但也需要觉察是不是被自己的无明和执念所造作。我自己有这样的一个过程：把伤害、嫉妒、攻击、算计、愤怒、委屈、沟通、善意、妥协、包容，等等，在日常生活之外，把它们慢慢地幻化成一首歌飘散到远方。人际交往中，我是迂就不足犀利有余，犀利肯定会伤人，这到底是慈悲还是业障，仁者见仁智者见智。

哪里都可能遇到伤害，躲无可躲。我一直相信有些伤害可以孵化一个人自我更新的动力。犀利表面上是打击了他人的自尊，可最后会让他人蜕变得越来越自信，生活的磁场也会越来越自在和美好。我祈愿遭遇过犀利的人，把所有的不美好慢慢地幻化成一首歌。这个蜕变的过程，开始会是爆雷般的愤怒，继而是执念般的委屈，慢慢地会陷入冰河般蚀骨的孤独，最后归于寂静，走向祥和。这之间的心路历程，永远是自己一个人的“曼陀罗”，不能也无法与外人言说究竟。

大思想家蒙田在谈论婚姻时说：丈夫去世后，妻子往往都表示对其恪守妇道，而且表达出强烈的情爱。可这真是迟来的不合时宜的表白，恰恰证明她们爱的只是亡故的丈夫。我倒认为，只要生时令我快活，死后就是笑也无妨。

生时不友爱死了哭鬼魂，说得在理。不过我觉得他所描述的这种两性关系的快活，并不适合如今社会多元化的情感需求，更无法满足人们对亲密关系的深层依恋。学会独处是必要的，但真正能独处的人是极少数。人是群居动物，我们每个人都需要映照，人人都互为镜子。靠近能带来滋养和启迪的朋友，尽量不用自己的顽劣去污染关系，构建彼此愿意与对方共度的生活时光，是许多人向往的烟火人间。

无常就是有常。突然某一天，Chat GPT 来了，可以取代人做很多事情：陪你聊天，回答你的问题，帮你编写文案或求爱情诗。如果你要写一篇新闻报道，可以向 Chat GPT 输入关键词，它很快就能生成一篇行文流畅、逻辑通顺的文章。一切答案都近在咫尺唾手可得，人的智慧将被让人变懒的科技所侵蚀。似乎人与机器越来越亲密，人与人越来越疏远。

以 Chat GPT 为代表的人工智能，虽然我一点儿都不懂，但似乎明白它会像电的发明一样，将会改变整个世界，时代巨变也无可抗拒地走进我们每个人的生活。据报道纽约已禁止在学校使用 Chat GPT，可这很难真正抵挡技术的力量。今天的教育已经跟不上这个时代，学校和老师也在重新思考自己的定位。据说家长最直观的办法，就是培养孩子提问的能力和下达指令的能力。我自己经历的一个很生动的体验，就是几个人一起郊游，坐在新能源智能车里，大家轮番变着花样向“阿度”发问和下指令，提问的创意和下指令的精准，很考验一个人的原创力、概括力和靶向力。

生活，以及人类几千年的文明史，教诲我们许多与世界与他人与自己相处的智慧。如今横空出世的杰出科技，似乎可以横扫人类以往的一切文明与进步。我这个老顽童有点好奇，日常生活之外，人又可以玩些什么新花样呢？

女人，你笑起来真好看

五一小黄金周，平时难得一见的姐妹们，在一起家长里短鸡毛蒜皮，打开话匣子是一件很开心的事。

最多的话题，常常是含饴弄孙、与子女相处、与老公相伴、自我时间与空间的掌控、唱歌跳舞、养花弹琴，诸如此类不一而足。感慨时光不老，女人知足依然常乐。

阿娟聊起自己年轻时相夫教子，年老时又放弃自己的退休生活，跑到异地腰酸背疼地带孙子。虽然苦中有乐，但身在异乡心在家乡，时常孤独寂寞冷；阿荣聊起自己的心事，很是心疼女儿，担心女儿因为生养孩子而丢弃了自己收入不菲的工作，慢慢丧失女人的社会独立性，影响将来的夫妻生活；阿慧聊起做全职太太的女儿，虽然家境优渥但时有家暴发生，很是为女儿脱离社会担忧；阿青聊起自己的女儿，为了事业恋而不婚，担心年纪越大越难成家，孤独终老；阿华聊起自己的儿子媳妇婚而不育，为了事业和娱乐一再推迟生育下一代，以前还催促，现在听之任之；阿云聊起自己的儿子老大不小，一点都没有谈恋爱的意愿，朋友纷纷说，缘分到了快得很啊。

聊着聊着，似乎都是围绕着一个老旧的话题：女人独立的重要性。在我看来，两性关系之中过度依赖或过分强调独立，都是五十步笑百步。中华传统文化习俗对女性的贬低，让女人经常跟她们内心深处的依赖、被动和顺从倾向作战，一些“女强人”一辈子都活在“女不差于男”的抗争中。婚姻中的男人和女人，在大多数情况下，也是彼此误解，从来没有真正善待对方。

常言道“人到50岁没有性别”，为什么？我想是活生生的生活告诉了男人和女人：过分独立，丧失了人与人之间不可或缺的亲密感和被需要感；过分依赖，破坏了人与人之间的边界感和自由感。当在生活中不要习惯去二元对立，而是能在独立和依赖之间自由行走，才是两性关系顺畅的不二法门。生而为人，首先是人，然后，才是社会文化所定义的男人和女人。心理学家马斯洛曾说：“两性之间的对抗，主要是个人内部的男性气质和女性气质之间的无意识争斗。两性之间的和谐，依赖于个人内部的和谐。”

看着姐妹们一直停不下来的絮絮叨叨，以及一阵阵的欢声笑语，我默默地祝福着：女人，你笑起来真好看！

你笑起来真好看

欢快的清炒土豆片

2020 年 3 月 19 日，最开心的事就是：在食材匮乏的情况下，我的清炒土豆片得到了魔法（儿子的昵称）的高度赞赏！

疫情的严峻性已然减缓，但我家的采买基本还是一周两次。昨天的晚餐食材基本用尽，对付“没肉就是没菜”的魔法，我着实费了一番心思。先蒸上一大碗鸡蛋羹，一小碗香肠片，再来慢慢准备唯一的主菜——土豆片。洗净仅剩的两个土豆，薄薄地切成片，用清水漂洗两遍，再沥干。平时，我还要配上大蒜沫、青椒丝，但这次我决定创新一下，什么配料都不放，只求原汁原味。菜油改成猪油（是否能代替点肉味呢），放点生抽，不放黑胡椒粉之类的调料，最后洮点水煮。不过往常都是偷懒洮点生水，这次跑到客厅取点温开水，小火煮收汁取锅，大功告成。

当魔法吃得精光，高赞“今天的土豆片太美味了”，弄得我这个老母亲，像个冲刺终点的马拉松冠军，挥动双臂大喊“我太厉害了”！真是心花怒放，扬扬得意啊！细细地回味了一下，这次清炒土豆片的独门秘籍亮点，应该在如下两点：一是配料至简，突出原汁原味；二是生熟碰撞之间要来个过渡，用温水煮。

说实话，疫情隔离的日子里，经常想起闺密们的拿手好菜。王姐姐的笋干烧肉，聂妹妹的山药炖排骨，姜姐姐的红烧腊鱼，余妹妹的凉拌黑与白，梅姐姐的可乐鸡翅，胡姐姐的椿芽炒蛋，陈姐姐的桑拿性感小龙虾，李姐夫的凉拌莴笋丝，不胜枚举呀。当时怎么就没有好好学学呢，真是“书”到用时方恨少啊。一直不喜欢烹饪的我，这次疫情隔离之下，既没家政又无外卖，在魔法饥肠辘辘“无色无味”的慨叹之中，我励精图治，静心安心喜心用心。烹饪技术突飞猛进，美妙心得层出不穷，这感觉太好了！

期待在相聚的日子里，我也薄技在身，有一个拿手好菜，养了你的胃，暖了你的心。

杭州西湖上的花港观鱼茶社美食难忘：吃什么很重要，怎么吃也很重要

晨间一瞥趣多多

初夏的早晨，鸟儿好像比春天起得更早，也叫得更欢，扑棱棱地喜欢从窗前掠过，似乎还在叫唤着人们早起外出播种干活儿。看来鸟儿文明进化的程度不大，还不知道城里的人早已不下地干活儿了，不过“叫早”的习惯依然让一些早起的人满心欢喜。

穿戴齐备下楼跑步，一出门就感觉到小小的雨点有密集的趋势，继续还是折回？像往常一样，一边默念“南无阿弥陀佛”，一边启跑。

在跑第一圈的时候，碰到一个约 40 岁的女人，边散步边遛狗，她不停地吆喝着小狗别走丢了，跟着她一起。可小狗不听话，总是脱离她的管制，想自己遛弯儿。我窃笑小狗好不容易出门放风，老跟着主人千篇一律地兜圈子散步，实在是太乏味了，它可是要东瞅瞅西看看，保持永远的好奇。为了不激怒主人，它时不时地回到主人面前打个滚儿，这让我突然想起读过的一篇科普，说动物通过打滚儿显露出咽喉和腹部，是以一种原始的“性奉献”姿态，来表达自己的从属地位和顺从，以向统治者示好，表示“不要再为难我这个弱者了”。这一对遛弯儿的彼此好累呀。

在跑第六圈的时候，又碰到了一个 30 岁不到的小伙子，边遛狗边散步，慢慢悠悠。狗狗指向哪里他就打向哪里，绝对是狗狗领着他散步，而不是他在遛狗狗。我想只有真正喜欢狗狗，才会那么安静、那么迁就、那么耐心地陪伴吧。每每遇到安静、彬彬有礼、从容淡定的现代男生，就会多一份喜欢，特别是相较于那些躁动、急迫、张扬的女生。

在这个男人不想太刚、女人不想太柔的“中性化”时代，能明显感觉到现在的女孩儿特别励志，男孩儿反而特别佛系。如果文明继续进化，能在“统治—从属”的强弱地位中“去性化”，使得男女都可以在领导和从属之间从容切换，彼此适应，那男人和女人都可以减轻很多焦虑，生活满意度会大幅度飙升。这一对遛弯儿的彼此好惬意呀。

跑到最后一圈的时候，碰到两个估计快70岁的爷们儿，一边大步流星地散步，一边高谈阔论地聊着世界大事，似乎大洋彼岸的事比他们身边任何事情都重要得多。中国的男人们好像一辈子都只关心国家大事，从不关心家庭小事，疫情封控的时候，才知道民以食为天，吃喝拉撒是大事。临近单元楼大门，俩老爷子意犹未尽，挥手拜拜各回各家。能感觉到这一对遛弯儿的彼此，在外扮大爷说天侃地，回家扮孙子饭来张口衣来伸手，享受着家人的星级家政。

哈哈，孤独的跑者看似独自一人，可对所有的生命充满好奇和乐趣。真是晨间一瞥趣多多啊！

在一起

人虽世代更迭，月却千古一轮。李白的“今人不见古时月，今月曾经照古人”激发了多少人的共鸣。

春分祭日秋分祭月，古已有之。祭月的习俗最早见于《礼记》，汉魏之后，祭月、拜月开始向赏月之风演变，神圣的祭神祈福慢慢演变成民间的赏心乐事。中秋赏月风俗在唐代开始盛行，许多咏月的名篇佳句流传至今。宋代开始，官方正式将阴历八月十五定为中秋节。经济的发达和文化审美的繁荣，使得市民阶层赏月之风迅速崛起。中秋节不再是文人墨客的专属，京都开封的“中秋夜，贵家结饰台榭，把酒赋诗临轩玩月，民间争占酒楼月台，召集子女嬉至通晓，不肯虚度”。不论钟鼎之家还是贫寒巷间，在这“金风荐爽，玉露生凉，丹桂香飘，银蟾光满”的中秋佳节，祭月，赏月，饮酒品茗，吃月饼，放水灯，观潮，赋诗……举国共庆阖家同欢，以圆圆的月亮圆圆的月饼，寄托举家团圆的喜乐。

小时候中秋节记忆最深的，就是妈妈操持的中秋美吃。每年中秋之夜，全家人聚在一起，由口到心地享受着妈妈摆弄的漂亮又丰富的果盘。那时物质匮乏，没有什么好吃的东西，但妈妈总是把白色的餐盘擦洗得干干净净；藕片切得又薄又均匀，撒上一点点白砂糖；梨子去皮切成匀称的小块，整齐地摆放在盘子里，每个人至少都能吃上一块；碰上有西红柿的时候，也是均匀地切成一片片，撒上白砂糖，超级好吃；品种单一的法饼和碱酥饼，也是切成一小块，然后又拼成圆圆的月饼，摆放在一尘不染的盘子里；好吃喜欢的口味都被孩子们一抢而光，剩下无人问津的基本是妈妈最后来“光盘”；爸爸喜欢吃的花生米也是必备的一盘，不过都是由爸爸亲手炒制，他的拿手好菜就是爆炒花生米，自诩聪明绝顶的他，总是说没有人能比他更好地掌握花生米啪啪响的“火候”。剥花生米也成了我儿时的一大乐事，每逢周二下午放假不须上学，身为学习委员的我，就召集男男女女的同学到我家写作业，完成作业之后的嬉戏之一，就是比赛剥花生米，轻轻松松一下子就剥了一大脸盆花生米。

儿时的中秋节，至今都是满满的欢乐和妈妈的味道！今天中秋节，身在异地的我，没能回去陪伴将近 90 岁的老妈过中秋，选择了三口之家的小家庭在一起过中秋。不过一想到今天三个姐姐会一起陪老妈过中秋，心里快慰了许多。

总是感谢上苍这么眷顾我，当我身边许多亲朋好友的孩子，在北上广深打拼的时候，我的每一个生日、节日、外出启程或归来，总能有儿子陪伴，全家安静恬然地一起度过。有一次腰闪了行动不便，一个人在家的中餐，都是儿子精心帮点的外卖送至家中，那种母慈儿孝的受用感，真让我有点快意的嘚瑟。

曾经在佛罗伦萨参观但丁故居，儿子告诉我，他在大学花了两年的时间研读《神曲》，研究但丁。还跟我分享小说《战争与和平》中两个主要人物，在大时代背景之下的不同命运走向，怎么选择怎么践行怎么转折怎么结局。我当时深感诧异，年纪轻轻的他竟然能跳出故事情节，品读小人物在大时代中的命运。当时我们寻思着他毕业后的去向，是留在上海还是出国深造，大三的他就清晰地说，自己喜欢回家乡，我们也欣然地接受了他的选择。十多年之后再回首，深感这真是我的福气和福报，经常可以享受：在一起！

月有阴晴圆缺，人有悲欢离合，此事古难全。当我们亲历了亲人之间爱的难度和限度的时候，我们会想到友谊；当我们领略了朋友之间爱的难度和限度的时候，我们咀嚼孤独；当我们情到深处人孤独的时候，千里共婵娟的明月，让我们在一起。

2020 年 10 月 1 日，是一个双节相逢、家国同庆的好日子。让我们举杯邀明月，天涯共此时！

感恩遇见，姐妹情深

我有很多好姐妹，既有爸妈赐给的血亲姐妹，又有自己遇见的缘分姐妹。

爸爸妈妈就赐给了我三个亲爱的姐姐，虽是同胞姐妹，但长相各异，性情更是大相径庭。我们小时候形影不离，中年各忙各家，如今倍加懂得和珍惜。从小就得到姐姐们的呵护，不要搞吃，不要做家务，导致我最擅长的就是读书和玩乐。小时候的乐事和糗事，满满的都是欢乐和温暖，几乎没有挨打挨骂的记忆，唯有一次所谓的“创伤”记忆，就是在姐姐的带领下，去河里偷学游泳，被妈妈罚跪一个小时的搓衣板，现在想来满满的都是爱。一直对姐姐们心怀感恩，她们成就了我许多的岁月静好，如今的我总想把得到的“福报”分享给她们。

人因相同而联结，人因相异而成长，不论是自己的耕耘付出，还是闺密的臭味相投，岁月让我沉淀了许多的好姐妹。虽然没有血缘关系，但彼此不断地收获着不是亲人胜似亲人的情义。有特别愿意付出和责任担当的大姐大，被我们戏谑“不是我们需要她的照顾，而是她需要我们的依附”，然后继续恬不知耻地享受着她的付出和担当；有特别小鸟依人的，光享受着别人的呵护，被我们愤愤不平地“凭什么总是照顾她”，然后继续自我作践地鞍前马后；有特别任性的，稍遇一点不开心就情绪崩不住，就要转移到别人身上，被我们嗤之以鼻地“我又不是你老公，凭什么总是迁就你这个妈宝”，然后继续腆着个脸“我们‘复婚’吧”……

纵有瑕疵万点，众里寻她千百度，蓦然回首总在金子发光处。姐妹们身上的亮点彼此点燃和激发，身上的瑕疵彼此磨合和镜映。让我们越来越懂得担当，越来越懂得成全，越来越懂得边界，越来越懂得设身处地地去看见，越来越懂得陪伴，越来越懂得包容，越来越懂得珍惜，越来越懂得感恩。

一个人的人生体验是有限的，在生命最深处与各种各样的人相遇，能体验到更复杂的人性，更丰富的人性，更美妙的人性。感恩遇见，姐妹情深！

你若安好便是晴天

阿枫，与我的年纪相隔一个年轮。在她 20 岁出头去上海旅行结婚，我们在“东方明珠塔”拍下开心美照时，算是真正认识的开始吧。

乍见初识的印象，就是相貌古美，话语不多，永远浅浅的笑靥如花。当时我心中暗忖：“旧时王谢堂前燕，飞入寻常百姓家。”又一个温婉美丽的江南女子，开始了相夫教子的人间故事。

那年那月，正值改革开放万众淘金的年代，枫的丈夫“商人重利轻别离”，揣着在小城淘到的第一桶金，别妻抛子只身前往京城打拼。贤惠的枫独自带着幼小的孩子，满怀期望和嘱托，与丈夫“执手相看泪眼，竟无语凝噎。念去去，千里烟波，暮霭沉沉楚天阔”。

那时我们正值壮年爬坡，各自忙着家庭和工作，一个住长江头，一个住长江尾。待到我们再日渐亲近的时候，已是枫的丈夫回家乡 10 多年之后了。枫的丈夫并没有荣归故里，带给她和孩子的却是日渐隔膜的生活琐碎。好在天性温婉的枫，心不大性不野，随着岁月的打磨，自然而然地滋生出内在的韧性和涵容。不仅把小家庭打理得稳中有进，还力所能及地把帮助和关爱带给身边的亲朋好友。婆婆几十年如一日住在家中相安无事，在我所见所闻的日常生活中并不多见。

从她身上你能感受到生命的酸甜苦辣咸，也许有点压抑，但一点不浮夸，可以一边歇斯底里，一边有礼有节，一边不卑不亢，一边云淡风轻。我有时会好奇，学历不高、职位不广的她，待人接物怎么堪比一流办公室主任的拿捏水准。看来社会真是一所大学，生活是最好的教科书。在枫又一个丈夫不在身边，自己陪伴自己的生日之夜，我好想好想和她在一起。

时光荏苒，每个人都是一本厚厚的书。有的人书写财富和地位；有的人书写人生如初见的情爱；有的人书写不要谈情太伤感情，谈钱就可以了；有的人书写天赋异禀的卓越；有的人书写不要神的光环只要人的平凡；有的人书写天降大任于斯人；有的人书写超度众生的慈悲；有的人书写来地球旅游一趟的及时行乐；有的人书写艺术的人生和人生的艺术；有的人书写感恩和博爱……我读到的枫的书写：女人的幸福不仅是为了追求爱和理解，更是把平凡的生活过得安心和舒心。

生活可以是千篇一律的柴米油盐酱醋茶，但绝不是千人一面的白皮书，每个人都会书写自己的华章。这个世界是否美好，每个人在很大程度上，取决于是否得到身边人的善待，以及自己是否悦纳自己。所以，每个人需要有一份善待他人的责任，以及悦纳自己的能力。

岁月如梭，花开花落，你若安好便是晴天！

不会错过的女友

有缘千里来相会，无缘对面不相逢。我和安琪近在咫尺，擦肩而过而没有错过。

她并不是我的故交，虽然生活在同一个城市，而且居住距离不超过二十分钟车程，但以前并不相识。只是因为彼此老公的工作关系，我们才由路上的陌生人，走到了今天的情同姐妹。

安琪的身材高挑婀娜，眼睛不大但很有精气神儿，完全没有这个年纪女人常有的混浊和空茫。皮肤也光洁少皱，头发更是让人羡慕的黑亮柔顺。说话、走路一贯的轻柔缓慢，一惊一乍从来都不会出现在她的身上，总是一副波澜不惊的“德行”。在她身边你休想跳快三，只能晃慢四。

开始跟她相处觉得很是乏味，几乎没有互动和反馈。你“带她”走南闯北吃喝玩乐，她好像从没想到要回请你一下，每次外出打车几乎不买单，像个孩子似的总是需要你的照顾。同行的伙伴多有微词，我心里也犯嘀咕：这人咋这样不食人间烟火呢？

是金子总会发光，是宝玉总伴温润。随着时间的流逝，相处的频繁，我发现她是那样的朴实、那样的本真，就像一块宝玉在我身边，时时温润着我。她从不争强斗胜，也不会故作天真，不像通常的我们习惯显示自己的冰雪聪明、引导潮流的气质、精明不糊涂拒绝被耍、追求有品质的生活、好为人师、打车抢坐在副驾上买单很有担当的样子，诸如此类。她从来不会神经质般地幸福到天堂或痛苦到地狱，那份宁静、那份安详让你着迷。她从不会花言巧语说好听的话，也不知道怎么带动别人开心，不像我们是人是鬼，都已习惯把廉价的赞美统统往外抛。

她从不掩饰自己的烦恼和无知，说起自己的烦恼和不顺，就像说天气预报一样平常，决不会欲说还掩或抱怨不休。不像我们总习惯展示自己的长处，遮掩自己的短处，刻意地把“更好的我”对外示人，把自我防御之墙筑得高高的。她既不怕你笑话，也不在意你可能会有的幸灾乐祸，她的那份本真、那份坦然让你怦然心动。

现在的她，在我的感染之下（或者说是“污染”之下吧），也学会了“礼尚往来”。好久不见了，她会打个电话说“想你了”；我不舒服她会问候一声以示关心；三八妇女节她女儿孝敬她想表示一下，她就让女儿请我们这些狐朋狗友到歌厅狂欢一把。突然之间，我发现自己身边竟有了这样一个宝贝女友。她能让你安静、舒缓、无压力、无防备，静下来、慢下来，再静下来、再慢下来。也许她浑然不觉。

我的玩伴各种各样，她不同于我所有的玩伴，我想她与通常的我们最大的不同就是：天生地全然接纳自己。不像我们不容易满意自己，总觉得自己应该比现在的我更好，而她觉得活的就应该是现在的这个样子，不需要任何的矫饰和刻意。

如果我们能放下轻率的评判，保持好奇地慢慢了解一个人，不以自己惯有的思维和固有的角度，去看待一个生命，将会发现身边许多的美好并非传说。

慢下来，会感受美好

静静地坐在上海虹桥机场，慢慢啜饮着意式咖啡，悠闲地打发着候机时光。偶尔抬起头，一缕阳光正从睫毛丛林里掠过，其实，那是肉眼看不见的移动，只是自己的意念在随着光阴漂浮。

多次来上海，唯有这次一改往日的行色匆匆。没有急急地去观光景点，逛街购物，医院候诊，赶往培训地，而是静静地待在住宿地，看看书溜溜网听听课，累了就看看上海电视频道。猛然发现慢下来的时候，才能细腻地感受一个城市。上海确实很繁华，气宇轩昂或魅力优雅随处可见，无处不在的细节冲击着你的视觉和听觉。举目四望到处都是行色匆匆，反而提醒了慢下来的我，怎么旁观世态和享受生活。

一个城市，经济发展到一定程度，有钱有闲阶层涌现的生活方式，会被媒体推波助澜，成为众星捧月般的追寻。中国历史文化悠久，但金钱文化并不悠久。这次深深感觉到上海在物质膨胀的时代，如何锤炼一个城市健康理性的金钱文化，舒缓金钱对心灵的冲击，也远远走在了其他城市的前列。不论是在地铁、公交、街头等大众场所，还是在商场、酒店、宾馆等高阶极地，无处不在的、毫不声张的点点滴滴，都在没有任何说教痕迹地告诉你，怎么享受生活才是正道。

仅从电视节目的基调来说，如果说中央台是告诉你国家大事，其他地方台告诉你天下杂事，那么上海台就是告诉你天下事和国事之中的家事，怎么活出生命的从容姿态。当小城的人们还在把小资情调当作炫富、时尚的心理标签时，生活在上海的许多公民，已经走过了以“明显有钱有闲”作为身份标志的文化盛行阶段。他们明白在日常生活中，尽可能表里如一地“活出”自己，对身心很健康，对生命很呵护。

按照马斯洛需求理论，满足基本需要的物质富裕了，人会自然而然地追求更高层面的精神富足。一个人如此，一个城市也如此，一个国家亦如此。过去总说大都市是年轻人奋斗的地方，不适合中老年人生活，其实谬矣。不论是精神文化生活的丰富，教育资源的优质，还是医疗水平的高超，或是整个城市的从容态势，都是适合中老年人居住的。或许，大都市赚钱节奏快，导致它更懂得在尽享物质的繁华之后，怎么回归生活的本色品质吧。

都知道本真的生活，其实极其简单，物质需索并不太多。只是被引导被膨胀被攀比的物质欲念，让人们忘却了生活本来的模样。慢下来，再慢下来，才会感受生活中的许多美好。

不想当爷爷，只想当孙子

“爷爷，爷爷，快去买菜，不然超市里好吃的菜又空了。”

“就知道吃、吃、吃。”

老孙在孙子和孙女的催促声中，恋恋不舍地离开了电视中的“俄乌之战”，脱下忙完早餐不久的居家厨房装，换上外出采买的行头，拿上几个大塑料袋放进带轮子的买菜小推车里，戴上口罩和手套，捂紧帽子的边沿，裹着室内暖气烘烘的余热，钻进了雪花飘飘的空荡荡的城。

街上仍有不少居民在排队做核酸检测。望着风雪中的医护人员、社区工作人员和志愿者，让老孙想着都心疼，这些年轻人的父母，该多惦念自家孩子的安危和冷暖哪。纷飞的 3 月下旬的降雪，让闹哄哄的反弹疫情沉寂了不少，也让今天的老孙心情低沉了许多。回想昨天的“家庭合议”，心有戚戚焉。

疫情封城好几天了，厨房采买一直是家庭中的大事。昨天儿媳主动请缨，说周末休息她去买菜，可大孙子说啥都不肯，担心妈妈染上新冠病毒，要让爸爸去。可孩子爸说挣钱养家太累了，周末只想躺平休息，并调侃儿子说，如果爸爸发生意外，你们怎么活命啊？这时奶奶说，我的祖宗们都别争了，明天我去买菜。“哇——”这时小孙女突然哭了起来：不行不行，奶奶万一中毒死了，谁陪我玩儿啊，还是爷爷去吧。大孙子立马附和着说，对对对，爷爷结实百毒不侵，再说爷爷万一病倒了，也不影响全家的生活呀。爷爷板着脸：臭孙子，爷爷辛苦一辈子容易嘛，连死都要一马当先？哈哈，幸好只是一个家不是一个国。最后，全家六人一致通过让爷爷去买菜。

“老孙，今天咋你出门买菜啦？”隔壁老王推着一推车菜从超市出来，贼笑着问。老孙将头摇得像拨浪鼓一般，把昨天的“家庭合议”一五一十地说给老王听。最后，虚心讨教般地问：“王兄啊，你说这年头当爷爷咋像当孙子一样呢？全家人命都金贵，就我命贱？”老王拍了拍老孙的肩膀：“兄弟呀，你这算人民内部矛盾，不是啥大事。你知道我那富豪亲家公咋说的啵？”

老王儿媳妇的爸，一喝起酒来，就爱跟老王嘀咕：亲家呀，你说如果抗疫成本10元，8元来自像我这样的纳税大户，2元来自像你这样的工薪阶层，而生命攸关时刻，医疗资源人人均等，这公平吗？这权利和义务、风险和收益匹配吗？如果你换了是我，你会咋想？

老王还从来没琢磨过这里面的玄机，被亲家公这么一问，还真潜思暗想了一番。之后每逢俩亲家喝小酒，老王总是认认真真地给亲家公斟酒：你奋斗还真不只是为了自己，真是为国家做了大贡献。老王宽慰老孙说，家是最小国，国是千万家。生命的本源没有贵贱之分，但一个生命从剪断脐带的那一刻起，就开始了“社会人”的进化历程，一个人就不仅仅是属于一个家了。家又有国，国又有世界，世界又有地球，地球又有星球宇宙，芸芸众生在一起怎么相处哇？能像你家“谁去买菜”那么简单吗？

“丁零零丁零零”，老孙指着手机说越洋电话来了，挥挥手跟老王别过，约着改天喝茶侃俄乌战争。然后匆匆摁下手机免提键，一个磁性却有力的声音响起：“老孙啊，你的孙子们都还好吗？”“普京爷啊，我的孙子们都挺好的，只是我这个当爷爷的不咋的。您说绝不接受跪着生的命运，我实在是佩服您老人家的勇气和坚毅，可如今我觉得跪着当孙子也挺好的。”

“爷爷，爷爷，闹钟响了，快起来去超市买菜了。”老孙揉揉惺忪的睡眼，恍惚地看着沙发边的孙子和儿媳妇。这时只听见儿媳妇说道，今天爷爷也不用去买菜了，爷爷辛苦了一辈子，现在每个月8000元的退休金，还是家里的第二大顶梁柱呢。今天咱们全家叫外卖，想吃啥就点啥。

呵呵，老孙这才缓过神来，原来是大梦一场。

惊艳的加拿大魁北克古堡

年味儿

小年一过，年味儿应该越来越浓。可如今的人们，似乎越来越感觉不到年味儿了。

我猜测原因有三，而且多与“吃”有关：一是年长者的年味儿，多与小时候“吃”的记忆关联，平时馋得吃不到的东西，过年的时候统统都可以吃到。二是年轻人没有食物匮乏年代的体验，很多人不愁吃不愁穿，过年吃的东西在平日里想吃就吃。三是中国年味儿的主流文化样式，还是全家团圆的“吃、吃、吃”。就像电视里采访外国人“中国的年味儿是什么”，许多老外回答的就是“吃吃喝喝吧”。

如今年长者和年轻人，在这个“吃”上都找不到感觉。过去年味儿的核心记忆，应该是平时得不到的渴望，在某个时刻肯定是可以梦想成真的，而现在完全找不到这种心满意足的时刻。旧的破不了，新的又立不起来，于是，被强加的年味儿，在期待中却是被淡化着的。

年味儿的感觉和婚恋观一样，不是一成不变，而是有历史阶段性的。旧社会女子无才便是德；20世纪三四十年代，一个抽烟、喝酒难以捉摸的性感女子，被看作魅力十足；五六十年代女子相夫教子、温良贤淑被视为榜样；而如今不会绽放的拘谨淑女，却被认为是白开水般的索然无味；有人公开宣称“宁可坐在宝马车里哭，也不愿坐在自行车上笑”，也喧嚣一时；不论俊男靓女，都高喊着赚钱比结婚更重要，晚婚晚育、不婚不育，也见怪不怪了。

现在的年味儿，演变是必然，创新是正道。各种各样的过年玩法层出不穷。回老家探父母的，外出旅游的，跟共同爱好的摄友、歌友、跑友、球友、笔友、驴友远足撒欢儿的，宅在家里玩游戏、追剧、打牌、走家串户美食的，一刻也不想放松的工作狂人，跟平时没啥两样的平平淡淡过大年……总之，年味儿的核心记忆，就是一年到头难以实现的愿望，在此时此刻要让自己梦想成真。

你心里的年味儿是什么呢？也许说不清道不明，不过有迹可循的是，你的时间、空间在哪里，你的年味儿也十有八九在哪里。

说来就来的一场投缘茶叙

晨起拉开窗帘，明媚的暖阳无所不在，顿时心情欢呼雀跃。就像久别恋人的意外相逢，把沉积日久的离情别绪一扫而光。

经历了春节前后39天的阴霾沉沉和雨雪霏霏，终于迎来了第二个有灿烂阳光的日子。一直以来，雨雪阴沉的天气，此起彼伏的疫情，使得人们大部分的时光，都是宅在家里度过。人生一世，孤独，是必须去学习独自承受的。寂寞，却可以有很多的办法排解。这么阳光明媚的日子可不能虚度，坐在书香弥漫禅茶氤氲的茶室，把每天上午必喝的绿茶缓缓泡好，情不自禁地拿起手机，给几次要相见又一直六年未见的好友发语音：今日阳光正好，能饮一杯无？她秒回：今日不见更待何时！发定位。

大约一个小时后，我们在茶室的门口来了一个大大的熊抱，还嘻嘻哈哈地转了一圈。她依旧丰腴而不臃肿，散发着满满的女人味，每每靠近她，会恍然而生难得一嗅的荷尔蒙味道，犹如男人和女人之间的味道。她的眼睛已由往昔的忧郁变成了柔和似水，高挺的鼻梁永远那么诱人，笑起来一口洁白整齐的牙齿，总让人想起韩国美女，良好的肤色和气色，让我有点提着的心一下子松弛了下来。她一一放下带给我的小礼物，包装精美的“上海故事”丝巾，以及我最爱的和路雪香草冰激凌和肯德基蛋挞，就再次开心地“呵呵呵呵”拉着我的手，双双坐在了茶台边。

回想11年前，我们在同一个培训班里相遇相识相知，她比我小19岁，我们俩是至今都没有彼此走散的忘年之交。虽然线下六年未见线上偶尔交流，但于我于她，都是那种从来不需要想起永远也不会忘记的状态。她给我的印象一直是感性聪慧、健谈善表达、极具亲和力、拼力向上生长以及掩饰不了的不开心。那时她自己开了一个80平方米的超市，儿子刚刚6岁，丈夫做小生意经常需要游走在周边的外地城镇，夫妻关系正处紧绷期。她极其坚韧，开店、带娃、洗衣做饭、学习考证，而且歌儿唱得特别好听，带有极强的灵魂味道。

至今我都记得她曾分享过的一件事，在她最崩溃的时刻，某一天弯腰拾笔起身抬头，突然看到面前一个精神不怎么正常的流浪汉——那双空洞的眼睛！才发觉自己是多么的幸运。生活虽然艰辛，但生而为人，有父有母有子有夫有饭有衣有喜有悲有事做有书读，生活再怎么不美好，也不会像流浪汉那般，无依无靠无爱无恨无喜无悲无牵无挂……

闺密相见永远都绕不开两性关系的话题，我们之间无须长篇的故事梗概，也不须生动的细节描摹，寥寥数句，我就知道如今的她，既不是愁云惨雾，也不是云开雾散，而是云淡风轻了。因为从她嘴里不急不躁不紧不慢地说出："其实，所有的两性关系最终还是自己与自己的关系。"我就知道哪怕她只经历了一个男人，也是一个真正蹚过男人河的女人。目前，她会像大部分的夫妻一样，在责任感和彼此依赖的惯性中共同生活下去。不管将来如何，于她而言当下都会去珍惜彼此愉悦彼此温暖彼此成就彼此。

茶叙的中途，我们几次都不由自主地十指相扣，两眼相对清澈见底。我把她带来的冰激凌滴入青绿色的茶水中，在冷热碰撞的那个小点点区域，形成了一种看不见的能量流，瞬间使那一小点混合着冰激凌的茶水快速地旋转起来，犹如前不久冬奥会上那又美又力的冰上芭蕾，真是开心美妙极了。嗅一嗅冰激凌绿茶，尝一尝久违的蛋挞，我们尽情地享受着自制的"只此青绿"。此刻，人间值得！

接着我们又天南海北地神聊，职业转向、学习瓶颈、各类人群、业余时光、唱歌技巧……不知不觉又兜圈到“自我成长”的话题上，我又“被”好为人师起来。我耐心静心地倾听她分享某知名张女士“如何梦想成真”的网课，架构和案例确实非常精彩，我偶尔插问一句：“然后呢？”她又非常投入地接着分享，我又永远只问一个问题：“然后呢？”然后没有然后。

听完她的分享，我也跟她分享了我的一个阅读体会：阅读理论类书籍和阅读工具类书籍的不同。前者只需要了解作者阐述的有关知识理论就行，而后者却是跟自己是否行动有关。也就是说，任何实用性的工具书，都不能解决该书所关心的实际问题，只是提供某种可操作的工具，实际问题永远只能靠某个人使用这个工具的某个行动才能解决。比如阅读达尔文的《物种起源》或洛克的《论人类悟性》，你只需要了解作者的理论假设、逻辑论证、最后的观点就行。而阅读《游泳入门手册》《如何成功创业》之类的实用工具书，就不仅仅是知道有哪些原理和技巧就行，哪怕作者给了N多的秘籍，如果你不潜到水里游或到市场上谋生，你又只是“吃”了一大堆的知识而已，永远无法消化吸收和知行合一，永远都学不会游泳或赚钱。

最后，面对让我在乎的人，我又藏不住地直话直说。那个“如何梦想成真”的网课，仍然只是一个“自我成长”的课程，并没有在行动上给你“梦想如何成真”的工具和可操作性办法。就像很多光有框架性的指导纲领，没有实操性的实施细则一样，都难以产生行动和结果。同时又忍不住好为人师地建议她，不要在“自我成长”的圈子里玩得太久，否则会导致行动力更弱。好在她对我的“犀利”习以为常，我能感觉到她的些许不舒服，但她嘴里仍能真诚地说出“原来高人就在眼前”。

我们言犹未尽，餐桌上又边吃边聊。讨论如何设计一堂两小时的线下课程架构，针对习惯被动型地接受知识和喜欢主动型地参与课堂体验的不同学员，如何开场，如何与学员互动，如何让学员之间互相碰撞，如何收课结尾，如何当场让学员拟订一个行动计划，把学到的知识点践行到第二天的工作或生活当中……时间在窗外光影的移动和窗内口水的咀嚼中慢慢流淌，一直都在更多的聊她，最后她问："你的目标是什么？"

我发自肺腑地与她分享，我没有通常意义上的大目标，只有随心所欲的小愿望。当下时段想干什么，就用心静心慢心舒心地浸润其中。觉得这个年纪设置目标，不过是又一个执念而已，人生的不同阶段，不会总是让思维来决定某个目标，更多的是会听从身体的声音，来拥抱整个生活。而且于我而言，从年轻时就属于享逸型的人，选择尊重身体比尊重意志更优先，我没有亏待生活，生活也报我以厚爱。同时告诉她，如果我在她这个年纪，也会像她一样为了目标咬住青山不放松。我还会像母亲对女儿般絮叨，等你到了父母已经衰老，并且开始渐渐离去的年纪，甚至到了父母已经离去而自己也逐渐衰老的年纪，世界会有怎样的不同。

走出茶室，微风拂面，暖阳下我们并肩散步，异口同声地感叹：多么美好的一天！分别的路口，我们再次相拥：深知，这次相见的珍贵；相信，下次相见的不同。

茶聊时光心无旁骛

辑五

懂点心理学，找回澄澈的眼和湛蓝的天，让生活通透而自在

远离暴力沟通

有一次，在机场办理登机手续，排队站在我前面的三个人正在发生着争执。我很好奇。

从年纪上看，像是爷爷奶奶带着一个刚上初中的孙子。奶奶在大声激烈地斥责着男孩儿喜欢惹事，说最怕也最讨厌跟男孩儿一起出门，以后再别跟她一起出门了。男孩儿轻声缓慢地辩护自己没错，并在手机上不停地操作着。爷爷在一旁，有一句没一句地赞同奶奶对男孩儿的批评。

旁观的我听明白了，他们仨打的到机场，男孩儿认为被的士司机绕路黑钱了，要在手机上投诉。奶奶爷爷认为，出门在外不要惹是生非，制止男孩儿的行为，而男孩儿仍坚持自己的行为。实在看不下去的我，轻轻地拍着无助男孩儿的肩膀，聊了几句，意思是说，孩子你的行为没有错，奶奶的生气也没有错。你有权利也有能力维护自己的权益，同时，还履行了净化社会空气的义务，我很欣赏你的做法。奶奶激烈反对你这么做，是她深知人生地不熟的地方，外地人很容易吃亏，后果也很可怕。对她来说出门在外，你的安全是她最重要的事情。

男孩儿瞬间泪光盈盈，脸在抽搐，无法表达出来的委屈和长期的压抑被人看见，才会这样真情流露。我不知道，如果他的父母在场，会有怎样的反应，但此刻我真想抱抱他。这时，奶奶缓和而坚定地对我说，你不要管。我立刻闭了嘴，并轻轻微妙地鞠了一个躬。

我长期近距离并深度地接触年轻人，见过太多太多刻骨铭心的场景，那些痛彻心扉或喜极而泣的画面，经常在我脑海里闪现，让我无法在现实生活中漠视这样的场景。真希望中国也有一条法律条文，干涉制止这种家庭暴力沟通。

见过很多年轻人，为了改善与父母的关系，参加各种心理疗愈和个人成长的培训班。诉说着自己与父母相爱相杀的日常生活，怎么炼狱般地走过与父母的和解历程，释放着长期以来不被看见、不被理解、不被尊重的痛苦情绪。看到他们拼尽全力地去蜕变成长自己，只为与这个世界最亲最爱的人，不要渐行渐远。再看看许多自以为是、麻木不仁、不思成长改变的父母，我真是深深地感受到，孩子们的善良清醒和成年人的自私麻木。怪不得说：谁最痛，谁才会去改变。

你被暴力沟通过吗？

当你回到家里，跟父母诉说校园里的人际关系被边缘化的苦恼，你的父母是认真聆听，理解青春期的你对朋友关系的渴求，看见你想从父母之外的他人关系中，重新构建自我的需求，还是粗暴地对你说教，同学朋友关系有那么重要吗，一毕业跟你有几毛钱的关系啊，你的重中之重是专心学习提高成绩。

当你的配偶从职场回到家中，对你抱怨非他莫属的机会被他人取代，你是耐心倾听他诉说曾经的酸甜苦辣，理解他为了单位为了自己为了家所做的付出、担当和委屈，看见他多么需要能力被认可、付出被值得的心理需求，还是责怪他就知道抱怨，就是能力差，情商更不如人呢；当你的“死党”被上司批评或被配偶怒爆，你是同理心地去倾听，还是说教式地劝他从自身找原因呢？

沟通并非独白，而是对话，而对话的过程就存在着一种交涉的技术。暴力沟通常常不存在交涉，它只是独白的不断堆叠，在逐渐陷入僵局的过程中，彼此的攻击性也越发膨胀。当时似乎是弱势的一方败北，其实最终都是两败俱伤，特别悲催的是亲情渐行渐远。暴力沟通，不仅是严苛的语言和语调，更是无声的不被看见、不被理解和不被尊重，后者更是一把杀人不见血的刀。就像我在机场遇见的男孩儿，青春期的他最需要主张自我，证明存在，如果奶奶爷爷能够看到这一点，男孩儿又会多了一个愉快的旅行体验，奶奶爷爷也会少了一个生气的早晨。

祈愿每个人能被温柔以待，远离暴力沟通，预防生活中不必要的遍体鳞伤。

天使还是魔鬼，你的地盘你做主

这几天，韩国的新冠疫情发展迅猛，韩国人不断地入境中国。我的一个闺密跟我视频了一个多小时，为她远在韩国留学的儿子焦虑不已。

她在纠结儿子要不要回国。一会儿担心在韩国被感染，得不到及时的医疗救治，没人照顾。一会儿又恐惧在回国的途中感染风险更大，反正就是无处安放自己的焦虑情绪。我们都有体会，当生活中遇到难以摆脱的困境，一个显著的症状就是各种情绪纷至沓来，焦虑和恐惧让你食之无味寝之不安。

焦虑，是一种不祥预感而引发的烦躁情绪；恐惧，都是以“如果”开头，但并不必然发生的糟糕导致的不安情绪。事情的不确定性或备有多重的选择性，是产生焦虑的根源，通常不是面临现在而是指向未来。情绪是人身体内的一种能量，它需要释放或者转化，所以总是处在不断的变化之中，来了又去去了又来。如果情绪一直处在压抑的状态，得不到释放或转化，本来无所谓好坏的中性情绪，就会让身体出症状，行为上也会出问题。

嫉妒，是一种极想排除或破坏他人优越地位的心理倾向，是人类普遍具有的一种情绪。既藏有对他人优势破坏性的一面（绊脚石），也藏有提升自己赶超对方动力性的一面（垫脚石）。让情绪成为天使还是魔鬼，你的地盘你做主。

情绪之于灵魂，正如血液之于身体。我们不妨先来看看心理学是怎么给情绪定义的：情绪是个体对外界刺激的主观体验和感受。也就是说情绪不仅与刺激源有关，还与个体的主观认知活动密切相关。而每个人的认知活动又与个体的先天遗传、成长背景、家庭教育、知识储备、生活阅历、经历的重大事件等因素相关。由此可见，情绪是身体和心理的双料产物。

情绪 ABC 理论告诉我们：人的情绪 C 不是由某一诱发性事件 A 引起的，而是由经历这一事件的人对这一事件的看法 B 所引起的。这些看法就是我们对一类事物根深蒂固的一贯认知，即核心价值观，也常常是引爆我们情绪的导火索。

试想一下：如果你 17 岁的女儿比规定的时间晚了两个小时到家，你是怒火中烧还是仅仅只是担心？如果你表达担心，她会道歉；如果你表达愤怒，她会叛逆。这些不同情绪的背后有着怎样的认知呢？如果你的配偶未经过你的同意，就花掉了一大笔钱，你的反应是愤怒责怪，还是心平气和地谈一谈？如果我们的另一半，指出我们在做事时走了弯路，这种自己的智慧不被认可的感觉，是让你恼羞成怒，还是试着接受这种建议呢？如果在你看来应该得到赏识的一篇报告，却遭到老板的批评，你的反应会是俯首听命还是据理力争呢？你的做法会让你免于遭受进一步的打击，还是会使你的老板对你刮目相看呢？你能否掩饰好自己的真实情绪，并作出符合职业水准的反应吗？

情绪是我们一辈子都甩不掉的爱恨交加，从某个层面来说，人一辈子活的就是一个情绪。情绪没有对错之别，但情绪导致的行为却有好坏之分；情绪不是作为一种独立实体而存在，而是存在于我们与他人、与世界、与自己千变万化的关系当中；处理情绪确实男女有别，女人更需要吧啦吧啦地诉说和倾听，男人也许一壶老酒独钓江边，归来仍是少年。

人们常常没有发觉自己对待情绪的方法，往往就是从小习得的三种：发泄、压抑和逃避。长大了再也不去好奇，还有什么更好的办法与情绪相处。管理情绪，不宜骄纵本能地发泄，或理智性地压抑，或习惯性地逃避。而要学着去读懂情绪背后的不合理认知，以及自己从小到大与情绪相处的习惯模式。几乎所有焦虑和恐惧情绪的背后，都是不能处理好与自己的关系：不懂自己、不接纳自己、不放过自己。其实，与情绪喝一杯聊一聊，既不做情绪的主人，也不做情绪的奴隶，只做情绪的朋友和知己。

有个经典的说法是：智商高情商也高的人春风得意；智商不高情商高的人贵人相助；智商高情商不高的人怀才不遇；智商不高情商也不高的人一事难成。行走世间，每个人的人生经历千差万别，但体验到的喜怒哀乐各种情绪却是相通的，无论贫富高下，都会面临着同样的情绪困扰和心灵困境。每个人具备良好的心态不易，拥有稳定的情绪更难。

有时候，这个世界没有别人，只有你和你的情绪。是和天使相伴还是与魔鬼纠缠，你的地盘你做主。

玩转情绪小妙招

什么叫“延迟满足”？

当我们学会走路，就被父母训练怎么上厕所，把屎尿憋着跑到卫生间去拉，就会被成年人赞赏，甚至还有糖果或玩具奖励。如果像以前那样随处拉到地板或裤子上，就会被成年人训斥甚至打屁股。这就是我们每个人最原初的“社会化”进程，即甘愿为长远利益而放弃即时满足的能力。

想干嘛就干嘛，那是动物或“原始人”的低级本能，人是不同于一般动物的高级动物，慢慢长大的“社会人”，学会了控制自己的本能，不能想干嘛就干嘛，需要学习理智与情感的平衡。

这个时代强调“情商管理”，情商管理的核心就是管理好自己的情绪，提高情绪智力。如今校园式“智商”教育的工具越来越发达，而非组织性的“情商”教育途径却日益逼仄。情绪智力更多的是依靠灵动的日常生活加以习得的，而非父母耳提面命的教导。比如解决冲突的能力，更多的是与父母、兄弟姐妹或同伴，在自由玩耍的磨合互动中学来的。

但是今天的父母们与祖辈相比，工作的时间更长，流动性更频繁，竞争碾压赚钱的压力更大，陪伴孩子的时间大为缩短并且粗糙。加之孩子们大部分的时间和空间，都是在校园和家之间辗转，像过去那样在街头巷尾自由玩耍的时间和空间极少。导致孩子们受组织型和成人规则的训导偏多，而在非组织化的休闲打斗中，靠自己协商磨合解决罅隙与冲突的能力，得到培养的机会减少。凡此种种，都使如今的儿童失去了这些提升情绪智力的宝贵机会，也让奋力拼搏的父母痛失再也回不去的天伦之乐。

纵观历史杰出人物，或世界五百强首席执行官，以及我们身边官场、商场、情场有所作为的人士，往往“受聘”是因为智商，“解聘”是因为情商。你会发现职位越高，智商和技术能力指标的重要性就越低，情商指标的要求就越高，外行领导内行的现象也就不足为怪了。智商更注重从局部论对错，情商更善于从整体理平衡。李嘉诚曾说：“用智商解决问题，用情商面对问题。”说的应该就是这个意思吧。

不是要标新立异强调情商比智商更重要，而是今天的人们情商的脚步跟不上智商的脚步，身上理性与感性的生态太过失衡。既然情商主要是管理情绪的能力，情绪又如影随形地跟着我们行走天涯，而“原始人”的本能使我们做不了情绪的主人，“社会人”的理性使我们也做不了情绪的奴隶，那就和它做朋友吧，既然是朋友，就得跟它好好玩儿。

韩国济州岛的惊涛骇浪

以下是我整理的自己在举办情绪管理讲座时的小部分文字稿：“玩转情绪的小妙招”。你“接收”到的是说教（会伴随厌恶情绪）还是分享（会伴随愉悦情绪），你的地盘你做主。

提高情商的小妙招：

一、“不应期”离开现场

达尔文在他极具前瞻性的著作《人类与动物的情绪表达》里，描述了他对一条蛇所做的实验："在动物园南非大毒蛇馆的厚玻璃外面，我把头靠得很近，决心当蛇攻击我时绝不后退，但蛇真的攻击时我的决心化为乌有，我大吃一惊快速向后退了一两米远。面对着这种从未经历过的想象中的危险，意志显得无能为力。"

研究表明，情绪会在几毫秒的时间里，迅速控制我们的行为、语言和思维，大概要过10～15秒情绪才会渐渐平复，这个10～15秒的"不应期"还会因人而异。所以，当我们碰到正在歇斯底里的人，情绪在程度上特别激烈、在波动频率上特别频繁的人，不要去讲道理争对错，如果不能安静地倾听他，最好的做法就是离开现场，把彼此的物理空间隔开。等待当事人情绪平复，常识和理性回归的时候，再去做有效的沟通。

二、提高情绪的觉察力，是管理情绪的第一步

我们经常对他人的情绪说不清道不明，对自己的情绪也常常剪不断理还乱，甚至自己已经被某种情绪裹住了还没有意识到。连发生了什么情绪都不知道，还怎么谈得上管理情绪呢。所以，提高情绪的觉察能力，是管理情绪的第一步。

如何觉察呢？情绪在身体上有三大信号，我们可以从面部表情、声音和生理反应上去觉察情绪。比如，全世界的人都会这样表现：高兴时嘴角会上扬而非下垂；惊讶或激动时会对刺激物目不转睛，脸色涨得通红，声音也提高八度；运动员在完成一项高难度动作感到自豪时，通常表现在举起的双手上；愤怒、恐惧、悲伤和厌恶的面部表情、声音高低、心率、皮肤温度、血液流动等各不相同。觉察情绪的生理信号，秒懂他人或自己无声的情绪，有助于我们对发生的事件作出得当的反应。

生活中常有这样的场景：读小学三年级的小强，周末早晨兴冲冲地出门参加学校组织的春游，可没多久就回家了，把春游背包往地板上一丢。

"学校真差劲，只是阴天又没下雨，就把春游取消了，所有的准备都泡汤了。”

“老师还不是为了你们好，担心下大雨把你们淋感冒了。再说学校对这么大型的活动，当然要考虑周全一些，对大家负责嘛。”

“你就知道讲道理，烦不烦啊。”

“难道我说的有错吗？”

“你永远都是对的！”

门砰的一声关上了，小强把自己关在房间，久而久之亲子之间的沟通就这么被阻塞了。其实，孩子懂的道理不比父母少，就是那一刻“失望”“沮丧”“郁闷”的情绪，想找个人唠一唠吐吐槽，你只要把他的情绪抱持住：“是啊，春游就这么取消了，真让人失望，这个周末好郁闷。”他接下来情绪会慢慢平息下来，该干嘛干嘛。可是很多家长最拿手的就是说教、讲道理，然后搞得一团糟。

新冠疫情严重的时候，孩子们都在家上网课，这对家长和孩子都是一次不同寻常的历练。亲子关系普遍紧张，身心俱疲的全职妈妈们，无处安放自己的疲惫、焦虑、无聊和压抑，等到丈夫下班一进家门，就会絮叨琐碎的辛劳，发泄着五味杂陈的情绪。这时，作为丈夫的你，能觉察她此时的情绪吗？就是“渴望”被你看见、被你认可她的身累和心累。可是，有的男人不是劈头盖脸地批评孩子，就是厌烦妻子爱抱怨，结果搞得孩子莫名其妙，妻子身累心更累只剩两行泪了，导致亲子关系和夫妻关系都会更加隔膜和疏远。

如果你能觉察这时的妻子“想被你看见和认可”的心理需求，并抱持住她这一刻饱涨的强烈情绪，你就不会以为她是需要你去解决问题而忙于指责孩子，或者信口开河地“有那么累吗？我上班还更累呢”而让她更崩溃。提高情绪的觉察力，学会去倾听、看见、理解、包容、尊重和分担，那你收获的将是其乐融融的居家氛围，而不是比新冠病毒还挠心的负面情绪爆棚。种瓜得瓜种豆得豆，你给予他人怎样品质的生活，你自己收获的亦将如此，童叟无欺。

三、改变不合理的认知，排查情绪地雷

同事甲和乙一起外出办事，在办公楼地下停车库迎面碰到单位领导，还没来得及打招呼，领导就径直走往电梯间，甲和乙面面相觑。甲抱怨领导傲慢，视员工如空气，连个招呼都不打；乙似乎没有什么特别的情绪涌动，耸耸肩，就问甲今天在食堂吃了什么早餐。

每个人对遇到的同一个环境同一件事，会有着各自不同的行为和言语反应，这背后都是有各自不同的心理解读。这种解读差异的背后，往往指向我们从小到大慢慢形成的核心价值观，任何人（包括自己在内）违反了这个核心价值观，都会引爆情绪地雷。

每个人都有自己独特的情绪雷区，一个人的情绪雷区也可能是另一个人的安全区。比如，四个人相约打麻将，有的人对迟到不守时特别恼火，有的人对出牌拖泥带水不流畅如鲠在喉，有的人对声东击西的话痨很嫌吵，有的人只顾看着自己手中的牌自说自话一刻也停不下来。这些不同反应里包含了各自不同的根深蒂固的认知，有的认知是合理的，有的认知是不合理的。比如从事教师职业的人，对守时很看重，遵守约好的承诺是天经地义的事，因为课堂上迟到一分钟都属于“教学事故”。但在这种非组织性的麻局邀约中，你对自己一以贯之的守时原则，坚守初心没有问题。可对别人的无时间概念，或习惯姗姗来迟被他人等候的嗜好，过于苛刻地抱怨和指责，是不是有“不允许别人做自己，只看重自己做自己”之嫌呢？我们对生活中遇到的人或事无法改变，但对人或事的一些不合理认知是可以改变的。

有一次到朋友家玩，一进门看到她家的两个孙女玩得正欢，就在我们喝茶聊天的时候，突然小宝哇哇大哭，说姐姐踩痛了她的脚丫，大宝辩护着说不是故意的。妈妈本能的反应就是跑过去看看小宝的脚丫有没有大碍，边嘀咕地教导大宝做姐姐的要多照顾妹妹。这时，大宝也哭起来了，抱怨妈妈好偏心，总是护着妹妹而批评她。妈妈就开始说教安全有多重要，姐妹互爱有多重要，也

批评妹妹不要一点小痛就告状，吧啦吧啦一大通。只就表面发生的事件讲道理，而不能去看见事件背后二宝之间永远的嫉妒和争宠，就更别说能去抱持孩子们的情绪了。

孩子之间这种没完没了的争宠游戏，他们自己最了解，养护者不必过多干预。不评判，不说教，只要去看见他们的情绪，适当的时候，把他们无法言说的情绪，帮助他们厘清并表达出来，像容器一样抱持住他们的情绪，他们自然而然就会找到他们的独有方式，去解决罅隙和冲突。而且，这种由亲身实践磨合得来，而不是听他人说教得来的处理冲突的方法，会举一反三融会贯通地运用到生活的各个方面，让他们终身受益。

其实，刚才的妈妈一直知道大宝有“妈妈更爱妹妹”的心结，她可以这样回应大宝的情绪：“大宝，你哭是觉得妈妈更爱妹妹是吗？不公平让你很伤心很委屈是吗？你能告诉妈妈怎么做，才会让你觉得妈妈也一样的爱你呢？”不论是大人还是小孩，其实道理都懂，就是情绪难缠。上面的大宝如果长此以往，慢慢形成了“妈妈更爱妹妹，我不值得被爱”的心结，随着年龄的增长，很有可能把这个认知雷区带进她的同学关系、同事关系甚至婚恋关系当中，解开这个魔咒，或许会让她与自己挣扎半辈子。所以，从小帮助孩子把难以说清楚或者难以启齿的情绪表达出来，就能提升孩子的情绪觉察力，看清楚情绪背后的不合理想法和认知，也越来越能抱持自己或他人的情绪。同时，情商提高了，还能让智商更加如虎添翼。

四、构建社会支持系统

社会支持系统，也就是在遭遇挫折和困境的时候，你能向谁第一个发出你的 SOS 求救信号。心理学研究表明：书写和倾诉可以缓解一个人的压力，倾诉的效果优于书写的效果。那么，一个嘴巴怎么才能找到一双能倾听的耳朵呢？这就要靠平时有意识地去构建自己的社会支持系统。

社会支持系统主要来自你的核心家庭，跟最亲密的人建立起深刻的链接，比如孩子和父母之间、丈夫和妻子之间、亲朋好友之间，都是我们今生的“摆渡船”；支持必须是双方的付出，单方面的依傍肯定不能长久；结构上要注意性别、年龄、同质性和异质性的有效组合，相似的人给你快乐，相异的人给你成长；好的社会支持系统是岁月的馈赠，靠平时日积月累的构建和维护，不可能是功利性的临时抱佛脚。人一辈子选择一个喜欢的工作不易，构建一个称心的生活圈子更是难上加难，敞开心扉任何时候都不晚，积极地去构建一个让快乐加倍痛苦减半的社会支持系统吧。

众所周知，我们不可能成功地管理好每一次的情绪，但这并不意味着我们不能慢慢改进。玩转情绪的小妙招，知道了并不是你的，做到了才是你的哦。

人追寻的是自己的秉性，而不是自己的幸福

安徒生童话一直陪伴着星空下的人们，讲述的故事至今在烟火人间源远流长。

那只扣着的碗

一个风雪交加的夜晚，一对老夫妻在他们贫寒的小茅屋里，坐在昏暗的油灯前，冻得颤颤巍巍的双手，正往嘴里塞着几个难以下咽的土豆。嘴里嘀咕着：遵守上帝的戒律不去犯罪，那是富人们的事情，不应该要求我们穷人也这么做。谁会在吃饱穿暖的时候，还去做那些上帝不允许的事呢?

上帝听到他们的抱怨，于是派一个天使把他们接到一个富丽堂皇的豪宅，屋外是美丽的花园和绿色的草坪，屋内有温暖的壁炉，银质的餐具，各类食物果蔬应有尽有。天使嘱咐他们，不必再担忧衣食住行，只是在任何时候，都不要打开桌上这只扣着的碗，否则，主人会赶你们出去，回到你们原来的茅屋。

这对夫妻喜笑颜开，天下竟然有这等好事。有吃有喝，还住这样好的房子，傻瓜才会在乎一只碗呢。起初他们并没有在意那只碗，可是任何幸福到了最后都会归于平淡。夫妻俩熟悉了这里的每一个角落，唯独没有去碰过那只碗，慢慢地他们开始对那只碗，产生了无限的好奇和猜测，那只碗里究竟扣着什么呢?终于有一天，那个老头大喊：不行，再不打开那只碗我就要疯了。上帝既然给

了我们这么多，还在乎这只破碗吗？于是，他打开了那只碗！

碗里空空的，什么也没有。

这时，天使又出现了，对他们说，你们有了曾经渴望的荣华富贵，却还是放不下一只普通的碗。可见，人追寻的是自己的秉性，而不是自己的幸福，上帝让你们回到自己的茅屋去赎罪吧。

像一道伤疤般的笑容

某一天，国王突发奇想：商人要发财，水手要航海，小偷要窥伺，妓女要什么呢？

他派士兵抓了几个妓女回来，全部换上漂亮的新衣服，把每个人安置在一幢有花园有喷泉的凉爽房屋里，叫她们学做精致的花边刺绣，并付给她们的报酬是以前赚的两倍，然后撤销对她们的监视。干净、安宁、有事做、有保障、自由，如今可以幸福了吧。

可是，她们接连失踪，又回到了烟花巷，不嫌苦涩地坐在风雨飘摇的巷口，脸上依旧挂着一道伤疤般的笑容，等待购买失意或孤独的过客。她对所有的过客都无所求，哪怕你给上一千支骆驼队的黄金，也还不像给过什么。打烊后的她们聚在一起喝茶、算计银两、彼此谩骂、看掌纹占卜未来。如果预测她可以跟高尚的人同吃同住干净华美的屋宇，这美妙的梦幻城堡于她不在于今世的自己住，而在于来世的自己住而已。

国王问他的儿子：人首先是受什么控制的？儿子答道：对幸福的渴望。父王道：不，是受自己的秉性牵引。如果把你送进宫殿，你在里面还是抱着昔日的欲望、昔日的怨恨、昔日的恐惧、昔日的未了心愿，那你仍旧是住在烟花陋巷。要使女人成为一首赞歌，就要给她创造一个亲手重建的家，把冷却的灶台蒸腾起一日三餐的烟火，把一把发乌的铜壶一次次擦亮。否则，她追寻的永远是自己的秉性，而不是自己的幸福。

和平岁月里的战争

如今的人们早已摆脱温饱的煎熬，却仍然汲汲营营于锱铢必较；走过坎坷童年的都市白领，仍然在两性关系里左冲右突；自幼承担家务担当父母角色的成年人，到了不惑之年仍然在群体中热切地扮演着，那么渴望被看见的默默付出的大姐大；从小被灌输纯洁、美丽、善良的天才演员，饰演白天鹅得心应手，而饰演黑天鹅却非得在自残式的涅槃重生中，才能接受和演绎人性中的卑污、丑陋和邪恶……曾经的创伤如影随形，只有大量的磨难才慢慢让人从心魔中脱胎换骨。

极具民族特色的泰国大皇宫

秉性，看不见摸不着，却比理智还强烈地操纵着一切。从一个男人回家的脚步，看不出他是迎合妻子的愿望还是在尽无聊的义务；想要摸清邻国国王的状况，不是他在做什么，而是他念念不忘想去做的是什么，就知道是哪个秉性在操纵着他，以及他今后的走向。

人追寻的是自己的秉性，而不是自己的幸福，你认为呢？

心理弹性

昨晚迷迷瞪瞪地听了一堂两个小时的网课，内容是全球新冠疫情之下，精神卫生工作者的角色。由于是外籍老师授课，需要边讲边翻译，听得断断续续很是不爽。结束后我的碎片记忆，只剩下两个关键词：西班牙流感、心理弹性。

西班牙流感是1918—1919年，曾经造成全世界约10亿人感染的传染病（当时世界人口约17亿人），近4000万人死亡（未有翔实资料），比持续了52个月的第一次世界大战死亡人数还多，也是第一次世界大战提早结束的原因之一。这个“西班牙流感”名字的由来，并不是因为流感源于西班牙，而是西班牙十分诚实地爆料了本国的疫情，而美国、法国、英国等都深缄其口。至今在西班牙，“西班牙流感”仍被称为“法国流感”。

心理弹性，是指个体遭遇逆境时，能否成功应对或适应良好。这个概念最初来自对精神病患者子女的研究，发现生活在“环境恶劣”家庭中的儿童，多数人成年之后依然能够健康成长，在人格等方面都发展良好。但也有一部分人会形成童年创伤，如果得不到及时的干预和重建，会像“心魔”一样伴随其整个人生。

心理弹性在我们的生活中有什么作用呢？目前较为一致的结论是：“保护性因素”起到关键性作用。心理弹性的保护性因素，一类是外部的社会支持，一类是内部的自我效能感。自我效能感是个体对自己是否有能力完成某一行为，所进行的推测与判断。个体在应对压力、挫折和创伤等消极生活事件时，如果能够及时获取外部的有效支持，发展出内部良好的自我效能感，对自己完成某一行为的能力，有恰当的预判和充分的自信，就能获得“心理弹性”这种生活能力和人格品质。

这里特别需要重视的是，社会支持的时间节点很重要。如果个体的保护性因素不足以承受全部压力，那么，心理弹性就会减缩、退行甚至丧失。正如身体疾病的治疗，错过了“黄金时间”，往往会导致差之毫厘谬以千里的治疗效果。

2020 年全球新冠疫情重灾之下，将导致很多人难以释怀的病耻感、被排斥感、生存无常的恐惧感以及持久的丧亲之痛。抑郁、恐惧、悲伤、内疚、焦虑、失眠等灾后常见反应，会弥漫在每个人的身边，无人能置身其外。灾难通常会降低人的控制感和效能感，这时，外部资源给予人的力量容易被放大，不论是正向的还是负向的。比如对“逆行者”“为众人抱薪者”，人们会加倍地景仰，对疫情伤害之后的二次伤害——舆情伤害，人们会加倍地反应和传播。对此，心理学专家呼吁，成年人不要天天刷来路不明的资讯，更不要传播。家长尽量避免甚至限制儿童看到恐怖画面。

面对重大灾难，人们会被“无常”掳掠着，无所不能的“大我”会悄悄退后，清晰自己局限性的“小我”会悄悄上前，能在“大我”和“小我”之间自由行走，也是我所理解的“心理弹性”的一部分。事实上，对身处困境的人们而言，能够获取当下的重大社会支持很难，更多的是来自核心家庭和亲朋好友的日常支持。所以，我总是“好为人师”地劝说身边人，学千学万，最好的学校就在身边。与身边的人，学会陪伴、学会交流、学会分享、学会“嘴巴与耳朵的相遇”、学会付出、学会得到。这样的社会支持，更能滴水成涓地缓解燃眉之急。

心理弹性，跟智力、财富、体魄等并不呈正相关（哈哈，常常越硬朗的东西反而越缺乏弹性），倒是跟获取的社会支持和自我效能感很相关。以 2020 年疫情灾难为契机，让每个人能有意识地去构建有效的社会支持系统，以良好的心理弹性应对生活的无常。

我是谁

如果让你用简短的三句话来描述自己“我是……”，你会脱口而出怎样的答案呢?

常见的描述有：

幼儿：我是赵小熙，今年 3 岁了，是一个喜欢穿粉色裙子的女孩儿。

少年：我是钱大伟，浔江小学三年级学生，我最要好的同学是大眼睛的江珊。

青年：我姓孙名昊，一个睡得最晚起得最早的高中生，是一个特别渴望自由的人。

中年：中天公司董事长就是鄙人李云天，像牛一样地工作是我的本分，滑雪是我最大的爱好。

晚年：我是退休在家的王爱莲，媛媛的奶奶，喜欢跳舞，永远爱美的老来俏。

……

不难发现，随着年龄的增长，人们对“我是谁”的描述，逐渐从年龄性别等生理特征，过渡到价值责任等社会标签，再回归颐养天年的人伦身份。人们的“自我”概念通常由两部分组成：自我图式和可能自我。前者描述的是你的性别、年龄、身材长相、性情禀赋，等等；后者描述的是你可能会变成什么样子，比如，很多人想象中的“可能自我”包括：苗条健美的自己、富有的自己、为社会和他人创造价值的自己、能说会写的自己、能歌善舞的自己、幽默的自己、健康的自己，等等。这个“可能的自我”比“自我图式”的能量更大，使得人们一方面为了变得更强大而拼搏，一方面为了被他人认可而努力。

“知道自己是谁”和“喜欢自己是谁”是两回事。比如，对自我概念越来越清晰的青少年或功成名就者，他们并不见得就会越来越喜欢自己。因为“我是谁”是人性和社会性的奇妙组合，两者之间经常打架。如今人们越来越感到，追求成功的同时，仍能享受到和谐的人际关系和温情的休闲时光，才能收获一个更加喜欢的“我是谁”。

一起来诚实地回答下列问题，好好捋捋“我是谁”吧：

1. 你有稳定的不需装模作样的人际关系吗？
2. 你晚上睡得好吗？
3. 你会因自己的成功而犒劳自己吗？
4. 你有能信任的人吗？
5. 你会享受无所事事吗？
6. 你会真爱一个人吗？
7. 你的危机感如影随形吗？
8. 你每年会安排纯粹的休假时光吗？
9. 你每月有过一次真正相互陪伴的两人晚餐吗？
10. 你每天有过开怀大笑吗？

长大了，轻松和责任的“跷跷板”好难踩平衡。我是谁，每个人有自己的际遇和玩法。记得鲁迅曾说过一句话：喜欢中庸的人，虽下不了地狱，但也上不了天堂。我想说的是：我既不想下地狱，也不想上天堂，只想好好在人间！

疫情之下的伦敦弗洛伊德博物馆

这次的网络课程比较特别，与几千人一起，在线上参观了伦敦弗洛伊德博物馆。从资深女翻译轻柔缓慢的双边介绍开场，到博物馆馆长亲自带领参观和讲解，再到学员们好奇的提问，以及馆长专业又风趣的答疑，整个过程非常过瘾地持续了两个多小时。

西格蒙德·弗洛伊德是奥地利心理学家、精神病理学家，著名的精神分析学派的开山鼻祖。他的《梦的解析》与达尔文的《物种起源》、哥白尼的《天体运行论》，并称为“导致人类三大思想革命的经典作品”。伽利略发明望远镜改变了天文学领域，巴斯德发明显微镜改变了传染病学领域，弗洛伊德精神分析改变了精神病学尤其是心理学领域。

弗洛伊德的学说与达尔文和哥白尼的不同，就是从未赢得过科学界的普遍承认，使得他既备受追捧又惨遭诋毁。但不论是他的崇拜者还是他的批评家，都一致认为他对心理学的影响，以及对西方人改变看待自己方式的影响，比科学史上的任何人都要大得多。弗洛伊德曾要求自己的女儿，在他死后的墓碑上刻上这样一句话：“他揭开了斯芬克司的谜底，他是个本领高强的人。”

不少中国人听说过弗洛伊德的“性本能”，以为一切心理疾病都是因为性的扰乱。其实他的理论主要强调，人是受潜意识支配的，所谓理性的作用极其有限；童年期的经历决定了以后的人生态度以及行为方式（呵呵，中国也有三岁看大七岁看老之说）；“本我”按快乐原则行事，“自我”按现实原则行事，“超我”按道德原则行事，人总是在这三者之间纠结前行。

我们只熟悉弗洛伊德关于日常生活中，本我和自我严重冲突的理论，但很少知道他同时又强调，冲突不是本我与自我的唯一关系，合作才是它们之间更重要的关系。他说“与本能相比，社会环境和经验对人类行为的影响更为明显”。绝大多数人是在“自我”的状态下活着，我行我素“本我”地活着与懂得取舍学会放弃“超我”地活着，都是人群两端的极少数。对现代人来说，学会减少责任和享乐之间的对立感，缓和情感和理智的冲突感，让生存不那么“压力山大”，是一种有益的启示。

“精神分析躺椅”是伦敦弗洛伊德博物馆的镇馆之宝，当年弗洛伊德进行治疗时，就是让病人躺在这把躺椅上，安静地接受弗洛伊德长达几小时甚至近10个小时的谈话治疗。躺椅的一头有个高高的靠背，将坐在矮椅子上的弗洛伊德阻挡在病人的视线之外，以避免面对面交谈的情感张力太大。在线上答疑环节，学员好奇地提问：坐在躺椅的后面，如何观察来访者的感情变化？来访者流泪了看得见吗？博物馆馆长索菲·莱顿（Sophie Leighton）轻缓地说，弗洛伊德工作非常投入、细致和小心，他爱好广泛，可并不喜欢音乐，但为了与病人开展工作，会把交谈当作音乐，去倾听每一个音符的细节，对来访者的语音、语调、语速、用词非常敏锐，会听出他们的情绪，听出他们即使泪未流而心在泣。弗洛伊德的患者大多是贵族有钱人，病人花钱是来交谈治疗的，而不是花钱来睡大觉的哦。

博物馆还收藏了弗洛伊德1600多册书籍，以及2000多件收藏品，多是从维也纳带来的埃及、希腊、罗马和东方古国的珍贵古玩，其中还有一件很小的摆在柜子上的中国袖珍屏风。书橱、案几、餐桌上是各式各样的小摆件，每一个小摆件的旁边都竖着一张硬卡片，上面是短短的评语。在一台只有半截蜡烛的银烛架旁，卡片上是这样写的：“小女孩儿正在将蜡烛放在烛台上，可是蜡烛断了无法放稳。她的女同学骂她怎么这样笨手笨脚，但是女老师却说，不，这不是她的错……一个与外界丑陋事物相隔绝，而被小心翼翼带大的女孩儿，怎么可能知道蜡烛是这样使用的呢？”也许正是弗洛伊德找到了病人问题的症结所在，才能说出这些切中靶心的话吧。

这个博物馆无论从外观还是内藏，都看得出来当年的老佛爷是相当的有钱，可如今的弗洛伊德博物馆却是捉襟见肘。众所周知，欧洲各国最近纷纷迎来第二波新冠疫情，英国首相宣布从 11 月 5 日起，英国英格兰地区开始实施第二次全面封锁，直至 12 月 2 日结束。这次线上拯救伦敦弗洛伊德博物馆的活动，就是希望与弗洛伊德爱好者们一起共度时艰，募捐二波疫情封锁即将带来雪上加霜的财力支撑。

位于伦敦的弗洛伊德纪念馆，是 1938 年由于德国法西斯入侵奥地利，作为犹太人的弗洛伊德，为逃避纳粹的迫害而被迫移居伦敦，他在这座住所里仅居住一年多时间。1939 年 9 月 23 日午夜，他的生命在安详中得到了永恒，享年 83 岁。之后这里仍然为弗洛伊德家人的住所，直到 1982 年弗洛伊德女儿安娜·弗洛伊德去世后，1986 年才辟为弗洛伊德博物馆，由独立的慈善基金会资助。

美国亨利·福特汽车博物馆，惊叹改变人类生活方式的汽车变迁与竞争史

在欧洲大陆尤其是英格兰和荷兰，是开展“博物馆独立文化运动”的最早摇篮，其目的是明确博物馆和政府的分工，以弱化博物馆对政府的过多依附，也减少“非营利精神”对博物馆发展机遇和自主权的掣肘。各博物馆的文物藏品不同，功能定位不同，社会需求也有很大的不同。记得在纽约大都会博物馆参观埃及馆的时候，从埃及运来的原汁原味的丹铎神庙“原

件”，也是镇馆之宝。据说到现在，美国还在为购买神庙支付费用，为埃及提供枪支弹药等来抵款。老佛爷的粉丝毕竟是小众，所以，伦敦弗洛伊德博物馆一直面临资金短缺和资源筹措问题，经营举步维艰，稍有风吹草动更是难以为继。

弗洛伊德博物馆在2020年疫情期间，从3月份到9月份一直闭馆，但仍然努力开展各种活动，如线上课程、线上纪念品商店、线上募捐等；同时不忘初心继续走进社区，传递健康和福祉，把老佛爷留下的非物质遗产，带给需要又无助的人们。无奈10月份曙光初现，却又来了第二波疫情，让博物馆实在伤不起。

伦敦弗洛伊德博物馆不仅仅是故居，更是一个博物馆。正如馆长索菲·莱顿（Sophie Leighton）所言，一直努力地在家和博物馆之间保持一个平衡。参观人数一直是增长的，但为了保护文物，将来会更倾向于开展博物馆的研讨活动。是啊，不论是物还是人，只有在真正喜欢他、懂他、爱他的人手里，才会被善待、传承和绽放。祈盼人类疫情的雾霾快快散去，有机会去雾都一睹博物馆云开雾散的风采。

祝福！伦敦弗洛伊德博物馆！

老司机看不见新手的难，白天不懂夜的黑

十年难得一见的同学小聚，酒足饭饱各回各家。我和闺密坐上她老公开的私家车，几经腾挪都难以从逼仄的停车场开出来。这时，站在旁边迎来送往的老班长热心相助，不厌其烦地大声指挥着："左打，再右打，往前，再往后……"闺密的老公似乎像个不听话的顽童，依然按着自己的套路，终于满头大汗地驶上了康庄大道。

整洁的沥青公路在眼前蜿蜒伸展，漂亮的路边小花慢慢地向后退去。耳边响起闺密的叹息：唉，老司机看不见新手的难，老班长指挥得再正确，对于刚上路的新手来说，都有一个眼高手低的过程，他只能按自己的方式慢慢移转腾挪。我似乎感觉到，闺密对老公在众人面前被指手画脚略有不快，于是回应道：是啊，好东西都需要时间的打磨，画技、琴技、车技、婚姻、友谊等，无一不是时间沉淀下来的精华。你能这样地去体谅老公，真为你们高兴。

其实，好为人师，即使于你是一片冰心在玉壶，而对于他人却常常是一种野蛮暴力呢。记得十年前，在一次牌桌上，我的两个好朋友发生了龃龉，通常情况下牌桌就像酒桌，说的话语是无须当真的，可以让它像风一样飘散。可其中一个朋友不罢不休，回家之后当天晚上就给我打了一个电话，无非就是谁对谁错谁有理谁无理，还觉得对方就是不友好地针对她。我倾听和安慰了一番，就各自晚安了。

第二天早上她又给我打了一个电话，我除了不偏袒任何一方地调和了一番，同时觉得跟她知根知底，也相信她能通情达理听得进去，就建议她反思一下，是不是自己有某种“执念”。我说，你夫妻俩位高权重，对方夫妻一介平民，凭啥对方会去欺负你呢？是不是自己的“自卑”在作祟？谁料想第三天她给我发了一个长长的邮件，失望、委屈、难过、愤怒一股脑儿地倾泻而出。我除了道歉带给她的伤害，之后就选择了远离。

事后我自己反思，我说的内容是一片冰心，但说的方式于她简直就是匕首。因为，所有的沟通与表达，不能超出对方的认知太多，否则会造成信息拥堵。那时那刻，彼此的理解力和悟道程度根本不在一个点上，如果找不到合适的表达方式，哪怕说得再有道理，不但解决不了问题，还会伤害彼此的关系。也许十年后成长了的她，会冰释前嫌，但于我从此时刻牢记：有效果比有道理更重要。

深知自己践行得还远远不够，但一直在路上。这条沟通原则适用于所有的亲子、夫妻、朋友、职场等人际关系。就像同学小聚遇到的停车场花絮一样，你无比正确的倒车理论，可以进入别人的大脑，但脑与手的配合还得操盘手自己一步步地来。对于需要时间才能沉淀下来的好东西，他不是不听，而是那时那刻，他不能。

心理学研究显示，人们在面对不同观点、强烈情绪和巨大风险的关键对话时，还是习惯性地沿用童年时代就根植于心的应对模式：要么逃跑要么战斗。即要么为了保全面子违心地接受错误的决定，要么道出良药苦口的事实激怒对方。比如，小时候妈妈端上一块加冰激凌的蔬菜饼，笑眯眯地问“喜欢吗”？当孩子毫不犹豫地说出“讨厌青菜”，看到妈妈吃惊又受伤的表情，以后不由暗自告诫自己：“从今往后，如果必须在说实话和不伤人之间做出选择，必须加倍小心。”不难发现长大后的人们，不论是在现实的职场中，还是在虚拟的家族群里，在面临关键对话时，很多人仍然是选择要么暴力要么沉默（逃避）的沟通模式，似乎找不到第三条路可走。

破口大骂、咄咄逼人、冷嘲热讽、玩文字游戏、避重就轻、避实就虚、自顾自说、答非所问、装聋作哑、绵里藏针、无端指责、老调重弹……成了常见的沟通方式。当我们彼此都认为，对方无可救药无法沟通时，我们都会放弃实质性的沟通，维护虚假的一团和气。表面上你好我好大家好，像一个快乐的大家庭，实质上就是一个烂了心的红苹果，金玉其外败絮其中。久而久之导致空间距离很近而心理距离很远，人与人之间的真诚和信任，也渐行渐远直至泯灭。

谁都不愿意活在这种空洞的人际关系中。信任是生命中的光，自信和信任他人，这双重能力缺一不可。许多人都有过这样的遭遇：夫妻俩在选择一个度假地点或新居装修风格时，最后完全偏离了对话框架，变成了一场“谁说了算”或“证明自己的看法更高明”的争吵。如果有充分的自信和信任他人的能力，对话就不会动辄变成争吵。对话低手通常都是毫无顾忌地自说自话，根本不考虑对方感受，或者，转移目标、掩饰问题以营造虚假的安全感。而对话高手绝不玩这种花招，他们会暂停对话，重建安全感，然后再返回对话。

对话中信任感的缺失，通常是因为我们认为，对方跟我们是完全不一样的人。其实，如果能从尊重对方最基本的人性出发，就能把对方看成和自己是差不多的人，只是双方在事件中扮演的角色不同，考虑问题的角度不同，而不是因为对方的本性存在问题。每个人一样，每个人又不一样，白天不懂夜的黑，沟通才如此之难。

我一直珍惜向我敞开心扉的人，感恩这个世界最珍贵的信任。沟通不必表现得完美，每次进步一点点，成长就不止一小点。知易行难，永远在路上，直至成为人间有爱的小暖阳。

“想要”却不“去要”的人生

现在的人们，待在“舒适区”却感受不到无压力的轻松，待在“挑战区”也感受不到挑战的乐趣；离开舒适区又害怕失去已经得到的依赖和确定，逃避挑战区又恐惧丧失独立和活力。于是寻寻觅觅，想要的生活到底在哪里？

常常听说“乘风破浪的姐姐”和“食草男”之间的爱恨情仇，不论是现实生活中还是培训课堂上，接触到不少这样的案例：一对小夫妻，已育二胎，女的外出拼命赚钱，男的宅家啃老，就是不去找工作。抱怨、劝诫、鼓励、包容、指责、争吵、威胁、冷战，十八般武艺都难以改变这个小家庭的常态。谁最痛，谁就最渴望改变。首先向外求助的通常是女方，被求助者也常常容易被女方带入“拯救渣男”的行列。某一天，向女方提问：家庭咨询是服务家庭中所有成员的，如果你的丈夫和孩子来到我这里，请你假设一下，丈夫会向我提出一个怎样的诉求，孩子会向我提出一个怎样的诉求？经过几个来回，允许大千世界家庭不止一种模式，每个家庭可以长得各种各样。女方的辛苦、委屈、不甘、恐惧自己强大后家庭的破裂以及“改造”对方的执念，都大大缓解和松动。

患得患失之间，岁月不禁蹉跎，当越来越明白自己“想要的”是什么的时候，却发现又迟迟不能“去要”。“想要的”和“去要的”之间，隔着一条长长的河——行动。这很像一个经典的心理实验“习得性无助”：最初把狗关在笼子里，只要蜂音器一响，就施以难受的电击，狗关在笼子里无法逃避电击。多次重复之后，哪怕笼门已经打开，电击还没开始，但只要蜂音器一响，狗不但不逃，还反射性地倒地呻吟和颤抖。本来可以主动地逃避痛苦，却绝望地等待痛苦的来临，这就是习得性无助。

记得九年前，我曾到一个寺院里体验闭关。问师父：佛教主张不争不抢，做自己力所能及的，就可以少烦恼多快乐。也许在寺院这个简单的环境里可以做到，凡夫俗子脱离寺院回到尘世很难做到呀。师父说：做不到是因为修炼不够。我问：那怎么修炼呢？师父说：看不惯的人看不惯的事越来越少，一是生忍，即修身养性；二是法忍，即佛教里有很多方法教你及时转化不愉快；三是忍无可忍，即包容到没有什么事和人需要你去忍的。我问：怎么能进入忍无可忍的境界呢？师父说：只可体验无可言说，就像学游泳又不下泳池，搭船又不想买船票，想学“法忍”却不想“皈依”，那顶多只能是多了一些被灌输的知识，而不能成为改变你生活的行动力。

知道了“想要”的，却不“去要”，一直让自己待在“想”中，好像我一直没停止想，就等于一直在做一样，以“想”替代“做”。于是，让自己的欲念天马行空，什么都想要，什么都去学，就是不去做。其实，生活并不需要那么多茶余饭后的知识摆设品，要学就学同时能去做的东西。就像许多人都“想要”圣域拉萨不那么内卷的生活，但没有几个人真的“去要”，只是拍几张圣域的美照，宣告自己“去要”了“想要”的诗和远方。

每个人都最清楚自己“想要”和“去要”的游戏秘籍，只是各有各的无奈。想要的工作和去要的工作，想要的老公和去要的老公，想要的自己和去要的自己……生命苦短，尽量避免“想要的”和“去要的”在自己身上空耗，真是一个珍惜生命的重要行动。

生活中没有那么多“渣男”，也没有那么多“乘风破浪的姐姐”，制作自己独有的删繁就简游戏手册，棋逢对手就不负此生了。

喝茶聊天时光

喝着淡淡的茶，嚼着喜爱的零食，聊着你我都体会过的闲天，让时间随光影慢慢移动。这样的茶聊时光，真好！

喜欢喝酒的人，似乎愿意把生活的不快一饮而尽，挥洒得淋漓尽致。而喝茶的人，喜欢把心里的不爽慢啜细品，太极般地揉来推去方才通泰。喜欢喝茶的人，似乎多是衣食无忧又想好好安顿灵魂的人，推杯换盏谈笑风生之下，常怀一颗人无远虑必有近忧之心。粗犷的人不易被情绪左右，看到飞鸟就是飞鸟，游鱼就是游鱼，生活简单而快乐；细腻的人容易把玩情绪，会构建飞鸟和游鱼的旷世传奇，生活立体而多彩。

跟后者一起喝茶聊天，透过袅袅的茶蕴，能翻转你的情绪万花筒。且啜且聊之中，把你的喜怒哀乐烹成山珍海味，让那些轻易触动或伤害你的东西，在你的人生中反哺着你滋养着你。

看似强大的人类，其实常常被来无影去无踪的情绪所侵扰，有时猛烈的情绪一拳挥过去，都不知道目标在哪里，理智再强大也抵不过“情绪”这美人儿的撩拨。不善于管理情绪的人，常常并不是被事件本身所击倒，而是被脱缰的情绪困扰着心智，损害了专注力和思考力。茶聊，已然成了我生活的一部分，淡淡的茶，纯纯的山泉水，相向而坐，诉说着，倾听着，时空静默而时光飞逝，嘀嗒嘀嗒，情绪这美人儿在时间的沙漏中摸爬滚打，慢慢历练成了人见人爱的大美女

“莎乐美”：既懂你，又不侵蚀你，还不丧失自己，让彼此在生命最深处相遇。

茶汤在炉上翻滚着，香气四溢，她让他做了一个“一分钟的忧虑陈述”。他会从一个忧虑跳到另一个忧虑，最后，演变成了大灾大难即将来临。忧虑是所有焦虑的核心，忧虑的基础是对潜在危险的警惕，目的是在危险出现之前防患于未然。通常都是习惯把“尚未发生”的威胁当作“真实”来应对，甚至把不可能发生的危险强加到自己的生活中，慢慢地忧虑本身似乎成了可以驱赶预期邪恶的护身符，进而“忧虑成瘾”。

失眠症患者常常是慢性忧虑者，其主要困扰并不是身体不适，而是令人烦扰的想法让他们无法入睡，不管多么犯困也无法停止忧虑。他们无法做到的一件事，就是别人最常说的忠告：“不要担心。”帮助慢性忧虑者的一个可行方法，就是转移注意力，让他们摆脱“忧虑”这个美人儿的绑架，而要求慢性忧虑者转移注意力又谈何容易。

生活中经常遇到这样的场景，孩子们正闹成一团，年轻的父亲一脸厌烦地对妻子说：

“你不认为孩子们应该安静下来吗？”（他实际的想法是“她太宠溺孩子了”！）

美国加拿大边境的尼亚加拉大瀑布，跑步 5 公里会让你发现多多

妻子对丈夫的厌烦表情也很厌烦，紧绷着脸回答："孩子们正玩得开心，反正他们上床睡觉的时间马上就要到了。"（她的想法是"他又来了，总是指责不能怎么做，而该怎么做就没有下文了，只知道抱怨"。）

丈夫显然被激怒了，挥舞着手不耐烦地说："我现在就让他们睡觉。"（他的想法是"她事事都反对我，我不发威不行"。）

妻子被愤怒的丈夫惊住了，耐着性子温和地说："不用，我马上让他们上床。"（她的想法是"他要失控了，会伤害孩子，我又委屈自己迁就他一次"。）

夫妻之间真实的交流，往往并不是嘴上说的，而是由他们看不见的无声想法支配的。话语，耳朵听得见，表情，眼睛看得见，而想法，只能用"心"这个工具，才能去"听见和看见"。帮助慢性忧虑者改掉忧虑的习惯，第一步需要他加强自我意识，也就是自我监控是哪方面容易引起自己的焦虑，尤其要学会识别引发忧虑的情景、最初的念头以及伴随焦虑出现的身体感觉。第二步就是对这些想法和念头，采取质疑批判的态度，学会从不同的角度看待问题，即"认知重构"。第三步是积极放松身体，坚持一项体育运动，转移注意力，防止消极情绪向全身传递焦虑信号，导致身心恶性循环。第四步是对于过度忧虑，并发展成病态性恐惧、妄想、疑病症、强迫症、惊恐障碍的人，求助医学进行药物治疗，阻止焦虑恶性循环是明智之举。此外，茶聊、旅行、音乐、阅读、影视、独自散步、深呼吸练习、购物、美食、清理家务、改扮妆容、倾诉、写作、祈祷、冥想、打坐、帮助有需要的人，都能有效提振积极情绪，挤走消极情绪。

情绪困扰的时间长度和强烈程度，是衡量心理健康与否的重要指标。每个人都有能力慢慢找到自己的"百忧解"，除了药物，别忘了臻享茶聊时光。

跨过贪婪和嫉妒，生出真正的感恩心

2021 年除夕将至，站在四十四楼的阳台上凝神静听，铺天盖地的雪花，翻飞、飘旋、坠落，热闹却寂静。伫立良久也没有听到雪落下的声音，很是感叹大自然无声而庄严的存在。

不远处的摩天楼外墙上，不断滚动着“感恩 2021，迈进 2022”的 Led 灯，让人感觉到新年不一样的主题词。过去的格调常常是“回顾 2021，展望 2022”满怀励志的亢奋，如今却是心存敬畏的低调。全球新冠疫情阴霾不散，各种变局交织上演，网络上一个个用力生活的人，蒙太奇般地更迭。人们的心态似乎回到了农耕时代：不仅要勤奋，还要有天佑。

这个调调有点像某学者说的“人生调参”，意思是人这一辈子，其实是在一些默认值下生存的，改变人生有两种方式，一种是努力，一种是调参，就是“调整参数”。比如：一家公司，从默认要融资扩大规模，到默认要盈利自我供血；一个人，从默认目标优先，到默认同时关注过程和代价。这都是时代带给人们巨大的、转折性的改变，也使人们心头的敬畏心、从容心和感恩心在潜滋蔓长。

“感恩”二字挂在嘴上很容易，而生活中五花八门的体验，以及先贤们的智慧总结，让我相信，难以跨越贪婪和嫉妒的人们，是很难生出真正的感恩心的。十年前读过一本书《嫉羡与感恩》，有很多读不懂。而十年后生活又让我读懂了书中的很多奥妙。

作者在书中详细地描述了嫉羡、贪婪和嫉妒的区别：

嫉羡：另一个人拥有我所欲求的东西，我要抢夺并摧毁它。

贪婪：远超过自己所需或别人所能够或愿意给的。

嫉妒：一种破坏他人优越地位的心理倾向，觉得是自己的心爱之物被对手抢走或陷入被夺走的危险。

嫉妒是害怕失去所拥有的，贪婪是占有不需要的或不属于自己的，嫉羡是自己得不到的，我就要摧毁它，你也休想得到。嫉妒是破坏力最弱的人性，贪婪次之，嫉羡是破坏力最强的人性。

作者发现，人们主要还是借由罪疚感或愧疚感来表达感恩，很少部分才是借由爱的表达。嫉羡的破坏力会导致罪疚感，只有嫉羡降低了，罪疚感才能减轻，享受和感恩的能力才会随之增加。而享受和感恩能力的增强，又会使个体兴趣和愉悦的多样化成为可能，又会进一步强化感恩心。

在日常生活中，我们能体验到感恩心的生发，一般需要经历三个阶段：

第一个阶段是孩子般的感恩心。当你给小孩儿糖果或玩具，他就会很开心，并喜欢你。大人也会教他说“谢谢”，孩子隐隐约约地知道了“得到”别人“给予”的享受和愉悦，就要有感恩心。

第二个阶段是成年人的感恩心。你给予他，却再也不会像孩子般单纯地接受和谢谢，会有被施舍被贬低的感觉，觉得不如别人有本事。即使一番推让之后说“谢谢”，但这种感恩伴有强烈的匮乏感，会生出自卑心、嫉妒心和羞耻心，而这都与贪婪有关。

比如，一个姑娘与一个初恋小伙儿相爱五年，在谈婚论嫁即将举办婚礼的时候，却在工作中遇到了经济条件更好、彼此更谈得来的成熟男士，这时极想逃婚做新的选择。但在内在良心和外在道德的挤压下，迟迟做不了抉择。因为，既想要更可心的伴侣以满足优越感，又想要完美的道德形象以减轻罪疚感，这是人人都会有的“什么都想要”的贪婪人性。当陷入两难抉择时，最需要厘清自己最看重的东西是什么，也就是你从小到大形成的核心价值观是什么，而不是做给外人看的被绑架的期待。遵循你的核心价值观，是做出正确选择的不二法门。哪怕从当下看不是最好的选择，但从长远看一定会是专属于你的最好选择。

这个世界上，有的人偏重“虚”的东西，比如美德；有的人偏重“实”的东西，比如物质。没有对错之分，关键是你自己要清晰地知道，你自己的“虚”其实是自己的“实”，别人的“实”其实也是别人的“虚”。唯有如此，你选择的“得”会坦然接受，你放弃的“失”会心甘情愿。同理，当你清楚自己最看重的东西是什么，你的“给予”会是心甘情愿，你的“得到”也会自在坦然。

日常生活中，接受帮助会让人滋生“我没有你强大，我不如你”的自卑心；而我也想强大，也想“给予”而不光是“得到”，以表明“你并不比我强”。所以，会客气地拒绝帮助，生出不服输的嫉妒心；哪怕就是接受了别人的付出和担当，还要不断地解释自己因为N种理由而没能担当，以表明我也可以做得像你一样好，以减少自己的羞耻感；对已经获益的帮助不但不承认，还要进行贬抑，这就是我不能得到“给予”带来的优越感，你也休想得到，是破坏力最强的嫉羡表达，这种状态下感恩心是无从生发的。

一方面，只会过度“给予”而不能坦然“得到”的人，更多的是为了满足自己“强大和有能力”的心理需求，而不是发自内心地为了别人。导致常常所谓的给予，并不是对方需要的东西，而只是自己需要的东西——“不够强大和没有能力”的内心空洞的弥补，或者是为了树立知恩图报的美德“人设”。

另一方面，只会一味地索取“得到”而心安理得地不去“给予”的人，这样的成年人不多。毕竟从进幼儿园开始，离开父母的庇护而进入社会群体的人，早已被社会教会了他“来而不往非礼也”的合作意识，这也是每个人从孩童开始就必须完成的“社会化”进程。

每个人从小成长的环境和长大后的谋生际遇，以及遭遇的重大生活事件各不相同，会让人们走上各种各样的岔路而散落于人间。生活的艰辛会产生很多偏重“得到”而吝啬“给予”的成年人，或“我不想得到你的给予，你也休想得到我的给予”，所有的“得到”都必须是有规则的交易。

这个阶段，无论是“给予”还是“得到”，都只是盯着自己的一亩三分地，更多的心力和行为是用在怎么不露声色地减轻自己的自卑心、嫉妒心与羞耻心。这种给予和得到之间失去平衡的境况，人还是在贪婪与嫉妒的藩篱中打转，无法生出真正的感恩心。

第三个阶段是跨越了贪婪与嫉妒的感恩心。随着时间的流逝和生活的磨砺，只有当自己经历了足够多的“给予”和“得到”之后，才能清晰地知道，在生活中的许多关键节点，别人为你或你为别人付出和担当了什么。正如有了养育孩子为人父为人母的体验，才慢慢懂得了父母恩。

感恩与慷慨大方有十分密切的联结，当跨越了贪婪与嫉妒，个体会形成强大而且稳定的自我，哪怕慷慨大方未受到充分的感激，也不一定会侵蚀其给予的能力；只有内在自我不够强大与稳固，几回的慷慨大方之后，随之而来的通常是过度需要别人的回报和感恩，不然会有被耗尽的愤怒。

“给予”和“得到”是生活的一体两面，缺一不可。一味地给予或一味地得到，都不是美好生活的正常状态。传统的教育会告诫我们多给予少索取，而孩提时代的经验告诉我们，得到喜欢的食物和玩具，会尽情地享受被给予的物品，并对给予者产生由衷的喜欢，可见享受和愉悦也是产生感恩心不可或缺的基础。只有让给予和得到处于一种动态的平衡和谐之中，真正的感恩心才会由此生发。

美好的理想虽然很遥远，但是跨过贪婪和嫉妒，生出真正的感恩心，并不只是梦想。

耳朵与嘴巴的相遇

乌龟和兔子的赛道相遇，让人人都期待反转的人生；可人类的耳朵和嘴巴天天相遇，却不怎么好奇会演绎出怎样的故事。

故事一

场景：爸爸准备去钓鱼，4 岁的磊磊也要跟着去。

爸爸：宝贝，你可以跟着去，但今天外面很冷，我们钓鱼需要待很长时间哦。

磊磊：（犹豫地）我改主意了，我就跟妈妈待在家里。

爸爸出门后 5 分钟，磊磊开始哭闹：

磊磊：爸爸把我留在家里，他明明知道我想去。

妈妈：（手上正在干着活儿）是你自己决定待在家里的，又无理取闹。

磊磊继续哭闹，妈妈做个深呼吸，试试新的方法：

妈妈：你很想和爸爸一起去，是吗？

磊磊：是的（点点头，不哭了）。

妈妈：爸爸说外面很冷，待的时间又长，你犹豫了，不知道怎么办才好。

磊磊：嗯（又点点头，擦眼泪）。

妈妈：你觉得你没有足够的时间来做决定。

磊磊：是的。我现在知道了，我还是愿意待在家里。

当耳朵听懂了嘴巴表达不出来的内心矛盾时，并帮助对方把这种情形表达出来，孩子就会知道，他可以同时拥有两种完全不同的感受，这可以帮助孩子厘清自己的真实需求。

故事二

场景：文娟和哲瀚恋爱一年多了，在一起经常没有什么交流，也缺乏共同爱好。近来，文娟感觉从未有过的沮丧，觉得恋爱关系维持不下去了。

文娟：你总是打游戏，能不能多花点时间陪陪我？

哲瀚：你总是干涉我，好烦！

文娟：你总说爱我，可多陪陪我的需求，都不能满足吗？

哲瀚：可以啊，你要不然跟我一起享受游戏的乐趣，要不然就培养一点自己的爱好，再不然就享受你男朋友本来的样子吧。

文娟：那你还谈什么恋爱？一辈子自己独自玩吧！

哲瀚：谁怕谁呀，没法过就不过！

文娟找到自己的忘年之交兰兰姐姐，大吐苦水：

文娟：我男朋友把所有的业余时间都花在游戏上，完全无视我的存在，真让我沮丧透了，这谈恋爱和一个人过有啥区别？

兰兰：是啊，两个人在一起却各玩各的，确实叫人沮丧。

文娟：我该怎么办啊？

兰兰：先说说你的沮丧吧。

文娟：就是同在一个屋檐下，却感觉两个人根本不在一起，好没意思！

兰兰：没意思，是因为你渴望与男朋友有更多的连接，而这种想法却没有得到满足，才觉得在一起没意思是吗？

文娟：应该是吧。

兰兰：你觉得这是你们两个人的共同想法，还只是你一个人的需求呢？

文娟：是啊，好像只是我一个人的想法，他似乎并没有这方面的需求，好像游戏就足够他打发时光了。

兰兰：我还想问一下，在更深的层面上，对你来说什么是最值得去做的事？

文娟：干正经事赚钱呗，让自己变得更有担当啊。

兰兰：嗯嗯，会赚钱，有担当。这样的一个人最重要的两个品质是什么呢？

文娟：嗯，有一技之长，勤奋不颓废。

兰兰：依你自己的经历，获得这两项品质难吗？

文娟：哦，很难很难！

兰兰：难到什么程度？如果从易到难用 1～10 分来打分，你打几分？你的男朋友又打几分？

文娟：嗯，嗯。……

兰兰：再问一句，这两种重要的品质，在你择偶要素的排序中，又排在第几位呢？

文娟：是啊，我什么都想要，每样需求都想得到满足，我好像总是陷入两难的抉择中。

兰兰：是啊，当我们什么都想要，往往就什么都要不到，陷入两难抉择的境地就成了常态。你自己也说，总是越要越多，最后只想要解脱。

文娟：（抽泣）我从小到大，学跳舞、选大学、找工作、谈男朋友……从来都是按照爸爸妈妈的期望，根本不知道自己想要什么。

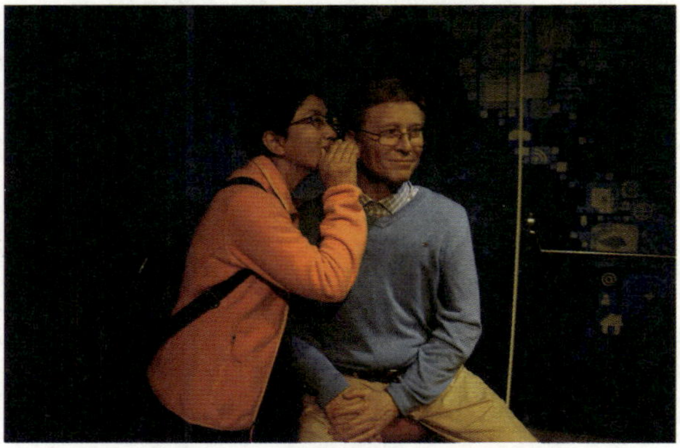

旧金山渔人码头名人蜡像馆耳朵与嘴巴的奇遇

兰兰：是啊，我们每个人弄清楚这些问题都很难，但也只有靠自己去寻找答案，允许自己慢慢来吧。

文娟：我都快 35 岁了，能慢慢来吗？

兰兰：好吧，不想慢慢来，那此刻你最想做的一件事是什么？

当耳朵引导嘴巴说出“沮丧”情绪背后的想法和需求，当事人从未被“看见”的心结就会慢慢打开。只有沮丧的情绪被抱持住了，理性才会熠熠生辉地回来，才可能找到适合自己的问题答案。

上天给我们每个人一张嘴巴，两只耳朵，是为了让我们少说多听，还是为了让我们兼听则明偏信则暗呢？呵呵，如何说，怎么听，愿我们每个人都有嘴巴和耳朵的艳遇。

喜欢闻你的味道

我猜想很多男人都有这样的体验："女人的鼻子特别灵。"当我被人戏说是"狗鼻子"时，我笑道："哈哈，幸好我喜欢闻你的味道。"

这年头靠"嗅"味相投不是一件容易事，表面上人与人之间似乎很亲热，实际上大家都把自己裹得紧紧的，真正的靠近很难。我既喜欢独处又喜欢热闹，独处久了就想往人堆里钻，还没热闹一下子又想独处。我不仅喜欢表面的热闹，更喜欢深处的热闹，喜欢在生命最深处与人相遇，闻你的味道。

记得在一次培训中，有个游戏特别好玩，就是辨识对方是视觉、听觉还是感觉型的人：面对面坐着，互相询问和倾听。比如问对方最近到哪里旅游了，对那个地方的感觉是什么，描述越细致越好。关注他在描述的过程中，眼球的方向和语言的模式。视觉型的人眼球多在左前方，会描述更多的色彩和画面；听觉型的人眼球左右转动，会描述很多声音的记忆；感觉型的人眼球多向下看，会描述很多抽象的概念。随着游戏的进展和搭档的轮换，真的很奇妙，你会越来越清晰自己和他人描述事物的习惯，以及"闻香识人"的类型。生而为人，谁不想充分利用自己与生俱来的各种器官，让视觉、听觉、嗅觉、味觉、触觉、感觉，全方位地去感受这个世界呢。

被人读懂是一件多么愉快的事，而能读懂他人，一定是心怀仁慈和内在丰盈的人。心有猛虎仍能细嗅蔷薇，嗯，味道好极了。

云聚会

2020.6.6 是个六六大顺的好日子，“咨询师之家”举办的云聚会，全天 5 场云直播，各路大咖的分享和碰撞，精彩纷呈！

我在前往婺源参加一个徒步活动的火车上，一边欣赏着路边不断掠过的绿水青山和蓝天白云，一边听着时不时让我强烈共鸣和开怀大笑的直播，从未感觉过空间上的变化，可以让学习变得如此享受。

接触苦痛的灵魂多了，会格外地珍惜每一个当下的美好，对时间和空间带来的瞬间感受，也更加敏锐。不论是欢快还是沉郁，都会去积极地体会它、分享它。

佛教说欲望是痛苦的根源，要斩断欲望；心理学说欲望是生命的动力，值得去认识它，在享受欲望的同时，也承受相伴而来的痛苦。每个人在生活中都会被心理学撞了一下腰，懂点儿心理学，会让你的饭吃得更香，觉睡得更稳。

火车上的这场直播主题是：后浪在专业上怎么精进得更快？三位主讲嘉宾中，两位是前浪代表施琪嘉老师和孟馥老师，一位是后浪代表“80 后”张沛超老师。现场生动地演绎了心理学在生活中的应用，当学员不停地发问，要求听听后浪张沛超迅速成功的秘籍时，张沛超没有直接回答，而是通过向前浪孟馥请教问题，了解不是自己擅长领域的家庭疗法。他没有用语言而是用行为，回答了听众想从他身上获得专业上快速精进的秘诀：不放过一切机会学习和操练。

当你本人成为知识空杯的容器和好奇的场域，自然会有大咖和各种资源降临身边来帮助你。

孟馥直接地回答了张沛超的提问，家庭治疗技术学习的诀窍：一是不断地练习。所有谋生的本领都要靠“拳不离手，曲不离口”式的上万次训练。二是充分地使用“自己”。自身是最好的学习工具，譬如，刚才张沛超不是使用言语，而是通过使用“自己”来回答听众的问题。三是挑战“确定性”。因为生活永远都是流动而不确定的，无常才是有常。心理咨询这个工作更是充满了“不确定性”，如果不能挑战确定性，就无法抱持不确定性，那很不适合干这个行当。施琪嘉的回答：首先是兴趣，你确定自己确实是喜欢干这行当，否则永远都是墙头草似的向外求。

用一个整天的云聚会时间，来一次认知和思维的升级迭代。越来越感觉到，心理学与其说是一门科学，不如说是一门艺术，随灵动的生活而变化。有数据显示，美国“9・11 事件”之后，夫妻性生活的频率提高了很多。相信 2020 年的全球新冠疫情，也会给人们的生活带来更多的明心见性。

蓬勃的生命不停止生长

2011 年 8 月，我在北京参加了一个心理学工作坊，有幸聆听了北京大学副教授及临床心理学博士徐凯文老师的精彩授课。为加深理解和记忆，特作学习心得以记之。

徐老师通过对照美剧教学片《扪心问诊》，逐个环节地解析咨询的初始访谈与设置，生动地阐述了来访者与咨询师之间，持续、稳定的治疗关系才是咨询中最重要的东西。咨询方法几百种，咨询技巧五花八门，但是所有成功有效的咨询方法中，最重要的就是建立持续、稳定的治疗关系，这也是卡尔·罗杰斯人本主义学说的核心所在。

徐老师特别强调了以下几点：

1. 对所有的来访者首先要作评估。了解其症状类型和风险度，明晰是心理咨询师的活儿还是精神科医生的活儿。

2. 在第一次会谈中，咨询师要注意保持节制、中立的态度。不要急于互动、回应和表述，而是让对方尽情地说，自己尽情地听。并引导来访者谈自己，谈自己的父母，谈自己的家庭，谈生活中的重要他人，谈生活中的重要事件。咨询师不做任何的评判，无条件地接纳和共情，使来访者感觉到环境的安全与可控，如此才有可能建立起初始的信任关系。同时，全面收集资料，进行心理评估。

3. 重视观察来访者前 5 分钟和最后 5 分钟的表现。在来访者出现防御、阻抗和移情的地方，往往就是问题的症结所在，注意聚焦跟踪和发掘。

4. 对有自杀倾向的病人，应该直截了当地询问其自杀想法和计划，把自杀倾向正常化，以削弱其对自杀的羞耻感。询问其考虑过何种自杀方式，并且如何实施这种自杀方式。与患者确定有关协议，安排好非治疗时间的值班和危机处理方案，以及保密原则的突破。

值得一提的是，在徐老师的讲课中，我第一次澄清了一直以来混为一谈的觉察和认知的概念。徐老师就《扪心问诊》提了一个简单的问题：你喜欢苏菲吗？（苏菲是教学片中的来访者，一个 15 岁的美国女孩儿）我每次参加培训，都喜欢积极主动地参与到教学互动中，深知那样的体验会使收获最大化。

我主动站起来回答："谈不上喜欢，也谈不上不喜欢，就是感觉她非常需要帮助。"

徐老师又问我一遍："喜欢还是不喜欢？"

我又答："讨厌也谈不上，但喜欢的心情真的没有。"

接着，徐老师跟学员们讲解，咨询师培养感受力和觉察力的重要性。他很生动地让我弄懂了，从书本上难以理解的感受和认知的概念。许多中国学生对待问题，习惯回答说"我觉得……""我认为……"，而外国学生一般会严谨而明确地表明自己的态度"YES"或"NO"。比如前面那个问题，对苏菲"喜欢还是不喜欢"，是表明你的觉察和感受。而"觉得苏菲需要帮助"，完全是你的认知了。而认知是已经带有个人的价值观，戴上了有色眼镜去看人看事，而不是直观快速发自内心的感受和觉察。所以，咨询师培养自己的感受力和觉察力，就是培养这样一种能力：去掉评判地去感受和观察人和事。不要老是习惯运用理智和自己的价值观，去看人看事，那样脱口而出的往往都是偏颇且狭隘的评判和说教，是经过大脑过滤的认知，而不是发自内心的感受。也就是生活中长辈对晚辈常敲打的：不要光用脑，还要擅走心。

整整一个下午 4 个小时的讲课时间里，徐老师竟然没有喝一口水（觉察，

“竟然”二字似乎还是带上了一点“认知”的评判），讲课非常投入（认知）。学员们在高强度的学习中极度疲惫，但却没有一个学员打瞌睡，个个听得津津有味。徐老师既有严谨的理论，又有落地的实操，专业的气场征服了所有人。

人到中年末期、老年前期，每年来几场培训、几趟旅行，把钱花在永不停息的生长上，是我的最爱，也是我的幸福生活所在。

辑六

阅读，能带你穿越古今横跨中外，更宽容地理解这个世界

我的书房，是驿站也是远方

小时候，少女的书房是放着课本和书桌的房子；长大了，少妇的书房常常是不见人影的摆设；渐入老境，熟女的书房变成了一座可以随身携带的驿站。

少女书屋

我的童年，虽然可读之书极其稀少，却充满欢乐和幸运。

姐姐们没赶上读书的好时代，很早就参加了工作，还没长大成人就独自面对社会的风霜雪雨，书房在她们的生命中几乎没有什么位置。尽管如此，内有书香门第老妈的熏陶，外有“学而优则仕”老爸的榜样，姐姐们个个秀外慧中，在各自的工作和生活中，把浮世三千过得风生水起。

我和弟弟正赶上恢复高考、崇尚读书的时代，每人单独有一间书房。其实，我的整个小学阶段都是玩耍，那个时候没有网络，除了课堂上 45 分钟的学习时间，剩下的都是玩。跳皮筋、跹房子、踢毽子、丢沙包、打玻璃弹子、拍香烟纸炮、挑冰棒棍子、抛乒乓球捡骨牌、打扑克、收集邮票和糖纸、唱歌跳舞学琴打乒乓球、读“小人书”连环画以及家里订阅的唯一一本杂志《少年文艺》……真正开始用上书房用功读书的时候，是在初二才懵懵懂懂开知，知道要好好学习迎接高考。

那时候的书房，就是一桌一椅一床，吃完饭后就是读书，读完书后就是睡觉。我家的房子坐落在一条热闹的主街旁边，我的书房就在临街的二楼。那时的读书，无非就是看课本写作业做课外辅导题，日复一日很是枯燥。唯一的乐趣就是透过二楼的玻璃窗，俯视路面上来来往往的行人，看看会不会发现帅哥。再痴痴地望着空洞的天空，天马行空地臆想着情窦初开的暗恋情人。

其实，那时根本不懂怎么具体地去爱一个人，完全就是自己的情绪游戏，滋养着苦读里一年又一年的花样年华，至今仍是经久不衰的往日时光。很多时候理性的道理是压榨人的，感性的情绪是滋养人的，所以，学会了多在正向的情绪里流连，少在负向的情绪里忘返。喜悦不会永远，悲伤也不会恒久，善待来了又去、去了又来的各种情绪，你会是命运的幸运儿。因为，如果真的能理性地抗拒这些生生灭灭的情绪，我们是活不到今天的。

不知弟弟是怎样度过他的这段少年时光，只知道他非常安静和专注。虽然是家中的宝贝独子，但性情温和不娇纵，仁厚极不具攻击性。他是个超级学霸，课堂上学的会即时消化，回到家里只有课外辅导丛书里的难题，才能满足他克难攻坚的探索欲望。平时作业和考试从来没有不会做的题目，没承想高考第一天有一道数学题没有解答出来，觉得这下高考完蛋了，竟然不愿参加接下来的科目考试。擅长做思想工作的老爸，最终让他完成了接下来的两天高考，结果弟弟成了当年本市唯一被清华大学录取的状元。从小学到中学、大学、研究生、博士，他一直名列前茅。

我从小被老爸鉴定完毕：没有弟弟聪明，没有弟弟会读书。幸运的是我天生比较善于盲目自信，没有被父母给孩子贴的标签所禁锢。弟弟没有成龙，我也没有成凤，但一直都能被生活善待。正如古话所说，书中自有黄金屋，书里自有颜如玉。

中年书柜

步入中年，工作和家务几乎占据了所有的时空。各种各样的书是越来越丰富了，但读书的人却越来越少坐在书房。

记得那个时候上班朝八晚六，位处三楼的办公室窗户，正好被户外广告牌挡住了，终年不见天日，沐浴阳光成了一件非常奢侈的事。早晨上班的路上，太阳被摩天大楼遮挡着，难得漏下几缕吝啬的斑驳洒在身上。进入办公室之后的八小时工作，全靠日光灯发出的不真实的光。傍晚下班时阳光已是强弩之末，而且也只有往家赶着捯饬锅碗瓢盆的心情。那时就特想不上班，我要随心所欲地漫步在青草葱葱的原野，樱花漫粉的小径，花果飘香的果园，铺满金黄梧桐的大道，皑皑白雪的群山，大快朵颐地享受阳光。

可想而知，如此缺乏光合作用湿漉漉的我，回到家里还能有红袖添香夜读书的雅致吗？每天忙完所有，剩下的就只有睡前小读了。那时喜欢的刊物《收获》《当代》《新华文摘》《读者》《南方周末》《21世纪经济报道》《环球时报》是床头柜的必备，枕边夜读的习惯，就像日常的一日三餐一样不可或缺，而书房基本上就是一个摆设。

老年书栈

当工作和家务再也不是生活的重心，你的真嗜好就会如期而至，在你的时空中攻城略地。疯狂的阅读让我的心灵越来越强大，也让我的眼睛视力越来越弱小，有得必有失无处不在啊。

阅读和旅行一直是我的宠臣，走到哪儿带到哪儿。外出旅行我喜欢独自一人地观看和发现，随拍一些触动我的小花絮。同行的旅伴在宾馆喝茶打牌休憩的时候，我一个人跑到附近的楹联大观园闲逛，惜墨如金地用手机拍摄了一张园门大立柱上的对联："天下奇观看尽不如书本，世上滋味尝遍无过菜根。"这副对联之所以打动我，是因为它契合了我的口味，欣喜地发现这个世界上，又有一个和我趣味相投的人。

每个人从出生到长大，所遭逢的天时、地利、人和各不相同，便有了各自不同的人生地图。对世界的理解与相处，每个人都有自己的人生体验。有的人更多的是来自社会经验，有的人更多的是来自书本感悟。各有所长又各有局限，通达者最后都会有殊途同归的地图经纬。

再丰富的阅历，再跌宕的人生，也不能带你穿越古今，横跨中外。而且这种个人经验常常带有独特的地域性和单一的文化信念，狭窄和偏颇是不可避免的。而阅读，特别是世界精神瑰宝的经典阅读，可以带你抵达古今中外的任何地方，深度、宽度、神奇度、包容度是不言而喻的。正如某位作家所言：只有高强度的有系统的阅读与思考，才能逐渐整合一个人的精神结构。

我没有大学者那么气派的三面绕墙的书房，眼睛和腰椎似乎也不适合书房中的时空了，更适合时空中的书房。如今的我很少坐在书房的书桌前，而是任何空间都是任我徜徉的书房。半躺在沙发上、趴卧在地板上、狗爬式在床上、猫蹲式在瑜伽垫上、闭目养神在音乐飘窗上、住宅小区的遛弯区、湖边的观赏椅、公园的石头墩、行驶的火车中、飞行的飞机上……都是我的书房。我不知道是阅读使人变得敏锐，还是敏感的人容易爱上阅读，反正“读”成了一种常态，不论是读书、读景还是读事、读人。书房成了我可以随身携带的驿站，可以与我一起抵达远方。

冬日的暖阳下，来到楼下小区院子里散步，时常能敏感地捕捉到各种各样的有趣对话：

“妈妈，你看月亮好漂亮！”

“瞎说什么呀？大白天哪来的月亮。”

“就是有月亮嘛。”

“别瞎说了，别人会笑话你的。”

“我真的是看到了月亮。”

“快走快走，看地下，不要看天上。”

我实在是忍不住了：“小朋友，我也看到了你说的月亮，真的好漂亮。太阳和月亮像好朋友一样，经常会相邀在一起玩呢。”

这时，孩子的母亲终于抬头看向天空，惊讶地发现了儿子睁眼不说瞎话的月亮。也不知她是从小被父母灌输的，还是被书里文学性描写误导的，或者是太久太久没有仰望天空了，竟然一直以为只有晚上才有月亮。

哲学家尼采劝诫敏感的人需要保持一些钝感，保持比对方迟钝的状态，既是交友的技巧也是对人的体恤。我期望我的房中书、枕上书、随身书，能让我越来越圆润。既不压抑自己，也不挤压别人，在敏感和钝感之间灵动切换，自由行走。

我的书房，既是我的驿站，也是我的远方。

我的家乡——美丽的鄱阳湖草原

有些人能感受雨，而其他人只是被淋湿

是享受雨还是忍受雨，会形成截然不同的生活感受。

江南三月绵绵的春雨，淅淅沥沥下个不停。樱花粉了，桃花红了，油菜花黄了，梨花白了，柳条绿了，春姑娘一个个像要出阁的少女，淡妆浓抹静候良人，颇有“花开堪折直须折，莫待无花空折枝”的呼唤，催促着人们不负春光不负卿。伙伴们问我，如果周末下雨，踏青是否如期成行？我回复说：古人晴耕雨读是励志，今人晴游雨麻（打麻将）是养心。踏青的脚步不会因天气而阻隔，只会因心境而却步，你若安好都是晴天。

周五的大雨倾盆，也动摇不了我们周六的如约而行。透过车窗看着时薄时厚的云层，在缓慢地移动，接下来是云开日照还是大雨倾盆呢？有了昨日的笃定，没有一个人扯起天气的话题，满车的都是家长里短的分享和中美会谈的调侃。不知不觉来到了不是目的地的目的地：云雾缭绕的远山，金黄一片的油菜花，红顶白墙的农舍，牢牢地牵引着我们贪婪的“色眼”，把我们从汽车狭小的空间里赶出来，拉向自然辽阔的田野。

嗅着花香，数着花瓣，欣赏着蜜蜂和油菜花的缠绵，仿佛自己也亲历着一场轰轰烈烈的恋爱。以天为帐幔，用地做花床，在单反镜头前尽情地留下与大自然的鱼水之欢。霎时太阳冲破云层，普照大地，触摸着大地上自然之子的每一寸肌肤，亮丽了油菜花的金黄，桃花的粉红，柳条的嫩绿，俊秀了远处的山岚，绽放了我们的欢声笑语。哈哈，一位著名旅行作家曾说："这片大自然在冥冥之中总是挑选着适合它的人。"难道说的就是我们吗？

花海嗨完之后，不知不觉地就到达了此行的目的地——鄱阳湖湿地草原。每到冬季南方降水减少，鄱阳湖流域进入枯水期，湖底变成陆地，草本植物生长茂盛，干涸的鄱阳湖滩就被肥美的绿草和蓼子花覆盖，一下子就变成了万亩草原，成了游人在春季盎然时节的好去处。每次来到鄱阳湖草原，都有"读你千遍不厌倦，读你的感觉像三月"。不仅是远山近草耐看，更是相伴同行的人常变常新。年年岁岁跟N个不同的人群，一起漫步鄱阳湖草原，再次相遇同行实属不易。俗世之间的情缘和合而生，没有不散的筵席，执着是苦。人在，善待珍惜；人走，微笑相送。每当"人面不知何处去，桃花依旧笑春风"的伤感一闪而过的时刻，会倍加珍惜身边的同路人。

能以一种超然的心态去感受身边的事物，常能让生活化腐朽为神奇。有的人能感受到太阳带来的眼耳鼻舌身意的绽放，有的人只是感受到雨后天晴的喜悦；有的人能感受到蜂花之恋，有的人只是担心被蜂蜇；有的人能感受到与大自然生命气息的亲密接触，有的人只是年复一年的踏青而已；有的人能感受到友人鱼肉荤腥背后的庇爱，有的人只是感谢鱼肉荤腥之后的盛情。

正如《在漫长的旅途中》所言："不同的人，即使站在同一个地方，透过各自的人生，看到的风景也有所不同。……人们对春天的欣喜程度，取决于每个人过冬的方式，如果不是竭力对抗过寒冬，就很难真正体会到春天的温暖。"体会过爱情里的冲突和劫难，才能感受到彼此的爱意和包容；体会过谋生中的艰难和无奈，才能感受到投入工作的幸运和欢喜；体会过生而为人绵绵无绝期的艰辛和无常，才能感受到生活中瞬间的小美好。

古今中外，不论位居庙堂之高还是身处江湖之远，回首生命，都是一个过程。享受生活，不是不思进取，也不是及时行乐，而是这趟生命旅程赐予的独特礼物。唯有如此，所有的淋湿，都会是一场曼妙的雨！

被仰望的过去，被遗忘的现在

总是心生疑问：酒，有那么好喝吗？如今疑窦顿开：男人之爱酒，也许如我之爱文字。只要是陈年佳酿，肯定是永喝不厌，常读常新。

新冠疫情依然严峻，封控宅家无所事事，反复翻看盖伊·特立斯的《被仰望与被遗忘的》，真是乐趣无穷。里面形形色色的普通人和名人，让我狠狠地猎奇了一番 20 世纪 60 年代后的美国，也让我领略了当年到处拆迁、修路、建桥和盖楼的纽约。

那时的人们涌向纽约，如同今天的国人涌向北上广深，也像广深的人们，还没来得及涌向香港，香港已是三十年河东三十年河西了。如今的中国人和当时的美国人，走过的物质快速增长和精神激剧坍塌的历练路程，有着惊人的相似。

看特立斯的文章，看的不仅是人物故事，也是那个时代的美国风貌，甚至有的还是我们身边，如今正在演绎的人和事。街头演奏家、落水物品打捞员、摩天大楼估价师、修桥工、棒球明星、传奇歌王、黑手党、文身师、联合国理发师、法庭旁听迷、私人侦探师、专职讣告撰写者、算命师、婚姻中介师、世界首富办公室的清洁工……我的想象力难以抵达的奇闻轶事，那时的纽约早已悉数上演。

在作者的笔下，写成功者是在写一个时代如何把人变成神，写失败者又是在写时代如何让人陨落。那个时代的“精英综合征”，就像我们现在这样普遍：对竞争的痴迷，对失败的恐惧，对物质的攀比，以及为没完没了的下一个目标持久焦虑。主人公拥有一切，却无法入睡！其中的篇章“一位英雄的暮年”让人掩卷沉思：飞速发展的时代，勇往直前人人可为，而勇于知止，又有几人能懂能为？

常常猜想作家特立斯是不是也是一个漫画家呢？几乎在每个人物的出场，都能把人物的招牌式特征准确地抓取出来，“神似”胜于“形似”。“止止”的“形似”都容易懂，可“神似”却很难讲明白，似乎只能从人物的命运故事中，一点点参悟。

“英雄”的出场，通常离不开别样的美人儿：

“鱼汛未到的打鱼淡季，旧金山的老渔民们，在码头边修船补网，晒太阳拉家常，看着来来往往的游客。当有个蓝眼睛的年轻漂亮姑娘，拢着飘逸的金色长发，停下来拍照的时候，渔民们羡慕地看着她，品头论足的脸上都露出了微笑。

“活力四射的姑娘没有察觉到，在迪马乔饭店二楼俯视码头的落地窗后，有一位身穿深色西装、长着灰色头发、年届 51 岁的高大男子，正凝视着她。看着她渐渐消失在一群游客当中，他才重新坐回到饭店桌旁，喝着茶，又点上了一支烟。”

“英雄”迪马乔是美国家喻户晓的职业棒球选手，他的父亲是一名意大利裔渔夫，愿望就是想买一条更大的渔船，让全家慢慢富裕起来。可九个孩子中排行老八的迪马乔，却想尽办法逃避打鱼，总是偷着出去打棒球。这使得父亲很生气，认定他是个懒惰又没有谋生技能的无用之人。可他的父亲做梦也没有想到，迪马乔会成为整个美国众人瞩目的棒球明星。

年仅 36 岁的他宣告退役，凭借精明的商业头脑，常常使那些只把他当成棒球运动员的商人钦佩不已。他那光亮的头发，结实的肌肉，平坦的腹部，有力的大腿，整齐的西装，优雅的风度，沉静的气质，专注的拼搏，感恩的心态，身体力行地演绎了那个时代的美国价值观：动机纯净，气质高贵，务实且卓越地达成使命。当时的美国人正处经济恐慌和战争恐惧，体育的偶像精神大大凝聚了全民的向心力。退役后的他严于律己远离颓废，一直努力地维持着不朽英雄的神话，就是为了孩子们的“英雄”梦想不致破灭，他照亮了多少人的光荣与梦想。

迪马乔不仅有着传奇的棒球生涯，还流传着充满故事性的个人生活。1954年1月14日，球星迪马乔和影星梦露在旧金山登记结婚，然而仅仅8个月之后，这一对明星夫妻就离婚了。在他们度蜜月的时候，梦露在韩国受到美军的疯狂欢迎，她对迪马乔说：“你一定没听过那样的欢呼声！”迪马乔回答说：“有的，亲爱的，我听过的！”他想摆脱的昨日辉煌却是她急于追寻的。这个结局也许印证了梦露最经典的那句话：“如果你不能应付我最差的一面，那么你也不值得拥有我最好的一面。”迪马乔一手包办了梦露的后事，扑朔迷离至今都未破解的梦露之死，使得迪马乔不但终身没有再娶，还每周让人在梦露墓前献花，直到1999年他自己去世为止。

一个个的日日夜夜，只能靠自己慢慢走来。迪马乔从辉煌走向落寞，从焦躁走向平和，一位英雄的暮年，仍是那么人见人爱。海明威在《老人与海》里写道：“我想带那个了不起的迪马乔去打鱼……听说他爸是个渔民，过去可能和我们一样穷，他会理解我的。”

读着不同时代下的不同人物故事，深感时代与时代，国家与国家，人与人，理解，是一件相当奢侈的事。那时30多岁职业生涯转型，说的是运动员的事儿，如今有一种说法，38岁考虑躺平却是普通人的事儿，人才市场上的很多岗位，38岁的人已不在考虑之列。过去的小说和电影，如果想满足观众需求实现票房，故事情节的跌宕起伏是首选。如今的读者对故事情节的需求在减弱，而对故事的深层情感和启迪的需求在上升。特立斯的作品，就是这样的陈年佳酿，既能给你呈现才华、名利、虚荣、欲望、繁华、恐惧、焦虑、挣扎、悲痛，等等交织的动人故事，又能满足你难以言说的深层情感和人性下的洞见。

过去被仰望的，如今已被遗忘；如今被仰望的，将来也将被遗忘。

山川是不掩卷的书，任读千年

避开喧闹的五一黄金周拥堵，躲进寂静的山间，与山峦溪流、朗月星辰做伴，和新茶旧盏、书香歌韵为友，在一个人的狂欢中，修习着自己的心性。

静

劳动节很多人依旧在劳动着，除了戍守边关、防火护电、快递小哥、环卫工人等这样一线的劳动者们，还有深圳这样的快节奏城市，遇到黄金周，更是职场精英和学子学霸们充电的日子。各种高端培训班遍地开花，优秀的商业讲师和精进的学员，像辛勤的蜂花之恋你依我就，依旧忙碌地酿造着生活之蜜；更多的人是旅行休闲，或游山玩水或探亲访友，让节日的“虚度”洗却日常劳作的疲惫，让诗和远方烹调出别样的柴米油盐酱醋茶；也有如我这般的人，既没有离不开的劳动岗位，也没有渴望的诗和远方，只为自己愿意的人，隅守一段闲暇的时光。

也曾想行走在路上，也曾想欢坐于牌桌前，而此时此刻静坐山谷。看着窗外的远山和静树，或许山也曾想伴云，云游四方，树也曾想随风，飞扬万里。最终，山成了云卷云舒的嬉戏地，树成了风起风止的指挥棒。选择成为山而不是云，选择成为树而不是风，外界再怎么喧闹，此刻都静好！

定

全民休闲的黄金周里，再宽阔的马路，车辆在红绿灯口也是神龙不见首尾。喜欢飙车的阿牛见缝插针地抢位前移，被加塞的邻车小伙显然被激惹，强硬果断地并驾齐驱以逼退后来居上者。就在黄灯闪烁之时，只听到砰的一声，邻车追尾了前面的奥迪。阿牛迅疾摁下车窗，对着邻车露出了幸灾乐祸的得意笑容：“抢什么抢，少安毋躁就那么难？”追尾的车主迅速下车与奥迪交涉了几句，又快速上车驶过红绿灯口，与奥迪一起慢慢停靠在路边善后。我脱口而出：“罪魁祸首是你。”阿牛道：“不是我，是他自己的心浮气躁。”

我知道阿牛没有恶意，他只是一辈子喜欢飙车而已，在大大小小的飙车中其乐无穷。对于追尾事件他毫无歉意，在常人看来的玩世不恭，于他不过是又一次的俯瞰众生相。我的评判“罪魁祸首是你”，于他不过是山谷溪水中的岩石，任水清水浊、水急水缓，我自岿然不动。你是水，我就是岿然不动的石；你是石，我就是顺势而流的水。既做不了道德定义的厚脸皮，又当不了文化规则之下的良民，也不允许自己油腻地游走在两极之间，即使再好的 GPS 也帮不了你找到自己的定位。

评判，不过是绝大多数人习以为常的与人与事的相处模式而已。或固守自己从小到大的价值观，或从众随波逐流。“不评判他人”的道理听闻过千遍，在意识中也警醒过自己百回，但只有在日常生活的起心动念中践行，才能离证悟又靠近一步。

记得在青海的塔尔寺，我见识了“藏艺三绝”中的酥油花，是集合了寺院里最灵巧能干的僧人，花费几个月的时间才制作完成的。护法节日使用完毕之后，就付之一炬将之融化，来年再造，没有任何的顾惜和留恋。正如作家庆山所言：难道僧人们是以此训练自己面对无常的静定之心吗？领悟斑斓色相之后的纯粹空性吗？

智慧与慈悲

即使幽居山谷远离城市，心中也常常回荡着听到、看到、遇到的人间痛苦与失望，助人之心袅袅不散。虽然明白每个人必须亲历走过自己的轮回之苦，慢慢找到自己的解脱之道，但真正做到“观棋不语”实在很难。

生活中经常会碰到信仰宗教的朋友，极其虔诚地践行着与人为善，相信对人和事可以没有任何原则地包容。而我认为尘世不是寺院佛国，日常的俗世生活里没有规矩不成方圆，失序的社会只会让人变得更恶而不是更善。在寺院里短暂地修行几天或几月，被人打左脸还会把右脸伸过去，似乎都可以不起冲突。而从寺院回到俗世的日常生活，你还能把自己当“佛”吗？不论是现实生活还是宗教，都不是让你成为佛，而是让你靠近佛的言行举止。在我看来宗教的设定，佛永远都在彼岸，你永远都在前往彼岸的此岸修行的路上。不要把你追求的理想当作现实，否则就是遁入佛门也难有安宁之日。

信教的朋友对我的说法不置可否，我也对自己的看法深信不疑。佛教最精粹的东西应该是两样：智慧与慈悲。没有慈悲的智慧只是聪明，是冷血的理智；没有智慧的慈悲只是伪善，是滥好人。于我而言，守善须以“真”为前提，“真”一直排序在“善”与“美”之前。所以，我的微信个性签名一直是“真我，善他，美自在”！生为凡人，仅仅善良很可能四面碰壁，而葆有真诚，你的生活永远都不会差到哪儿去。

驻足山谷，最快慰的是经常能看到满天繁星。如果有人问我“遥远”一词能让我联想到什么，我的回答是“星星”。星星的物理距离让我们感觉遥远，心理距离又最能让人忆起童年或畅想未来，不是过往的遥远就是未到的遥远，反正就是跟现在无关。过去听父母辈的人说，发蓝光的是年轻的星星，发黄光的是中年的星星，发红光的是垂亡的老年星星，发白光的是即将死去的星星。这让我想起凡·高的《星月夜》，把星空画得五颜六色，不免让人联想到这是凡·高在精神病院里的创作，是在不同于凡人的意识里看到的世界，不是普通人能在通常的维度里所能看见的。因为大部分人看到的星星，都是单一的黄白色，看到的星空都是黑色中的点点微光。或许星空能看到五颜六色的人，而人看不到五颜六色的星空。天上的星星不说话，只陪着你眨眼睛。

曾读过一位法国神父的话：“在大自然中，我们很少处于知道的境地，每走出一步都有让高级头脑受到羞愧和侮辱的事情。”山川于我是不掩卷的书，任读千遍不厌倦。

川西甲居藏寨真是与众不同

两种生存方式：占有还是存在

你是否有过这样的体验：这只是生存而不是生活？

记得很多年前，我在欧洲旅行的时候，随处可见人们当街起舞的生活场景。不论在偌大的广场还是窄小的街巷，唱歌、跳舞、演奏乐器、画画、歌剧、行为艺术随处可见，完全就是这座城市的日常生态。艺术，准确地说，是艺术地生活，或生活的艺术，早已融入城市的骨髓。游走其中的你，动不动会被热情欢快的人们，卷入他们的歌唱和舞蹈之中。那种全身心无拘无束的欢快，一直会烙在你的身体记忆里。突然之间你能感受到，什么是生存，什么是生活。

每逢周末，满眼都是悠闲地在街边喝咖啡、喝啤酒、谈情说爱或发呆。不喜欢购物的我，为了体验一把闻名遐迩的意式浓缩咖啡，也假模假样地坐在街边细品慢饮。后来才知道，意式浓缩咖啡是一饮而尽、三两分钟内解决的快饮，如果以消磨时光的慢饮方式饮用，会被意大利人嗤之以鼻，甚至加收费用。

俊男靓女在大街上拥抱热吻，也是司空见惯。印象最深的画面是，我坐在大巴车里，透过窗户浏览一掠而过的街道，满头银发的老年伴侣，站在街边，一会儿聊天，一会儿亲吻，一会儿抽烟，一会儿又吻了再吻。那种从容、爱意、自我、自在，会让人心生羡慕。在那样的土地上，能深切地感受到那种享受生活的姿态，而不是生存的追赶状态。

听说中的卡塔尔，是个弹丸之地却富得流油，常住人口 260 多万人，只有

30 多万人是真的卡塔尔人，剩下的 230 多万人都是外来劳工。真的卡塔尔人，他们想盖房子政府就会给地给优惠贷款；想出国念书念到博士都是免费的；想工作就工作，不工作也行。但外来劳工只能生活在工地和劳工营地两点一线之间，除了靠劳力赚钱，享受不到富得流油国家的任何福利。而且劳工管理有很多规则，不是你想离开就随时可以离开得了。各种各样的外在捆绑和内在权衡，让人赚到一点钱不难，难的是决定何时收手离开。感觉真有天之骄子之说呀，上天对卡塔尔的眷顾，不得不服存在着某种“不公平的正义性”，同在一个小小的国度里，生活与生存的姿态是那么泾渭分明，让人触目惊心。

今天重温 N 年前的一个读书笔记，当时的阅读快感再一次袭来，分享的冲动让我再也无法独自占有好东西，特将“两种生存方式”分享出来。书名《占有还是存在》，作者弗洛姆，美籍德裔社会心理学家。书中阐述了日常生活中有两种生存方式：占有式生存和存在式生存。具体可以表现在学习、记忆、交谈、阅读、知识、信仰、爱等方方面面。

学习：以占有方式生存的人，把课堂听到的东西记在厚厚的笔记本里，或塞进他们僵死的思想大杂烩中；以存在方式生存的人，不是仅仅被动地接受演讲者的思想，而是以积极和创造的方式，一边接受知识一边回答问题互动，彼此不断激活，让此时此刻新的问题、新的想法、新的观念纷至沓来。

记忆：以占有方式进行的记忆，与外界联系的方式是机械的、习惯的或逻辑的，最常用的方法就是照片和笔记；以存在方式进行的记忆是积极的活动，与外界的联系是创造性的、活泼的。比如，前者旅游时喜欢拍照留纪念，后者却喜欢此时此地的感官体验，用眼耳鼻舌身等所有身体器官，与当时身边的一切产生身心体验。

交谈：以占有方式生存的人，习惯坚守自己固有的观点与人交流，以存在方式生存的人，不谋求抓住任何东西不放，充满开放空杯的心态，不断产生新的东西。与之交谈不再是商品（资料、知识、情况）的交换，而成了一次对话，谁对谁错都无关紧要。

阅读：比如读小说，大多数人是以占有的方式来阅读的，好奇心的驱使，使他对情节的发展、故事的结局满怀期待，如果知道了结尾他就占有了整个故事，幸福或不幸的结局成了高潮，只有期待没有怀疑。而存在方式的读者会相信，即使是一本享誉极高的书，也不是白璧无瑕，也许有的地方他理解一本书比作者还要透彻。

知识：以占有方式生存的人，习惯说“我有知识”，并保持对它们的占有。而以存在方式生活的人，对知识特定的理解是：知识是社会对人们生存的暗示和影响，很多都是偏颇和虚幻的。接受知识从怀疑和消除错觉开始，知识的意思不是占有真理，而是透过表层，用批判性思维，向越来越接近真理的方向靠近。所以，知识是流动的而不是一成不变的。存在的生存方式的最高目标是更深广的知识，而占有的生存方式的最高目标却是更多的知识。

信仰：在占有的生存方式中，信仰是对回答的占有，信仰由别人创造的思想构成，成了一个偶像屈从于自己的创造物。靠着这种信仰，他可以买到隶属于一个大的组织的入场券，以放弃自己的独立性为代价而获得一种稳妥感。而存在方式的信仰，首先不是一种对特定观念的信仰，而是内心的一个目标，一种态度，人在信仰中存在，而非占有信仰。这种对上帝的信仰，是靠内心对自我神性特性的体验来保证的，它是一个不断的、积极的、自我创造的过程。稳妥感的获得是以我自己的体验为基础的，而不是屈从于一个给我规定某种特定信仰的权威。

爱：倘若可以占有，那么爱情岂不成了一个东西？事实上绝没有像“爱”这样的东西，“爱”是抽象的，现实中只有爱的行为，爱是一种创造性的行为。爱是一个让人更新和成长的过程。

以占有的方式去爱，就会限制、俘虏或控制“爱的对象”，这样的爱充满压抑、丧失活力、令人窒息和被剥夺感。在求婚期，一个人还不能肯定另一个人的态度如何，求爱的人会想方设法去赢得对方的爱情，他们富有活力、吸引力、情趣甚至还漂亮英俊，这时，任何一方都没有占有对方，每个人都把精力聚集于存在，强调给予和刺激。

婚约给双方肉体、感情以排他性的独占权，这一方已不需要赢得另一方，这时，爱情已经变成了人们的一个占有物。双方不再像以前那样努力去触发情窦、互通情款，逐渐感到无聊受骗。他们没有明白占有爱情的误解，正是造成他们不再相爱的根源所在。于是，双方沉湎于这样的幻想：或许一个新伴侣将会满足他或她的渴望，会成为自己所要的爱情。可爱情对他们来说，已经从相互吸引的行为过程变成了一个实在物，走进死胡同的并不是婚姻本身，而是双方以占有为准则的生存方式。企图用不断的新刺激来排遣无聊感，用增加伴侣的数目来回避爱情的困境，而不是去真爱一个人。

我相信不论在哪个年龄段，不论处在生命的顺境还是逆境，书籍，永远会是生命不离不弃的挚友。不仅想分享好的阅读，更想分享世界各地不同的生活状态和姿态。在生我养我的土地上，日渐小康的人们，也可以从习惯了的剑拔弩张的生存状态，慢慢进入温和从容的生活姿态。找回在生活和生存之间，自由行走的模样。

夜读济群法师《人生五大问题》有感

仲夏之夜，淅淅沥沥不大不小的雨，让人觉得格外舒爽。

毫无睡意，打破常规的作息时间，重拾济群法师的《人生五大问题》，在不同的年龄段和不同的时空中，常读常新。

我所理解的济群法师关于人生五大问题的解析是：

1. 幸福是什么？幸福是一种不稳定的感觉。

任何一种快乐都有某种痛苦与之对应，痛苦有多少，由缓解痛苦所带来的快乐就有多少。苦是人生的本质，乐是对苦的一种缓解，没有苦也就无所谓乐。不接纳痛苦，就永远不得乐。强调以自身力量来修行，以体认生命的实相，才能从根本上转迷为悟，离苦得乐。

2. 我是谁？无论身体还是情绪，都不是永恒不变的，都不能代表所谓的“我”，即“无我”思想。

人之所以害怕死亡，就是将这个色身当作我；人活在共同的世界，又活在自己的情绪世界。把这些情绪误以为是我，并不断强化这些情绪，使某种情绪长期地影响我们，形成“我执”，成为情绪的俘虏。修行就是不执于自己的色身和情绪，达到“无我”境界。

3. 生从何来，死往何去？生命没有根，也没有归宿，是轮回。

今生，只是生命长卷中一个相对的开始，在它之前已经有着无穷的过去，在它之后又有着无尽的未来。所以，注重当下，当下是衔接过去和未来的关键，也是我们改变命运的着力点。安全感和归宿感不在别处，就在我们此刻的心行。

4. 何为命运？有什么样的行为就会导致什么样的命运走向。

人的所行、所说、所想构成过去、现在、未来三世的因果。行为、心念会形成习惯，并逐步固定为心态，进而形成不同的性格和人格。所以，习惯和性格又决定了命运的不同走向。习惯从哪里来呢？某件事做多了、想多了，就习惯成自然了，行为一旦形成习惯，心就会不知不觉进入惯性轨道。习惯对身心有极强的控制力，要借助修行改变行为和心念，只有改变习惯才有能力改变命运。

5. 活着为什么？活着的意义在于觉知，并开发自身潜在的高尚品质。

多数人追求的人生价值，都经不起死亡的审视。什么才是真正应该重视的？我们的心固然会制造种种烦恼，但同时也具备解除烦恼的能力，若不开发这一能力，这将是制造痛苦的永动机，苦海中辗转永无止境。所以，修觉知之心，发掘潜能，自觉觉他，自利利他。

这永恒的五大问题，对于提升日常生活的满意度有着重大意义。常人随着年龄的增长，或多或少会慢慢靠近它们，但又难探究竟。宗教的流派众多，使得常人莫衷一是，人们在生活和宗教之间，也各有各的观察、看法和活法。大略地可以分为四种形态吧：

第一种是浑浑噩噩的人生。他们不注意人生，不理解人生，糊糊涂涂地生，懵懵懂懂地死。比如愚夫愚妇之类。第二种是模棱两可的人生。对人生的道理认识不清，没有自己的主见，这样不差，那样亦可。比如“五教同源，九流合一”之类。第三种是二元对立的人生。对人生的道理各持己见，或唯心或唯物或唯识，如盲人摸象不得其全难求其真。比如大部分普通人就是这样。第四种是洞达实相的人生。由于修行而彻悟人生的本体，了知人生究竟是怎么一回事。比如流传最广的就是佛教创始者释迦牟尼佛，洞彻宇宙的原理是缘起无尽，人生的真相是业力轮回的顺生与还灭而已。

生活与宗教的关系，在你的生命中不管处于哪一种形态，人们感受到的人生多是：短促的人生，多苦的人生，因果的人生，奉献的人生，解脱的人生。

呜呼，还是来一首舒缓的音乐吧。夜深了，合上书，关上灯，伴着《仲夏夜之梦》缓缓入眠。

疫情宅家，适合读书

春天，是让人起心动念的季节。人们身随心动，纷纷走出家门，扑向原野。

之前约好下周去方竹寺赏樱花，谁知天有不测风云，Omicron 来到了“英雄城”，不得不宅家伺候着这位不速之客。这几天，不论是在虚拟的网络空间，还是在现实的生活场景，都能感受到特殊时期，人们的情绪表达通常只有两种：感动和抱怨。我有点好奇封控静默中的魔都，透过宽大玻璃窗眺望黄浦江的大佬们，此刻是怎样度过居家隔离的日常呢？通常玩资本的大咖，必会经历一段与魔鬼共舞的人生，也必会不请自来地修一场生命的涅槃之旅。多少年以后阅读中国的“巴菲特”自传，里面应该有这样的文字：“隔离一天，就像闭关一天，在为可为之事中安顿好自己。”

疫情宅家，很容易滋生各种各样的情绪，而阅读很适合为这些情绪瘦身减肥。收敛闹春般狂野的心，试着把近期阅读的书分享出来，给自己、也给喜欢阅读的人，泡制一壶既不是兰花香也不是板栗香的“书香安神茶”吧。

《江城》：不必用“牙”死磕观点，只需用“心”体会本真

一位揣着普林斯顿大学和牛津大学双文凭的美国青年何伟（中国名），在 27 岁的年华，不想工作，也不想结婚，只想追寻自己的文学梦。他说当时的自己有两个目标：一是成为一个作家，另一个是过一种有趣的生活。如果第一个

目标实现不了，第二个目标也能够实现。1996 年他以志愿者的身份，来到中国长江边的一个小城涪陵。在涪陵师专支教的两年时间里，他以新奇而锐利的眼光，清晰而勤奋的足迹，切入 20 世纪 90 年代末的中国小城。

支教结束返回美国，唯恐模糊了中国的江城印象，用四个月的时间一气呵成写完了《江城》一书。几经周折，一经出版就稳居美国畅销书榜，也被部分大学指定作为了解中国文化的必读书目。之后就一发而不可收拾，一直书写他眼中的中国。还娶了一个同样喜欢写作的中国太太，生了一对可爱的双胞胎。曾经重要无比的四处求职，被自由写作职业远远地抛到了脑后。

读完这本书，在我脑子里盘旋最多的思考是，美国青年在 27 岁时，怎么能够那么清晰地知道，自己爱好什么，想要什么，适合要什么，还知道怎么达成目标的正道和偏门。他让自己的爱好，挤进只有几十个名额却有几百人选修的普林斯顿大咖老师的文学课程。毕业后还知道必须到异国他乡，才可能更快捷地让自己梦想成真。还能赢得老爸和妹妹的支持，这也是许多涪陵人难以理解的奇葩之处：堂堂的普林斯顿和牛津双料，不找工作不结婚生子，却千里迢迢跑到中国的上海，哦，不对，是中国的江城涪陵。

他很少直接书写经济、政治、社会、外交等重大热点议题，而是喜欢深入观察普通人的生活，书写平淡无奇的人和事。比如校园里的老师、学生、经营面馆的小老板、开店的小商人、棒棒军、江边的船夫、村里的村民、贫穷、污染、烂路、慢船……他对涪陵地理地貌和农事更替的观察，让我叹为观止，可以说很多当地的年轻人，也不如他那么了解涪陵。他自身固有的美国经验和意识形态，与封闭几千年刚刚打开国门的东方文明古国相碰撞，以其独有的视角，血肉丰满地向世界展现，既承接历史又面临改革转型的世纪末中国。

读书就是读人，作者本人在这短短两年时间里经历的华丽蜕变，也让我感叹不已。作为一个美国青年乍到涪陵，对狂摁不止的汽车喇叭、压抑个性的人际关系、贫困麻木的生存状态、屈辱无奈的难言苟且，都感到震惊和难以忍受，对什么都看不惯。但悟性极高的他，哪怕一个微不足道的生活场景，也能让他产生洞见。

在一次拉闸限电的寒冷冬夜，他独自在漆黑冰冷的外教公寓，呵着冒着白色水汽的双手，熬了好几个小时。这时他深深感受到："我不会再去多想涪陵的挡水墙有没有用，三峡大坝的移民们会不会得到妥善的安置，白鹤梁古迹能不能得到充分的保护。我考虑的是如何取暖。寒冷就好似饥饿，让其他的一切都显得无足轻重。"瞬间的生活感悟，让他深深地理解了还处在改善温饱的中国人，为什么对环保、移民安置、古迹保护等麻木不仁，他之前许多看不惯的社会形态和生活状态，也变得可以包容了。

用心深入当地生活的一年之后，他的烦躁、偏见、傲慢，以及性格上的拘谨、内向和偏激，都慢慢地弱化了，随之而来的是深刻的理解、博大的包容、多元的视野和开阔的心胸。正如一年之后全新的何伟所说："城市没变，真正改变的其实是我自己。"

采撷书中的一页精彩，看看这个"美国佬"，是如何讨厌他的汉语老师，总是对学生说"不对"这两个字的：

华盛顿纪念碑难得一见的一袭红裙

"这就是中国的方式，成功是预料中的，失败则要受到批评，并且立刻加以纠正。要么正确，要么不对，没有中间状态。当我对汉语不再畏惧的时候，我开始尝试使用新的词语和新的语法结构。这很好玩，但也很具风险。我会用廖老师都想不到我会使用的词语，一连说上好几个句子。接下来，我敢打赌，我看见廖老师的眼里闪过了一丝不情愿的赞许。不过，她还是会说：‘不对！’然后纠正我刚才出错的地方。……我开始慢慢讨厌‘不对’，开始时信心十足，紧接着全然崩溃。……我是个大人，大人就应该听得进去必要的批评。但那不是美国的方式，我已经习惯于自尊得到满足，我需要自己付出的努力得到别人的赞扬……中式思维的父母简单的两个字：不对。成绩单上面哪怕有一连串 A，也抵不过一个 B。继续努力吧，你还没有取得什么成就呢。”

对于何伟书写中国的书，外国读者更多的是好奇，中国读者更多的是喜欢评判意识形态的对错。对于一个像我这样只是想学习写作的人来说，觉得不必用“牙”死磕观点，只需用“心”体会一个写作者的本真。

《幽暗国度》：国与国不一样，人与人不相同

这是一位英国当代作家、诺贝尔文学奖得主，在 1962 年首次踏上他祖辈的家园——印度，带着极为矛盾与复杂的情感，写下的此次印度之旅中种种见闻和感想。

作者写道：“和欧洲接触后，印度并没有因此枯萎凋零。如果印度是一个纯粹的伊斯兰教国家，它大概早就完蛋了。但作为印度教国家，它与征服者打交道的经验非常丰富：它总是有办法迎合入侵的外人，最后，总是能够将他们吸纳进印度社会中，把他们全都同化。”作者还用他与在印度期间雇用的一个仆人之间的主仆关系，来隐喻印度和英国之间的那种相爱相杀不生不灭的关系状态。

印度历史上被各个民族反复殖民长达 2000 年，悲催的殖民史反而激发了印度人的同理心、包容性、专注的耐心和适应力。无须悲愤和抗争，在磨砺中寻找自己的生命之光。在全球五百强企业中，1/3 的掌舵人是印度裔企业家，扎实的理工背景使他们有超群的“数字导向和结果说话”。印度人的一些做法很是独一无二：“做你分内的事，即使你的工作低贱；不做别人分内的事，即使别人的工作高尚。为你的职守而死是生；为别人的职守而生是死。”这是《薄伽

梵歌》的一段经文。

书的结尾让我也有些伤感："几天后，我从印度回到了伦敦。走在熟悉的街道上，看到广告和橱窗展示的家庭用品——英国文化似乎特别强调家庭的重要，经过那一幢幢瑟缩在隆冬中的花园住宅，窥望屋子里的一个个温暖小窝，在这座我曾经生活和工作多年的城市中，我却感到无比的空虚，仿佛在肉体上我整个人都迷失了。"

作者虽然对自己极想逃离的故乡印度很失望，但回到重视家庭氛围的英国，仍是极其地孤寂。故乡难留肉身，他乡难驻灵魂，这让我又一次体会到《中国在梁庄》中同样的落寞和悲伤："身在城市的打工者，却永远是异乡人。回到家乡，堂嫂自信而活泼。然而，在都市里，她只是无数乡村打工者之一，是来市场里的一个粗笨的卖菜人而已。我的表哥，在北京的一个建筑工地做小工。每次到我家，都手足无措，那种沉默、无奈的表情，常让我震惊。实际上，他高中毕业，灵动、健谈、有头脑，在他们村子里是以聪明著称的。但来到城市，他只是一个讨生活的，他的情感、智力、生命，与城市没有产生任何交集。"

那些北漂、沪漂、深漂、港漂们，不也面临着这样的困境吗：故乡回不去，城市难止漂，我心安处哪里才是家。

《控制自然》：与自然对抗终究徒劳，重视应急是首选

这本犹如科普般的书，如果没有耐心和专注，读起来很难坚持。作者是普利策奖得主、何伟在普林斯顿大学选修的文学课大咖老师约翰·麦克菲。作为身处环保运动先驱的美国，他有更多的资源和更开阔的视野，来客观地描写人类与自然相处的故事。

泥石流可以直达好莱坞脚下，飓风可以席卷纽约，地震常常威胁东京。面对自然灾害，是抗争，抢夺，改造，征服，利用，还是控制？作品详述了身处其中的政府管理部门、科学家、工程兵团、普通居民、各种群体的困扰、思考、利益、职责、行动和结果。

作者写道：整整 48 年，密西西比河委员会和工程兵团都坚持“堤坝治河”的政策，这一水力水文学原理，不仅被美国陆军工程兵团奉为圭臬，也是 17 世纪著名学者的观点。然而，现在的地质学家普遍认为河流改道是人力无法干预的，30 年改过去，40 年又改回来，与自然对抗终归徒劳。

我半个月前回老家，听说家乡的武宁西海，也在筹划申请建设类似三峡那样的大坝，罗列那么多的好处，可我心茫然，动不动就在大自然身上动刀，移山填海筑坝截流。想想密西西比河改造工程的前世今生，真不知“山水武宁”会不会也经历古话所说的“三十年河东，三十年河西”。改造自然的胜利，在多大程度上归功于人类自身将永不可知，因为幸运的成分难以衡量，人类干预的作用也无法计算。仅听各种角度不同的媒体宣传，是不足为信的。

很多人并不知道，如今自己天天浏览的资讯，大部分已被悄无声息地植入了广告。能迅速、频繁、大量地推送到你眼皮底下的文字和影像，渗入的资本巨手和信息技术无处不在，流量算法和背后的推手常人难以想象。刷屏者只顾开心，被诱导、被洗脑、被强制却浑然不觉。对于急需保护视力的我，曾自制打油诗一首：“书籍诚可贵，经典价更高，若为视力故，二者皆可抛。”所以，98% 的网络文章、视频，我都不会点开去看，宝贵的眼力神儿只留用在喜欢的纸质书、公众号和学习交流群。我既知道很多东西，又不知道很多常识，经常会请教和利用身边的活字典，快速知晓热点话题。

阳春三月，全球疫情的“倒春寒”，让春暖花开的日子更值得期盼和珍惜。疫情宅家，很适合静心读书。干了这杯“书香安神茶”，一起悦读吧！

小年送礼

下雪啦！有雪的冬天好美，瑞雪纷飞的小年更显欢喜。

古人在冬日喜欢围炉煮茶听雪，今人有茶有雪却难觅围炉的人。如果说远古的人喜欢与自然玩耍，那现代的人，既远离了自然，又厌倦了人群，还有什么好玩的呢？据我目之所及的许多时空里，手机，几乎是大众情人，成了男女老少最好的玩伴。

热闹又寂静的小年，仍然只有不离不弃的书籍陪伴着我。书中人物的悲欢离合，事件的起起伏伏，不会轻易引发我的喜怒哀乐，更多的是激起我的惊奇、仰望与豁达。小年这一天的安静阅读，很想分享一下，觉得这么好的东西吃独食，实在是太浪费了。

这是一次 19 世纪商业领域的通信革命，也是一个站在科技风口历经波折终于成功的个人故事。

18 世纪的一切技术进步，都没有让国家与国家在空间和时间上的距离缩短，拿破仑时代和古罗马时代是一样的。一直到 19 世纪初，火车和轮船的新速度，才使国家与国家之间得到根本性的改变。真正是电的发明，才使空间和时间的关系具有了决定性的改变。电可以越过陆地、高山和所有的大洲，这使当时的一代人惊得目瞪口呆。1837 年，电报第一次使彼此隔绝的世人能同时获悉世界上发生的事，更是让人欢欣鼓舞。

这让我不禁想起1815年的滑铁卢战役，如果那时有电报，胜负可能逆转，世界历史或许改写。拿破仑的手下格鲁希率领的部队，在听到震天动地的炮声和铁蹄声，却不知到底发生了什么事。如果那时有电报互通有无，就能在关键时刻就近火速增援拿破仑与英军的恶战，而不至于循规蹈矩地死守拿破仑的命令：拿破仑自己向英军进攻时，格鲁希务必率领交给他指挥的三分之一兵力追击普鲁士军队，斩断欧洲盟军的增援。最后，拿破仑都兵败如山倒了，格鲁希还在死守着不见踪影的普鲁士军队。法军彻底失败投降了，格鲁希才收到拿破仑写给他的到滑铁卢紧急增援的信函。可惜没有“如果”呀，尽管拿破仑也知道格鲁希既不是气吞山河的英雄，也不是运筹帷幄的谋士，只不过是一个老实可靠的人而已。可是一些居功自傲的元老厌倦了战争，只想更多地享受庄园生活，拿破仑退而求其次的用人，就这么在滑铁卢之役的关键时刻贻误了决定性的战机。

当时整个世界还不知道拿破仑兵败的消息，但有一个名不见经传的人火速扬帆过海，赶在政府获悉战况之前抵达伦敦，立刻进行了大宗的证券投机买卖。此人就是罗斯柴尔德，他是第一个获悉拿破仑战败消息而获利的人。如果那时有电报，还会有这个当时获利百万的银行家吗？呵呵。

人的意志仍然在向自然界的征服中挺进：那些被大海隔离的所有国家，依然处在没有电讯联系的状态，要想在水中铺设一条穿过大海的电缆，当时的技术显然不可能。但是，就是有人干成了这件不可能的事，把欧洲大陆对岸最重要的国家——英国，和欧洲大陆的电报网连接起来。如此巨大的成果，必然唤起那一代人的无限勇气，还有另一个大洲，而且恰恰是很重要的一个洲——美洲，还始终被排斥在这种世界性的电报网之外。

在如此浩瀚的大西洋，如何铺设一条海底电缆呢？在电的童年时代，海洋的深度尚未测出，还没有足够绝缘的材料，也没有准确的测量仪器，未知的因素太多太多。学者们首先激烈反对“不可能”，最有魄力的技术专家也只是说“也许将来能办到吧”。而一个并非学者出身的人，以坚定的信念和淳朴的勇气，大大推动了这项铺设横越大西洋电缆的计划。这是一个名叫赛勒斯·韦斯特·菲尔德的年轻人，正值盛年已腰缠万贯，隐居在家过着寓公的生活，长期的无所事事对他来说也未免太空虚了，旺盛的精力需要找到寄托。这位富于冒险精神的美国人，毅然决然地把自己的全部精力和所有财产，都拿出来干这件事。

初航出征，新闻记者和画家们都到船队上来了，为的是要用语言和画笔，描写这一次自哥伦布和麦哲伦以来最激动人心的远航。然而耗资巨大、困难重重的初航和再航均告失败，舆论的哗然，股东们的愤怒和犹豫，使得这项计划岌岌可危，唯一不动摇的人就是菲尔德。强烈的意志最后总是能拖着犹豫不决的人向前跑，勇气，再一次的勇气，让第三次航行悄悄起航。这一次没有夹道欢送的人海和鲜花，可是大海却非常友好地在等候他们，人类终于第一次把声音从美洲传到欧洲。当时备受崇拜的菲尔德，像一位凯旋的统帅，坐在第一辆马车上，第二辆马车上坐着海船指挥官，第三辆马车上坐着美国总统。

可是不久，大西洋的电缆停止了工作，之前传送的信号变得混乱不清无法辨认。谣言不胫而走，污蔑越过大西洋海底传来的电报从来都不是真的，谩骂菲尔德欺骗了全世界，之前欢呼最响亮的人，现在变得最慷慨激昂怒不可遏。菲尔德这个无辜的“罪人”，钱财尽失，名誉扫地，像过街老鼠一样，躲避着昔日的朋友和崇拜者。享受过最高光时刻的人，最能体味暗沉失意的人生百味。

此时，被挫伤的勇气，被扼杀的热情，没有人会想到重新去做这件成功了一半的事业。沉寂了六年，这条被人遗忘的电缆，又被人重新注入了新的力量，这个人是谁？仍旧是那个充满信念和勇气的菲尔德！如果仅仅只是想做生意赚钱，纯粹的商人不会有这种“执迷不悟”的激情。这让我想起 2022 年腾讯发起的“新基石研究员”项目，对申请人的遴选，不仅仅是看你发过多少文章、有多少专利、有多少应用，评委们更看重的是申报人的雄心壮志和关心人类进步的情怀。对自由探索梦想的鼓励和尊重，不论对于基础科学还是技术应用，都至关重要。

这位“衣带渐宽终不悔，为伊消得人憔悴”的逐梦人，第三十次远渡大西洋，用一笔六十万英镑的新资金获得了旧的经营权。1866年，十分清晰的声音通过海底电缆，终于把欧洲的古老世界和美洲的新世界连接在了一起。人类再一次挑战了自然界的极限，同时，勇敢的逐梦人再一次傲视了闲言碎语又随波逐流的世态人情。

人没有被自然所桎梏，更不应该被人类的同类所羁绊。如此璀璨的人性光辉，怎么能不激发后人的惊奇、仰望与豁达呢。书籍给予我的滋养，就当作小年礼物分享出去。祝您小年快乐！

瑞典斯德哥尔摩诗丽雅游轮嗨翻天

生活最大

因为性情和爱好，使得我常在生命最深处，与苦痛的灵魂相遇。每每遇到已经N多年找不到一般意义上“解药”的人儿，我就暗忖：TA要是有一个真正的阅读习惯该多好呀。

依我的陋见和狭窄，是理解不了那些全情投入工作或者享乐，就能解除痛苦的人；同时，我也不相信这个世界上，有放之四海而皆准和一劳永逸的人生“解药”；再者，每个人的心性和生活经历千差万别，此药方对张三有效，可未必对王五也有效。我之所以暗暗地希望，苦痛的魂灵能养成阅读的习惯，只是出于自己的阅读体验和岁月感悟罢了。

我喜欢把自己的生活融入书中，先是被动地向先哲讨教，觉得这个也有理那个也有道，继而奢求先哲一劳永逸地给我答案。最后，才知道先哲永远“沉默是金”，自己也慢慢地渐入“六经注我和我注六经”的小小佳境了。另外，一定要阅读高于自己的书籍，读经典和原著才算是真正的阅读。现在资讯泛滥，只求吸睛加关注的自媒体太多，比如很多读史的公众号，亦庄亦谐地通过戏说历史，来告诉读者怎么规避职场陷阱，实际上都是针对职场人士常见的“痛点”，兜售正中下怀的狗皮膏药，让你非常受用地在自己固有的思维圈子里打转，被忽悠和沉浸进去还不觉得，完全没有“开茅塞、除鄙见、得新知、增学问、广识见、养性灵”的功效。

健身和养生也如此，网络上各种方法和器械层出不穷，今天冒个“马步蹲”，明天来个“平板支撑”，后天整个“八段锦”，极尽标新立异之能事，“语不惊人死不休”地你方唱罢我登场。许多人马不停蹄地跟风，却从不坚持一样，也不管适不适合自己。所有的爱好如果浅尝辄止，都无法体味其中的乐趣和益处，深感远离网络垃圾有多么重要。

其实，你可以没有一个阅读习惯，但是，不要总是处在人云亦云的跟风阶段，要有意识地去慢慢寻找到一个适合自己的“解忧丸”。人生很短暂，同时也很漫长，不论在你“痛”的时候，还是“不痛”的时候，除了“人”之外，一定要有一个永远不离不弃的“爱好”。而这不是临时抱佛脚就可以得到的，非得靠日积月累的习得。总觉得现代人的痛，大多跟时代相关，小人物怎么拗得过大时代。所以，想让自己保持鲜活，重构认知不失为一种可行的路径。而阅读是最有助于帮助重构认知的。

记得《论语》中有一章描述，孔子和他的四个学生一起聊天，孔子说：你们经常抱怨“人家不了解我呀”！假如有人了解你们，那你们打算做些什么事情呢？其中三个人分别说想做军事家、经济家和外交家，唯有曾皙说：“暮春时节，穿着春衫。和几个成年人、几个孩童到沂水里游泳，在舞雩台上吹风，唱着歌回家。”孔子长叹一声说：“我赞同曾皙的想法呀。”

据说明末清初文坛巨匠金圣叹的改名，正是由圣人的这一叹而来。孔子是儒家入世文化的首席大师，齐家、治国、平天下，应该是他的核心志向，怎么独独赞赏曾皙的嬉戏游乐呢？许多史学家和文学家认为，过上自己最向往的世俗快乐生活，才是孔子仁礼治国的终极愿景，芸芸众生终归还是生活最大。当明白了生活最大，就不会拿普世价值观的标尺，去丈量灵动的生活，去定义每一个独特个体的人生。只会摸索和尊重各自舒适的生活状态，把生活过好才是最大的赢家。

也许你从小到大坚守的理想彼岸，在这个时代已经不存在了，但你依然可以走在那梦想的旅途上。只是逐梦之后还能记得回到生活的轨道，穿着漂亮的衣服在田园踏青，在河里嬉水，在岸上吹风，哼着小曲儿回家。

快乐生活，才是对生命的最高礼赞。

你生命中的大事

古印度哲学诗歌《薄伽梵歌》，有这样一个场面：英勇的武士阿朱那在一次战役前，惊愕地发现自己的亲人和朋友在敌方阵营中，顿时瘫坐在战车上不能动弹，满心的纠结——战还是退？到底是他们杀死我们更可怕，还是我们杀死他们更可怕？

这种站在人生十字路口的两难抉择，经常真实地在每个人身上发生：大学毕业是继续深造读研读博，还是立即找工作？谈恋爱是找真心喜欢的恋人，还是有房多金是首选？遭遇背叛是选择离婚，还是选择原谅并重构生活？人到中年是继续待在并不喜欢的熟悉生活中，还是"纵身一跃"开创前景未卜的人生下半场？

爱因斯坦说过："你无法在制造出问题的同一个思维层次上解决这个问题。"也就是说，当微观角度无法解决微观问题时，只能从宏观角度去解决。《薄伽梵歌》告诉人们终止纠结的方法只有一个："不忘初心，方得始终。"所谓初心，就是你渴望施展天赋的最原始意愿，简单说就是把天赋用在什么地方。找到你的天赋，并将初心升华为信念，当作一辈子的使命去践行，这就是你生命中的大事。

天赋需要在孩童时代被具有眼光的人发掘，遗憾的是受父母和老师的影响，大部分人都会背离天赋。

圣雄甘地刚开始并不那么神圣，只是一个害羞、说话都不利索的印度律师。在一次法庭辩论竟然独自逃离，从此，在印度无人敢请他打官司。23 岁他离开印度前往南非，由另一位慷慨的叔叔给他安排了一个律师职位。接到的第一个案子就让他无从下手，但他也清楚地知道，如果输了官司，在南非又难以立足了。经过细致的研讨，他发现这极有可能是一件旷日持久的官司，会富了律师，穷了客户。于是，他提议自己的客户将这个案子提交仲裁，达成庭外和解，最后皆大欢喜。由此，甘地第一次看到了自己的天赋：以和平的方式调和矛盾的能力。意识到自己一生要做的事：将分离的力量统一起来。最终，他带领 4 亿印度人开展非暴力抵抗运动，脱离了英国的殖民统治。

发现天赋很难，找回初心把天赋用在什么地方也不容易，坚持践行使命更需勇气。为了过上自在喜乐的生活，探索“你生命中的大事”是难以逃避的事情。你无须用伟大的行动来耗干自己，可以在擅长的体育、绘画、音乐、舞蹈、财务、学术、写作、构建人际关系、养育孩子、园艺、烹饪、集邮等方面，跟随初心，践行使命。如果你的初心召唤你成为绿叶，就不要去纠结自己成为红花；如果你能看到复工复产的大亨们，光鲜背后的殚精竭虑，比常人用功用心千百倍，你就能学会好好安享，虽不荣华但却安逸的生活，不然既享受不到富贵也享受不了安逸；智能时代很多职业将会受到机器的冲击，加之经济周期的繁荣或萧条，教会你的孩子一些“虚度”不折腾的能力，甚至比告诫他奋斗不息还重要。

每一个人来到这个世界的使命，是成为真正的自己，而不是别人。这是每个生命的漫长修行。

爱是一把双刃剑

许多人都听过这样的故事：两个豪猪，为了免于冻僵，依偎在一起相互取暖。随之又被彼此身上的毛刺扎痛，而各自分开。这种既依恋又逃离的生态，正是哲学家叔本华所描述的现代人的生存窘况。

每个人从一出生，就在母婴的依恋关系中，寻求一种对爱的确认。被满足时母亲的乳房是“豪猪”，被剥夺时母亲的乳房是“豪猪身上的刺”。人们整个一生在亲子关系、婚恋关系、朋友关系等人际关系中，既享受着爱和温暖，也承受着伤害和冷漠。孤独中渴望依恋，依恋中又害怕束缚，在相爱相杀的纠缠中爱恨交加，爱的双刃剑一直高悬。

当我们俯瞰一下人生，领略一个人从“情感的奴隶”到“生活的主人”的艰难历程，会不会再一次真心拥抱呢?

第一阶段：“情感的奴隶”

在这个阶段，认为自己需要为他人负责，让他人快乐是自己的义务。如果别人不高兴，就会以为是自己做错了什么。

此时，特别容易把亲人看作负担，显然这会伤害到彼此的关系。比如，许多人以为，爱情就是牺牲自己来满足爱人的需要，一旦看到伴侣不高兴，就认为是自己做得不好。长此以往不堪重负，最后会反过来指责对方：“你太依赖我了，我能力有限，无法承受你这种没完没了的依附，而丧失我自己的独立性，我们分手吧。”于是就想尽快摆脱这段亲密关系。

第二阶段：“面目可憎”

在这个阶段，发现牺牲自己迎合他人，代价实在太大，会觉得憋屈、恼怒和不甘。

此时，非常注重划清人与人之间的边界，对于他人的痛苦可能会无动于衷：“这是你自己的问题，和我有什么关系！”虽然不再愿意为他人负责，但还心存疑虑，此时的态度就会显得生硬，冷酷得“面目可憎”。比如，一个被公认的品学兼优的小女孩儿，对别人的要求总是百依百顺，习惯于委屈自己迎合他人。当告诉她“真诚待人比委曲求全更可贵”时，她哭着说“我不想让任何人失望”！慢慢地她能大胆对妈妈表达自己的愤怒和需求，生硬的态度和语气的改善，只是时间问题了。

第三阶段：“生活的主人”

在这个阶段，彼此乐于互助，又清晰各自的边界。帮助他人是出于爱，而不是出于恐惧、讨好或内疚。

此时，既能坦然地表达自己，又能同理心地倾听他人。不仅意识到自己对自己负有 100% 的责任，而且还知道无法替他人负责任。并且意识到人与人之间，损人一时或许可以利己，但是，最后这种折损还是会回到自己身上。人与人之间这种“不带敌意的坚决，不含诱惑的深情”，会让爱在所有的人际关系中流淌。

爱之于人，就像空气之于万物，再庞大的金钱或伟业，也不能替代无影无声的爱在生活中的位置。当我们能像婴孩一般坚信，在空旷的世界里，一直有一个看护着我们的温暖乳房，或许，美好、充实、丰盛而有趣的人生，才刚刚拉开序幕。

辑七

旅行，总以为需要抵达一个目的地，其实旅程本身即是生命的表达

神游巴黎凡尔赛宫

24寸的行李箱被捯饬一空，仰面朝天地摊在地板上。左边，是魔法认可携带的物品，右边，是被他淘汰出局的赘物。接着他麻利地把左边的物品，妥妥地放入一个不超过20寸的带滚轮行李袋。我陆陆续续收拾了一周的24寸行李箱，就这样麻利地被就地枪决。

瞧，太好了，不用托运行李直接登机，在大家托运或拿取行李的等候时间，我们想干嘛就干嘛。还得意地拍拍我这个老母亲的肩，露出那副从小我就熟悉的纯真笑脸，以及不违和的确定眼神。

“15天的欧洲游，就带这么点东西？”

“没问题。”

“需要跨过春夏秋三季的衣物？”

“足够了。”

“还有一段阿尔卑斯山的行程，会下雪！”

“有我这北极熊般厚实的脂肪，不会有老妈以为的冷。”

生活可以极简，这是魔法的口头禅。好吧，我这个在家人和朋友眼中，有口皆碑的断舍离高手，不想认怂只想佩服。相信他，是最好的选择。于是，这个浓缩了全部精华的行李袋，就是我和魔法两个人，欧洲11个国家，15天行程的全部家当。

呵呵，这是十年前，我脑海中印象深刻的一个画面，也是我这个断舍离高手的晋级启蒙。

十年前的那次欧洲游，第一入境点是巴黎，15 天后出境点仍是巴黎。抵达巴黎的第一天，魔法就告诉我，巴黎的米其林餐厅值得体验。我说人生地不熟的，庙门都摸不着，明天赶早就要跟团出发去德国，只有回国再经过巴黎时再说吧。那是我第一次听说米其林餐厅。

中途在意大利佛罗伦萨游览的时候，魔法跟导游软磨硬泡，说自己在大学用了两年的时间，研读但丁的《神曲》，极想亲眼看看但丁故居，已经到了眼前而失之交臂，会非常遗憾的。同时，又露出他那略带腼腆的纯真笑脸。

行程有效率、办事讲规矩的导游，可能被稚气未消的魔法打动。她说：小伙子啊，我也算见多识广了，一路上没听见你说几句话，你是个用眼睛和耳朵的人，也是我难得一见的对人文和历史真正感兴趣的中国游客，我愿意成人之美。就这样，一团 20 多个人，多走了一点时间的弯路，陪同魔法一起，实现了他心心念念的第一个夙愿——但丁故居。

欧洲是一个让想象力难以停下来的地方。如果去贵州偏僻贫穷的山庄，触目惊心的吃穿住行，只会让人很接地气地贴近现实生活。而到了欧洲，特别如我就像刘姥姥进了大观园，面对这块大地上处处散布着的古迹和雕像，总有时空穿越般的喜爱。哪怕是面对废墟，也会来一段废墟狂想曲。

行程渐行渐远，返程也愈来愈近。在返回巴黎、出境回国的头一天，魔法又请求导游，能否让

气度非凡的梵蒂冈圣彼得大教堂

他见识见识巴黎的米其林餐厅。导游果断地就一句话：小伙子啊，你要的太多了。魔法抱歉地点点头，承认自己确实是太贪心了，转而又搭讪闲扯：我妈年纪越来越大，这是我第一次陪她出远门，也是她第一次、也极有可能是最后一次来巴黎了。她不喜欢购物，我想在团队购物的时间段，陪她去看看凡尔赛宫。您帮我实现这个心愿，我走到世界的任何角落，您都是我最美好的回忆。依旧又露出他那招牌式的纯真笑脸。

“呵呵，小伙子，看来你属于沉默是金的那种人，不仅会用眼睛和耳朵，更会用嘴巴。金口难开，一开就黄金万两。”

“过奖过奖，我身边的人总说我性格内向，可跟着您这十多天，我变得性格外向了，绝对是活成了我本来的样子。”

资深导游实在招架不住毛头小伙，冒着团队队员境外脱队的风险，终于批准我俩，在团队集体去“巴黎春天”和“老佛爷”购物的时间段，离队四小时，自由行凡尔赛宫。导游把我俩送到地铁口，叮嘱再三就拜拜了。魔法望着导游远去的背影，眉开眼笑地对我说：你知道吗？凡尔赛宫的镜厅有多震撼，终于可以一睹风采了！这是我从魔法那儿第一次听说“镜厅”。

那时，旅行社对中国游客设计的欧洲游经典线路，只会选卢浮宫，绝大部分不会去凡尔赛宫。所以，在地铁或凡尔赛宫售票处，难得见到一个中国人，那次我们在凡尔赛宫没听见一句汉语。在那里不是英语就是法语，而且碰到的多是叽里呱啦的法语，完全听不懂。想问路或面临两难选择时，只能依靠魔法还过得去的英语，连比带画地进行。

记得第一步买地铁票，就花了不少时间。我们出发站是凯旋门，到达站是凡尔赛宫，地铁票还分啥 A 票和 B 票，线路图全是密密麻麻的法文或英文，头皮都麻了也没看明白。好不容易碰到一个黄色面孔想咨询一下，一开口不是日本人就是韩国人。幸好魔法理性又感性，像海盗投掷硬币一般，果断地把票买下，终于坐上了开往凡尔赛宫的地铁。我记得没坐一下子就驶出了黑黝黝的地下，来到了明晃晃的路面，应该是城市轻轨了。

出了地铁站，已是当地时间中午快 1 点了。我说先找个地方把肚子填饱，可魔法建议节约时间，先把票买好，到里面边溜达边找吃的。我们很容易地就找到了凡尔赛宫的购票窗口，只有几个人在排队。我比较马虎，直接排队等待购票，可魔法左看右看，明白了票分两种，半票 10 欧元，就只游览凡尔赛宫，全票 15 欧元，还可游览凡尔赛宫花园。我们不远万里来到巴黎，还是好不容易争取到的自由行，当然买全票。当售票员递给魔法两张半票的时候，魔法说：No，full fare！后来才知道我们有多么幸运。

幸运之一，在旅游旺季，像我们这种自由行散客，靠自己是几乎买不到票的，全被分时段的整车整车大巴导游排满，外地散客哪怕有勇气排一天的队，也难有耐心等到最后一刻。我们到达的时间是中午，正好是各种大巴游客和导游吃饭的时间，所以我们排队购票时只有几个人，不然看到那人山人海的架势，哪怕我们有勇气有耐心，也没有时间啊，这才回想起在梵蒂冈游览世界第一大教堂——圣彼得大教堂，如果不是导游老辣的伎俩，我们团队排一天队也难进去。可见这次的凡尔赛宫自由行，是多么的幸运。

幸运之二，大名鼎鼎的卢浮宫，是中国游客必到之地，但对于游览内容要全、价格又要便宜的中国游客，凡尔赛宫是根本排不上行程表的。哪怕排上了日程表，导游给中国游客安排的也多是半票不买全票，导致不少中国游客根本就不知道还有个凡尔赛花园。这样的安排，一是降低成本，二是压缩时间，三是导游阅人无数心如明镜，掐准了中国跟团游客只是“到此一游”罢了。导游个个专业、敬业又猴精，把自己面临的风险，像精算师般精准到每一个人，特别是团队里的核心人物或“刺儿头”。后来，我们游览后花园的时间比“镜厅”还多，才知道我们购买全票是多么的英明之举。

凡尔赛宫位于法国巴黎郊区的凡尔赛镇，起初是法国王公贵族享受豪华奢侈生活的场所，后来成了世界著名的宫殿之一（中国故宫、法国凡尔赛宫、英国白金汉宫、美国白宫、俄罗斯克里姆林宫），也是法国 17 世纪艺术成就的巅峰之作，宫殿及其园林影响了整个欧洲的品位和风格。就连历代俄国沙皇的郊外宫殿也深受其影响，2019 年 5 月我在俄罗斯游览圣彼得堡夏宫的时候，简直惊呆了，以为自己回到了巴黎的凡尔赛宫，几乎是一个模子印出来的。

凡尔赛宫的镇宫之宝，就是“镜厅”。整个镜厅由 17 面用 483 块镜片组成的落地镜而得名，是凡尔赛宫最奢华、最辉煌的部分。这 483 块镜片反射着金碧辉煌的穹顶壁画，镜子对着视野极好的 17 扇拱形落地大窗，透过窗户可以将凡尔赛宫后花园的美景完全映照进来。同时厅内烛台点燃的蜡烛，经过镜面反射会形成约 3000 支烛光，把整个大厅照得金碧辉煌。

镜厅的闻名，不仅来自其设计的精妙，还来自这里是《凡尔赛和约》的签订地点。普法战争，法国战败，皇帝拿破仑三世被俘，德皇威廉一世就在镜厅内加冕，并宣布成立德意志帝国。到了第一次世界大战结束，德国成了战败国，法国指定在镜厅签订和约，即著名的《凡尔赛和约》，以纪念法国人的雪耻和荣光，镜厅就成了一个重要历史时刻的见证之地。

看看官方版本，再听听导游讲的民间逸事，颇具戏剧性。1789 年，路易十六被民众挟至巴黎城内，凡尔赛宫作为王宫的历史至此终结。后来，有一个类似中国和珅的大臣，通过搜刮民脂民膏和贪污国库银两，把法国大革命时期被民众抢掠砸毁的凡尔赛宫，修葺一新再现辉煌，又成了达官显贵寻欢作乐的地方。这事儿被传到国王耳里，觉得难以置信，于是微服私访，惊诧得大跌眼镜，自己的手下竟然比自己过得还潇洒。接下来的结局，估计各位都猜得出来，“欲加之罪，何患无辞。”大臣锒铛入狱，国王重拾皇宫。于是，今天的我们又得以游览皇帝的后花园。

历史学家喜欢把历史称作“过去的故事”，归类为小说而非科学。历史总是与事件或人物有关，而由古到今的事件或人物，不论由正史解说还是经野史演绎，于今人都是故事。因此，读史看史不只是关心那年那月发生的事，更需读懂任何时空之中，那些事件的普遍意义。

提起凡尔赛宫，决不能遗漏凡尔赛宫花园，它们是一个整体，是人与自然和谐相处的某种方式。凡尔赛宫花园是一座风格独特的“法兰西式”大花园，视野辽阔深远，格局方正恢宏。它完全是人工雕琢的，极其讲究对称和几何图形之美。最令我震撼的，就是纯粹被人工修整而成的几何图形的树，还有那些高高的、长长的、厚厚的“树墙”，长方形、圆形、圆柱形、梯形、三角形、锥形等，让人眼花缭乱目不暇接，与中国皇家古典园林有着截然不同的风格。

我觉得中西园林，无论在形式上还是内涵上，都各有千秋：中式环绕—西式对称，中式小桥流水—西式雕塑喷泉，中式坐着的休闲长廊—西式走着的漫步绿墙，中式静雅—西式灵动，中式对自然的融入迁就—西式对自然的侵入改造，中式兜兜转转—西式开阔无垠，中式含蓄—西式奔放，中式休闲和生活泾渭分明—西式生活和休闲连为一体……我想与每一种不同造型的景观合影，可魔法几乎不愿帮我拍照，使得我的欧洲行美照少得可怜。

魔法总是调侃我：

“你怎么老是想与大自然媲美呢。”

“女人爱美不行吗？”

“爱美没问题。可对美视而不见，就很遗憾了。”

“我缺乏发现美的眼睛？”

“你缺乏感受美的心灵。”

魔法颇有点语重心长：“你拍的这些东西网上到处都是，而且比你拍得还好看。你此时此刻亲临其境地看、听、嗅、触与心智体验，却是网上无法获得的，也是你自己不可复制再得的。你就安静地用眼睛去看，用心去感受，不好吗？”

“你说的好，就是好吗？”

“好吧，那你知道苏格拉底认为什么是好吗？”

“愿意洗耳恭听。”

苏格拉底跟他的学生辩论了很久，最后得出结论：“好就是愉悦。”伊壁鸠鲁又说：“聪明的人应该远离最终导致痛苦的那类愉悦。”旅行恰恰就是远离始欢终悲的最好愉悦方式之一，在紧张工作和辛苦谋生之外，找到生活中的另一种愉悦。居家，对已知环境保持热忱；旅行，对未知环境保持好奇。任何时间和任何空间，学会从自己与环境的亲密接触中寻找乐趣。你总想着留存美照，把瞬间当作永恒，哪有精力去感受永恒自然中的美好瞬间呢。

那年那月那一天，我们就这样在异国他乡，边走边看边聊。魔法实现了他的第二个夙愿——参观凡尔赛宫的“镜厅”，同时，也完成了他如今更为欣慰的第三个夙愿——陪同老妈看世界。

“贪心的小伙子，米其林餐厅就留着以后带女朋友同游啰。”

“呵呵，希望有个女朋友，请我吃米其林大餐。”

“我敢保证没有哪个女朋友，能同意你带20寸的行李袋游欧洲。”

“你觉得这次物品不够用了吗？”

“还真够用，没有一点儿不方便的感觉。除了在阿尔卑斯山挨了一点冻，那完全可忽略不计。”

“记住了，生活可以极简，不要让自己负赘前行。”

从此以后，每次外出旅行，我的行李包总是最小的，但拍照臭美的衣服，却总是变化最多的。

洋洋洒洒，似乎有点儿文不对题，主角到底是凡尔赛宫还是魔法呀？呵呵，写着写着，时间久远，凡尔赛宫越来越模糊，难以在笔下复活。那时的手机还没有相机功能，魔法又总是提醒我多用眼睛，少用索尼相机，留下的影像资料少得可怜。倒是当时的魔法，在我脑海里越来越清晰和鲜活。于是，笔锋一转，题目一改，觉得写旅行中的人更有趣。也许有标题党之嫌，但绝对是我对自己、对读者的另一种忠实。

魔法至今都铭记，那位导游的成人之美；我也很幸运，总是能遇到形形色色的金牌导游——比如，魔法也是难得一遇的另类导游。绵延的新冠疫情，重创了旅游业，祝愿导游们也能被他人“成人之美”。

疫情宅家，找找另一种愉悦方式，神游巴黎凡尔赛宫，追忆似水年华。

瞬间的永恒

——追忆巴音布鲁克草原

生命的长河中，总有几个不经意的瞬间，成为滋养我们的永恒。

2006 年 9 月中旬，我和一个初中同学，揣着中学课本里《天山景物记》的印象，哼着王洛宾《达坂城的姑娘》的轻快旋律，背着简单的行囊，坐着两天一夜需要中转的火车（那时还没有动车高铁，2007 年才有动车），历时 12 天，游走了新疆的南疆和甘肃的敦煌。这是一次从来不需要想起、永远也不会忘记的旅程，途中的种种经历历久而弥新。时隔近 20 年的今天，回想起来，留给我印象最深的，还是新疆的巴音布鲁克草原。

记得那是 2006 年 9 月 23 日，为了看草原日出，凌晨 5 点我们就起床了，洗漱完毕走出客栈，头一天就租好的桑塔纳早已等候在门口。我情不自禁地抬头仰望，哇，满天的繁星，那么亮，那么密，那么辽阔，那么宁静，在城市里许多年不曾见过了。精气神儿顿时为之一振，前一天坐大巴从乌鲁木齐到伊犁日行 770 千米的疲惫，以及多日的水土不服一扫而光。

兴奋轻灵地一跃上车，一路神往地听着司机介绍。巴音布鲁克的蒙古语意为“富饶的泉水”，它位于天山山脉的山间盆地中，四周被雪山环抱，地势平坦，水草丰沛，著名的“天鹅湖”自然保护区和九曲十八弯的“开都河”就坐落在大草原中。在黑漆漆的山路上颠簸了一个多小时，就到达了巴音布鲁克草原。

那天，八点多了太阳还没有升起，除了远远看到一个占据在高地上的黑影（我估计只有摄影达人才会如此起早摸黑吧），整个草原就只有我们俩。司机说我们很幸运，碰到这么好的天气。是啊，那天我们目睹了巴音布鲁克草原日出的全过程。

时光已远，但那天初升的太阳，照在远处白雪皑皑、逶迤起伏的天山山脉上，幻化出来的那抹金黄，带给我的震撼永生不灭。湛蓝优美的天鹅湖和婀娜蜿蜒的开都河，披光戴彩地变幻着它在这块土地上的神奇，令我叹为观止。此时此刻，任何艺术表现手法都会黯然失色！当时，我还非常遗憾自己既不具备高超的摄影技术，又缺乏才高八斗的文字功夫，现在想来，那时那刻，尽情地用眼睛、用心灵去感受大自然的鬼斧神工，是人与自然最美妙的因缘际会。那是我第一次领略到，什么是瞬间的永恒！

诗人华兹华斯曾说："时常走访大自然，是解除都市生活罪恶的必要良方。"他喜欢坐在橡树下，感受橡树不会因为狂风暴雨而陷入狂躁，也不会因为耐不住寂寞而谋划远走高飞，安安静静地坚持在自己的位置上勃然生长。是的，橡树的独立、松树的坚毅、湖泊的静谧、草原的辽阔、高山的稳重、险峰的崇高……都能够含蓄地唤起我们与生俱来的美好情感，浇灭都市里弥漫的戾气。

我曾经三次陪伴老妈在广州做眼疾手术，经历着反复的治疗、两难的抉择和漫长的等待。当独自躺在旅馆呆望着天花板的时候，往昔的美好时光，巴音布鲁克草原初升的太阳，照在天山山脉的那抹金黄，就会不期而至地温暖着我寂寥的低迷时光。慢慢不着急地，柔柔不用力地，驱散着我所有的犹疑和焦虑。

生活既有眼前的苟且，也有诗和远方，我们可以把眼前的苟且过成瞬间，也可以把遥远的诗和远方过成永恒。从容切换，自由穿梭，在沧海一粟的瞬间，活成自己的永恒。

蜗牛无论旅行到何处，都是在自己的家

鸟，无论迁徙到何方，都会倦归自己筑的鸟巢；蜗牛，无论旅行到何处，都还是待在自己身上的小壳宅；人，无论是扎根城市还是回归田园，似乎永远都完不成自己的筑巢，屋子再大再多，到处还是游荡着无处安放的魂灵。

在日常的工作、家庭围城里待久了，便向往诗和远方。从一踏上飞机、火车、汽车、游轮的那一刻，物理空间变了，心理空间也会随之改变。人在旅途，有的人喜欢马不停蹄地奔向数不完的景点，尽享围城外的时空，除了睡觉，不留片刻蜗居的时间，不错过任何一片云朵、一卷海浪、一个贝壳、一树奇花异果、一个美拍瞬间……知道自己与这片土地和天空不过是邂逅而已，把仅有的几天时间全都塞进这片空间，把自己全部的生活都浓缩在此时此地。都市的家不想待，旅居地也不是家，那就好好享受片刻的四海为家吧。

另有一些人喜欢的四海为家，是每到一处慢慢地走过，知道有看不完的风景，不必去追；明白有不断遇到或错过的人间，不必去求。按居家的节奏，把自己喜欢的喝茶、跑步、阅读、聊天、美食、娱乐等，带到世界的任何一个角落。空间变了，度过时间的节奏也变了，但享受生活的调调依旧没变：内容丰富，节奏轻快，无论身在何处，都呵护好自己的眼耳鼻舌身意，守住中正平和的生活。旅行不是逃离，是生活中的一个片段，一种生活的方式而已。唯有如此，才永远可以待在自己所不在的地方，或永远可以不待在自己所在的地方。

第一次玩海，感受到宽广；第二次玩海，感受到孤独；第三次玩海，感受到渺小；第四次玩海，感受到涵容；第五次玩海，感受到喧嚣中的宁静……之前在大海面前喜欢沉思，现在与大海之间是更为轻松的嬉戏。静思中其实掺杂了许多的抗争和傲气，而嬉戏反倒是更为融合的参与和互动。人与大海，在各自的孤独中对话，在相互的嬉戏中陪伴。浪花终于有喜欢它的人相互玩要了，人也终于能够把宽广、孤独、渺小、涵容、宁静，统统丢进人类的词语库，摘下滤镜，看山还是山，看水还是水。迁徙与安居，静中的动与动中的静，大里的小与小里的大，自然的空间与心理的空间，旅行中的家与家中的旅行，所有从颉颃到融合的心路历程，只有走过的人才知道。

诗人说，用做梦可以抵抗所有的缺失；哲人说，每当梦想抛弃一点过度想象的部分，就能新增一点内心空间的广度。带着梦想去旅行，内心空间的无限性会在旅途中不断地拓展和延伸，无论身在何处，我心安处便是家！

不想栖息，只想迁徙

冬季，去一个温暖的海边度几天假，会感到浑身紧绷的寒冷，一下子被海风和暖阳软化开来。

一时兴起，想给自己来一个2020迎新之旅。想，就干！于是，开启了一场说走就走的旅行。谁也没有料到，旅行归来，新冠疫情形势急转直下，武汉封城，全国封控。疫情三年，让这场说走就走的旅行更显珍贵。

从雨雪霏霏的长江之畔，到温暖和煦的北海之滨，清晨，被久违的鸡鸣声叫醒，觉得非常亲切。好久没有听到雄鸡叫早了，突发奇想：鸡为什么总是在天亮之前不停地叫呢？它在呼唤什么？哈哈，怎么冒出“先有鸡，还是先有蛋”一样的天问呢？看来鸡真是神鸡，总是自带天性地给人类一些亘古未解的哲学思考。

爱沙尼亚首都塔林是保存完好的中世纪古城之一

今天的旅行途中，从一个地方到另一个地方的高速路上，车外辽阔的景致和车内狭小的空间，都是让人思绪飘飞的好时光。车里的人，看着路边迅速掠过的田园屋舍；田园屋舍里的人，看着路上疾驶而过的汽车。他们都不知道彼此过着怎样的生活，只会在某个人的思绪里，才会让彼此的时间和空间有了某些交集。

这让我想起很多年前，网络上疯转的一篇文章。说的是一个亿万富翁，在自己家乡的海边购置房产养老，天天吹着海风晒着太阳，吃着本地的鱼虾贝蟹。本地的老渔民也和他一样，天天吹着海风晒着太阳，吃着本地的鱼虾贝蟹，似乎他们的晚年生活没什么两样。富翁某个时刻也许会怀疑人生，觉得自己一辈子决战商界斡旋政界的意义何在。老渔夫也开玩笑地说，老哥啊，你折腾了一辈子，还是回来和我过着一样的渔民生活。

我臆想，只有富翁知道，此渔夫生活非彼渔夫生活，最根本的不一样，是从没有走出这片海的渔夫，到死都很难放下，年轻时对外面世界的向往和梦想。而富翁活着的时候就已经很清楚，这片海才是他此生最好的归宿。

这则寓言式的故事，让我想起中国的一句老话：看山是山看水是水，看山不是山看水不是水，看山还是山看水还是水。少不更事没忧烦，看山就是山，看水就是水；中年历经沧桑，看到的山水都戴上了谋生的滤镜，投射了自己的酸甜苦辣和社会文化价值导向，即所谓的望月伤怀落叶悲秋；老年时放下了许多执念，破除了胸间块垒而云淡风轻，再也不会对花落泪对月伤怀，落花就是花，残月就是月，欢喜于物我两相望。

从小就喜欢在路上的感觉，年轻的时候，只要没去过的地方都想去，特别是工作有出差的机会，于我特别开心。随着年岁的增长，还是一直喜欢去没有去过的地方，去了还想再去的地方。喜欢拜访在各种阅读中神往过的地方，而不是什么十大必去景点，更不是什么他人定义的网红打卡点。旅行中不仅喜欢自然景物，还喜欢不同地域的人文和不同的旅伴，更喜欢感受在不同的时空中，人与人的别样相处，人与物的相互映照。

慢慢地、静静地、柔柔不用力地，去看山，去看水。哪儿都可以栖息，哪儿都不是迁徙。

去发现旅行中有趣的人

这世界有那么多人，熙来攘往，犹如剧场擦肩而过，灯一亮无人的空荡。酷暑八月，把宝贵的一年一度工龄假，献给了凉都六盘水。

人在旅途，有的人喜欢拍风景，有的人喜欢自拍，有的人喜欢“扫街”，有的人喜欢美食，有的人喜欢异地购物，有的人喜欢搜寻别样的住宿。然后，分享到抖音、视频号、朋友圈，与满屏虚拟的朋友自嗨，却与身边的人无以交流，各自形同虚设。现实成了虚拟，虚拟成了现实，厉害的智能时代模糊了现实和虚拟，改变了人们的生活方式和相处模式。

走过千山万水，确实有点审美疲劳，不独特无新意没韵味很难吸引我。一天也用不了 20% 的电池格，越来越少举起手机，更多的是使用自己的身体，用眼睛观察，用耳朵倾听，偶尔用嘴巴交流，让身体的视觉、听觉、触觉、味觉、嗅觉、温觉，像触须般地舒展自如，去感受身边的人和事。让那些看不见的喜怒哀乐悲恐惊，那些脱离当下时空之外的脸谱生活，在我想象的世界里驰骋，让感知力、想象力、创造力与表达力联姻，奇妙无穷。

茶师

高大挺拔，步履如风，天庭饱满，目光如炬，鼻如悬胆，口若悬河。上知天文下知地理，对茶文化更是如数家珍。

随身携带的袖珍泡茶器具，配上一身棉麻衣裤，虽是道家弟子，却很有一番禅茶大师风范。声如洪钟嘴吃四方的架势，虽与古茶幽韵相去甚远，倒是彰显了道家养锐通阳的功夫。

茶，本是草木饮品，可如今喝的不是茶，是茶文化，是茶客身价。老班章、母树大红袍、古树茶等被炒成天价，喝茶的茶具也被吹得神乎其神，泡茶的水也是名目繁多，茶道更是永无止境，似乎老百姓都不配喝茶了。我细细琢磨，越来越觉得各种各样的奢侈品，归根结底都是在讲故事。而且是高情商的人，给高智商的人，讲述高级的故事，三个因素缺一不可。表面上是讲文化，骨子里却是讲金钱亮身份。高级的故事，高情商的人讲给低智商的人，听不懂；高智商的人讲给低情商的人，不接纳；低情商的人和低智商的人彼此没法讲，哪怕有抬轿子的中间人，也无法展开对话。

茶师讲茶事，只有在“三高”的氛围中，才能互相推杯送盏。呵呵坏笑一声，怪不得茶有治疗“三高”之说。我等常人无问东西，只管“吃茶去”，爱上自己的那一口。

故事王

头发灰白，步态缓慢，寡言少语。只有当一支烟叼在嘴角的时候，才能感受到那眯缝着的双眼扑朔迷离，云深不知处的思绪，随着一呼一吸一明一暗的烟雾，在缭绕在缥缈在上下求索。

羽毛球、网球和围棋样样精通，虽是业余爱好，级别却玩得不凡，并打算等孙子四岁，就开始实施网球训练。名利须臾去，唯有球棋伴，有规划的退休生活，何失之有。

故事王满肚子都是惊心动魄的故事，特别是在高速路上封闭的车里和漫长的时间里，人人都好奇，个个爱惊悚，如果旅途中有这样的故事王，会让所有道听途说的家常、股市等尬聊，都黯然失色。

茶师，故事王，都离不开观众和听众。能让他人坦开言说，需要提供一双不吝啬的耳朵。听，不是被动的，而是有呼应有反馈有相互的激发。默契的说和听双人舞，才是旅途的开胃碟和开心果。

古话说："天下熙熙，皆为利来；天下攘攘，皆为利往。"在某个小环境小团体中，当"利"不成为中心的时候，每个人都会妙趣横生，活出本来的样子。这世界那么多人，我们生来都是旅人，总以为需要马不停蹄地抵达一个目的地，却忘了旅程本身即是自己生命的表达与创作。

人生似旅，生命如花，旅途要愉快哦！

别样的春游

春夏秋冬各有所爱，但经历了寒冬厚重的包裹和紧绷地蜷缩，大部分人还是会叩问“冬天来了，春天还会远吗”？

往年的春天，十有八九是拥花抱柳，不醉春光不知归。而2020年的春天，疫情让人们安静了许多，这让我想起遍布中国大大小小的“定慧寺”“静慧寺”“静定寺”，寺庙的名字就在无声地告诉人们：“静”生“定”，“定”生“慧”，定力和智慧是要从“静”处开始的。无独有偶，今年的第一场春游，也是“静”成了主旋律，更准确地说，“让生活更美好”成了主旋律。

山里的四月，繁花已然谢幕，永不谢幕的泉水，不期然而然地成了主角。一帮爱茶的朋友，早就谋划着一场“天下第一泉”探访源头的踏青活动，再品品茶与水还能有什么新花样的邂逅。在春雨霏霏薄雾霭霭的山间，踩着形状各异的泥石小径，嗅着泥土草木的混合味道，听着潺潺的溪水和哗哗的飞瀑，追逐着活泼跳跃的山雀，兴致盎然地寻访着人迹罕至的泉水源头。用眼、鼻、耳、舌、身、意，打开所有的视觉、嗅觉、听觉、味觉、触觉和感觉，只为了坐下来的那一刻，静静地感受好茶好水好生活。

依我的敏感型体质，身体和心理的感受力比较细腻而敏锐，应该是容易与茶结缘的人。但又特别自怜自爱地担心，喝茶会把我的好睡眠弄丢，所以，跟茶一直保持若即若离的状态。加之N年前与一位茶前辈讨教，喝茶“生津”到底是“两颊”生津还是“舌底”生津，与“望梅止渴生津”和“鱼水之欢生津”有何异同。他毫无就里的解释，让我对茶的神秘感骤然减半，甚至怀疑都是茶商忽悠人的“文化”说辞，再也拾不起探究它的兴致。

我一直觉得，茶，是茶叶与水的故事；喝茶，是茶和人之间的故事。品茶、品酒、品美食、品瓷器、品红木、品玉石、品旅行……就像品绘画、品音乐、品小说、品书法、品电影一样，是品鉴者在哲思和文化的层面上，与被品物之间的共鸣和默契。品茶，是一种超越水之外的“渴”，一种寻求辛苦谋生之外的生活“升华”。

这个春天，别样地玩山、玩水、玩茶，很契合我这个年龄段：需要的很少，想要的也不多；拥有的虽不多，享有的却不少。茶趣之于我，是生活的极小部分，但茶友们寻源踏访未知环境的热忱，从人与自然的邂逅中找寻乐趣，却是我生活中极喜欢的部分。

来来来，莫负春光踏青去！

那是一条神奇的天路

“一起去西藏啵？”

“走起！”

“火车还是飞机？”

“火车进飞机出吧，你定！”

当六个字的邀约跃入眼帘，似乎都不需经过大脑，就直接从嘴里开启了一个说走就走的旅行。当日抢票，次日出行，在哐啷哐啷的火车上，又开启了一个闺密二人自由行。

反复无常的疫情，使得喜欢行走的我常常宅家，困在书堆和手机里，犹如笼中鸟浅滩鱼，日渐氧气稀薄四肢木讷。据说动物的迁徙多是因为越冬、觅食和繁殖，喜欢迁徙的我难道是因为避暑、猎奇和美食？不过这次西宁的青海老酸奶和酿皮，至今让我回味无穷。总觉得自己生而为人进化得还不够彻底，俗话说：无所不在等于无所在，四处为家等于无处有家。呵呵，看来我还是一只年轻的鸟人。

1994 年就喜欢听郑钧的《回到拉萨》：

回到拉萨

回到布达拉宫

你根本不用担心太多的问题

不必为明天愁也不必为今天忧

纯净的天空中有着一颗纯净的心

她会教你如何找到你自己

她会带你回到阔别已久的家

……

九年前，由川藏线318国道租车跟驾去西藏，真是被自然纯净的美和虔诚无邪的信仰惊呆了。当时我就说西藏是一个还想再来的地方，而且下次进藏，会是一个青藏线上的远行。瞧，2022年酷暑之际，“火车带我进西藏”就这样不期而遇心想事成。

美国火车旅行家保罗·索鲁在《游历中国》中写道：“有昆仑山脉在，铁路就永远到不了拉萨。”而如今歌手韩红演唱的《天路》传遍四方：“一条条巨龙翻山越岭，为雪域高原送来安康。那是一条神奇的天路，把人间的温暖送到边疆。从此山不再高路不再漫长，各族儿女欢聚一堂。”

如今318国道被先进的隧道和桥梁技术变成了坦途。今天的青藏线更是舒适惬意，洁净宽敞的六人卧铺包厢，毫无嘈杂几乎静音，还配有供氧装置。这条神奇的“天路”——青藏铁路，途经青海湖、茶卡盐湖、德令哈、察尔汗盐湖、格尔木，然后翻越昆仑山、穿越可可西里、跨越长江源、飞越唐古拉山，最后进入西藏的安多、那曲、当雄、羊八井，历经21个小时16分钟，就从西宁到达了拉萨。

在缓缓进入终点站的最后路段，蓝天白云，褐青色山峦，金黄油菜花，都不及烈日下一排排正在施工的铁路工人，吸引我的眼球。他们满脸黝黑，憨直欢笑地向车窗里的游客挥手致意，这在都市里难得一见的简单欢喜和友好，让我的心去角质般地瞬间软化。车外的劳动者为自己的劳动果实而自豪，车内的消费者为自己的幸福生活而感恩。

青藏铁路，是内地通往西藏腹地的第一条铁路，始建于1958年，1984年西宁市至格尔木市建成通车，而格尔木市至拉萨市暂停施工，一停就是十多年，直到2006年实现青海西宁市至西藏拉萨市的全线通车。青藏线全长1956千米，最高海拔5072米，是世界海拔最高、线路最长的高原铁路，也是中国21世纪西气东输、西电东送、青藏铁路和南水北调四大工程之一。

当时由于在高原缺氧状态下作业，铁道兵和建筑工人长期透支身体，造成了无以计数的人员牺牲。为了攻克高原缺氧作业对身体的长久损害难题，国家组织科研人员走上高原，进行一系列高原人体适应实验，优化各种作业方案，以减少伤亡。至今青藏线上某些路段，还保持着向逝去的铁路建设者鸣笛致敬的习惯。

青藏铁路不仅是人力更是强大财力的支撑，攻克的每一个难题都是价值连城。这条世界上穿越冻土里程最长的高原铁路，采取了以桥代路、通风管路基、热棒、综合防排水体系等措施，解决了千年冻土难题。在察尔汗盐湖施工路段，由于盐度过高，盐壳坚硬无比，无法像平时那样把路基打入湖底，即便能够打入湖底，钢筋混凝土也会很快被盐碱锈蚀损坏。为此国家专门成立了盐湖研究所，经过反复试验和测试，发现硬如钢板的盐壳完全可以承受火车通过的压力，承载力甚至比土质路基还要强。于是就地取材用盐修筑铁路路基，终于在察尔汗盐湖上架起了一条32千米长的“万丈盐桥”。

这次的进藏体验，让我对青藏线西宁至拉萨的Y977赞不绝口。我们启程是先乘坐K字头的火车到西宁，再中转去拉萨。K字头说是快车其实很慢，沿途碰到暑期出游高峰，车厢里多是家长带孩子外出旅游或回老家探亲。孩子们的嬉闹，家长们的说教或训斥，让我不堪其扰。再加上老式绿皮火车哐啷哐啷的噪声，让我一昼一夜都没睡踏实。干脆玩玩观察，看各式各样的人在漫长的封闭空间里，怎么度过他们的时间：家长怎么与孩子相处，大人之间与孩子之间怎么由陌生到靠近，没手机的孩子和有手机的家长，以及情侣或独行侠，都是怎么打发时光的。也包括我自己是怎么度过封闭空间里的时间，时间和空间之间的“躲猫猫”非常有趣。

而乘坐青藏线旅游专列Y977的体验完全不一样，首先是宽敞整洁，其次是特别安静，没有一个小孩儿。再者青藏铁路运用世界先进的气压焊接技术，把过去普通的有缝钢轨，全部换成了无缝钢轨，所以再也没有老式火车哐啷哐啷的声音，让我睡了一个好觉。整个旅途没有一点儿高原反应，我完全可以沉浸在自己的世界里，或看书，或观景，或遐思，或闲聊。

这趟车在子夜时分悄无声息地经过德令哈，我的心里迅速地掠过不被专家认可，却深受读者喜爱的抒情诗人——海子，以及他那纯粹、灵性、执拗、敏感、孤独的一生。如果问起青海省海西蒙古族藏族自治州的州府，知道的人寥寥无几，但如果说“德令哈”三个字，不少人会齐刷刷地想起一个名字：海子！是的，这位孤独的天才诗人，在德令哈留下了他那首著名的诗歌《日记》，也就是网上流传的《姐姐，今夜我在德令哈》：

姐姐，今夜我在德令哈，夜色笼罩

……

草原尽头我两手空空

悲痛时握不住一颗泪滴

……

姐姐，今夜我不关心人类

我只想你。

海子的诗中有很多饱含希望的字眼，但是在希望的背后，隐藏着的却是无尽的悲伤与绝望。不少极其务实的人，总喜欢说艺术无用，文学是无病呻吟，不能当饭吃。我觉得艺术来源于生活却高于生活，不仅是给人们再现世界，更是带人们洞悉世界，是生活中不可或缺的“无用之用”。一首诗便让德令哈这座城无人不晓，一首诗便让无数绝境中的人浮出水面，一首诗抚慰了多少人面朝大海春暖花开。

新冠疫情以来，似乎我总能在恰到好处的时间节点，开启一场说走就走的旅行。在参观布达拉宫排队长长的等候时间里，与一位 22 岁的男大学生闲聊，他花了 11 天时间从河南骑自行车到拉萨。他说布达拉宫不是他的目的，去遇见沿途的人和事才是他的目的——让自己见增识广，让生命更通透，让生活更美好。

2022 年，一条神奇的天路，带我走进西藏，回到阔别已久的家。

前往西藏的路上，被人的虔诚信仰与大自然的纯洁美丽所震撼

2021 开启一个清凉的避暑之旅

“四朵金花”姐妹和两个美女闺密，在“两片绿叶”帅哥的陪护下，随着欢快呼啸的火车穿山越岭，在进入夏日高温烧烤模式之前，早早地投怀送抱，与凉都六盘水闪启了一个清凉的恋爱季。

这次旅行游玩是配角，避暑养生是主角。同胞四姐妹在经历为母亲养老和送终的甜酸苦辣的岁月里，亲情日久弥坚，隔阂日久弥散，包容日久弥阔，人性日久弥韧，关爱日久弥深。从冬走到春，从春走到夏，护卫健康、臻享生活的共同心念，让我们在 2021 年的夏天，相约一起走进凉都。

六盘水市位于贵州西部的乌蒙山区，是全国唯一以气候特征命名的城市。夏季平均气温 19.7℃，凉爽宜人，无蚊无蝇。家家户户开门见山，绕城散步处处见水，真是名副其实的山水城市。六盘水的母亲河——水城河（又名响水河），贯穿六盘水市人口最集中的区域，沿着水岸步道跑步超级爽（不过有的人会有点小高反，六盘水市区的海拔在 1400～1900 米）。距离市中心不远的瀑布、溶洞、森林、峡谷、湖泊、温泉，比比皆是。全市长 10 千米以上的河流 71 条，水资源主要源于天然降水，境内河流除几条干流外，多属雨源性河流，源匮流乏，枯水季节常常出现断流。

1964 年，国家决定在贵州西部，煤藏丰富的六枝、盘县、水城三县境内建立煤炭基地，六盘水这个组合性的名字由此而来。六盘水市也是国家“三线”建设时期发展起来的一座能源原材料工业城市，有煤、铁、锰、锌、玄武岩等矿产资源30余种，是长江以南最大的主焦煤基地，素有“江南煤都”之称，是国家西电东送的主要城市。全市户籍人口358万人，其中少数民族人口89万人，共有少数民族44个，1万人以上的世居少数民族，有彝族、苗族、布依族、白族、回族、仡佬族、水族7个民族。很想领略少数民族的风俗人情，可现在不进入深山很难见闻，服饰和语言也日趋汉化了。市内的“三线”博物馆，展示了“三线”建设时期来自全国各地的十万大军，与六盘水各族人民共同缔造多元包容的“三线”文化。因为一个世界战略格局的假设，一批又一批的人从城市来到深山，一代又一代的人从奋斗到奉献，让我很是唏嘘那一段历史和那一代人。

2005年获“凉都”称号的六盘水，“冷资源”带动了“热旅游”，每逢夏季避暑旺季，为满足老少咸宜的“游览+避暑”的市场需求，当地组合了各种各样的1日游、3日游、6日游、10日游或15日游等热销产品。七八月份来凉都避暑，对于身处长江中下游的我们来说，完全褪去了酷暑的炙烤，倍感清凉舒适。

如果外地人来六盘水租房避暑，市中心高中档楼盘的三室两厅每月租金在3600元左右，郊区民宿还可以按天出租。这里的人们朴实热情，不论问路还是询价，都是好说好话好商量，完全不像都市人宁愿跟聪明人过招，也不愿跟普通人言笑。略带川味的语音语调，像唱山歌般软脆好听。试想一下，一边吃着天下第一锅“烙锅”，一边欣赏着民族歌舞，那种“少不入川老不出蜀”的悠闲滋味何以了得。唯一有点遗憾的是，几乎见不到风情万种的时髦美女，也难得一遇潇洒倜傥的摩登帅哥，深感休闲有余而刺激不足。

姐妹情深

最让我们开心的是这里的蔬菜、水果和肉类，物美价又廉。每天吃完自制的营养早餐，或外出品尝六盘水的招牌美食羊肉粉，我们就相约一起，在习习凉风中，在每天阵雨冲刷洁净的街道上，边聊天边散步，到3千米外的马鞍山农贸市场采买。每天的水果是必买的，六盘水的水果真是超级好吃，价格又便宜，红心猕猴桃是首选，新鲜枣子和新鲜核桃只赶上了季节的尾巴，我在这里第一次吃上了新鲜核桃；野菜和菜农自种的有机蔬菜品类繁多，终于又吃到了小时候的胡萝卜、土豆和紫茄味道；玉米产量在这里位居大田作物之首，早餐店里的玉米糊常常是免费的，也成了我们喜爱的零食之一；不熟悉的丁香、白芷、细辛、花椒、山姜等香料丰富多样，都是新鲜的，不像我们那里多是干货；牛肉价格差别不大但不注水，味道极好；本地鱼类很少，菜场几乎买不到水产品；猪肉的膘壮和光泽，都比我们内地的长得大长得帅，更是尝到童年肉香的味道。尤其是价格跟我们内地的比起来，让你觉得不多吃排骨和猪肉，简直就是没赚到。这里的仔排18元一斤，我们在当地是28元一斤，这里的梅子肉16元一斤，我们在当地32元一斤，相差几乎一半的价钱。再加上我们有两个在几十年生活中自学成才的超级大厨，每天红烧仔排或牛肉，仔排墨鱼炖花生豆，还有小炒或凉拌蔬菜，真是超级美味赛神仙的日子。

每天清晨“八段锦”、散步或跑步，上午一起赶集采买，回来轮流烹饪、洗碗、搞卫生，中午午睡，下午搓麻、唱歌或自制花椒水泡脚，晚饭后又散步聊天。每逢不雨不晒的日子，我们就悠闲地游览周边的大小景点，明湖湿地公园、水城古镇、乌蒙山国家地质公园、乌蒙大草原、海坪彝族文化小镇以及黄果树瀑布，都留下了我们的欢声笑语。短短的21天，朝夕相处在一个屋檐下，同吃同住同玩，共同演绎了一个丰富多彩的生活剧。外来的撞击，更能打破彼此平日围城生活中的麻木和单调，激活生命中的感恩、宽恕和珍惜。

在山水间尽情玩耍，在清凉中消遣一夏。别样的避暑之旅，收获了一个清凉的夏季，收获了一个美味的夏季，收获了一个臭美拍照的夏季，收获了一个近距离的真性情大碰撞，收获了一个亲情无悔友情常在的滋养。

2021年，凉都，我来了，你来了，我们姐妹一起来了！

心情，总在美丽的大自然中放飞

越来越喜欢徜徉山水，越来越不喜欢待在城市的高楼格子间。朋友打电话邀我一起去黄山徽杭古道徒步，参加一个“寻访徽州·印象江南”的文化采风活动。哇，美丽放飞就这样如约而至。

小镇国际青年旅社——新奇别样的感受

一行四人自驾出发，一路欢声笑语引吭高歌。傍晚抵达黄山市屯溪区，聚餐后直奔住宿地——小镇国际青年旅社。

进店扑面而来的是极具个性和创意的留言留条墙，给人毫无装饰只求率性而为之感。这种青年旅馆，摈弃常见的档次和品位，以及随之派生的矜持和隔膜。追求的只是洁净和网络便捷，以及随之而来的开放和分享。

留言留条墙上，满满的都是驴友结伴同行某地的邀约，物品的转让，发牢骚的求理解，爱侣到此一游的大秀恩爱，重游失恋的伤心地，等等不一而足。每层楼所有的墙面满是涂鸦，不论是绘画、手工还是言语文字，都是语不惊人死不休。洁净的床、热乎乎的水、高速的网络，简单到极致。怪不得是一个性价比很受欢迎的青旅之家。

新安江十里画廊——好山好水好心情

第二天上午 8 时，16 辆带着自创 logo 编号的自驾车，嚣张地闪烁着车尾灯一路飙行，开始了歙县新安江绩溪家朋的沿途采风活动。

新安江十里画廊美不胜收，让我立马改编了《我的祖国》的歌词："一条大河波浪不宽不急，风吹油菜花、桃花、梨花、枇杷花，香飘两岸色惑摄友。白墙灰瓦马头墙，徽州人家就在岸边住，呼吸惯了新鲜的空气，看惯了路边痴狂的摄影采风人。"我们一会儿上车游览，一会儿下车步行，东瞅瞅西瞧瞧，几乎是双脚"11 路车"走完十里画廊，比起健身房锻炼不知惬意了多少。

双手双脚不停挥舞疾走的我，满腔吐纳着清新香甜的水乡空气，满眼捕捉着秀色可餐的青山绿水，满耳倾听着山水中的鸟语和花开。忘记了疲惫，忘记了饥渴，忘记了时间，在美丽的大自然中尽情地放飞自我。

新文化的楷模，旧伦理的师表

在经过徽杭古道绩溪龙川时，我特意驻足流连。因为，这里是胡适的老家。他是"传统中国"向"现代中国"迈进的启蒙者，对于五四运动之后国人民主和科学素养的提升，功不可没。

这位饱受争议的新文化运动启蒙者，一直被忽略，却从未有人能将他击垮。当年陈寅恪向时任北大校长的胡适，推荐季羡林进入北大任教，可季羡林后来评价胡适："是一个书生，说不好听一点，就是一个书呆子。"章太炎、鲁迅甚至某些人的偶像李敖，都曾讥讽过胡适，可他还在信中劝慰抨击鲁迅的人，要正确地评价人物："凡论一人，总须持平。爱而知其恶，恶而知其美，方是持平。鲁迅自有他的长处，如他早年的文学作品，他的小说史研究，皆是上等工作。"

胡适虽然在新思想上是激进派，但是在婚姻中却是保守派，同辈许多人更换糟糠之妻，可他一直与三寸金莲的原配夫人白头终老。曾有人为他书写了一副挽联："新文化旧道德的楷模，旧伦理新思想的师表。"

《胡适传》我读过两遍，他的求学、谋生和感情之路让人钦佩和唏嘘。在他不满 13 岁就离开母亲出远门时："我就这样出门去了，向那不可知的人海里，去寻求我自己的教育和生活——孤零零的一个小孩子，所有的防身之具只是一个慈母的爱，一点点用功的习惯，和一点点怀疑的倾向。”

离开绩溪龙川，天黑才抵达夜宿地绩溪家朋。哇！多久没让自己这么疲惫，多久没有这样恣意妄为，多久没有这样青春年少。晚上竟然八点不到就呼呼大睡了，比跑了半个马拉松睡得还香。

大自然真是一位亲密恋人，在它的臂弯里，梦中都能笑醒。

西行散记

江南女子对“大漠孤烟直，长河落日圆”的西部，从小就充满了好奇和神往。

21 岁的我就谋划着西部 12 个省市的西行计划，26 岁之前完成了一个人的云南、广西、陕西、重庆之旅，之后陆陆续续地走过了四川、新疆、甘肃、西藏、贵州、内蒙古。今年又完成了青海之行，完全刷新了我对西部“穷山恶水”的印象。

茶卡盐湖

一进入西宁市，好像瞬间褪去了江南酷暑的厚厚外披，一下子进入了一个神清气爽的世界。城市道路宽阔，街道干净整洁，新盖的楼房鳞次栉比，郁郁葱葱的树木和五彩斑斓的城市绿化随处可见，完全没有往日西部荒凉枯瘠的印象。据说经过对小水电的整治，2017 年开始西部降雨明显增多，植被也得到明显的改善。

此行是奔着茶卡盐湖去的，途经青海湖二郎剑花海景区时，爱臭美拍照的女人们，在虞美人、油菜花和薰衣草的花海里，摸爬滚打搔首弄姿地捯饬了几个小时，却对身边中国最大的内陆湖——青海湖爱理不理，心心念念的是即将相见的“小情人”——茶卡盐湖的天空之境。

一踏上开往茶卡盐湖深处的观光小火车，远眺天空之境上欢快嬉戏的人们，我就清晰地感受到茶卡盐湖的与众不同：临江，容易感叹“逝者如斯夫”般的一去不返；沿河，容易感触到濯足戏水的小欢喜；面海，容易胸襟顿阔地安享“小我”；漫步太平洋，只需“天地之间渺如蝼蚁”地发呆就好；而茶卡盐湖，只会让你亲近它，彼此尽情嬉戏开心就好。既不会因它的辽阔而让你感到渺小，也不会因它的深邃而让你望而却步。远可观赏，近可把玩，人与自然的最好状态莫过于此。

茶卡盐湖就像一个聚宝盆，已成为青海省旅游业的重大支柱，也是“西部矿业”集团最大的现金流来源。另外，茶卡的羊肉超级好吃，千万不要错过哟。

塔尔寺

塔尔寺是藏传佛教格鲁派创始人宗喀巴大师的诞生地，也是青海省佛学院的最高学府。塔尔寺因其汉飞檐与藏平顶相结合的建筑风格，独具一格的“藏艺三绝”酥油花、壁画和堆绣，以及高僧辈出的修学氛围，吸引着世界各地的信众和游客。

于我而言，记忆最深的是藏族小伙子导游，外形健美，谈吐洗练，特别是在讲解过程中，那双永远既看着你又没有盯着你的专注而开放的眼神，实属罕见！心中暗想在讲堂上、在倾听交谈中，我与对方之间的眼神交流，需要怎样的修行才能达到如此境界呀，简直怀疑是天生的眼神。

张掖·七彩丹霞

从 2200 米的青海西宁进入 1500 米的甘肃张掖，更是没有一点点高原反应的爽歪歪，好一个避暑胜地。

西部张掖，既有丰富的自然景观，又有深厚的文化积淀。在中国第二大内陆河黑河（弱水）的滋润下，孕育了河西走廊上最大的绿洲。在青藏、内蒙古两大高原的交汇过渡处，形成了世界上所有类型的地貌景观：湿地、雪山、冰川、七彩丹霞、森林、草原、湖泊、峡谷、戈壁滩、沙砾齐聚一地，呈现出冰峰与绿洲相望，沙漠与湖泊近邻。

汉武帝以“张国臂掖，以通西域”为张掖命名，因为河西走廊之南祁连山雪峰屹立，人迹罕至；河西走廊之北巴丹吉林和腾格里两大沙漠无垠，几近生命的禁区。唯有河西走廊成为唯一的通道，而张掖扼走廊之咽喉，重要的地理位置成就了张掖璀璨的农耕文化、游牧文化、民族文化、军旅文化、宗教文化、丝路文化和西游文化。“金张掖”既有南国风韵，又具塞上风情，自古就有“不望祁连山顶雪，错将张掖当江南”的美誉。我相信今日的张掖还会呈现往日的辉煌。

张掖七彩丹霞是国内唯一的丹霞地貌与彩色丘陵复合在一起的景区，尤以彩色丘陵居多，丹霞其次。在不同时段的光线照射下，整个大地呈现着七彩斑斓的魔幻色彩，是一个不宜用言语，只宜用眼睛去相遇的鬼斧神工。

马蹄寺

去甘肃看石窟，大多都是奔着敦煌莫高窟去的，鲜有人知道还有一座集石窟艺术、祁连山风光和裕固族风情于一体的马蹄寺。

马蹄寺位于甘肃肃南裕固族自治县境内，距今已逾1600年的历史，最早为汉传佛教寺院，随着裕固族改信藏传佛教格鲁派后，才逐渐成为藏传佛教寺院。其中开凿于悬崖峭壁之上的神秘石窟——“三十三天”，上下5层共21窟，内有佛殿，外有回廊，历经百年风雨仍屹立于百丈悬崖之上，真为古人卓越的建筑技艺叹为观止。

在敦煌莫高窟，由于文物保护的需要，人们只能在微弱的照明条件下，隔着栅栏模糊地观望和聆听学术性的讲解，于我完全是一种隔靴搔痒的不良体验。而在马蹄寺的“三十三天”石窟，我弯腰屈膝手脚并用，一会儿蜷曲地爬过只能容纳一人的拐角，一会儿伏在回廊栏杆上远眺祁连山，一会儿匍匐地攀爬90°的石梯，终于从一层爬到顶层。当我用微信扫码支付，点燃五盏祈福的酥油灯时，才深深体会到，自诩静心的自己心有多杂。修心实在是离不开修身的，怪不得古人修行要劳其筋骨地面壁荒山野岭，修行必须与修身同步进行。当我回到悬崖峭壁的山脚下，回头仰望刚刚攀爬的绝壁上的“三十三天”，才意识到宗教体验从一个全新的角度，带给我身体与心灵的震撼。马蹄寺于我最大的相遇，就在于攀爬。

巴尔斯圣山

巴尔斯雪山，也称巴尔斯圣山，海拔 5118 米，是裕固族人心中的“神山”。裕固族是张掖特有的少数民族，新中国成立时，根据读音相近和本民族的意愿，定名为“裕固族”，意为富裕和巩固。

地处裕固族居住区的巴尔斯雪山，目前还在初始开发阶段，山上没有一间屋子，更别提有一家饭店和旅馆了。只有一条长长的、两边挂着彩色经幡、蜿蜒伸向雪山天边的木质栈道。除了季节性的户外爱好者，以及当天不足 10 人的自然体验者，这里是纯粹的原生态。默默祈祷巴尔斯圣山的开发者，能给裕固族人带来富裕和巩固。

因为天气，我们没有领略到恢宏的冰川、雄壮的雪山、辽阔的草原、斑斓的森林以及蓝天白云。但是在偶尔的小雨和冰雹中，款款漫步经幡栈道，呼吸着清冽的空气，好似“东方的阿尔卑斯”唯我独有任遨游。

西路军

只要进入青海和甘肃，你就无法避开马家军的凶残，无法绕过西路军的悲壮。徜徉在张掖市高台县的中国工农红军西路军纪念馆，回想当年浴血奋战等待会合的西路军勇士们，竟然被总部遗忘了，心里有种说不出的虚无滋味，一个个的生命就靠着某种信念，竟然就这样度过了短暂的一生。

青山依旧在，英魂何处寻，历史谁与评说，樯橹间灰飞烟灭。只觉得革命者信仰的价值和精神的力量，永远震古烁今。

西部漫行，览一城风物，沐一路清凉。最后一站：宁夏。

仅有的一次追星之旅

“喝酒吃肉、唱歌跳舞、领奖、看星星嗨起来……更有桂客好声音获奖嘉宾和中国好声音神秘嘉宾现场倾情演唱哟！”再配上许多高格调的露天剧场和美食图片，新媒体人惯用的文案神秘导语，让我一剑封喉。

这既唤醒了我的西行漫记最后一站，宁夏的圆梦之旅，也激发了我追寻桂明兄退休创业后的一次盛宴“在场”——“首届桂客好声音”在中国·宁夏的凯仕丽酒庄举行露天烧烤颁奖典礼，暨乡村振兴考察之宁夏酒庄行。火车不是推牛皮不是吹，三天紧凑的行程，让我不得不说，宣传很蛊惑，落地很实在。

所有的诱惑都不是外在的，只是内在的欲望被恰到好处地点燃而已。观景、阅史、读人、写事，于我就当作文学采风吧，正如作家张贤亮所说：“旅游长见识，行走即读书。”对于我这种极不具消费潜力的人，无非是为国民经济难得贡献碎银几两。于是，我独自一人轻装上阵，背着双肩背行囊，踏上了飞往银川河东国际机场的航班。

桂明兄是他大学同学对他的昵称，而我似乎略有套近乎之嫌，不论从社会关系还是敬仰之情，我都应该尊称他为刘总编辑、刘院长或刘总。他在体制内干到正厅级 60 岁退休，于我已是如雷贯耳，被誉为新闻界最懂律师的人，律师界最懂新闻的人，以及跑步界最有名的法律人。而退休后的人生下半场继续追梦和创业，而且还是不一般的中国梦——为中国律师鼓与呼，更是让我高山仰止。在我看来，如果说罗振宇的“得到”平台是打造一所中国人终身学习的大学，那桂明兄的“桂客学院”追求的愿景，则是打造一个“律师从成长到成功的平台”。特别是为中国青年律师、资深律师乃至全国律师提供培训和交流的平台。

在同龄伙伴都在热火朝天地探讨如何养老的话题时，花甲之年创业，对大多数人来说是一种奢望，而且也不会是“60后”养老的主流模式。毕竟智者不会凭匹夫之勇，去挑战人生下半场的生命之躯。起码有两点难以企及：精力和激情。没有强健的体魄，根本无法支撑高强度高压力的工作；没有使命感和勇气，仅凭热情是打不开梦想之翼的。桂明兄应该早就为人生的下半场未雨绸缪，蓄势待发了。

近十年前，他就为“桂客留言”和“桂客年会”满世界地飞，几乎没有周末和节假日。不是在中国法学与法治巡回讲坛演讲，就是在去演讲的路上。如今更是空中飞人，不是在营销纸质媒体向数字媒体转型，探索律师事务所由规模化向精品化转变，就是在去营销和探索的路上。如今看似是退休后的创业，实则是十年前就在风雨兼程地筹谋和搭建。加之从大学时就喜欢的跑步，到如今的资深马拉松跑者，实力和体力上的持续精进和自律，就这样实实在在地成就了一个“精力和激情”四射的逆生长人物。

我目前仅有的一次追星之旅，致命的诱惑应该是桂明兄一以贯之的“勤奋”和“激情”的人格品质吸引了我。当他以一首《笑脸》的演唱，作为颁奖晚会的压轴曲时，他的那份舒缓，那份从容，那份自信，那份热爱，与他平日里那张招牌式的经典笑脸交相叠印，让我对星空下的生命，瞬间有一种泪目的感动。

有言道：优秀男人用来景仰就好，千万不要嫁给他。哈哈，由此看来，刘夫人是一个很强大的女性，因为优秀的男人通常会让他生命中的女人付出太多。依稀记得三十多年前，桂明兄旅行结婚来到九江庐山，我们接待他们夫妇俩。第一次见面刘夫人就不给桂明兄面子，我也不记得是为什么事吵架，北京妞一言不合，扭头就冲进外面的滂沱大雨之中，把我们撂下面面相觑。等到二十年后再见到刘夫人，她签名赠送给我一本自己创作的书。从书里我知道了她的很多人生故事，能感觉到她已从任性的北京妞，蜕变为职场白领、朋友们的豪爽女侠、全方位的专精尖家庭主妇以及业余写作爱好者。

令我忍俊不禁的是，她儿子为她出书写的序，其中提到自己的妈妈曾经说：我的职业最好就是在你的学校门口摆烟摊，这样，只要接到老师的电话，我就可以随叫随到地接受训话了。可见刘夫人的付出实在是“罄竹难书”啊。桂明兄也包容大度，深刻地检讨自己毁掉了一个明日之星——女精英、女市长、女作家……北京妞不愧为北京妞，千帆过尽，除了一如既往地傲娇和洒脱，更历练了许多强大和从容。

羊肉烧烤的香味，红酒摇曳的觥筹交错，悠扬动听的歌声笛声，激情澎湃的街舞，一浪高过一浪的颁奖和中奖。从夕阳西下到繁星点点再到午夜临近，让我天马行空的思绪，迅速地转移到嗅觉、味觉、听觉、视觉中来，尽情地享受着此时此刻，共同高歌着难忘今宵。

露天烧烤歌舞，红葡萄酒庄现场品酒，参观宁夏移民博物馆，品尝马明手抓羊肉，览山公园看夕阳，闲逛怀远夜市，西部影城玩穿越，震撼心灵的张贤亮纪念馆，黄沙古渡的沙漠越野、龙舟荡游、盲走八卦阵、羊皮筏子黄河漂流、游艇冲浪、沙漠之舟骆驼骑乘、滑沙、滑索……宁夏之行又填补了我的N多空白。

一天两万步，似乎是行走在荒漠中，也确实是一直行走在沙漠中，但就像游览古罗马的斗兽场，感觉可以把废墟当作旗帜来飘扬。下午等候导游购票时的空隙闲聊，有人戏谑道：跨越千山万水，头上骄阳似火，脚下单调沙漠，怎么就能吸引如此多的人乐此不疲呢？我现学现卖：文化，让荒漠，有了价值。

这是我上午参观宁夏人杰张贤亮纪念馆时的所见所闻，关于如何出售“荒凉”，使它产生高附加值。张贤亮曾有这样的解释：“荒凉，在中国和世界各地俯拾皆是，但并非每一处荒凉都有价值，关键是你得赋予荒凉以历史、文化和艺术的内涵，将其转化为一种资源，进行富有创意的开发，才能实现它的价值。”

当年张贤亮从北京下放到宁夏，在宁夏工作了22年。出身优渥的他，没有被苦难击垮，反而让他涅槃重生，把自己的苦难转化为这片土地上的民生财富。20世纪90年代初，他之所以率先下海由文而商，拿出自己全部积蓄投资创办镇北堡西部影城，就是践行他自己所倡导的梦想："苦难并不是一个人的财富，只有苦难能够转化为现实财富的时候，它才是一种财富。"

刻板印象中，宁夏是贫瘠的，荒芜的，落后的。但总是有怀揣梦想的人逆风而上，走进贺兰山东麓，来到黄河岸边。这次宁夏之行让我受益匪浅的行程之一，是律师们难得休闲中的闲里偷忙："桂客半月谈第9期——区域律师事务所高质量发展论坛。"大咖云集，既有来自发达城市，也有来自边远区域；既有广泛的业务交流，也有前沿的创新碰撞，还有敞开的职业分享。

比如，国浩律师银川事务所的"人为本、高价值、稳增长"的区域市场的竞争优势和劣势；上海建纬律师事务所的工程总承包模式中应注意的法律问题；四川泽珲律师事务所的数字立所、产品强所、运营兴所、专业固所的运营探索；河北浩博律师事务所的以趋义性设立、以趋利性发展的文化构建；北京盈科（上海）律师事务所的专业化不一定带来运营，运营一定能促进专业化；方达律师事务所香港办公室的数字货币或许可以成为区域律师事务所发展的风口，现在正在经历最大的时代变局……

我虽然是作为律师界的门外汉参加旁听，但自认自己的学习力、理解力和感悟力还是蛮强的。我用微信甜言蜜语也是发自肺腑地写给桂明兄：第一次"在场"桂客半月谈，很有含金量，既有理论深度，又有哲学高度，更有全国各地的资源和创新碰撞。不仅有提出问题的能力，还有解决问题的干货。真是名副其实的桂客学院！

三天的行程有料有趣一晃而过，繁忙的律师们纷纷返程，奔赴各自的工作岗位。悠闲的我独自留下，继续腾格里沙漠的沙波头之行，也为我的西部漫行梦想，画上一个圆满的句号。

城市，让生活更美好

2010 年 6 月 14 日，我第二次来到上海世博园，观看中国 2010 年上海世界博览会。上海世博会的主题是“Better city，Better life”，中文翻译是“城市，让生活更美好”。

为避开 50 多万的人流高峰，我这次选择了浦西的“城市最佳实践区”。这个区域的 80 个案例展馆，展览的都是全世界各地解决城市问题的实际做法，这在世博会历史上还从未有过。根据国际展览局的规定，来参加世博会的都要围绕这个主题，用普通人也能看得明白的展览方式，介绍自己是怎么看待这个主题的。

在北极邂逅“世界的尽头”如此美好

为了让城市生活更美好，做了哪些努力，遇到什么困难，准备怎样去解决城市生活中的不美好。展馆中很少以声、光、电的感官冲击吸引游客，而是以平平常常的生活场景，让游人感受世界上各个城市，是如何让城市生活变得更美好。通过参观大致了解到2010年的时候，地球上的人类面对城市难题，能够做到何种程度，交出了一份怎样的答卷。

为避免光看热闹而错过精华，特请了一位导游介绍德国展区的“汉堡之家”。这个家屋顶的太阳能电池，提供了80%的电梯、抽换新风、照明用电。地下35米处的地热泵，负责冬夏两季的空调。为了避免夏天阳光照射导致升温，“汉堡之家”的大窗都向北开，南面的窗户窄小并配有遮光板。屋内温度恒定在25℃，需要的能耗是普通房子的十分之一。在“汉堡之家”底楼，参建企业分别展示了混凝土夹层墙、房屋抗震加固构件、节能空调系统等技术。

这幢房子的造价是每平方米一万元人民币，这对于当时的中国很难实践，而对于180万人口的德国汉堡，也是市政当局和市民论证协商而达成一致的环境主张。政府规定在公共建筑物里的照明、暖气以及空调系统，都应该采用节能技术；政府提高燃油税和电力消耗税，以杠杆效应鼓励居民和企业节能减排，绿色低碳。正是用政策引导、财政补贴、经济杠杆、科技创新等措施，来推动企业采用新技术，促进市民改用新能源，引领“城市让生活更美好”。

流连忘返的一天，让我深深感受到，这里的案例展馆，不是展示产品和技术，更不是展示成就与特产，而是围绕一个主题，展示一个理念：人类向往更好的城市和更好的生活。

附：上海世博会各国馆主题

中国馆建筑外观以东方之冠的构思主题，表达中国文化的精神与气质。

丹麦国家展馆主题：幸福生活，童话乐园

芬兰国家展馆主题：优裕、才智与环境

韩国国家展馆主题：魅力城市，多彩生活

荷兰国家展馆主题：快乐街

加拿大国家馆主题：充满生机的宜居城市——包容性、可持续发展与创造性

法国国家馆主题：感性城市

瑞士国家馆主题：城市，让生活更美好

日本国家展馆主题：心之和、技之和

西班牙国家展馆主题：通过科学和技术创新来重塑城市社区

新西兰国家展馆主题：自然之城：生活在天与地之间

意大利国家展馆主题：理想之城，人之城

英国国家展馆主题：让自然走进城市

卢森堡国家展馆主题：亦小亦美

澳大利亚国家展馆主题：战胜挑战——针对城市未来的澳大利亚智能化解决方案

尼泊尔国家展馆主题：加德满都城的故事——寻找城市的灵魂；探索与思考

挪威国家展馆主题：挪威·大自然的赋予

委内瑞拉国家馆主题：美好的生活创造美好的城市

瑞典国家馆主题：创意之光

德国国家馆主题：和谐城市

爱尔兰国家馆主题：空间有效利用以及都市可持续发展

以色列国家馆主题：创新让生活更美好

新加坡国家馆主题：城市交响曲

巴基斯坦国家馆主题：古老文化和悠久历史

金秋双节六日游

好友一行 9 人，自组一个纯玩团，利用国庆中秋双节 8 天长假，开始了大连、旅顺、烟台、威海、蓬莱、青岛六日游。

青岛印象

首站在凌晨五点多抵达青岛，敬业、活泼又老到的女导游，不露声色地让我们不乏耐心磨蹭到 7 点钟，来到非住宿宾馆开始自助早餐。肠胃的愉快蠕动，立马提振了我们的游兴，加之导游介绍的青岛三大怪："啤酒装在塑料袋，走路要比骑车快，泳衣穿在外。"更是加速了我们躁动的步伐，想一睹满大街的青岛泳装美女。

漫步百年栈桥，乘船观赏沿海 12 大旅游景点，攀登信号山公园，满眼阅读的都是当年青岛被德、日侵占的历史。虽然泳装美女连个影儿都没见着，但今日的青岛，红瓦、绿树、碧海、蓝天，有品有味不事张扬的建筑，以及它那厚重的历史底蕴，让你感到博大的中国，虽然有许多美丽宜居的城市，但青岛给人带来的那种安宁和澄澈，却是无与伦比不可替代。加之这里湿润的空气，滋润了大片的绿色植被，植被又赐给人们丰富的氧吧，一年四季，冬无严寒，夏无酷暑，更有崂山的水酿造的青岛啤酒，即使多了一份苦味，也少不了那份甘甜。

晚上我们晃晃悠悠地来到青岛有名的小吃城——劈柴院海鲜大排档，饕餮了一顿海鲜，酒足“海”饱自在飘然。为青岛干杯，为平凡而真实幸福的日子，CHEERS！

威海印象

第二站到威海，参观了20世纪初亚洲第一巨舰北洋水师旗舰——定远舰。它是2002年威海市政府斥资五千万元，由中船重工七〇一研究所，以1∶1比例按定远舰原貌复制，再现了清末北洋水师旗舰的风采。2005年纪念舰停泊于威海港北码头，与刘公岛隔海相望，成为威海市标志性的人文景观。虽然北洋水师的历史，让我们感受到中国海军发展的艰难，承受当时中国政治历史留给国人的沉重回忆，但是今日的威海一走近它，却让我们感到震撼。

坐在车上巡游远眺，那素有小布达拉宫之称的威海市政府及市政广场，一览无余。虽然被一些舆论诟病太过奢华，但那美轮美奂的建筑着实让人惊叹。背北面南，俯城瞰海，开阔包容，台阶和绿化的设计恢宏大气，使其既显庄重又不失灵动，整个建筑大楼和广场一气呵成。看上去政府大楼好像高高在上，但同时又与亲民的广场天衣无缝地连为一体，真是设计得匠心独运。这样的首府地应该是既有气势，又有运势，祈愿它富城安民，造福一方。

奢华的威海公园，也让我刮目相看。在滨海大道的一边，是建筑街肆，而另外靠海的一边，就完完全全地留给了威海公园，那么宽阔的绿化带，那么纯粹的休闲广场，在当时中国寸土寸金的黄金海岸，能不让开发商染指，留给市民纯粹的天人合一空间，对大多数市政规划者来说，真是一种需要勇气的奢侈选择。幸运的我们也奢侈地享受了一回，恰逢在10月3日中秋节的晚上，漫步在“海上生明月，天涯共此时”的威海公园赏月，美丽而恬静的中秋圆月离我们好近好近，好亲好亲！好想再见你，威海公园；好想感谢你，威海市政。

在威海自是又不放过一顿海鲜，还品尝了一顿韩国料理。沿滨海大道赏海上中秋明月，回到酒店晚安。值得一提的是，导游这次安排的酒店，虽非四星级，但比四星还奢华，是海景套房，它实际上是一个高尔夫会馆酒店，平时入住率并不高，多是韩国人、日本人来此潇洒。据导游介绍，韩国人来此打一次高尔夫的飞机票、餐饮费、住宿费、球费等所有费用，加起来也就是在韩国的高尔夫费用，对金融危机背景下的外国人来说，那真叫个经济实惠。恰遇黄金周闲着也是闲着，导游又落个实惠，我们也喜出望外地享受了一番。看来有些事情不必中规中矩，只要双方感觉更好就是最好。

烟台印象

第三站到烟台，首先是迎面扑入眼帘的八车道，既壮观又美丽，很有一种人在路上、开往天边的感觉。如果在这条路上，飙上一辆好车，放上一曲《在路上》：“我们没有理想，流浪没有方向……只有梦中的麦田，守着一片金黄……”那该是怎样的一种惬意呀！

怪不得有言道，山东的路，广东的桥。可见山东的公路全国赫赫有名，而位于胶东半岛的烟台公路更是四通八达，据说从烟台通往各地的高等级公路就有N条之多。但遗憾的是烟台除了公路，它的城市建设与邻近的青岛、大连、威海相比，都显得略逊一筹。青岛、威海与大连一样，把“美”作为城市建设的重中之重，而烟台似乎一直醉心于“大”，这种盲目贪大的“雄心”不过是见识短的结果。在山东，历史上烟台开埠最早，现在却落在了青岛之后，威海原是烟台的下属城市，20世纪80年代中期从烟台分离出来另起炉灶后，在许多方面也已走到了烟台的前面。

在大名鼎鼎的道教掌故“八仙过海”的神奇传说中，烟台蓬莱的八仙过海口风景区声名远播。有一天，八仙一起到了东海，只见潮头汹涌，巨浪惊人。吕洞宾建议各以一物投于水面，以显“神通”而过。其他诸位仙人都响应吕洞宾的提议，将随身法宝投于水面，然后立于法宝之上，乘风逐浪而渡。他们各有不同的法器：铁拐李有铁杖，汉钟离有鼓，张果老有纸叠驴，吕洞宾有长剑及箫管，何仙姑有竹罩，韩湘子有花篮，曹国舅有笏板，蓝采和有大拍板。寻访仙迹的我们，虽然没能幸运目睹海市蜃楼，倒也乘上我们的“法器”——观光快艇，在海上乘风破浪了一番。而且情不自禁地 kiss my husband，好浪漫哦!

在同学晚餐宴请“哈”酒的时候，才知道在烟台错过了我感兴趣的葡萄酒文化——张裕酒文化博物馆，而白天路过的张裕卡斯特酒庄，不过是它的现代版，这个遗憾就让它沙海沉舟吧。

大连印象

最后一站到大连，我们晚上十点从烟台坐“海洋岛”号海轮前往大连。这是一艘大船，分五层，我们住的二等舱每间房子 6 个床位，整洁而安静。当天夜晚风平浪静，正逢十五的月亮十六圆，深夜三点醒来，我独自来到甲板，赏海上明月，整个的感觉就浓缩为两个字：安详。整个海上旅程，没有感觉到一丝传说中可怕的晕海轮现象。

五点多天没亮船抵大连，导游带着睡眼蒙眬的我们，慢悠悠地晃着时间，车览大连的街道和广场。微曦中的大连宁静而整洁，有百年历史的有轨电车，从身边悄然驶过，你热情而好奇地凝视着它，它却好像对我们这些远道而来的过客，不亲也不疏，不即也不离。在我微感失落之余，不得不仰视它的淡定与从容。

大连的绿地和广场，之多之大，你不得不感叹。街道的干净、整洁，让你在任何地方见不到纸屑、塑料袋或水果皮等垃圾杂物。在主干道你若想买点东西，可不像在家乡下车就在马路边上，它必定是须穿过一些绿化带才能抵达。赫赫有名的星海广场，面积比天安门广场还大，华表柱做得比天安门的还高，绿化更是天安门广场都不能望其项背。美丽又优雅的滨海大道，更是彰显大连的非凡气魄，漫长的游步道和扶手，全部采用经防腐处理的实木铺成，极显品位。大连，让你无处不感到它那张扬的个性和激越的情怀。如果说青岛是一位淡定优雅的贵妇人，令人品味。那么大连就是一个张扬奔放的美少女，吸人眼球。

在大连还游览了著名的军事重镇旅顺港，以及圣亚海洋世界、圣亚极地世界、圣亚珊瑚世界和俄罗斯风情街。在旅顺港，昔日的炮火早已化为今日的旅游喧嚣，三个海洋馆除了面积大和设备耗资大，却了无新意。俄罗斯风情街更是萧条如明日黄花。给我留下深刻印象的，还是大连的整洁、亮丽和张扬。

丰富而悠闲的六天行程一晃而过，返家途中意犹未尽，下一个旅游目的地，又在我们天南海北的神侃之中。最后锁定的梦中情人在哪里呢？呵呵，梦中情人期待中……

别了，小小的我

2012 年 9 月 18 日，早晨 7：40 首都机场飞往香港，中转逗留，15：15 转机飞往泰国普吉岛，17：40 顺利抵达。又开启了一个闺密二人自由行。

惊艳

两个年龄相隔 20 多岁的忘年交女人，为了犒劳自己，吃上一口新鲜出炉的香港美心月饼，以及在机场免税店购物，不仅特意绕行香港国际机场，还在网上预订了超豪华的普吉岛 JW · 万豪酒店。

当酒店接机司机把我们送到酒店门口，笑容可掬的泰国美女，迎面送来蝴蝶兰鲜花项链，呈挂在你美丽的脖颈；魅力四射的帅哥，殷勤地提着你的行李箱，引领你进入奢华的酒店大堂。

刹那间我被惊艳了：办理入住的服务台正前方，有一个好大好大清澈见底的景观水池，它的左边是音乐酒吧，正在演奏和演唱，鲜花装饰的躺椅，准确地说是躺床，非常宽大，游人在上面或坐或躺或玩耍。右边是漫步长廊，被各种各样叫不出名字的美丽鲜花簇拥着，长长地伸向远方。最后一边即正前方，你能想象得到吗：那就是水池一直延伸到天边，直到天水相连的大海！

蓝天、白云、大海、椰树、微风、鲜花、泳池、躺椅、美酒、咖啡、茶、鲜果汁、音乐、歌唱，以及旁若无人的比基尼美女和“倒三角”帅哥，让你身心如飞燕。处处都是精致亮丽的拍照美景，时时可享招之即来的贴心服务，恍如走进了另一个世界。人工打造的天堂，我来了！

穿越时空

睡觉睡到自然醒，夜宵吃到星儿稀。在这里没有时间概念，不需要朝九晚五，也无须一日三餐，不挂牌提示要求，客服永远不会来敲门，这儿的24小时一直会是舒适宜人的静悄悄，只要你想，就会有你想要的。餐饮24小时循环，大厅、走廊、酒吧、海边、泳池随处都是沙发、躺椅和床椅，注意哦，只有餐厅才有座椅，极尽呵护你宾至如归四仰八叉的舒适度。

当你走出自助餐厅的时候，没有人会提防你物品外带，而是主动拿出杯子，问你是否需要带杯咖啡，走到哪坐到哪躺到哪喝到哪发呆到哪。这样的至尊体验，即使遇上可以顺手牵羊的自助环境，你都不屑为之，我心中窃喜贵族精神就是这么养成的吧。总之，来到这里会很自然地让你忘掉时间和空间，没有任何约束，一切随你的意，随心所欲应该就是这个样子吧。

晨起洗漱完毕，3分钟的路程就来到了海边，望望辽阔的海，走走细腻的沙滩，看看书，写写微博。11点之前来到露天自助早餐厅，低头是美食，抬头是大海。欢快的鸟儿一点都不惧怕人，肆无忌惮地停息在你的餐盘，与你共进早餐。早餐后又去海边吹风，我戏海，海戏我，还卷走了我一只漂亮的鞋子，我特意拍了一张一足赤脚一足穿鞋的美照，然后干脆潇洒地把另一只鞋也抛向了大海，光着脚丫子，似乎可以走到地老天荒。

暴雨将至，回到大厅躺椅打盹，雨停了，天更蓝云更白风更爽。换上泳衣，在雨后泛着粼粼金光的水中畅游，让阳光、空气、海风、海水与自己的身体做最亲密的接触，真可谓洗涤身心啊。冲洗后换上自己宽松柔软舒适的衣服，依旧在海边躺椅上躺着，晒太阳、吹风、看海、看书、聊天、假寐。夕阳西下，不忍归。晚上近8点才恋恋不舍离开海边，开始享受期待已久的泰式大餐。走出雅致的餐厅，顺着海边的小路漫步回到房间，再次感受到海风醉得游人归！

慵懒

平日里朝九晚五,一直习惯装在时空的套子里，旅行中装在套子里的人不见了，可在所有的新奇过后，感觉像是鼓胀的气球突然泄了气，由兴奋一下子变得慵懒下来，所有的新鲜似乎又都变成了庸常。突然一下子这么悠闲散漫什么都不做，还真需要一个适应过程呢。从小被灌输要有所事事，要成为社会的有用之人，而在这样惬意的虚度时光里，突然觉着太高估了预期的自己。泱泱大海中个体真是沧海一粟，能跟自己过好，不跟环境和他人较劲，自己和自己身边人的幸福度都会大大提升，如此这般就很不错了。是人心老了顺命还是变得豁然？看来自己还是太自恋了，大海，真想成为你的朋友，变得像你一样宽广！

通透

泰式 SPA 之后身体非常通泰轻松，而一个云卷云舒的旅行，真是给心灵做了一个 SPA。那份褶皱摊开，那份舒展自在，只有自己能心领神会，因为每个人对大自然手法的感受，是不一样的。一直以来，我都喜欢在路上，喜欢异地，喜欢不同的人。难道自己骨子里是属于“九型人格”中的改革者，总是对现状不满意，由此觉得生活还需要以另一种正确的方式打开，包括提升自我和改善周围世界？

这次旅行，我的认知里似乎又自我增添了某些东西。作为社会人，其实已经固化得再难融入自然。跟自然的距离，不能长时间远离，也难以长时间亲近，不即不离比较好。人与自然的关系如此，与他人的关系如此，与自己的关系亦如此。所以，不要离自己太远，也不必离自己太近，那会永远只是一个小小的我。心安的地方，如果不在居家中，那也不会是在路上，只能是在你随身携带的身边生活里。我相信，小空间里也可以活出大世界。否则，身处再大的世界，也只有自己那针尖般的小小自我。

再见了，普吉岛。别了，小小的我！

辑八

人一辈子很少活在各种各样的道理中，更多活在此起彼伏的情绪里。学会做情绪的朋友

没有一滴可以解渴的水

母亲走了！

天空没变，世界突然变了；屋子没变，家突然变了；生活没变，你突然变了。

清晨醒来，不知为什么猛然想起飞鸟和鱼的故事。有一条鱼生活在一片海域，每天就是不停地游来游去。一天，有一只迷途的鸟儿飞过这片海域的上空，低头巡视着这片海域。水里的鱼突然觉得水面的光线变暗了，就抬头望向天空，刹那，鱼和鸟的视线交织到一起，孤独的鱼和迷途的鸟深深地彼此吸引着。飞鸟给鱼讲辽阔的天空，广袤的大地；鱼给飞鸟讲深邃的海洋，斑斓的海底。它们为彼此打开了一扇未知却又丰富的窗，它们深知一个属于天空一个属于海洋，彼此相爱却不能久长。就像人间的很多恋爱，一个有病一个有药，药到病除，病走了药也走了。

诗人泰戈尔在《飞鸟与鱼》中吟唱道：

世界上最遥远的距离
不是生与死的距离
而是我就站在你面前
你却不知道我爱你
世界上最遥远的距离

不是我就站在你面前

你却不知道我爱你

而是爱到痴迷

却不能说我爱你

世界上最遥远的距离

不是我不能说我爱你

而是想你痛彻心扉

却只能深埋心底

……

世界上最遥远的距离

是鱼与飞鸟的距离

一个翱翔天际

一个深潜海底

世间万物相连，有的连接惊天动地，犹如男女饱胀的原浆寻找奔流的河床；有的连接悄无声息，犹如鱼和飞鸟刹那的交汇，便打开了彼此的世界（不知摄影师眼里鱼和飞鸟的故事，是否永远只有一个捕捉掠食的版本？）；有的连接恍若隔世，犹如燃烧翻飞的纸钱，在阴阳两隔之间传递着永不消逝的电波。

书躺在那儿，它不知道你为什么突然就不碰它；鞋摆在那儿，它不知道你为什么突然就不理它，要让身体生锈；精心烹制的糖醋鲫鱼，它不知道你为什么突然就功亏一篑地破坏它；哀伤的电影，它不知道你为什么突然就迷恋上了它……

子非鱼焉知鱼之乐，人非神焉知神之意。太多的突然，到处都是水，却没有一滴可以解渴。

远逝的情愫

离开大学校园十六载的雪媛，因为一场大型的培训活动，近日一直入住在校园。

天天黄昏时分听着校园广播，那种想爱、犹疑又想放弃的校园歌谣，无奈又伤感的旋律袅袅于怀而不散；天天能看到青春年少的学生，一个美味的小鸡腿或一杯简单的奶茶，就能带来一脸获得感的喜乐；面对不尽如人意的食堂或教学安排，也能自我安慰地微信告诉老妈，会把每一个日子努力过好；随时泛起的善良，稚气未脱而原汁原味……真是感到这种虽苦犹甜的情愫久违了，突然觉得成人的世界了无生趣。

记得曾看过韩剧《我是金三顺》，离开校园进入社会的男主，在两个女人之间摇摆、混乱而不能自拔。那种看似不是身体劈腿，只是精神出轨的暗潮汹涌，导致不愿与女友过夜，却跑去与暗恋的女冤家争吵的莫名其妙行为，演绎得非常到位。这正是精神出轨带来的身体疏离的最真实注脚，而男主本人却本能地拒绝去觉知这些异常。

心中无事就不会对正在爱恋的女人，做所谓的保护性欺骗，正是对另一个女人心中有纠缠，才会做自欺欺人的善意谎言。比如，女友发出的一起过夜信号，却借口加班而婉拒；在车上只要有她坐在副驾驶上，就不愿接女友电话……男主给的伤害一直都在，这种无声无息的冷暴力，让女友也一直自欺欺人地醒不来。

校园里的爱情，美好的情愫依然鲜活，犹如再低劣的奶茶也甘之如饴；成人的世界，多少人爱着却好似分离，如同再美味的筵席也味同嚼蜡。也许，活着的是过去的记忆，死去的是现实的日常。不知怎么会联想起清代美食家袁枚《随园食单》里的一句话："求色不可用糖炒，求香不可用香料。一涉粉饰，便伤至味。"

今日秋分，淅淅沥沥的小雨，缠缠绵绵下个不停。雪媛拨通了老公的电话："突然好想谈恋爱！"

与自然在一起，与自己在一起

蛰伏已久的 2020 年，尽管新冠疫情警钟长鸣，但国庆中秋八天的大长假，还是魅力不减地把人们拉向四面八方。

让我印象深刻的是，双节黄金周访港游客不足 1000 人次，而西藏却接待国内外游客 187.6 万人次，真是“三十年河东，三十年河西”啊。

我在黄金周来临之前、之中、之后，愈是喧嚣愈感万籁俱寂。无聊、寂寞、孤独，你方唱罢我登场，往日嗜好统统失去颜色，何以解忧唯有杜康！酒神真是人类的朋友，在人的身体里酣畅淋漓地神游一番之后，令你在新的一天浑身通泰。同时，还兼具醍醐灌顶般的醒脑功能。

心底蓦然升起陶渊明《归去来兮》的吟唱：“归去来兮，田园将芜胡不归？既自以心为形役，奚惆怅而独悲？悟已往之不谏，知来者之可追。实迷途其未远，觉今是而昨非。舟遥遥以轻飏，风飘飘而吹衣。问征夫以前路，恨晨光之熹微。”我的田园在哪里？徒有一个向往山谷的魂灵，却满身都是鱼肉荤腥的烟火，山谷之恋只是我酷爱烟火之欢的陪衬，或者说烟火之欢只是我走向山谷之恋的前奏？

想起 2020 年的贺岁片《只有芸知道》，在我看来，这部电影讲述的是一种难以言说的孤独。每个生命生来孤独而顽强，犹如主人公居住的屋前，那棵生命力极其顽强的大树，独然生长，很难有相濡以沫的伙伴，即使遇见也只是相伴一程，难以永远。比如芸，比如鲁比狗。在片尾曲《相爱的那天》中，女主人公的骨灰像云一样飘散大海的时候，那色彩醒目的蓝与白，孤寂空旷得像一声叹息。

相爱的那天，以为是永远，人们都是奔着天长地久去的，谁会去惦记着明天和死亡哪个先到呢。如果能深切地看见死亡的无常，人们会不会像《死了都要爱》里唱的："把每天当成是世界末日来相爱，一分一秒都美到泪水掉下来。"还会不会以爱的名义，逼迫 17 岁的女儿模拟考排名前十？还会不会胡萝卜加大棒式地激励着老公这单生意一定要拿下？还会不会等到不忙了再陪父母看大海？

女主在北极光下许愿，祈愿自己心爱的男朋友换一种活法，不要像自己一样，一辈子活在因心脏先天发育不良，随时面临死亡的恐惧阴影之中。去追寻像好朋友美琳达那样，四海为家像云一样自由自在地生活。影片中男女主人公在生活中相处的互动姿态，让我再一次感觉到男人的爱简单而纯粹，就是使心爱的女人过上舒适和有安全感的日子；女人的爱深刻而丰富，让深爱的男人有志向有勇气而不枉此生。

短暂的另一面是长久，可长久的东西又怎样呢？也许像影片中林太太诉说的心事，长久的夫妻都是忍出来的，当然是忍可忍之事。但还是有一个人会先行而去，留下来的那一个是最苦的。导演从头到尾演绎的主题，似乎就是生与死、短暂与长久、喧闹与宁静、理想与现实、存在与虚无……所有的一切都没有答案，只有云知道！

自然之子，只想入山谷静坐，去田园奔走，沿湖海骑行，嗅花海美拍，寻古迹问史，临木窗发呆，伴虫鸣夜读，迎朝阳品茗，携第一缕暖阳书写文字。

与自然在一起，与自己在一起！

在我们生活的时代里

清晨，附近工地轰鸣的打桩机声，让我又艰难地睁开了眼皮。如果是以前，可能会想做个扰民投诉，可如今只是静默地竖起耳朵闭上嘴。

大家都太不容易，我可以不认同你，同时还可以不计较你。十一黄金周的第一天，很多商家在撸起袖子加油干，我也美好地开启我的眼耳鼻舌身吧。

打开手机看到节日祝福，心生欢喜。微信朋友圈是个微妙的工具，不管是常联系还是极少联系，我一直以某些方式在一些人的心里，他们也一直以某种方式在我的心里。亲朋好友不在多，知己知彼，两情相互愉悦相互滋养足矣。

以前有一种执念，遇到身边人的倾诉或控诉，总想助力别人想开一点，活得通透而美好，后来才慢慢学会静默下来。其实，来跟你诉说的人，有的是真的想改变自己，获得更积极而稳定的情绪和日常生活，而有的只是求安慰而已。对于嘴上说想改变而实质上只是求安慰的人，我会悄悄远离一些，让他们去找接近自己思维模式的同类，诉诉苦吐吐槽就非常 OK，这样对彼此都好。因为，投其所好的温婉安慰不是我的长项，促其成长蜕变的犀利倒是我的软肋。如果意识不到这一点，反而会伤到对方。尤其是很多家务琐事的纠缠，不是外求办法，而是需要内求心法。

蒙田曾说：哲学家对于听众有害，因为大多数的灵魂不适宜从教训中获益。电影《闻香识女人》中，史法兰上校的一段话让人印象深刻：“如今我走到了人生的十字路口，我知道哪条路是对的，毫无疑问，我知道，但我从不走，为什么？因为太艰难了！”是的，蜕变太痛，很多时候生活不需要哲思，只需要理解和安慰。就像很多疾病治标不治本也是可以的，尤其对老年人。当然，对于年轻人还是治标又治本比较好，毕竟这是伴随人生终点走向安详的必由之路。破执，于我也是一个了脱生死的终身之旅。

这个时代，从对物质的渴求到对灵魂的回归，从对诗和远方的奔赴到对柴米油盐的相守，如此巨变却又于无声处。如同出生于婴儿潮的一代人，无论中外都拒绝躺平，抗拒让自己的人生，不失体面地撤回到静态的中老年生活中去。没想到疫情疗愈了一代人，助力人们找到各自的方式享受时间的刻度。

据说古代波斯皇帝会将皇子从母亲身边带离，交给权威最高的太监。7 岁时教他骑猎，负责使身体发育强健，14 岁时把他交托给国内四个最贤明、最公正、最有节度和最勇敢的人。第一个教他宗教，第二个教他真诚，第三个教他控制欲望，第四个教他无所畏惧。很是好奇，这样教育出来的皇太子会是怎样的一个人呢？虽然时代变了，但教育理念还是很有借鉴意义的。

2022 年的国庆黄金周，宝贵的七天长假，许多外地工作的孩子，不像往年那样外出旅游，而是纷纷回到老家探望父母；逢假必远游的大玩家，学会了把家门口的登山徒步、长跑十千米或烹饪花样美食当作节日大礼包；各种店铺商家犹如久旱逢甘霖，咬住“钱袋”不放松；不论底层还是中产，为了温饱、房贷、孩子学费、亲人医药费以及更快更好更强，仍在挥汗如雨……这个时代压力是增大了，焦虑是加剧了，但是，如今两极分化的痛还是低于过去实质匮乏的痛，就如同体制内的晋级之痛，还是低于体制外的谋生之痛。我从不回避生活中的阴暗和苟且，但是，这个时代的生活毕竟开阔和包容了许多。

清代文学家张潮写道：“艺花可以邀蝶，累石可以邀云，栽松可以邀风，贮水可以邀萍，筑台可以邀月，种蕉可以邀雨，植柳可以邀蝉。”古人看待宇宙万物的诗意，正在穿越时空移植到这个时代的生活，相信人们在四季的秩序中，会活得越来越姿态舒展。

致敬“精气神”

2020 年 9 月 8 日，对于不看电视不上网冲浪的我，是一个极其平凡的日子。

直到下午看微信朋友圈的时候，才发现今天是中华民族的一个特殊日子：全国抗击新冠疫情表彰大会，在北京人民大会堂隆重举行。有一个画面我印象深刻：84 岁的钟南山走进人民大会堂时，那矫健而稳定的步履。

现实生活中，很难见到 84 岁的老人，还有一双如此结实有力的大腿，还能有如此矫健稳定的步伐，这绝对是需要依靠强有力的肌肉支撑的。我脑海中迅速闪过网络上他的健身视频，那肌肉让不少年轻人也自叹弗如。国宝级人物哪怕医技再高、仁心再大，如果没有强健身体的后续保障，于己于国都是莫大的损失。这是“共和国勋章”获得者，用身体赠予我的最大生活启示录。

常态的生活里灾难不常遇到，英雄只是不断重复的故事，只有突发灾难时，人们才发现多么需要英雄的传奇。中国人家国情怀厚重，14 亿国人的集体意识、自律观念、奉献精神、友善相助，一直是中国精神的核心所在。也是中华民族每次到了危难关头，总能绝处逢生的“精气神”。

2020 年，也许有的人记住了灾难，有的人记住了英雄，但抗疫过程会对每个人，特别是大量没有遭遇过生命威胁的人，是一次难得的精神洗礼。正如歌德所说：人们凭着自己的聪明划分出各种各样的界限，最后凭着爱，把它们全部推倒。

稍稍了解一点古罗马文明的衰落史，就知道在互相斗殴的丛林法则下，当物质奢华到极致时，价值观体系的崩塌会加速一种文明的消亡："394 年奥运会举行了最后一次运动会，474 年罗马浴场流尽了最后一滴水，529 年雅典学院关闭，这是最重要的希腊精神象征，没有它，社会生活变得过分追求物质满足。……讲求体魄健壮而又精神健康的古希腊文化，同基本上是四肢发达头脑简单的古罗马文化一起，从欧洲消亡了。"

世界上那些与中华文明同时存世，却早就湮灭的古文明，就是这样退出历史舞台的。经济快速发展的时代，老百姓也感受到物质的丰富并没有带来幸福感的增加，有识之士也呼吁"别走太快，等一等你的灵魂"。弘扬中华传统凝聚民族精神，是一件迫在眉睫的事情。正如抗疫表彰大会讲话中所说："人无精神则不立，国无精神则不强。同困难作斗争，是物质的角力，也是精神的对垒。伟大抗疫精神，同中华民族长期形成的特质禀赋和文化基因一脉相承，是爱国主义、集体主义、社会主义精神的传承和发展，是中国精神的生动诠释，丰富了民族精神和时代精神的内涵。"

不论是 80 多岁的科学家，还是 20 多岁的年轻娃，到处洋溢着满满的"精气神"。几乎不发朋友圈、只埋头做事的年轻人，不浮夸的生活态度也令人钦佩万分。这次参加抗疫的医务人员中，有近一半是"90 后""00 后"。长辈们说："哪里有什么白衣天使，不过是一群孩子换了一身衣服。"

此时此刻，我只想深情地说一句：致敬，精气神！

古罗马斗兽场废墟像旗帜般飘扬

印象·2022的夏

我与你
千百年的邂逅
只为
在这个夏季里狂热

我莹润的泪滴
如烈日下的荷珠
被你吮成空洞的涸泽
我凝脂的肌肤
如干旱侵蚀的河床
被你犁出沧桑的沟壑

搂着时间的腰
翩跹起舞
时间曼妙如故
人已面目全非
忘却了往日所有的缠绵

只记住了今天纠缠的疲惫

款款而来的秋风
寂静拂面
剔透入怀
含着欲说还休的秋波
在满头火焰般的发丝间漫步
直至吻遍十个漂亮的脚趾头

从春走到夏
从夏走到秋
互嫌磨叽的春夏秋冬
从来不会寂寞

夏之狂野
秋之静美
激情燃烧的夏
终于蹚过了岁月的河

附记：2022.8.26. 晨起，像往常一样打开所有的窗通风，让被空调整天封闭的空间透透气。趴卧在瑜伽垫上看书，让宁静的阅读开启美好的一天。

毕竟入秋了，晨风是凉的，阵阵秋风吹拂在身上，感到每一寸的肌肤都是那么舒爽。不由得放下书本，翻身，仰躺，四肢打开，闭上双眼，感受习习凉风穿过热烘烘的发际、脖颈、胸腹、四肢，直至每一个脚趾头，充分地享受这一刻大自然的凉爽恩赐。

情不自禁地诗兴大发，在手机备忘录里飞快成行。几十年以来的第一首诗，竟然写得这么自我惬意，特别是突如其来的“搂着时间的腰”“互嫌磨叽”最让我得意，就如同之前的神来之笔“云深不知处的思绪”一样，为自己点个大大的赞！尽管感觉到韵律节奏欠缺，呵呵，那又何妨呢。

《印象·2022 的夏》，就是有感于今夏的酷热与今晨的凉爽，并与人生的感悟相勾连。世界很大人很小，屋子很小人很大。

顺颂秋安！

疫情三年，你还好吗

大疫不过三，你相信吗？

轻轻地问一声，从 2019 年 12 月到 2022 年 12 月，一路走来，你还好吗？

从武汉挺住到上海静默，从严防死守的 Clear 到停止无码难行的 Coexistence，从取消堂食的排队叫号到彻底放开的万人空巷，从人人都想壮阳的昨天到个个都盼转阴的今日，时间像个魔法棒，空间俨如魔术场，被玩转的骰子像过山车般幽默你我。

“明明是三年，三年之后又三年，三年之后又三年，快十年了老大！”二十年前，《无间道》以 5500 万港币的成绩成为年度票房冠军，其中的一个经典场景仍然历历在目：天台上，卧底黑社会的年轻警察陈永仁想做回普通人，被拒绝后跟警司黄志诚抱怨“三年之后又三年”。失去亲情爱情和正常生活的他，年少时上警校以改变命运的梦想，早已束之高阁，剩下的只想结束长期在黑帮当卧底的非正常生活，可是他至死都没能摆脱被命运摆布的无力和虚无。

之前香港的警匪片，通常都是通过血腥的打斗场面，彰显正义战胜邪恶。而从《无间道》开始，暴力场景弱化，情义的伦理价值消失，从用“义”的美化抹杀“利”的实质，转变到以“利”为根基而摒弃“义”的虚幻，电影主题也从清晰可见的善恶之辨和正邪之分，转向独立个体内心的迷惘与挣扎。因为在善恶难辨真假模糊的时代巨变中，左右个体命运的是一个又一个的人生无常，似乎崇高的信仰不得不让位于强大的宿命。正如《无间道》三部曲开篇的黑底白字："八大地狱之最，称为无间地狱，为无间断遭受大苦之意，故有此名。"

居家网课的 8 岁孩童，有吃有喝有 iPad 有书读，仍嚷嚷着无聊；对什么都不感兴趣和生活无意义感，成了校园热线的排名第一；从广漂到沪，从沪漂到京，从京漂到川，从川又漂回京，人到中年的漂泊一族，不婚不育不买房不买车，故乡回不去，他乡非故乡。即使裁员的达摩克利斯剑高悬头顶，也难得回家一趟，一年握一次日渐老去的双亲的手；带孙辈的老北漂们，日暮乡关何处是，烟波江上使人愁，何日是归途；浏览跑了五年的外卖小哥记录，共有 16 笔打赏金，最高不超过 20 元，仍然风里雨里日夜兼程；多少纳税人不开张硬亏，开张更亏，老板和打工族共度时艰……

许多人不再虚妄地要去扼住命运的咽喉，只想能触摸到一双从容烹调一荤一素的手。越来越多的人意识到，物质不是改善生活的唯一途径，尤其在温饱已不是主要矛盾的阶段，创造美好生活的大量资源，存在于个体的内部，而不是物质世界的外部。发掘自己内部与生俱来的资源，应对时代的无常和更迭，不失为一种好的选择。当然，我也并不欣赏过度的向内追求，觉得过度的精神追求和过度的物质追求一样，不过是五十步笑百步，甚至前者更是一个无底洞。不过毋庸置疑，精神家园的重新构建已经迫在眉睫。

我们从不缺少正能量的呐喊和祝福，却不习惯把积压的负面清单坦然地表达出来。我们每个人的内心都携带着幽暗角落，也自带穿越幽暗的黑夜之光。疫情三年，也许是遭遇了一个百年不遇的灾难，哀悼你！也许是跨越到一个千载难逢的时代，祝福你！

真是大疫不过三年，而已。

让往事如烟，不扰

江南的三月，乍暖还寒，又雾又风又雨又晴。

午后的暖阳下，芳为芬燃上一支烟，袅袅地开启喝茶聊天模式。

芬：如果有来生，会是什么样儿的呢？

芳：嗯，有“如果”吗？

芬：啧啧，你就不能陪我玩下“如果”的游戏吗？

芳：好吧，你想生在什么样的家庭？

芬：父母不吵架，我是开心果，不是出气筒。

芳：长大了你想读什么样的大学？

芬：嗯，我唱歌跳舞弹琴一学就会，考个艺术学院吧。或者，我能说会写，考个新闻学院也行。

芳：大学毕业想找什么样的工作？

芬：当音乐老师挺好的。

芳：想在几岁开始谈恋爱？

芬：绝不在16岁谈恋爱，喜欢的人肯定是幻象。

芳：怎么样更能遇上你心仪的另一半？

芬：不知道。但是父母不同意的果断分手，通常都正确。

芳：婚姻一地鸡毛的话，离婚还是将就？

芬：来生试试单身不婚。行走世界，做自然之子。

芳：老了走不动了，干吗？

芬：就和你一起喝茶，聊天，打牌，唱歌，慢慢变老。

芳：以茶代酒，敬你一杯。

太阳慢慢西沉。望着芬渐渐远去的单薄背影，芳的心变得空空荡荡。蓦然发现，至清至察的性格，对生命或许很好，对生活却不尽然。芳一厢情愿地希望，芬慢慢剥离生命中的不能承受之重，可每个人的人生轨迹，有时是大相径庭的。芬已经太累了，清楚自己最想要的就是放松，怎么轻松怎么来。是啊，有时，与其宏观地探讨性格决定命运，不如微观地聊聊态度改变生活。

这个下午，芳沉重地顿悟了古印度哲学诗歌《薄伽梵歌》里的一句话："不再吸干每一个人，以饲哺我们狂野的自我。"错过了最佳的时间和空间，就要放下执念般的疗愈。剩下最长情的告白，就是陪伴。

让往事如烟，不扰！

真的好想你

2020 年 3 月 8 日的女神节，新冠疫情隔离未解除，我这位女神只好宅在家里，怀念往日时光。

十多年来，女神节多是与几个要好的姐妹一起，聚餐 K 歌或外出嬉游。那份恣意、那份率性、那份喜悦、那份陪伴，从来不需要想起，永远也不会忘记。

我们带着美酒围桌而坐，抓阄折叠的小纸条，玩着“真心话大冒险”游戏。诸如一些“一句话分享新年梦想”“最喜欢和最讨厌老公哪一点”“1～10 分，亲子关系打几分”“闺密身上最吸引你的点”；我们带着美食抢麦而歌，你方唱罢我登场，群魔乱舞累方休；我们带着各种漂亮衣服和道具野外郊游，拈花惹草搔首弄姿，不拍摄出个“国色天香”誓不罢休；驱车 4 小时，只为与异地的一个三八节旗袍秀来一场约会，警醒我们这些色友们，身姿不走样，风姿绰约永芳华；遇到闺密伤心暗黑时，邀三两好友相伴，万千道具粉墨登场，请专职摄影师拍它个昏天黑地；2・14 情人节吃喝 K 歌玩“国粹”，把合影放大加洗人手一张，并打上粉红的字幕：“最好的情人是自己。”

古人说：“性相近，习相远。”确实，我们因相同的爱好而靠近，也因闪光的性情而相吸，还因刁蛮油滑虚浮的习性而远离。既尽享嬉戏默契，也暗藏争强好胜，真是人因相同而快乐，人因相异而成长。互相陪伴彼此滋养，数风流人物，还看姐妹你我。

年年岁岁花相似，岁岁年年人不同。待到山花烂漫时，依旧丛中笑。

最好的情人是自己

何须挣脱

春雨霏霏，薄雾弥漫的高速上，喜欢静望窗外，百无聊赖地四处逡巡。

远处的天空一片灰白，一条狭长的白雾，被挤压在两条灰色的雾霭之间，似乎往上，冲不开压着它的那条灰色雾霭，往下，也覆盖不了托举着它的那条灰色雾霭。最后，它也就不去挣脱了，索性安静柔和地与那两条灰色的雾霭融为一体，像一幅水墨画般铺满天际，比起仅仅是白色或灰色的单一色调的天幕，都显得更加生动和丰富。突然，我会联想到生活中，往往你想挣脱的那部分，恰恰是丰富和灵动你生命的部分。离开了它们，生活会显得苍白而单调。

眼睛跟天空玩耍了一会儿，再跟大地玩耍一番。八车道的高速上，不断有大大小小的车辆超越，飕飕超过的小型轿车，倒没有掀起什么波澜。倒是呼呼超越的大型卡车，从地面掀起的雨幕，随着滚滚的巨大车轮，变幻着各种雨雾之欢。让人联想到一对情人在深情地演绎一段探戈，一会儿有一股强劲的力量往地下拖曳，像要摆脱巨大车轮的束缚。一会儿又相互嬉闹玩耍，眉来眼去地纠缠不休。雨幕也许不知道，离开了滚滚的车轮，它们不过是匍匐于路面的一潭死水。

最近，感觉到自己的宁静状态非常明显，我就思忖着这是为什么？突然发现，原来是跨界阅读吸引了我。

一直偏爱文科的我，在网上偶尔浏览到一个不怎么有名气的理工男微博，进而好奇地又网购了他的一本书。书中看似很客观地讲述了很多求学、求职、跳槽、创业、思维迭代、价值观碰撞等事不关己的事儿，但IT男既艰辛又自我调侃的人生经历跃然纸上。而看书的人——我，更多读到的是理工男完全不一样的思维、学习方法和动手能力，以及工作的激情与激情地工作，还有文字书写的风格、生活的做派以及动辄穿越的“三观”。

真让我惊叹不已又奇思异想，古今中外流传下来的巨著，多是文人书写的，如果理工科的人书写的东西，也能流传下来，精神文化瑰宝的大观园里又会是什么样子的呢？正是这样的异质性吸引了我，让我专注沉迷其中，这样的专注又让我格外宁静，这样的宁静让我的心田自然流淌出一股喜悦。也许你感受不到其中的逻辑，但是，专注—宁静—喜悦的连贯感受，就是这样奇妙地悄然发生。

过去，城市是经济、政治和文化活动的唯一集聚地。现在，城市的经济文化活动正在迅猛地向网络转移，虚拟的社会正在成为人们生活的第二空间，改变着人们的衣食住行和情感交流方式。从地球上的任何位置进入虚拟空间，所需要的时间相差无几。人类的存在再也不局限于当下所处的地理位置，坐在云南苍山洱海边的计算机前，与坐在CCTV大楼的计算机前区别不大。网络极大地丰富了我们的生活，但是极度的丰富和极度的贫乏一样，都让人不堪重负。选择太多反而让我们心浮气躁，容易患得患失而难以取舍。而能在某一点上聚焦深耕，投以专注，宁静就会降临，喜悦也会驾到，自在祥和的生活常常不期而至。

虚拟即现实，现实即虚拟。所有的遇见都可以是美好，所有的纠缠又何须挣脱。

凄美的四月

四月，乍暖还寒，阴晴不定。

和煦的微风和霏霏的细雨，催嫩柳漾枝，促桃红梨白，格外粉嫩撩人。四月的情人太多了，琴诗书画无不泼墨钟情于它。四月，确实很美丽。

白居易的诗句："人间四月芳菲尽，山寺桃花始盛开，长恨春归无觅处，不知转入此中来。"让我的思绪来回飘荡在春归与寺庙有何因缘。每次上庐山，我都想去白居易的花径，来一场芳菲四月的对话，看看林徽因的"你是人间四月天"到底有多美妙。

林徽因传记有几个版本，我看到的这首诗并不是写给天堂的徐志摩，而是写给刚刚出生的儿子，还是在一个很美又很孤寂的月夜之下写的。很多人说起林徽因，都是网络写手描绘的样子：美貌、才华、富有、浪漫、万般恩宠于一身。如果读了她的传记和一些史料，你会知道，世人眼中对于她的所有光环想象，于她生命的长河中只是只鳞片爪，大部分时光她都是在颠沛流离、孤独凄清中度过的。特别是在她重病缠身、心绪极度低落之际，独自在四川一个条件极其恶劣的偏僻小村，终日听着窗外的凄风苦雨而度日如年，你会感到今天的女人比她幸福得多。

四月的物候，有时让人感受的是和风细雨，有时让人感受的却是凄风苦雨。昨天，在书海中神游的我，为什么偏偏被《忏悔录》中卢梭与他父亲的关系描写所吸引呢？卢梭谈到，他16岁时便离开故乡和亲人，没有经济来源，手艺只学了一半，根本没有谋生的手段。稚弱无辜的年纪，就得面临邪恶和绝望时的各种诱惑。就在他将要“去远方面对苦难、谬误、陷阱、奴役和死亡”之时，风尘仆仆赶来的父亲，虽为儿子的命运长吁短叹，但仍然停下脚步，并没有去追赶远行的儿子。

卢梭写道：“我总是获得父亲的爱抚，却总不见他竭力留住我。”“我的亲人们似乎在同我的星宿串通一气，把我交给等待着我的未知命运。”他说自己从中得到了一个可以用于实际的道德准则，那就是：“避免使我们的义务与利益相冲突的情况发生，避免使我们的幸福建立在别人的痛苦之上的情况发生。否则，不管你是多么诚挚高尚，迟早都要不知不觉地气馁颓败；尽管你内心依然公正善良，但实际上却变得不义和邪恶。”这一铭刻在心的准则，使得他在公众场合特别是熟人中间，显得“古怪”和“愚蠢”。对此他回应道：“我既不怎么想做得与他人一样，也不想做得不一样，我只是真心实意地想做好事而已。”

反复地读着这段父子之间情义的描写，我在琢磨，这与我近几天接触的养老事宜有什么关联呢？中老年人安排财力，把自己的养老安顿妥当，是不是也是一种父子之间的“避免使我们的义务与利益相冲突的情况发生”呢？

今天一早醒来，就看到了在高铁上偶遇的甘孜八邦寺上师的问候，倍感温暖。凄美的四月终归是美丽的，我期望2020年的四月，能有徐志摩笔下的意境和模样：

最是那一低头的温柔，
像一朵水莲花不胜凉风的娇羞，
道一声珍重，
道一声珍重，
那一声珍重里有蜜甜的忧愁。

11 月的随想

2020 年的 11 月，几乎马不停蹄，在公路、铁路、航空共行驶了 4800 多千米。把洒满一路的随想，用文字串成一根项链，放进我的旅行首饰盒，以备不时之需随时可以把玩。

在路上

今年的 11 月总是晴空万里，无雨无风亦无雾，气候非常的舒服。我按捺不住地想出门远行，随意报名参加了一个亦游亦购的旅行团，省心省事地重游了泰宁古城、永定土楼、南普陀、鼓浪屿、泉州五店市、平潭岛、武夷山等地。虽是旧地但导游常新，这次遇到一个“80 后”导游，对宗教和历史情有独钟，使得我对鼓浪屿和南普陀的正史和野史有了更多的听闻，游览时也就有了更多的发现，真是旧地重游常看常新。

此行最大的收获还是旅游购物体验，第一次见识了导购的超一流演技。对他们从头到尾编排剧情的想象力，像鹰眼般精准排除背景客户和锁定目标客户的能力，真是叹为观止，是我在精彩电影和小说中都从未见识过的超级大玩家。记得有一次邂逅了一位在巴黎学奢侈品专业的美女，听她说奢侈品行业关键的落脚点，最终还是怎么编排故事，以及以什么样的方式去跟客户讲故事。而这次在厦门我亲历的剧情，真是历练了一次对金钱的洗礼（钱不仅可以买物，亦可以掳掠你的初心），对贪念的透析（对顺的境界起贪爱，对不需要之物也势在必得），对接踵而来的嗔痴的应对（对逆的境界生嗔恨，进而颠倒起邪行），都是在佛堂里得不到的珍贵修行体验，我想某一天或许会写下这个精彩的片段。

11月还是个双腿走路季，在首都博物馆畅游了5个多小时。这次北京之行还实现了逛逛北京大兴国际机场的心愿，在每层楼每个角落都逛了个遍。不过感觉没有当年逛新建的上海浦东机场那么震撼，更多的是线条和色彩的视觉冲击，感受不到京味儿，也体验不到整体上的“魂儿”。如果说拉斯维加斯机场是个不修边幅的中年油腻男，那大兴机场也不过就是个光鲜靓丽的摩登女郎。回想当年浦东机场的空调新风系统，还是凤毛麟角的高科技引领，让我感觉室内空气比室外空气都更加清新，也许是2020年的口罩把我憋得慌吧。

相见欢

几年不见又期待相见的老友，相邀一同出游，微信寥寥数句：

“相见欢。”

“一定哒！”

脱口而出简简单单的三个字，其背后蕴含的是彼此的信任，更是对自己的自信，没有默契的过往哪有如今的铿锵。做人不是靠嘴巴，而是靠做事中惯常体现出来的一种生活态度。无须言语便可心领神会，此乃交友乐趣之一，也是人间一大乐事。

虽是性情相投的人，可遇到棘手之事的态度和处理方式，却会天壤之别。乐观善念、和缓静定、不过于用力的人，常常会柳暗花明地反转；悲观执念、气急躁动、快速见诸行动的人，往往不是坐失良机，而是因为“不坐”而失良机。这让我时时想起江苏镇江定慧寺里的劝诫：静生定，定生慧，慧生万物。

平行线

旅途中经常会遇到红男绿女爱恨情仇的日常故事，比任何小说都有血有肉。

男人与女人一旦契约相交，就无法是平行线了，你中有我我中有你。现在的男女非常强调婚恋关系里的自由和独立，偏社会属性的专一性承诺和偏动物属性的自由独立，看似可以井水不犯河水，但常常导致家庭战火连绵，人性中的社会性和动物性永远在 PK。

吵架的婚姻不可怕，沉默的婚姻才暗流汹涌。如果遇到一方的脾性是很难适应约束又平淡的婚姻，另一方的脾性是在契约中永远无法信任他人，这两种情况都是极其缺乏做他人稳定伴侣能力的表现。撕扯不止就会成了婚姻中的家常便饭，两个直立的人也变成了两条永远不能相交的平行线。

别惊醒了自然醒

惊蛰，是一年中的第三个节气，也是反映物候现象的第一个节气（惊蛰、清明、小满、芒种）。中国的“二十四节气”真是博大精深，春耕、夏耘、秋收、冬藏，至今仍指导着人们的劳作和养生。

惊蛰是相对于冬眠而言，冬眠也叫“冬蛰”，是指一些动物因为气候的寒冷、食物的匮乏和昼短夜长的光线不足，在冬天蛰伏在土壤中，不吃不喝光睡觉。比如松鼠、熊、蝙蝠、刺猬、青蛙、蛇、乌龟等，甚至一些老年人在过冬的时候，由于气候寒冷、胃纳减缩、新陈代谢减缓，都会产生嗜睡的“冬眠”迹象。

古人认为“惊蛰”是天上的春雷惊醒蛰居动物的日子，也是人们“锄头不停歇”的春耕时节。在广袤的华夏大地，春雷开始的时间是迟早不一的，云南在 1 月底即可闻雷，而北京的初雷却要到 4 月下旬，“惊蛰始雷”的说法仅与长江流域的气候规律相吻合。由此而见，大地万物不是被春雷惊醒，而是随着气温的逐渐回暖而慢慢苏醒。

我喜欢自然醒，不喜欢被惊醒，很可能与我小时候的惊吓有关。记得小学四年级的时候，我们班上有个出了名的混世小魔王，把一条已经被打死的血肉模糊的小蛇，放在我的课桌抽屉里。当上课铃响起，我坐回课桌上课的时候，被吓得魂飞魄散，从此一旦被蛇吓，一辈子怕“井绳”。早已不记得这个混世小魔王姓甚名谁，不然我一定要快递一个“惊恐”礼物，想象着他打开“惊喜”时，一脸迷惑的样子，我睡着了都会狞笑而醒。不过通常本性难改的“神头”，十有八九会是开怀大笑的，因为“惊”相较于“自然”，更能令他刺激开怀。

现在的人们，吃得饱，穿得暖，灯红酒绿也能制造日长夜短，想玩一下冬眠的游戏都没机会。不过这次疫情隔离，让人们好好的“冬眠”了一把，有人欢喜有人愁：宅家睡到自然醒的放松；停课不停学的网课体验；蜗居让还未开打的离婚官司化干戈为玉帛；缺乏独立空间的朝夕相处，导致情侣关系或亲子关系恶化；停工的损失；失业的生计；择业的反思……

据说，冬眠后的动物，抗菌抗病能力较之前更强。也曾听说在前往医院急救的路上，诱导事故受害者进入冬眠状态，能够减少大出血和细胞衰弱，为外科医生争取更多的救治时间。期盼经历疫情冬眠之后的人们，在如期而至的惊蛰时节，也能尽享春回大地的复苏。

乍暖还寒时节，春暖花开，莫辜负了三月里的自然醒。

聚散总依依

这个夜晚，因为分离，我们又聚在了一起。

又有一个好友跳槽到上海，这是好友核心圈里走得最远的一个，往日的同事又为离别而在一起聚餐。既为他新的开始祝福，也为12年来同一战壕的战友陆续离去而伤感。酒桌上看似轻松活跃的气氛下，却弥漫着一圈圈心照不宣的感伤，既为美好的过往举杯，也为逝者如斯的岁月啜饮，更为揣在心里前程未卜的梦想和希望干杯。彼此太明白，没有救世主，只有自己拯救自己和创造自己，像贝多芬一样扼住命运的咽喉，让备受炙烤的身心，义无反顾地朝前走。

12年前的我们，好年轻、好互补、好融洽，人人身上都有照亮别人的亮点。业绩和晋升处处充满竞争，也时时不忘合作和默契。跑市场，挖客户，吃盒饭，开夜车，共迎黎明，悲送逝者，携游三亚……四千多个日日夜夜，仿佛是一尊时光机，将一幅幅岁月的长卷刻录在我们的脑海。特别是我的两个年轻好兄弟，学识那么广博，工作那么充满激情，展业能力那么强，沟通协调能力那么圆润而豁达，性情那么刚柔相济，从他们身上你能体味到什么叫优秀。从那时我深深体会到，市场营销能做得好的人，做什么都不会差。客户经理的酸甜苦辣咸，让每个人都得到了成长和友情，那真是一段令人永远珍惜和怀念的日子。

常言道：天下没有不散的筵席。可我们却豪迈地举杯共饮：筵席是圆的，地球是圆的，说不定异国他乡我们还会走在一起。人在情未了，聚散总依依！

坚韧地盘旋而上

99 朵玫瑰

独坐窗前，轻轻地也用力地，望着眼前的 99 朵玫瑰，心潮澎湃。

从 14 岁的少女时代开始，就梦想着某年某月的某一天，有人像电影中的白马王子一样，送给我 99 朵玫瑰，让我感受公主般的开心一刻。30 多年过去了，就在那年那月的那一天——他 50 岁生日的时候，我以自己的方式实现了这个梦想。

生日之前的半个月，我就挖空心思地左思右想，送一个什么样的生日礼物呢？百思而不得满意之物。坐在家里边喝茶边聊天：

“送你一条领带？”

“想套住我。”

“送你一根皮带？”

“想拴住我。”

“送你一枚戒指？”

“想圈住我。”

“送你一个风筝？”

“还是拽在你的手掌心。”

“好吧，那你最想要什么礼物呢？”

“自由！”

“哦，我明白了，其实你什么都自由了，除了不接纳你三妻四妾。”

“没有，没有，像刘邦那样累得慌（正在看电视剧《楚汉传奇》）。”

哈哈，水满则溢，月盈而缺。志得意满的时候，不论男人女人，似乎卡在喉咙里的唯一一根刺，就是于己于他于社会，都难以尊享的“三妻四妾”。你肯定想了千万遍，“圆”了三妻四妾这个“缺”之后，会有怎样的水满则溢？这边“满”了，那边又会形成怎样的“缺”。偷耻感？罪疚感？幻灭感？违背社会主流价值观，偷鸡摸狗会让你感到耻辱吗？背叛自己的初心，伤害契约中的另一半，以及对无辜孩子造成的心理阴影，愧疚自责会一直困扰着你吗？万劫不复地重蹈着朱砂痣变成白米粒的婚姻“劫”，你能一直饮鸩止渴地享受那种幻灭感？“背叛”这件事儿，从始至终都不是一件轻松好耍的事。或许心跳的是身体，心梗的是灵魂。

关于婚外情，最经典的演绎莫过于《廊桥遗梦》。这部影片之所以轰动一时，正是它揭示了中年人爱情和婚姻的残酷真相：这样确切无疑的爱情，因为责任而选择放手；这样麻木寡欢的婚姻，因为责任而选择凑合。有一段精彩的对话打动了无数人：

他在她耳边低语：“我要你记住，在这样一个暧昧的世界里，这种笃定只有一次，绝不再来，无论生命怎样轮回。”

她温柔地打断他：“是的，这枯燥乏味。这就是我的生活。缺少浪漫、激情，没有厨房里烛光下的翩翩起舞，没有被一个男人怜爱的美妙感觉。最重要的是没有你。但在这里，我有该死的责任。对理查德的责任，对孩子们的责任。我的离开，仅是我的身体离开，对理查德来说就够难熬了，单是这一点或许就会摧毁他。除此之外还有更糟的，他的余生将不得不在此处人们的窃窃私语中度过：那就是理查德·约翰逊，他火辣的意大利小妻子，几年前跟一个长发摄影师私奔了。此外，只要孩子们住在温特塞特一天，就会听到人们在背后嘲笑他们，也将遭受排挤和奚落，他们会因此而恨我。……我不能让自己从种种真实的责任中抽身而出。”

影片对人物内心世界细腻而深刻的解读，让人们透过婚外情的不堪之外，看到更深刻的美好与打动人心。古今中外，婚恋中的爱恨情仇，就这样无可奈何地去，依依不舍地别。循环往复，非得成为被爱者的牢笼，抑或成为缠绕自己的锁链，不到冷漠不放手，不到窒息不罢休。是我们把简单的问题复杂化了，还是把复杂的人简单化了？

当你真爱一个人的时候，往往也是你最容易被这个人忽略的时刻。是享受爱的欢乐，还是体味爱的失落，全在于你自己的心智。生日晚宴上，所有人都敬了他的酒，包括我。他也回敬了所有人的酒，似乎唯独遗忘回敬我。此时此刻，如果想让自己高兴，就想他是把我已经看作他重要的组成；如果想让自己失落，就想他一直对我视而不见。异性取悦是短暂的，自心取悦是永恒的。我相信，年轻时候深爱着我的他，深得爱的欢乐与失落；中年后的我深爱着我所爱的时候，也深得爱的欢乐和失落。最终都逃不出：情到深处人孤独。

年少时只知道，被爱，是一种幸福；年长后才明白，去爱，是一种更大的幸福。99 朵玫瑰，与我相看两不厌，似乎更取悦着我自己！

卡布基诺的情调

霏霏细雨，夹着若隐若现的飘雪，弥漫了整个小城。

天气骤然变冷，前一秒还阳光普照，转瞬就雨雪交加，让你没有缓冲，无处遁形。宛若世事沧桑，说变就变无须任何理由，一个瞬间，可以改写一个世界的历史，一个国家的历史，更何况一个人的历史，脆弱得让你心灵打战。这个时刻，空落无依的心，好想好想有个人陪伴，慢慢喝酒，轻轻絮语，紧紧拥抱。

傍晚，想“躲冷”的我，在经过激烈的内心争斗后，还是毅然决然地坐 19 路公交车去江边，再转 5 路车到郊外的游泳馆。一滑入清澈见底的泳池，整个身心就有丝滑般的感觉。我不紧不慢地游了 20 圈，舒展了 40 分钟，浑身通泰地上岸洗浴。走到大厅，正愁用什么交通工具回家，一眼瞥见也是刚游完泳，正准备返回市内的三个大男人。我热情地搭讪：你们是回市内吗，搭个顺风车行啵？他们爽朗地回应：没问题，游泳同道之人，以后可随时打电话搭车一起来。

一进温暖的车厢，就互相唠嗑起来，我毫无推辞地接受了他们共进晚餐的邀请。走进卡布基诺，迎面扑来的就是它那特有的不明朗的爱情味道，我这狗鼻子。尽管卡布基诺里的爱情，并不会和它的咖啡香气一起升腾袅绕，但如今的小资们，需要卡布基诺氤氲着的那种暧昧和浮夸。

老总说往里面坐，免得被碰到的熟人打扰。我说坐靠窗的位置多好呀，既可观湖光夜色，又可看各色行人，在这里享受的不就是那种情调嘛。他们戏说尊重女士意见，就选了个靠窗的位置坐了下来。我们四人按老总喜欢的口味，都点了同样的牛肉煲仔饭，中层高管加了一点甜酱，司机要了一杯白开水。游泳后的胃口特别好，不过晚餐我们都不想多吃，吃了六成饱的样子，就坐在一起慢慢地喝着咖啡聊着天。

别看这些大男人，在外叱咤风云，席间也电话频频运筹帷幄，但真正静静坐下来的时候，却还没有学会品味离自己生活很近的东西。我口吐兰花又舌绽莲花，跟他们说着卡布基诺咖啡和哈根达斯冰激凌，说着游泳后的口腔清洁和营养的及时补充，说着中国美丽宜居的城市，说着窗外迎面走来的美女和情侣……巧合的是，那位中层高管竟和我一样，钟情于青岛这座城市。他考察了全国一大圈，最终选择了青岛定居，正准备把太太和孩子从新加坡接过来呢。

不知不觉，时间就在咖啡的啜饮闲聊中流过。临别他们说非常高兴认识我，让他们度过了一个非常愉快的夜晚，留个电话吧，以后常联系。我笑说：你们听过 Dior 这种香水吗，它的中文翻译就是“魔鬼”“毒药”，它向消费者售卖的就是一种心理暗示和预期，恰似中年男人的外遇：明知香水有毒，也要饮鸩止渴。我可以搭免费的顺风车，吃免费的煲仔饭，喝免费的咖啡，但是为了防止我一不小心成了你们的“毒药”，就不留电话打扰你们这些优秀男士了。

谢谢你们，我喜欢卡布基诺的情调，记住了你们的车牌号 5168，祝你们一路顺发哟！

在情绪的河流里涤荡魂灵

每年，都有一个节日，虽然没有假期，却把许多女人的心绪搅得甚是慌张。

从昨天的各种资讯中，能感觉到80%的女性貌似轰轰烈烈地过节，却似乎又是在疲惫地“过劫”。期待、委屈、失望、麻木、孤独、迷茫甚至绝望的情绪，泛滥成殇。本来多与喜庆相连的节日，如今却往往伴随着更多的焦虑。这是什么节日呢？你猜对了，情人节！女人就是想在每年的这一天，把自己过得像女生，像女王，像女神，而不是烟火味十足的女人婆。

女人婆到底有哪些不堪呢？

期待

清晨6点，芸一骨碌爬起来，麻利地搞定10岁儿子的晨起日常，把他送进校园后，就赶着到单位打卡上班。想着老公答应今天接孩子放学，然后四家好朋友一起在酒店共进晚餐，心中就充满了期待。两个嘴角都上扬了许多，高跟鞋更是清脆得掷地有声，做个女人真好。

兴奋

中午12点，芸简单地吃完工作餐，请了半天假，就按照昨日的节日清单，直奔美容店，美甲美睫美颜美发，满怀期待美美哒享受男士们为女士们准备的节日晚餐，那是日常琐碎之外的诗和远方。

失望

下午 4 点，熟悉的手机铃声急促地响起，在芸生活中上演了几百遍的“对不起”又如期而至：“老婆，领导要我晚上陪大客户吃饭，我实在没办法接孩子放学，也不能陪你们共进晚餐了，对不起啊。”放下电话，停止臭美，脑子里就只想着孩子放学还剩下多少时间。再也不会像过去那样抱怨和指责，日复一日的狗血剧情伤不起。

无奈

傍晚 6 点，满桌的美味佳肴，已失去了味觉；满桌的鲜花礼物，已失去了视觉；满耳的赞美祝福，已失去了听觉；被儿子新奇抚摸的妆容，已失去了触觉；对整个生活的滋味，已失去了心觉。

孤寂

晚上 8 点，行驶在风雨交加的回家之路，雨刮器在车窗玻璃上机械地刮着，满目的霓虹像哭花了的妆容，怎么都擦不出往日的姹紫嫣红。路过老公经常觥筹交错出入的酒店，让人恍若酒店如家，家也像酒店，彼此都是过路的旅客，相逢做伴不过是同路一程而已，孤独的魂灵无处安放。

倦怠

晚上 10 点，辅导作业和洗漱完毕，孩子进入梦乡，老公依然未归。芸缓慢地卸去白日里满怀雀跃的铅容，让花洒龙头冲刷着身心无处不在的疲惫，似乎所有的愁情惨绪都被一一涤荡了一番。望着镜子里日渐空洞无华的眼神，真的是倦了。

悲悯

晚上 12 点，芸终于听到了熟悉的窸窸窣窣声，从门廊游至客厅，又从客厅游至卧室，嘟嘟哝哝地，不知是重复对不起还是重申生活不易，在暗夜里都显得聒噪和刺耳。是因为年幼的孩子，还是经年累月的心灰意冷，抑或是对残酷现实的刻骨铭心，使彼此都学会了将“爱不爱”退居其后，而将“能不能相处”推到了柴米油盐的风口浪尖。望着身边鼾声四起的油腻疲惫脸，温柔的悲伤淹没了漫漫长夜。

希冀

凌晨 1 点，儿子明天的早餐和入学，这两个小确幸，让心浮气躁的芸终于进入了梦乡，相信明天的太阳依然升起。

人一辈子不是活在各种各样的道理中，而是活在此起彼伏的情绪里。道理是奢侈品，情绪是日用品，漂亮的道理犹如超市里琳琅满目的果蔬人人可得，而能真正抱持照顾情绪的人，却像沙砾里的珍珠一粒难求。情绪像天上的云，来了又走，走了又来。突然某一天，发现“爱自己”就是照顾好自己的情绪，伤人八百自损三千的事儿尽量少干。不矫饰，不压抑，不浮夸，不掩盖欲望，不逃避失望，把每个情绪妥妥地接住，又妥妥地送走。当能透过日常的琐碎，看见各种各样的期待、兴奋、失望、无奈、孤寂、倦怠、悲悯、希冀，在情绪的河流里被一一洗涤，你的灵魂慢慢地也能在情绪的河流里荡起双桨。

每个人首先都是普通人，然后是生理层面的女性或男性，最后才是社会文化定义的女人或男人。女人天生后生都是一个偏情绪化的物种，当我们习惯性地愤怒和抱怨时，也许应该检索的是自己的内心，是不是隐藏着对自己的不满意感和失望感，而不是身边的人阻碍了你的利益和快乐。你最想甩掉的烟火味女人婆，也许就是你最想拥有的平实生活状态。女生、女王或女神，真的是你想要的生活吗？那些乘风破浪的姐姐们，在辛苦逐梦、现实困境和平衡抉择中，最终还是要回归生活，让所有冲突不安的情绪，不是灰飞烟灭，而是云淡风轻，被涤荡的灵魂终归要回到自己的本性。

想起电影《第一夫人》中的一段精彩对话。主人公杰奎琳虽然内心强大，可面对丈夫肯尼迪总统遇刺身亡的悲惨变故，即使身边还有两个年幼的孩子，也有脆弱到活不下去的时刻。她选择找牧师倾诉心声：

肯尼迪夫人：我每晚都祈祷可以一死了之，可上帝拯救不了我。

牧师：上帝是爱，无处不在。

肯尼迪夫人：我憎恨上帝，我需要有人听我诉说。

牧师：人活一世总是在寻求人生的意义，终有一刻人会意识到一切都是无解。当人终归领悟到这种可怕却又无法避免的情况时，要么甘心接受，要么了结自己。我这一生无忧无虑，但是每天晚上躺在床上关掉灯，黑暗之中我总会想，难道人生的意义就仅此而已？

欲辨已忘言

肯尼迪夫人：你也会这么想?

牧师：每个人都会这么想。可到了早上，我们醒来还是会给自己冲一杯咖啡。

肯尼迪夫人：为什么要庸人自扰呢?

牧师：我们都这样，你今早也这样，明天你还是会这样。但无限智慧的上帝早已明了，我们可以承受这一切。

越是随着年龄的增长，岁月的老去，生命越是呈现出许多幻象的本质。如何接住这种破碎，似乎财富、名声、地位、理想、才华、爱，等等，都越来越难以堪担重任，无法填满一颗狂野的心。听说渐至老境的高僧，什么书都不读，什么道理都不闻，只是诵经。在情绪的河流里涤荡灵魂，在吟诵的旋律中安顿身心，与这个世界慈悲相拥。

此中有真意，欲辨已忘言。

后　记

琴心要出书了，这在我们家可是一件大事！琴心邀请剑胆写后记，作为剑胆，我无法推脱。

琴心对新事物很敏锐，微信刚流行她就下载了应用，问我取什么微信昵称。鉴于她热爱心理学，又是较早的国家二级心理咨询师，我脱口而出："琴心。"于是，这个名字一直沿用至今。后来我也启用了微信，被琴心顺理成章地命名为"剑胆"。朋友们往往不解我为何取"剑胆"之名，认识琴心之后，才有所顿悟，这也成为我家的一段江湖佳话。

爱折腾，是琴心的底色。

谈恋爱时，中文系毕业的她，就报考了山西财经大学，读起了财经。读书期间，还报考了中国新闻学院第一次招生的双学位考试。那时正值改革开放之初，急需大量对外宣传报道的记者，琴心很想做派驻国外的记者，无奈英语分数太低而未被录取，从此冰封了新闻梦想。毕业后上班不久，又赶上国家政策鼓励公务员停薪留职创业，琴心又成了单位第一个吃螃蟹的人，南下深圳淘金想改善生活。身为母亲的她，实在放不下刚刚一岁多的儿子，又返乡开起了一家餐馆。还记得她酷爱诗词的老父亲，为酒楼撰写了一副对联："大学生开小酒楼小中有大，低利润创高质量低里见高。"引发了围观，还带来了不少生意。时至今日路遇熟人，仍有人称呼她"汤老板"。

真诚善良，是琴心的本色。

她似乎对任何人都心怀良善。20 世纪 80 年代末，街上的骗子泛滥成灾，她去山西太原读书路过武汉汉口火车站，遇见两个学生模样的小伙子求助，手持某大学的学生证，自称携带的所有行李被偷，回不了学校报名入学。她毫不犹豫地掏口袋，两个小伙子千恩万谢，并要上她的通信地址，信誓旦旦地承诺到校后就立马还钱，然后就没有然后了。即便这样，此后遇到陌生人求助她还是尽己所能，她说：危难万一是真的呢。对陌生人如此，对身边人就更不用说了。朋友的孩子遇到困惑，为帮助和陪伴他们，她饭可以不吃，觉可以不睡，一聊数小时倾听开导，其耐心、其细腻、其敏锐，满满的都是爱。看到孩子们的焦虑和恐惧得到缓解，开心和成就感便写在了她的脸上。

热爱生活，是琴心的鲜明特色。

2019 年的最后几天，为了让居家生活更加丰富多彩，琴心捡起了搁置十多年的笔，开设了自己的公众号，三年下来写了 30 多万字。2023 年决定结集出版，最烧脑的居然是书名，最初迸发的书名是“生活最大”，觉得很是满意。可是被编辑告知，书名不能带有“最”字，只好作罢，但围绕“生活”的主题却挥之不去。琴心的文章不追逐热点话题，也没有宏大的叙事，有的只是生活的点点滴滴和自己的独到感悟，那颗热爱生活的心跃然纸上。在她看来，网络文章需要热门话题且不怕短命，但个体的书写可以追求平常而久远。

思维的跳跃和飞扬，是琴心的五颜六色。

有一次，我们一帮球友远赴六盘水交流球艺，抽空游览了乌蒙大草原，回程的路上，她一直在手机上噼里啪啦。刚回到住地，一篇别样的游记《去发现旅行中有趣的人》便跳跃到大家的手机上，活灵活现的“茶师”和“故事王”被一一对号入座。文笔之流畅，思绪之飞扬，人物刻画之精准，不论是外在的描摹还是内在的洞察，都极尽斑斓，让我们这帮球友叹为观止，也为旅途增添了许多乐趣和话题。

琴心的散文随笔集，就要付印了，名不见经传的普通人，实现自己著书立言的梦想，剑胆由衷地为她高兴和点赞。她会停止手中的笔吗？显然不会。还会结集出版吗？那也难说。

我依然期待。

2023 年 7 月 29 日

柯军于南昌